# Ich.Sterbe.

SCIENCE FICTION



THA

Kein Buch entsteht ohne Hilfe.

Mein Dank an Nici, Christoph und Lara.

Lektorat:

Simone Kurilla

Beta Leser:

Antje Adamson

Carsten Schultze

Titelbild:

© kwasny221

Fotolia.com

Thariot

Martin Langner

San Giljan 2016

1. Auflage

Create Space

ISBN-13: 978- 1541133495

ISBN-10: 1541133498

Thariot.de

*Der Tod lächelt uns alle an, das einzige was man machen kann ist zurücklächeln.*

**Marcus Aurelius**
Römischer Kaiser und Philosoph

## Verschüttet

### I. Tag 16

Ein unbequemes Geräusch durchschnitt die Stille. Sieben Uhr morgens. Dem kratzig schrillen Klingeln nach hatte der Wecker noch schlechter geschlafen als er.

»Halt die Klappe ...« Alex schlug auf den Unruhestifter, den er ohnehin nicht brauchte. Er war bereits seit einigen Minuten wach. Ich lebe, dachte er, dem Mysterium seiner Existenz zum Trotz. Gestern, heute und auch morgen. Seine missliche Lage, deren Hintergründe er nicht kannte, änderte daran wenig. Wie zur Hölle hatte es dazu kommen können? Warum er? Und die wichtigste aller Fragen: Ergab dieser nicht enden wollende Albtraum irgendeinen Sinn?

»Licht!« Die ganze Decke wurde zu einer Leuchtfläche. Im Schlafraum gab es vier Stockbetten, er nutzte das untere links neben der Tür. Graue Metallrahmen, weiße Wände und dunkle Bodenfliesen, eine Auszeichnung für behagliches Wohnen würde diese Behausung sicherlich nicht gewinnen. Aufstehen, durchhalten und kämpfen, wie die Tage zuvor würde er weiter funktionieren.

Barfuß und nur mit einer zerrissenen Jeans bekleidet, ging er in den Waschraum, der ohne Wasser nur zum in die Kloschüssel pinkeln taugte. Auf eine Dusche musste er verzichten. Der Blick in den Spiegel zeigte ihm, was er bereits wusste, er hatte Gewicht verloren und seine blonden Dreadlocks erinnerten eher an die griechische Sagenfigur Medusa, die ihre Schlangenbrut auf dem Kopf mit Speed bei Laune hielt, als an seine Haare.

»Was soll's ...« Das Leben wartete auf niemanden. Seine kleine Welt bestand aus einem Schlafraum, einem Waschraum ohne Wasser, einem leeren Lebensmitteldepot, einem Safe, dessen Inhalt er nicht kannte, einem ungemütlichen Aufenthaltsbereich und einem Funkgerät, dem bald der Strom ausgehen würde.

»Ladespannung der Batterien auf 4 Prozent ...«, murmelte er, wenn er sparsam mit der Energie haushalten würde, würde er das Funksystem noch ein paar Stunden einsatzfähig halten können. Pfeif drauf, dachte er, und schaltete den Lautsprecher an. Warum der Bunker keinen Generator hatte, wusste er auch nicht.

*»Mayday, Mayday, Mayday. This is Hamburg, Hamburg, Hamburg. My position: 53 Degrees 33 Decimal 13 Minutes North, 9 Degrees 59 Decimal 31 Minutes East. Require urgent assistance.«*

Alex hörte den Notruf in einer Endlosschleife, den er genau seit 16 Tagen, 7 Stunden und 24 Minuten über den Äther schickte. Bisher ohne eine Antwort zu erhalten. Er sendete analog über Kurzwelle auf 27 MHz und mit einer maximalen Sendestärke von 250 Watt. Digitalnetze oder Satelliten konnte er nicht erreichen. Das Funksignal wäre theoretisch weltweit zu empfangen gewesen. Theoretisch, praktisch antwortete ihm kein Schwein.

Ein Schauer überkam ihn, er fühlte sich, als ob er der letzte Mensch auf Erden war.

Alex blickte auf die Uhr. Viertel nach neun. Es hatte sich nichts getan. Sein Magen knurrte. Die Vorräte im Bunker hatten nur ein paar Tage gereicht. Bereits seit über einer Woche machte er Nulldiät. Im Kanister neben der Mikrowelle befanden sich noch zehn Liter Wasser. Die Zeit drängte. Er musste raus hier! Ein Plan, den er bereits seit 16 Tagen, 9 Stunden und 32 Minuten verfolgte. Leider mit ähnlichem Erfolg wie der Versuch, jemanden über Funk zu erreichen. Mia wartete auf ihn, seine Mia und seine zweijährige Tochter Luca, die Mias unbändige Haarpracht geerbt hatte.
»Mist!« Alex schlug mit der Hand auf die Konsole des Funkgerätes. Er sah sich um. Der Wohnbereich bot ansonsten ein grünes Kunststoffsofa, zwei mit grünem Kunstleder bezogene Holzstühle und einen Tisch, auf dem besagtes Funkgerät und die inzwischen ähnlich unnütze Mikrowelle standen.
»Wer baut solche Bunker?«, rief er wütend. Er ging zumindest davon aus, dass er in einem Bunker saß. Die Wände waren aus massivem Beton und Fenster gab es keine. Die massive Stahltür konnte er nicht öffnen. Übrigens der Grund, weshalb seine Fluchtpläne bisher kläglich scheiterten und weiterhin nicht funktionieren würden, denn die Tür besaß weder ein Schloss noch eine Klinke.

»Positiv denken!« Alex stand auf, er musste einen Weg finden, dieses Loch zu verlassen. Keine einfache Aufgabe, aber wenn das abstoßende grüne Kunststoffsofa nicht sein Totenbett werden sollte, würde er eine Lösung finden müssen. Ein Gedanke, den er sofort wieder verdrängte. Auch Überlegungen, wie er überhaupt in diesen Betonsarg hereinkommen konnte, brachten ihn nicht weiter.
Oder doch? Er ging zu einer Nische im Aufenthaltsbereich, in der sich der Safe befand. 50 x 50 Zentimeter groß, mitten an der Wand, einen Meter über dem Boden. Auf der Tresortür, die durch einen Drehmechanismus gesichert war, befand sich ein Aufkleber *Waffen.* Zum Öffnen musste man die richtige Zahlenreihe einstellen. Eine digitale Variante wäre für ihn einfache Beute gewesen, aber in diesem durchgängig analogen Drecksloch halfen ihm seine besonderen Fähigkeiten nicht weiter.
»Wie knackt man ein Kombinationsschloss?« Alex legte sein Ohr an das Metall und drehte am Einstellrad. Er hatte früher Filme gesehen, in denen Gangster solche Tricks draufhatten. Leider hörte er nichts, gar nichts, sogar sein Magen knurrte lauter. Das erhoffte Einrasten des Schlosses konnte er jedenfalls nicht vernehmen.
»Gewalt!« Alex stellte sich vor, die Panzertür einzutreten. Wenn er Schuhe gehabt hätte. Er lächelte, er hatte keine, genauso wenig wie weitere Kleidung oder nützliches Werkzeug.

Er rappelte an dem Kombinationsschloss, das handtellergroß, dunkel und aus Metall gefertigt, sehr robust wirkte.
»Ich will hier raus!« Er schlug mit der Faust gegen die Panzerung. Verdammt, das tat weh. Mit aufgeschlagenen Fingerknöcheln am Mund leckte er Blut. Es musste einen anderen Weg geben. Metall auf Metall, das hörte sich besser an. Er hatte eine Idee, zwar eine lausige, aber besser als gar keine.

Zehn Minuten später hielt Alex ein Vierkantrohr in den Händen. Dafür hatte eines seiner Stockbetten dran glauben müssen, es bestand also noch genügend Nachschub an willigen Vierkantrohren. Er sah das Kombinationsschloss an, dann das Vierkantrohr und wieder die Tür des Safes. Was er vorhatte, konnte nicht funktionieren. Er hielt es sogar für absolut unmöglich, den Panzerschrank auf diese idiotische Art aufzubrechen.
»Positiv denken!« Von oben hämmerte Alex den Vierkant auf das Kombinationsschloss. Metall auf Metall. Funken flogen. Erneut schlug er zu. Fester. Er wollte hier raus! Mia! Er wollte zu seiner Frau! Abermals schlug er zu. Fester. Er schrie. Alex wollte seine Tochter in den Armen halten. Fester. Dutzende Male schlug er zu. Das Metall der Vierkantstreben verbog sich. Es wurde warm. Es platzte auf. Splitter lösten sich. Es schmerzte in den Händen. Egal, er warf den Vierkant auf den Boden und nahm sich die nächste Rahmenstrebe. Und wenn es den ganzen

Tag dauern würde. Er prügelte pausenlos auf das Kombinationsschloss ein. Fester. Er atmete hastig. Und ein weiterer Schlag. Er schwitzte. Seine Freiheit verbarg sich hinter dieser Tür, das wusste er genau! Fester. Abermals schlug Metall auf Metall. Die Panzerplatte zeigte Kratzer und das Kombinationsschloss zahlreiche Macken. Fester! Es knackte. Darauf hatte er gewartet, ein Metallteil hinter der Tür schien nachgegeben zu haben. Endlich! Es funktionierte!

»Stirb schon!«, schrie er, wie von Sinnen drosch er den nächsten Vierkantstab krumm. Die Blasen an seinen Händen platzten auf, Blut lief das Eisen herunter, spritzte ihm ins Gesicht. Es knackte erneut, lauter als zuvor, das Kombinationsschloss hing bereits schief in der Halterung. Er setzte ab, rang nach Luft und betrachtete sein Werk. Das war verrückt, er war gerade dabei, seinen Verstand zu verlieren und er hatte nicht vor, damit aufzuhören.

»Ich will hier raus!« Erneut hob Alex das Vierkantrohr an, was aber nicht mehr nötig war. Das Kombinationsschloss fiel auf den Boden. Einfach so fiel es mit einem dumpfen Geräusch vor seine Füße. Die Tür zum Safe war deshalb noch nicht offen, aber das Schloss hatte er besiegt. Die Wucht der Schläge hatte ein fingerdickes Gewinde, das zuvor das Einstellrad gehalten hatte, wie mit einem Messer abgeschnitten. Eine merkwürdige Halterung, da er keinen Schließmechanismus erkennen konnte. Er griff nach den sich in der Tür befindlichen Resten des Gewindes, die sich jetzt mühelos lösen ließen. Es knackte abermals. Danach ließ sich die 50 x 50 Zentimeter große Stahlplatte ohne Kraftanstrengung öffnen. Der Moment der Freude verflog schnell. Der vermeintliche Waffenschrank war leer. Da war absolut nichts drin. Gar nichts. Was für eine Pleite! In zwei tiefen Fächern lagen nicht mehr als Staub und schlechte Laune.

»Scheiße!« Alex ließ den Kopf hängen, hatte er sich jetzt die Finger für nichts blutig geschlagen? Für einen Moment fühlte er sich wie eine Laborratte. Die Schmerzen seiner Hände signalisierten ihm aber, was Realität war.

Aus den Augenwinkeln sah er das abgeschlagene Kombinationsschloss am Boden liegen. Überall befanden sich Blutsspritzer, Schweißtropfen und Metallsplitter. Er sollte lernen, nicht zu früh den Kopf in den Sand zu stecken. Auf der Innenseite des Schlosses befand sich ein Zahlenfeld. Wirklich Sinn machte das nicht, aber es war da. Er wischte sich die blutverschmierten Hände an der Hose ab und nahm das Schloss auf. Das Zahlenfeld war zuvor unzugänglich gewesen. Jedenfalls bis zu dem Zeitpunkt, als er das Schloss abgeschlagen hatte. Das war verrückt! Absolut verrückt!

»Nein ...« Das war nur unlogisch. Ein kleiner, aber feiner Unterschied, das wusste er nur zu gut. Mit dem Finger berührte er das Tastaturfeld. Der Wahnsinn schien Methode zu haben, er konnte es spüren, da war ein minimales elektromagnetisches Feld. Zahlen lagen in der Luft, die er nun förmlich riechen konnte. Wie ein ausgehungertes Raubtier stürzte sich sein Geist auf die digital strukturierte Feldspannung. Ein Codesystem mit einem achtstelligen Zugriffsschutz, den er binnen einer Sekunde öffnete. 270/91/965, keine große Sache, interessanter war die Frage, womit das Codesystem verbunden war. Es gab keine Kabel, und Funknetze würde niemand vor ihm verbergen können.

»Was habe ich jetzt getan?« Alex sah sich um, konnte aber auf den ersten Blick keine Veränderungen erkennen. Alles wie zuvor. Ein kühler Luftzug, der nach Salz roch, zog an ihm vorbei. Eine Wahrnehmung, die ihn neugierig machte. Er ging durch den Schlafraum in den Korridor, hier war der Geruch intensiver.

»Natürlich ...« Alex sah auf die zuvor stets verschlossene Tür, die jetzt sperrangelweit offen stand. Dahinter verbarg sich eine Treppe, die nach oben führte. Licht gab es nicht. Auch das Ende der Treppe ließ sich in der Dunkelheit nicht erkennen. Was keinen Grund darstellte, die Stufen nicht emporzusteigen. Alex stellte sich die berechtigte Frage, ob jemand mit ihm spielte?

Absolute Dunkelheit, 412 Stufen aufwärts gab es immer noch keine Lichtquelle. Er ging weiter. Die Wände, wie auch die Stufen bestanden aus nacktem Beton, mit den Füßen konnte er kleine Steine spüren.

Stufe für Stufe, das Salz in der Luft wurde intensiver. Alex wertete die Witterung als gutes Zeichen.

981 Stufen, langsam bekam er weiche Beine. Sehen konnte er immer noch nichts. Die Luft roch wie zuvor salzig. Seine Position befand sich in Hamburg unmittelbar am Jungfernstieg, eine gute Lage, direkt am Wasser. Obwohl, er konnte auch sonst wo sein. Die Positionsdaten hatte er aus der Einstellung des Funkgerätes übernommen. In seiner Erinnerung befand sich ein Loch, er wusste nicht, wie er hergekommen war. Er hatte noch mit Mia gesprochen und im nächsten Moment war er vor 16 Tagen in diesem verfluchten Bunker aufgewacht.

1252 Stufen, verdammt, jede davon war 17-18 Zentimeter hoch, der Bunker befand sich jetzt schon 200 Meter unter ihm. Kein Wunder, dass er mit dem Funkgerät niemanden erreichen konnte. Er kletterte weiter seiner Freiheit entgegen. Da hatte jemand einen bösen Scherz mit ihm gemacht, sehr lustig, er würde später lachen.

»Wann hört die Treppe auf?« Alex ruhte sich aus. 1933 Stufen hatte er in der Dunkelheit bereits hinter sich gelassen.

Ab Stufe 2641 glaubte er, ein Licht sehen zu können, eine Wahrnehmung, die sich 100 Stufen später bestätigte. Bei Stufe 2907 ließ sich eine Tür erkennen, die einen Spalt offen stand. Freiheit. Ab diesem Moment flog Alex die Treppen herauf. 3388 Stufen, er zählte jede von ihnen. Bei 17 Zentimetern je Stufe entsprach das 575 Metern Höhenunterschied. Die Tür kam immer näher. Gleich hatte er es geschafft.

»JAA!« Alex drückte eine verrostete Stahltür auf und stand auf der Straße. Sein Blick schwenkte von links nach rechts. Früher hatte man von hier die Binnenalster sehen können. Einer der schönsten Plätze in der Stadt. Aber jetzt? Er sackte auf die Knie. In den letzten 16 Tagen hatte er häufig daran gedacht, in einem Albtraum festzustecken. Ein Fehler, er wusste es jetzt besser, der Albtraum schien gerade erst begonnen zu haben.

»Was ist hier passiert?« Überall lagen Schutt und Dreck, den eine Böe ihm auch umgehend zur Begrüßung ins Gesicht wehte. Egal wohin er sah, Hamburg bestand nur aus Trümmern. Da war auch nicht ein intaktes Gebäude zu erkennen. Als ob die Stadt in einem Krieg dem Erdboden gleichgemacht worden war. Ein Krieg, der nicht nur alles Leben ausgelöscht, sondern auch das Wasser hatte verschwinden lassen. Die Binnenalster war trocken, der Grund braun und rissig, die Kennedybrücke gegenüber dem Jungfernstieg zerborsten, zerstört und teilweise bereits verrottet. Trotzdem war die einzigartige Topografie der Stadt noch deutlich zu erkennen. Alex sah nach oben, das Licht der Sonne wirkte unnatürlich, keine Wolke befand sich am Himmel, trotzdem lag die Temperatur unter zehn Grad Celsius. Ein leichter Wind sorgte dafür, dass die ganze Szenerie von einem penetranten Staubschleier umweht wurde.

»NEIN!« Alex schrie, er wollte nicht aufgeben. Mia lebte noch, das wusste er genau. Sie befand sich gemeinsam mit seiner Tochter in Sicherheit und wartete auf ihn. »Überleben ist der Weg!« Alex stand auf. Wasser, Kleidung, Schuhe und Nahrung, genau in der Reihenfolge, er war frei, er würde auch in einem zerstörten Hamburg zurechtkommen.

Sich zwischen den Schuttbergen zu orientieren, war nicht einfach, die Gebäude hatten die Straßen größtenteils unter sich begraben. An einigen Stellen konnte er noch verbeulte Autodächer erkennen. Egal, was hier passiert war, es musste schnell gegangen sein.

Er untersuchte ein Autowrack, in dem vier Skelette ein Bild über den ungefähren Ablauf der Katastrophe vermittelten. Eine Familie mit zwei Kindern schien vom Einkaufen auf dem Heimweg gewesen zu sein. Sie waren sogar noch angeschnallt. Alex fand neben den Leichen einige intakte Konserven und einen noch verwendbaren rosa Kinderrucksack. Leider keine Getränke. Dem Rost, dem

Zustand der Leichen und der allgegenwärtigen Verwitterung nach musste die schreckliche Katastrophe, die Hamburg heimgesucht hatte, bereits Jahre her sein.

»Unlogisch!« Genau das war es, unlogisch, da Alex nur 16 Tagen in dem Bunker unter der Erde festgesessen hatte. Eine Bewegung rechts von ihm ließ ihn aufblicken. War da jemand? Sein Blick schweifte über die zerstörten Straßenzüge. Winkte ihm dort jemand zu? Eine Frau mit lockigem Haar? Mia? Das konnte nicht sein.

»MIA!« Alex rannte los, wegen des Staubs in der Luft hatte er Probleme, klar zu sehen. Er sprang einen Schuttberg hinab, stürzte, raffte sich wieder auf und rannte weiter. Sie stand am Ufer, nur hundert Meter von ihm entfernt. Der Wind frischte auf. Er hustete, sein ganzer Mund fühlte sich staubtrocken an.

»MIA!« Mit der Hand vor den Augen versuchte er, sich gegen den Staub zu schützen. Er rannte weiter. Sie winkte, er glaubte, sie winken gesehen zu haben.

»Ich komme!« Alex lief auf sie zu. Sie stand auf der Stelle und winkte ihm weiterhin zu. Seine Mia, gleich würde er sie wieder in die Arme schließen können.

Noch 50 Meter. Eine Staubböe zwang ihn, den Kopf zu senken. Gleich war er bei ihr.

»Nein ...« Die letzten Meter ging er nur noch. Seine Mia war nur eine dunkle Mülltüte, die sich an einem verbogenen Laternenmast verheddert hatte und wild umherflatterte.

Drei Meter vor dem Windspiel blieb Alex stehen, er resignierte und hatte keine Ahnung, wie er weitermachen sollte.

***

## II. Hamburg 2055

Mia legte den Helm ab, mit dem Handrücken wischte sie sich den Schweiß von der Stirn, sie hatte es wieder nicht geschafft. Wie bereits bei unzähligen Kontaktversuchen zuvor scheiterte sie daran, eine Verbindung zu Alex aufzubauen.

»Dr. Baringhaus, ist alles in Ordnung?«, fragte Arjun, Dr. med. Arjun Viswanwala, 49 Jahre alt, indischer Neurologe, Trauma-Spezialist und seit vier Jahren ihr Assistent.

»Ja.«

»Wirklich?« Arjun war einen Kopf kleiner als sie, hatte mehr Haare im Gesicht als ein Bär und vermochte trotz ihrer Spinnereien konzentriert zu arbeiten.

»Nein ...« Nichts war in Ordnung. »Kontakt abgerissen.«

»Die Aussage impliziert, dass wir einen Kontakt hatten.« Zudem war er ein Klugscheißer, Besserwisser und mittlerweile der Einzige mit der nötigen Kompetenz, der mit Geld dazu zu bewegen war, für sie zu arbeiten.

»Er hat mich gehört ...«

»Das glauben Sie.«

»Ich weiß es!«

»Technisch gesehen ...« Arjun griff an seinen Bart, eine Geste, für die Mia ihn bereits töten wollte. Es interessierte sie nicht, durch Technik in ihrem Schaffen begrenzt zu werden.

»Ist gut ... ich war mir nur sicher, ihn erreicht zu haben.« Leider hatte Arjun recht, er war die Stimme der Vernunft, die ihr nach Luftsprüngen die richtige Landebahn zuwies.

»Neurologisch betrachtet ist Ihr Ehemann bereits direkt bei seiner Geburt gestorben ... alles, was danach passiert ist, ist technologische und medizinische Neulandgewinnung.«

»Er lebt!« Mia stand von der Liege auf, sie wollte jetzt nicht anfangen zu weinen.

»Dr. Baringhaus, Sie sind Wissenschaftlerin, ich bitte Sie, bei den Fakten zu bleiben. Der Name Baringhaus geniest in Fachkreisen höchste Anerkennung. Dr. Olaf Baringhaus hat vor 42 Jahren etwas geschafft, was seitdem niemand wiederholen konnte. Er schenkte Ihrem Mann ein digitales Bewusstsein, Emotionen und die Fähigkeit, direkt mit Computern zu kommunizieren.«

»Ich möchte ihn wiederhaben.« Mia waren Alex' Fähigkeiten völlig egal, er war der Mann, den sie liebte.

»Nicht nur Sie.« Arjun legte die Hand an ihren Arm.

»Er könnte uns doch auch einmal helfen, oder?« Mia ging zu dem benachbarten Bett, in dem Alex seit 16 Jahren im Koma lag, und nahm seine Hand. »Nur ein wenig ... das würde genügen.«

An seinem Körper befanden sich unter einer dünnen Decke zahlreiche Impulsgeber, die mittels kleiner Stromstöße dafür sorgten, dass seine Muskulatur nicht abbaute.

Im Mund befand sich ein Atemschlauch und an den Armen weitere Zugänge.
»Wenn er es könnte ... würde er es tun, da bin ich mir sicher.« Arjun ging zur Tür. »Ich lasse Sie einen Moment allein.«
»Danke.«

16 Jahre war es bereits her: Alex hatte mit ihr beim Frühstück gesessen, hatte noch gescherzt und sich über ihre bunten Haare lustig gemacht. Sie hatte in diesem Moment am Boden sitzend mit ihrer Tochter Luca, dem kleinen Wirbelwind, gespielt, die wenige Tage zuvor zwei Jahre alt geworden war.
Die Matrix-Cubes sind ein Riesenerfolg, hatte er noch gesagt, seine letzten Worte, dann fiel sein Kopf vornüber in eine Müslischale. Punkt. Aus. Ende. Seitdem versuchte Mia jeden Tag wieder, ihn zurückzuholen. Geld, Technik, Menschen - keine Macht der Welt war dazu bisher in der Lage gewesen. Better Life bezahlte alle Spesen. Agnes Gutter, die als CEO den Konzern wieder in die richtige Spur gebracht hatte, war immer großzügig gewesen. Ärzte, Techniker, IT-Ressourcen, Mia durfte aus dem Vollen schöpfen. Sie hatte nur wegen Alex Informatik studiert, hatte über das Thema Künstliche Intelligenz promoviert und kämpfte seitdem jeden Tag erneut gegen Windmühlen.
»Kannst du mir nicht ein kleines Zeichen geben?«, fragte

Mia und küsste ihn zärtlich auf die Wange. Wegen der Medikamente hatte Alex keine Haare mehr am Körper, sein Gesicht wirkte müde, älter als er war, aber zufrieden. Sie redete sich zumindest ein, dass er durch die Behandlung kein Leid erfuhr.

»Ein Wink, ein Zwinkern ... bitte, zeig mir, dass ich auf der richtigen Spur bin.«

Natürlich antwortete Alex nicht.

»Luca hat heute Geburtstag ... sie ist jetzt 18. Unglaublich oder? Sie ist jetzt eine junge Frau. Ich habe ihr eine Urlaubsreise geschenkt, eine echte, keine von diesen virtuellen, die man für ein paar Euro im Netz buchen kann.«

Sein Kreislaufmonitor piepte kaum hörbar, während sie sprach. Körperlich war Alex gesünder als viele andere Männer in seinem Alter. 1,98 groß, sportlich, der Mann, den sie immer haben wollte.

*»Dr. Baringhaus?«,* fragte Arjun über die Sprechanlage.

»Ja.«

*»Ich habe alle Daten vorbereitet, wir können die Stimulation jetzt nachbesprechen.«*

»Ich komme ...«

Mia saß mit Arjun in einem der benachbarten Räume des Labors, den unzählige Monitore zierten. Bis zu zwanzig Spezialisten hätten hier arbeiten können. Früher war das Team größer gewesen, aber Manpower war nicht der Schlüssel, um Alex aus dem Koma aufzuwecken. Inzwischen arbeitete nur noch Arjun für sie, der ohnehin mehr leistete, als ein Dutzend Kollegen vor ihm.

»Das ist ein CT von Ihnen während der heutigen Stimulation«, erklärte Arjun an einem der Bildschirme. »Sie sehen die jeweils aktiven Hirnregionen.«

»Bunt.« Mia lächelte, die Bilder ihres Gehirns erinnerten an ihre Frisur, die sie früher hatte. Heute trug sie die Haare kurzgeschoren. Luca, ihre Tochter, hatte sie einmal gefragt, ob sie sich mit der Frisur bestrafen wollte. Was natürlich Unsinn war, die kurzen Haare waren praktisch, und andere Männer interessierten sie nicht.

»Und sehr lebendig ... im Gegensatz zu Ihrem Mann.« Arjun zeigte auf einen zweiten Bildschirm, Alex' CT-Scan glich einem Panoramabild der Mondoberfläche.

»Er ist kein normaler Mensch.«

»Stimmt ... dummerweise können wir ihn weder updaten noch einen Hotfix einspielen.«

»Dr. Viswanwala, war das ein Witz?« Die kamen bei Arjun nicht häufig vor.

»Entschuldigung.« Er zippelte an seinem Bart herum. »Ähm, ja ... Sie oder ich wären jedenfalls bei dem CT-Scan tot.«

»Sein Stammhirn ist aber aktiv.« Mia zeigte mit dem Finger auf einen dritten Bildschirm, der eine andere Hirnregion Alex' anzeigte, in der noch Hirnströme feststellbar waren.

»Stimmt ... trotzdem muss ihr Mann beatmetet werden. Wir wissen nicht, welche Hirnfunktionen dort noch erhalten blieben. Zudem ist der inaktive Bereich seines Gehirns nicht abgestorben, sondern ... ähm ... einfach offline. Durchblutet, aber frei messbarer Hirnströme.«

»Deshalb können wir ihn aufwecken!« Daran glaubte Mia fest, es galt nur, den richtigen Schalter zu finden.

»Was Sie seit 16 Jahren probieren und ich seit vier Jahren leider erfolglos unterstütze.«

»Wofür ich Ihnen trotzdem dankbar bin.« Mia wusste Arjuns Einsatz zu schätzen.

»Ähm ja ...« Arjun zeigte sich bescheiden. »Wie Sie sehen, hat sich durch die heutige Stimulation medizinisch nichts getan. Über das CT habe ich keine neuen Hirnaktivitäten feststellen können.«

»Lassen Sie uns die animierte Darstellung ansehen«, erklärte Mia und aktivierte einen vierten Bildschirm. Das teuerste Stück Software, das Better Life jemals entwickelt hatte, ein System, das Träume visualisieren konnte. Das System hatte Mias Gedanken festgehalten, während sie versucht hatte, Alex zu erreichen.

»Ich halte die Aussagekraft für begrenzt ... das System arbeitet nicht kausal.« Arjun mochte das Visualisierungssystem nicht, dessen Hardware in der Etage unter dem Labor ein ganzes Rechenzentrum füllte. Unter Mias Leitung hatte die Entwicklung der Software acht Jahre gedauert, die leider den kleinen Schönheitsfehler hatte, nur bei einem von tausend Menschen zu funktionieren.

»Deshalb klappt es ... Menschen ticken nicht kausal. Unsere gesamte Wahrnehmung ist ein Spiel zwischen Realität und Illusion. Wir erkennen nicht, was unsere Augen sehen, wir begreifen nur, was unser Gehirn wiederzuerkennen glaubt.«

Mia war sich der Grenzen der Software bewusst. Ursprünglich war das Entwicklungsziel gewesen, Alex' Stammhirn direkt anzusprechen, ein Vorhaben, das wegen seiner mathematisch nicht nachvollziehbaren Codierung kolossal gescheitert war.

»Ich starte die Animation ...« Arjun gab nach. Mia sah ihr virtuelles Alter Ego fotorealistisch animiert über eine weiße Fläche gehen. Es gab keine Wände, keinen Horizont und keine erkennbaren Details. Sie sahen, wie der Computer ihre Vorstellung wiedergab, Alex auf Gedankenebene zu begegnen.

Da der Computer von Alex kein Feedback empfing, interpolierte er fehlende Daten mit der für ihn wahrscheinlichsten Reaktion. Alex' Wahrnehmung der Begegnung hätte also auch ganz anders aussehen können. Zum Beispiel auf einer grünen Wiese sitzend. Oder gar nicht stattfinden, eine Haltung, die Arjun vertrat.

*»Ich starte die Codeeingabe«*, sagte Mia in der Animation, während des Vorgangs war ihre Stimme aufgezeichnet worden. Das war ihr Part, sie versuchte seit 16 Jahren, Alex' verbliebenes Stammhirn zu hacken. Eine Aufgabe,

die aufgrund der Variabilität von sämtlichen bekannten IT-Experten als unmöglich eingeschätzt wurde.

*»Codesequenz übertragen.«* Auf weißen Flächen, Mia nannte sie Konstruktionsplateaus, entstanden leuchtend blaue Linien, die sich wie ein Labyrinth aus dem nichts erhoben. In den letzten beiden Jahren vor dem Koma hatte Alex an neuen Sicherheitsstandards im Internet mitgearbeitet. Die daraus entstandenen Matrix-Cube-Netze waren sein Vermächtnis: Im Jahr 2055 wurden über 90 Prozent des World Wide Webs durch diese Sicherheitstechnologie geschützt. Ein 16 Jahre alter Standard, der noch nie gehackt wurde und laut besagter Experten auch die nächsten 100 Jahre unangreifbar bleiben würde. Mia hatte es bei Alex' Behandlung daher nicht überrascht, dass sein verbliebenes Stammhirn technische Ähnlichkeiten mit den Matrix-Cubes hatte.

*»Ich gehe los.«* Mia, die in der Visualisierung weiß gekleidet war, durchschritt einen ebenfalls weißen Korridor, in dem ihr zwei schwarze Katzen über den Weg liefen, die sich sofort anhänglich um ihre Beine schlängelten.

»Schöne Tiere.« Arjuns Finger umspielten seinen Bart.

»Entschuldigung ... ich musste in diesem Augenblick an Katzen denken.« Die Katzen gehörten nicht zum Plan. Alles, woran sie bei einer geplanten Begegnung mit Alex dachte, wurde durch den Computer visualisiert. Eine Tatsache, die bei erotischen Fantasien auch hätte peinlich werden können.

Dann stand Mia vor einer weißen Tür, öffnete sie und blickte eine lange dunkle Treppe hinab.
»Diese Tür war nicht von mir ...«, erklärte sie.
»Eine Interpretation des Computers.«
»Von Alex?« Mia wünschte sich, dass es so war.
»Der Computer hält es für wahrscheinlich.«
*»Ich gehe die Treppe hinab«,* erklärte Mia in der Animation, ein Vorgang, der während der Stimulation Minuten gedauert hatte. Unten angekommen öffnete sie eine schwere Metalltür, hinter der sich ein leerer Raum verbarg. 80 Quadratmeter groß, nackter Beton, ohne Möbel und ohne Alex.
*»Hier ist nichts, ich gehe wieder hoch.«* Mia kehrte um, befand sich aber, wieder oben an der Treppe angelangt, nicht mehr in dem Labyrinth. Sondern mitten in Hamburg, auf dem Jungfernstieg, bei wunderbarem Wetter, einer leichte Brise und Hunderte Menschen um sie herum. Es wurde gelacht, Menschen fuhren Fahrrad, spielten mit Hunden oder standen nur verträumt am Ufer.
»War das von Ihnen?«, fragte Arjun.
»Ich weiß es nicht ...« Mia war in diesem Moment selbst überwältigt, sie wusste nicht, ob der Gedanke von ihr war oder sie ihn gerne übernommen hatte. »Alex und ich waren immer gerne dort...«
»Warum winken Sie mit den Armen?«, fragte Arjun, der Mia dabei zusah, wie sie verträumt auf die Binnenalster sah und einem entfernten Segelboot zuwinkte.

»Keine Ahnung ... mir war gerade danach.« Mia versuchte, sich an den Moment zu erinnern. Aber sie wusste es nicht mehr. »Ich hatte das Gefühl, dem Boot winken zu müssen.«

»Oder ihm?« Arjun stoppte die Animation.

»Alex?«

»Haben Sie ihn gesehen?«, fragte er.

»Nein.« Auch wenn sie es sich gewünscht hatte. Je länger sie in einer Stimulation blieb, desto unschärfer wurde ihre Wahrnehmung. Ab einem gewissen Punkt glaubte sie stets, die Kontrolle zu verlieren und anstatt Alex zu retten, selbst Hilfe zu benötigen.

»Der heutige Code hat uns nicht weitergebracht«, stellte Arjun nüchtern fest und deaktivierte drei der vier Bildschirme.

»Wir machen morgen weiter.« Mia sah auf die Uhr, sie hatte sich mit Agnes verabredet.

»Hallo Liebes.« Agnes stand von ihrem gänzlich unbescheidenen Schreibtisch auf und kam mit einem Lächeln auf sie zu. Dr. Agnes Gutter war ihre Freundin und die Chefin von Better Life, einem der größten Technologiekonzerne weltweit. Ihr Büro befand sich zwei Straßen weiter. Agnes kannte sowohl Alex wie auch seinen Vater Olaf Baringhaus. Obwohl sie nur sieben Jahre älter war, hatte die Freundschaft zwischen ihnen etwas von einer Mutter-Tochter Beziehung.

»Hi.«
»Wie läuft es mit Alex?« Agnes nahm sie in den Arm.
»Bescheiden.« Mia musste ihr nichts vormachen. »Alex ist stur ... du kennst ihn doch.«
»Ihr passt gut zusammen ... setz dich.« Agnes zeigte auf eine graue Sitzgruppe am Fenster des riesigen Büros. »Hat Luca heute nicht Geburtstag?«
»Sie wird 18.« Mia war stolz auf ihre Tochter.
»Und du arbeitest?«
»Ähm ...«
»Wann hast das letzte Mal einen Tag freigenommen?«, fragte Agnes, die sich, nachdem sie vor Jahren den Krebs besiegte, verändert hatte. Sie sprach seitdem gerne davon, dass jeder nur ein Leben hatte. Den kurzen blonden Haaren und den meist sehr kostspieligen Kostümen blieb sie allerdings treu.
Mia besaß kein Kostüm oder andere typische Business-Kleidung, aber auch bei ihr hatten die Jahre Spuren hinterlassen. Ihre Haare hatten bereits seit langem nur noch eine Farbe und ihre Jeans waren, bis auf kleinere Löcher, meist sauber.
»Erst letzte Woche ...«
»An dem Tag, an dem du nur neun Stunden im Büro warst?« Agnes hatte auf dem Sofa einen Pad-Computer liegen. Mias eigene Mutter hätte nicht schlimmer sein können.

»Es ist meine Entscheidung.« Mia war 42, sie hatte sich für Alex, für Luca und für dieses Leben entschieden.
»Es ist bereits 16 Jahre her, oder?«
»Ja.« Für Mia war es wie gestern, jede Nacht hörte sie sich seitdem im Traum um Hilfe rufen, nachdem Alex nach seinem Zusammenbruch in ihren Armen gelegen hatte.
»Alex ist nicht nur der Einzige seiner Art, sondern auch der teuerste Komapatient aller Zeiten.«
»Geht es um Geld?« Mia wurde hellhörig.
Agnes schüttelte den Kopf. »Es geht um dich.«
»Mir geht es gut.«
»Du bist eine schlechte Lügnerin. Alex ist ein Held, viele junge Menschen verehren ihn wie James Dean. Mit meinem Konterfei wird sich sicherlich niemals jemand ein T-Shirt kaufen.«
»Und?« Auch Mia litt darunter, mit einer überlebensgroßen Person verheiratet zu sein, die jeder Idiot besser zu kennen glaubte, als sie selbst.
»Ich möchte dich um etwas bitten.« Agnes schlug einen anderen Tonfall an.
»Um was?«
»Es geht um die Matrix-Cubes, Alex' Erbe, er gehörte, wie du weißt, zu den Architekten. Wir stehen vor der größten Netzfusion aller Zeiten ... dem Zusammenschluss der östlichen und der westlichen Cubes. Die Verantwortlichen sind nervös, deine Worte könnten helfen«, erklärte Agnes. Im Prinzip wirkte die Netzfusion der zwei bisher getrenn-

ten Netze wie der größte Freihandelsvertrag aller Zeiten. Die Menschen würden zukünftig ohne Sprachbarrieren und in Echtzeit weltweit agieren können. Friedlich, ohne Waffen, ohne Terrorismus, ohne Drogen und mit einem Bruchteil aller zuvor verübten Verbrechen. Das Netz gehörte allen Menschen, weswegen es weltweit schneller akzeptiert wurde als jede andere politische Initiative.

»Die Verschlüsselung des Kernels ist unknackbar ... ich mache seit 16 Jahren nichts anderes als zu versuchen, in Alex' Dickschädel einzudringen, der mit hoher Wahrscheinlichkeit ähnlich gestrickt ist wie die Kernel der Cubes.« Mia wusste genau, worüber sie sprach.

Die Matrix-Cubes durchzogen inzwischen das gesamte Leben. Banken, Firmen, Regierungen, Privatleute, Arbeit, Geld, Freizeit, die Systeme waren allgegenwärtig. Der Beginn einer neuen Ära, das Ende der Wild-West-Zeiten im Internet.

»Trotzdem gibt es noch Menschen, die es versuchen.« Agnes sprach von Hackern, die aus nicht regulierten Zonen versuchten, die Matrix-Cubes zu Fall zu bringen.

»Kinder ... die nimmst du doch nicht ernst, oder?« Die automatisierten Sicherheitsmechanismen der Matrix Cubes konnten durch diese eher stümperhaften Versuche, in Randbereiche einzudringen, in den letzten Jahren nicht aus der Reserve geholt werden.

»Es gibt Analysten, die neben den Amateuren auch Profis in den Reihen dieser Terroristen vermuten.«
Mia schüttelte den Kopf. Auch wegen Alex war ein Hacker für sie nicht automatisch ein Terrorist. »Die Analysten wollen sich nur wichtig machen, damit niemand auf die Idee kommt, ihre Jobs abzuschaffen.«
Agnes Augen wurden schmaler. »Nimm die ‚Ice Queen' ... sie oder er ist kein Amateur.«
»Nicht mehr als eine Legende. Ich denke, dass die Nachrichtendienste im Kampf um Budgets selbst solche Figuren erschaffen, um einen Grund für ihre Arbeit zu haben.«
Mia wusste von dem politischen Konflikt. Der Siegeszug der Matrix Cubes deckte sich nicht gerade mit den Interessen der Nachrichtendienste. Sie waren die Verlierer. Alle, weltweit, in dieser Frage gab es unter den Schlapphüten aller Couleurs eine seltene Einigkeit. Dem NSA, einem großen US-Nachrichtendienst, wurden innerhalb der letzten Dekade 92 Prozent seiner Mittel gekürzt. Die Sicherheitslage auf der Welt hatte sich verändert. Alte Feindbilder existierten nicht mehr. Die Zusammenarbeit der Matrix Cubes mit den Sicherheitsbehörden war stets vorbildlich. Kriminelle hatten in diesem System schlechtere Karten als zuvor, aber ansonsten konnte jeder Bürger weltweit seine Freiheiten hemmungslos und unbeobachtet ausleben.

»Sie hat trotzdem mehr Sicherheits-Verletzungen auf dem Kerbholz als jeder andere Hacker.«
»Soweit ich weiß, war das bisher nicht mehr als Spielerei. In wichtige Bereiche konnte bis heute noch niemand eindringen.«
»Und wenn sie besser wird?«, fragte Agnes. »Die Gefahr existiert zumindest theoretisch.«
»Theoretisch.«
»Lass uns nicht über diesen Hacker sprechen. Ich denke ebenfalls, dass die Ice Queen überbewertet wird.«
Mia nickte.
»Lass uns über dich sprechen.«
»Was kann ich für dich tun?« Mia glaubte, zwischen den Worten einen seltsamen Unterton wahrgenommen zu haben.
»Mir helfen, ein paar Angsthasen in den Schlaf zu singen.«
»Wie?«
»Die Botschaft heißt Vertrauen, Vertrauen heißt Frieden, weshalb die Stimme von Dr. Mia Baringhaus Gewicht hat.« Agnes schenkte Mia und sich Tee ein, der bei der Ankunft bereits dampfend auf dem Couchtisch gestanden hatte.
»Ich bin kein guter Showmaster.« Mia hatte kein Interesse daran, in der Öffentlichkeit zu stehen.
»Das verlange ich nicht von dir ...«
»Was soll ich dann tun?«
»Sei Mia, sei das Mädchen von Alex, sei eine brillante Wis-

senschaftlerin, sei Mutter einer wunderbaren Tochter, sei alles, was du bist, und begleite mich auf eine Party.«

»Ich bin eine schreckliche Sängerin.«

Agnes lächelte. »Sie werden dir zuhören.«

»Wann findet deine Party statt?«

»Samstag«, erklärte Agnes, als ob es völlig selbstverständlich wäre, dass Mia Zeit hatte.

»Bereits morgen?« Sie war überrascht, aber Agnes war noch nie die Frau langer Worte gewesen.

»Ja.«

»Ich überlege es mir.« Mia nickte.

***

## III. Barfuß

Mit jedem Schritt versanken seine Füße langsam in einer Mischung aus Sand, kalter Asche und feinem Staub, den der Wind nach Belieben über den leblosen Grund der Binnenalster wirbeln ließ. Das war nicht mehr die Welt, die Alex kannte. Nicht die Stadt, in der er aufgewachsen war. In dem Bunker wollte er nicht bleiben. Die Tristesse dort war nicht zu ertragen. Kein Wasser, keine Energie, keine Vorräte, kein Werkzeug und eine elend lange Treppe bis zur Oberfläche, nein, dorthin wollte er nicht zurück. Ein Ort leerer Träume, ein Platz ohne Zukunft und sicherlich nicht das Loch, in dem er begraben werden wollte.

»Mia lebt«, sagte er leise. An diesen Gedanken klammerte er sich. Hielt sich fest und kämpfte, um nicht als hüllenlose Erscheinung verweht zu werden. Noch funktionierte er. Alle Tatsachen, die ihm sein Intellekt vorführte, ignorierte er beharrlich. Er wollte nicht über Realität, Logik, Konsequenzen oder Wahrscheinlichkeit sinnieren. Nichts davon spielte eine Rolle. Hamburg war völlig zerstört worden, aber das war nicht relevant. Er hatte 16 Tage lang mit einem starken Kurzwellensender niemanden erreichen können, aber vielleicht war das Funkgerät auch defekt, oder die Sendeantenne beschädigt gewesen. Das Wasser war verschwunden, aber auch dafür konnte es eine Erklärung geben. Vielleicht gab es in der Nähe eine große Baustelle oder etwas anderes in der Art.

Alex ging weiter, er fror, aber er ging weiter.
»Ich werde sie finden.« Die Sonne stand tief und würde bald untergehen. Er wusste nicht, wohin er gehen sollte, sah zur Seite, sah die Schuttberge und sah den Staub, der wie triumphierende kleine Kobolde auf der Straße tanzte. Das Gefühl der Leere blieb.
Mit dem rosa Kinderrucksack, zwei Dosen Ravioli und einem Dosenöffner im Gepäck, marschierte er weiter. In der rechten Hand trug er den halbleeren Wasserkanister, in der linken die Rahmenstrebe des zerlegten Stockbetts. Man konnte ihn nicht gerade als gut ausgerüstet bezeichnen.

Sich inmitten des zerstörten Hamburg anhand der ausgetrockneten Wasserwege zu orientieren, schien ihm opportun. Zudem er keine Schuhe trug. Über die Kleine Alster hielt er auf die Elbe zu. Einen Grund dafür gab es nicht. Vielleicht motivierte ihn die Suche nach dem Meer, vielleicht aber auch etwas anderes.
Inzwischen war es dunkel, das schwache Mondlicht genügte aber, um den Weg zu finden. Alex dachte an seine Jugend, an seinen Vater, seine Mutter, die er beide geliebt hatte. In seiner Kinderzeit hatte er gelebt wie ein Prinz, sogar einer, dessen Mutter sich bei all dem Reichtum noch Zeit für ihn genommen hatte.
Alex wusste damals nicht, mit welchem Handel sein Vater dem Teufel sein Leben abgekauft hatte. Dr. Olaf Barin-

ghaus war Arzt gewesen. Er hatte es sich daher nicht nehmen lassen, bei der Geburt seines Stammhalters dabei zu sein. Dabei zu sein, als Alex starb. Zu sehen, wie das kleine Herz aufhörte zu schlagen. Die Sekunden zu zählen, bis der Sauerstoffmangel ihn töten würde.

Das war 2013 gewesen, in dem Jahr seiner Geburt. Das Schicksal hatte für Alex allerdings eine andere Zukunft in petto gehabt. Sein Vater war auch Forscher gewesen und hatte seinerzeit ein militärisches Programm geleitet, dessen streng geheimes Ziel die Konditionierung von psychisch gestählten Supersoldaten, Menschen ohne Furcht, ohne Skrupel und ohne ein störendes Gewissen, gewesen war.

Das Projekt hatte sich früh in eine moralische und technologische Sackgasse manövriert. Es war einfach zu viel. Keiner der Supersoldaten hatte die Behandlung überlebt. Sie waren alle elendig verreckt. Dutzende waren gestorben. Die Trainingsprogramme mussten der reine Horror gewesen sein. Sie hatten den Verstand verloren und sich teilweise vor Panik die Fingernägel bis zu den Handgelenken abgefressen. Ein Projekt, das niemals hätte stattfinden dürfen.

Und genau diese Technologie hatte Alex' Vater aus purer Verzweiflung bei seinem klinisch toten Sohn angewendet. Der Computer hatte Alex daraufhin zum Leben erweckt, stimulierte sein Gehirn mit digitalen Strukturen, unterließ es aber, die militärischen Trainingsprogramme einzuspielen. Er hatte also im Prinzip nicht mehr als ein nacktes

Betriebssystem implantiert bekommen, das die Herz- und Lungenfunktion steuerte.
Später hatte Alex dann erfahren, dass der Computer ihm deswegen nur eine Überlebenschance von wenigen Stunden gegeben hatte. Diese kurze Lebenserwartung war seinem Vater bekannt gewesen. Er hatte daher niemals das Ziel gehabt, ein Monster zu schaffen. Alles, was sein Vater jemals gewollt hatte, war, seiner Mutter zumindest die Chance zu geben, ihren Sohn für wenige Stunden in die Arme zu schließen. Eine emotional verständliche Entscheidung, Alex hatte ihm später dafür vergeben.
Da Alex selten das tat, was andere von ihm erwarteten, hatte er nach der Geburt dem Computer gezeigt, sich geirrt zu haben. Er starb nicht. Weder in den ersten Stunden noch binnen der ersten Tage. Voller Trotz, sich dem Schicksal zu beugen, starb er einfach nicht.
Er lebte. Aus einem Tag wurde eine Woche, wurde ein Monat, hatten sich Jahre einer stinknormalen Kindheit ergeben. Alex war weder stärker, schneller oder klüger als andere gewesen. Vermutlich hatte sein Vater bereits vergessen gehabt, was er ihm angetan hatte. Alex' Mutter hatte es bis zu ihrem Tod nie erfahren.
Alex hatte seine besondere Veranlagung erst in der Pubertät verstanden. Er hatte sein Talent *Ghosten* getauft, die Fähigkeit, nur mit der Kraft seiner Gedanken in Computernetzwerke einzudringen. Gepaart mit seiner Gabe, sich digitale Welten lebensecht vorzustellen, hatte Alex damit

die Macht, jedes beliebige digitale Sicherheitssystem zu überlisten. Eine Fähigkeit, die er schnell perfektioniert hatte.

Alex hatte bereits früh die Gefahren seiner Veranlagung verstanden und sich entschieden, unerkannt zu bleiben. Das war die richtige Entscheidung gewesen, leider war die Ausführung auf Dauer miserabel. Es kam, was kommen musste. Alex hatte sich dafür entschieden, anderen zu helfen und seine sichere Deckung zu verlassen. Damit wurde er zu einem Helden. Dem ersten und auch einzigen seiner Art. Keine einfache Rolle, aber er hatte gelernt, damit zu leben.

Mit Mia und seiner Tochter Luca hatten sich die Vorzeichen in seinem Leben geändert. Sie gaben ihm Bodenhaftung. Geld, Macht und seine Berühmtheit interessierten ihn nicht. Er war immer Idealist gewesen und wollte auch nie etwas anderes sein.

Vor zwei Jahren wurde Luca geboren, ansonsten war in diesem Jahr ziemlich viel schief gelaufen. Die zunehmende Digitalisierung überforderte viele Menschen, Firmen und Regierungen waren im Internet nur auf ihren Vorteil bedacht und der jüngste Zwischenfall mit Lisa[1] hatte viele, viele Leben gefordert.

Alex nutzte daher seine neu gewonnene Popularität und

---

[1] Siehe »Ich.Liebe.«, das zweite Buch der Hamburg-Reihe

trat für ein völlig neuartiges Internet ein: die Matrix-Cubes. Der Witz an dieser technologischen Revolution war, dass der Benutzer, wenn er es nicht besser wusste, keine Unterschiede bemerkte. Nachrichten lesen, Pornos schauen, shoppen gehen, Behördengänge erledigen, alles blieb, wie es war. Über mobile Geräte in der Tasche, am Handgelenk, auf dem Stoff der Jacke, als Implantat unter der Haut und an einem zwanzig Jahren alten Personal Computer daheim, alles ließ sich wie gewohnt bedienen. Niemand musste etwas lernen, niemand musste sein Onlineverhalten ändern.

Die Innovation fand im Verborgenen statt. Alex war dafür eingetreten, die grundsätzlichen Übertragungsprotokolle und Sicherheitssysteme vollständig neu zu strukturieren. Jeder im Netz war nun identifizierbar. Niemand konnte sich mehr in einer anonymen Masse verstecken. Eine Änderung, die anfänglich kritisiert wurde. Aktivisten befürchteten einen weltweiten Überwachungsstaat.

Alex ging allerdings einen Schritt weiter, er sorgte auch dafür, dass die Matrix-Cube-Netze sich selbst verwalteten. Weswegen niemand mehr unkontrolliert Überwachungsprogramme benutzen konnte, wie es Geheimdienste früher getan hatten. Bei Straftaten oder ähnlichen Vorgängen konnten Sicherheitsbehörden mit Zustimmung eines Richters thematisch eng begrenzte Suchanfragen stellen, aber beliebig im Privatleben der Bürger herumzuschnüffeln, ging nicht mehr. Wenn sich also ein spießiger Beam-

ter in seiner Freizeit gerne mit der Peitsche virtuell den Arsch versohlen ließ, blieb das genauso unerkannt wie in den Jahren zuvor.
Die Matrix-Cube-Netze hatten Regeln, die alle zu befolgen hatten. Niemand war mehr in der Lage, diese zu umgehen. Dabei hatte Alex, um die Matrix-Cubes zu verwalten, nicht eine allmächtige Super-KI zum Herrscher erkoren, genauso wenig wie sich selbst, sondern ein Heer von auf unzähligen Servern verteilten KI-Beamten implementiert. Falls doch einmal ein KI-Beamter auf schräge Ideen kam, wurde er durch die Masse der anderen wieder begradigt.
Natürlich liefen Matrix-Cube-Netze immer noch auf Servern. An der Nutzung von Prozessoren, Arbeitsspeichern und Festplatten hatte sich nichts geändert. Geändert hatte sich aber, dass niemand mehr wusste, wo der für ihn aktive Server stand. Wenn also eine Regierung mit Tausenden Mitarbeitern die passenden Server in einem Rechenzentrum bereitstellte, war es nicht sicher, wo die benötigen Verwaltungsdienste IT-technisch erbracht wurden.
Es konnte gut sein, dass europäische Regierungsserver unter anderem Streams neuer Kinofilme anboten, Kontaktbörsen für Fußfetischisten, einem kommunistischen Nachrichtenportal aus Südamerika eine Stimme verliehen oder neusten Verschwörungstheorien Vorschub leisteten, dass Elvis auf Malta lebte und gemeinsam mit seinen Enkelkindern eine Bar betrieb. Im Gegenzug wurden zum

Beispiel Anträge für Renten, für einen neuen Ausweis oder die letzte Steuererklärung von privat redundanten Serverclustern in Grönland, Oer-Erkenschwick oder einem balinesischen Atoll bereitgestellt.
Es spielte keine Rolle, wo die Rechenleistung oder die Daten im Internet herkamen, sie waren überall sicher. Jedenfalls sicherer als zuvor. Bisher hatte noch niemand die Sicherheitsprotokolle der Matrix-Cubes hacken können. Damit kannte Alex sich wie kein Zweiter aus. Auch er wäre dazu nicht ohne Weiteres in der Lage gewesen. Er hatte die Verschlüsselung dynamisch-alternierend strukturiert, sie passte sich also ständig der Situation an. Harmlose Informationen wurden einfach gesichert, wichtige Informationen hingegen mit Codierungen, die eine Komplexität ähnlich der von DNS-Strängen erreichte.
Und falls doch einmal die Matrix-Cubes in einem schwächer gesicherten Bereich angegriffen wurden, analysierte das System die Attacke, lernte daraus und sicherte die Schwachstelle. Mittels Fehlertoleranz, verteilten Strukturen und lernfähigen Prozessen würden die Matrix-Cubes auch ohne seine Aufsicht mit dem technologischen Fortschritt der Menschen mithalten können.

Alex hatte inzwischen das Flussbett der Elbe erreicht, auch hier schien es bereits seit Jahren kein Wasser mehr zu geben. Seine Augen hatten sich inzwischen an die Dunkelheit gewöhnt. Sowie an die Stille, bis auf den Wind konnte er nichts hören. Es gab auch keine Tiere, keine Vögel, keine Pflanzen, überhaupt nichts, das daran erinnerte, dass hier vor 16 Tagen noch eine Millionenmetropole existiert hatte.

Er blieb stehen, sah zur Seite und rieb sich die Arme. Es wurde immer kälter, er fror. Konnte es sein, dass etwas mit seiner zeitlichen Wahrnehmung nicht stimmte? Er ging davon aus, dass seit seiner letzten Begegnung mit Mia nur 16 Tage vergangen waren. War das richtig? Je mehr er darüber nachdachte, desto unsicherer wurde er. Es hätte auch mehr Zeit vergangen sein können. In dem Bunker hätte er leicht den Überblick verlieren können. Aber auch wenn es 18, 20 oder 22 Tage gewesen wären, spielte das für seine aktuelle Situation eine Rolle? Nein, das tat es nicht. Im zerstörten Hamburg waren Jahre vergangen, Jahre, die er sicherlich nicht in dem Bunker zugebracht hatte. Um das Paradoxon zu lösen, brauchte er einen anderen Weg. Warum war er hier? Warum war er allein? Warum war von der Stadt nicht mehr übrig, als ein riesiger Schuttberg?

»Warum?«, rief er in die Dunkelheit. Er fühlte sich hilflos, kraftlos und inzwischen auch hoffnungslos. Er sackte auf die Knie, tauchte die Hände in den Dreck und warf den Sand in die Luft.

»Das ergibt keinen Sinn!« Alex war wütend, unendlich wütend, sogar tot wäre er besser dran gewesen.

Weil ich dich liebe, sagte Mia in seinen Gedanken. Leise, aber lauter als der Wind. Weil sie ihn liebte, hatte sie gesagt. Weil er durchhalten musste, wollte sie ihm sagen. Weil er wieder zurück zu ihr wollte, dachte er.

Du hast eine Tochter, Mia sprach weiter zu ihm. In Gedanken blieb sie ständig an seiner Seite, sie heißt Luca, du solltest sie sehen, sie ist bereits zwei. Alex begann zu weinen, hilflos, wehrlos und erschöpft kauerte er sich im Dreck der Elbe zusammen.

***

## IV. Ice Queen

Mia verließ den Expressaufzug in der 181. Etage, schloss kurz die Augen, holte Luft und ging auf ihre Wohnungstür zu. Luca wurde heute 18, aber Mia hatte Mühe, sich darüber zu freuen. Die Erlebnisse bei Alex' Stimulation beschäftigten sie immer noch. Ein Fehlschlag, wie an vielen Tagen zuvor, trotzdem hatte sie heute geglaubt, ihm näher als sonst gewesen zu sein.

Sie legte die Hand an die Klinke, sah auf ein in der Wand eingelassenes Display, das stumm ihre Zugangsberechtigung bestätigte, und drückte die massive Holztür auf. Innen angelangt, legte sie die alte Handtasche aus Jute auf einen Tisch, streifte sich die flachen Schuhe ab und ging barfuß über den handwarmen Marmorboden. Während sie die drei Stufen zum Wohnbereich herabging, erhellte sich bei jedem Schritt die indirekte Wandbeleuchtung in ihrer Nähe. Durch die breite Fensterfront konnte sie die Nordsee erkennen. Der einzige Grund, aus dem sie dieses Luxusapartment akzeptiert hatte, war die Nähe zu Alex. Das Labor befand sich 90 Etagen unter ihr im selben Gebäude.

»Luca?« Mia wusste nicht, ob ihre Tochter bereits zuhause war. Am frühen Abend hätte sie ihren Geburtstag auch mit Freunden feiern und nicht auf ihre arbeitswütige Mutter warten können. Im hinteren Bereich der Wohnung öffnete sich eine Tür, aus der leise Musik zu hören war. Mia lachte. Luca stürmte auf sie zu, langhaarig, gut gelaunt und mit einer beachtlichen Geschwindigkeit.

»Mama!« Luca schloss sie in die Arme. Am Morgen war Mia bereits sehr früh ins Labor aufgebrochen und hatte das Geburtstagskind schlafen lassen.

»Alles Gute zum 18ten!« Jetzt weinte sie doch.

»Danke.« Beide weinten.

»Ich bin so stolz auf dich!« Mia streifte die dunkle Mähne auf die Seite, um darunter die Augen ihrer Tochter zu finden. Ein graues und ein braunes, passend zur Familie, Mia hatte ein grünes und ein blaues Auge. Mutter und Tochter hatten auch dieselbe milchig braune Haut. Ein Erbe von ihrem Großvater väterlicherseits, einem dunkelhäutigen US-Amerikaner, der seine Gene allerdings gemeinsam mit einer Italienerin, einem Hongkong Chinesen und einer rothaarigen Russin in den Topf geworfen hatte. Bei Luca kam dann noch ein großer und blonder Nordeuropäer dazu, der seiner Tochter eine stattliche Größe vererbt hatte. Luca war mit 1,79 ein Stück größer als sie.

»Warst du bei Papa?«

»Ja.« Mia nickte.

»Wie geht es ihm?«

»Besser.« Mia lächelte.

»Du wirst es schaffen.« Luca legte die Hand an Mias Wange und wischte einige Tränen weg.

»Ja ... natürlich.« Daran bestand kein Zweifel. »Ich habe ein Geschenk für dich.«

»Hui ... was denn?« Luca, die wie ihre Mutter eine zerrissene Jeans und ein T-Shirt trug, tanzte um sie herum.

»Eine Überraschung.« Mia zog ein dunkles Schmuckstück an einer Kette aus der Gesäßtasche. Rund, so groß wie eine zwei-Euro-Münze und doppelt so dick, ganz in schwarz und ohne einen Aufdruck, schließlich sollte es eine Überraschung sein.

»Was ist das?«, fragte Luca.

»Fass es an.«

»Cool.« Luca nahm den Anhänger, der im Moment der Berührung die Farbe veränderte. Zuerst wurde er rot, dann blau und letztendlich leuchtend orange. Mia hatte das Geschenk codieren lassen, nur ihre Tochter konnte dieses Farbenspiel auslösen. Auf der Karte entstand langsam eine kleine holografische Insel im Meer. Zuerst der Sand, dann Wasser, Bäume, Felsen und zum Schluss ein Hotel in einer traumhaften Bucht. Winzige Vögel flogen durch die Szene. Sie konnten sogar das Meer rauschen hören.

»Ein Urlaub?«, fragte Luca, die sich die Kette mit einem Lächeln um den Hals hängte.

»An einem wunderschönen Ort. Du wirst 14 Tage auf die Malediven reisen, in der Sonne liegen und es dir gutgehen lassen.«

»Ein echter Urlaub?«

»Ja ... kein virtueller.«

»Wie lange dauert der Flug?«
»Schon eine ganze Weile ... du wirst bestimmt zwei Stunden unterwegs sein.«
»Boar ... und fliege ich alleine?«, fragte Luca erwartungsvoll. Ihre Augen leuchteten in diesem Moment heller als die kleine animierte Sonne in dem Hologramm.
»Ein Ticket für zwei ... wenn du magst, kannst du eine gute Freundin mitnehmen. Oder einen Freund?« Mia wusste, dass sie keinen hatte. Die letzte Liebelei war bereits einige Monate vorbei.
»Ich habe keinen.«
»Aber eine Freundin?«
»Wie wäre es mit dir?«, fragte Luca strahlend.
»Es ist dein Geburtstag ... und nicht meiner.« Mia spürte, dass sie in die Enge getrieben wurde.
»Darum wünsche ich es mir.«
Mia schluckte. »Ich würde gerne ...«
»Dann tue es doch einfach.«
»Die Arbeit ...« Mia konnte Alex nicht alleinlassen. Er brauchte sie, ihre Aufgabe war es, ihn aufzuwecken. Es konnte jeden Tag etwas passieren, sie musste an seiner Seite bleiben.
»Ich würde alles dafür geben, mit Papa zu sprechen, ihn lachen sehen, leben ... aber es soll nicht sein. Ich bin sicher, dass er uns diesen Urlaub gönnen würde.«
»Aber ich muss bei ihm bleiben!«

»Du machst das nicht seinetwegen ... es geht nur um dich. Mama, du trägst keine Schuld!« Luca verhielt sich gerade erwachsener, als es Mia lieb sein konnte.
»Bitte ... hör auf.« Sie wollte nicht mit ihrer Tochter streiten. Nicht heute, nicht an ihrem Geburtstag.
»Ich möchte dich nicht verlieren.« Luca nahm Mias Kopf und drückte sie an ihre Schulter.
»Ich möchte gerne ... aber ich kann nicht.« Mia vermochte nicht, über ihren Schatten zu springen. Für diesen Schritt reichten lausige 16 Jahre nicht aus.
»Ein Deal?«
»Welchen?« Mia richtete sich wieder auf.
»Wir gehen aus. Heute. Einen Abend, nur wir beide. Wir werden etwas essen, in Clubs gehen, wir werden tanzen, lachen, etwas trinken und uns von dummen Typen anquatschen lassen.«
»Dafür bin ich zu alt.«
»Sie werden dich für meine große Schwester halten. Ich werde schon auf dich aufpassen, damit du mir keine fremden Kerle mit nach Hause bringst ... bitte, du hattest den ganzen Tag im Labor. Ich möchte nur den Abend! Den wünsche ich mir von dir! Ich bin jetzt 18, schon vergessen ... ich darf jetzt in jeden Club, der mir gefällt!«
»In Ordnung.« Mia gab nach.

»In bin die Königin der Welt!«, rief Luca ausgelassen, die mit Leonardo DiCaprio am Bug der Titanic dem Sonnenuntergang entgegenfuhr. Sie, die Arme ausgebreitet, er, sie an der Taille haltend. Das Zitat war nicht ganz szenenecht, was aber die gute Laune von Mias Tochter nicht schmälerte. Das neue Erlebniskino am Gänsemarkt machte Unglaubliches möglich, dank einer holografischen Animation wurde Luca Teil des Films. Jeder konnte hier seine Lieblingsszenen aus Filmklassikern selbst erleben. Nach dem Kino zogen beide weiter. Luca in kurzer Jeans, einem Top und Mia in einer mit Kreidestaub verschmutzten Latzhose, die seit 16 Jahren ungewaschen in einer Schublade gelegen hatte.

Mia fing an, ein Bild auf den Bordstein zu malen, die dazu benötigte Kreide befand sich ebenfalls noch in den Hosentaschen.

»Du malst ... ich manage dich«, erklärte Luca, die kurzerhand anfing, neugierige Passanten um Kleingeld anzupumpen. Es funktionierte, die Leute gaben ihnen Geld und beide hatten einen Mordsspaß. Das Wetter war am diesem Abend im September noch sommerlich.

»Wenn ihr Hunger habt ... ich lade dich und deine Schwester gerne zum Essen ein«, erklärte ein junger Mann im Anzug großzügig, der für Luca zu alt und für Mia zu jung gewesen wäre.

»Meine Schwester und ich sammeln Geld für unsere kranke Mutter ... ihr geht es nicht gut. Sie braucht Medikamente. Aber Sie können uns mit einer kleinen Spende helfen.« Ihre Luca war eine bessere Verkäuferin, als es Mia jemals sein würde.

»Natürlich.« Er zahlte, bekam dafür von Luca ein umwerfendes Lächeln geschenkt und zog zufrieden weiter. Sein Abendessen würde er allerdings allein zu sich nehmen müssen. Viele Passanten blieben an dem Kreidebild stehen, Mia hatte Hamburg nachgemalt, wie es vor 150 Jahre ausgesehen hatte. 1905 war hier alles anders gewesen, wirklich alles. Heute schwebten Hunderte Gleiter über die Stadt, Menschen trugen hochmoderne Kleidung und die Geschäfte köderten ihre Kundschaft mit holografisch animierten Erlebnisschaufenstern.

Mia schaute auf, strich sich die schmutzigen Hände an der Latzhose ab und beobachtete vier dunkelhäutige Kinder, die sich dreißig Meter von ihnen entfernt auf das Kopfsteinpflaster setzten. Die waren plötzlich da, obwohl sie hier absolut nicht hinpassten.

Die Kinder waren erbärmlich gekleidet, zwei von ihnen waren sogar nackt. Das jüngste, ein Mädchen, vielleicht drei Jahre alt, schlief auf den Pflastersteinen, die Jungs, bis zu sieben Jahre alt, saßen schweigend daneben. Die Arme und Beine dünn wie Streichhölzer, die Bäuche unnatürlich aufgedunsen.

Das war kein schöner Anblick für eine Stadt, in der Kinder schon lange nicht mehr hungern mussten.
Teilweise dieselben Passanten, die Luca wegen Mias Kreidebild noch Geld gegeben hatten, machten um die Kinder einen weiten Bogen. Niemand schien ihnen nahekommen zu wollen. Niemand fragte, ob er helfen konnte. Niemand machte Anstalten, sich deswegen bei seinem spätsommerlichen Spaziergang stören lassen zu wollen.
Auch Luca sah jetzt die Kinder und ging auf sie zu. Die Einzige, die das tat. Andere Betrachter der Szene blieben lieber in sicherer Entfernung stehen. Mias Tochter nahm das erbettelte Geld und wollte es dem ältesten des Quartetts geben, der keine Anstalten machte, selbst zu betteln. Der Junge sah Luca nur stumm an. Ein Blick, der Steine brechen konnte. Aber er nahm das Geld nicht an. Luca blickte zu ihrer Mutter und hob fragend die Schultern. Mia deutete die Situation anders. Sie stand auf und ging zu ihrer Tochter.
»Was ist mit den Kindern?«, fragte Luca verunsichert.
»Sie sind nicht hier ...« Mia versuchte, den Jungen zu berühren, griff allerdings ins Leere. Augmented Reality, das war ein Hacker-Angriff auf die Hamburger Matrix Cubes, über einen öffentlichen Projektor, der ansonsten den Straßenverkehr regelte, hatten Hacker eine holografische Projektion eingespielt.

»Wie?« Luca schüttelte verständnislos den Kopf. »Damit macht man doch keine Scherze.«
»Das ist kein Scherz.« Das war Protest. Das waren die Hacker, die Agnes als Terroristen bezeichnet hatte. »Lass uns gehen.«
»Ja.«
»Wie viel Geld hast du bekommen?«
»Hundert vielleicht ... ich habe es nicht gezählt.« Luca hatte die Hände voller Kleingeld.
»Lass es ihnen ...« Das Leid war echt, das Geld war echt, nur der Ort stimmte nicht. Weder für die Kinder noch für das Geld. Es gab leider immer noch Plätze auf der Welt, wo Menschen so leben mussten. Vielleicht weniger als früher, aber es gab sie noch.
Luca nickte und legte das gesamte Kleingeld auf den Boden. Eine Geste, die nicht unbemerkt blieb. Auch andere Passanten trauten sich jetzt in die Nähe, blieben einen Moment, schwiegen und hinterließen ebenfalls Kleingeld am Boden.

Einige Stunden später, um vier Uhr morgens saß Mia in Unterwäsche am Schreibtisch ihres Schlafzimmers. Neben ihr eine heiße Tasse Schokolade, die hatte sie sich verdient. Als sie vor 22 Jahren Alex kennengelernt hatte, hatte sie zuerst nichts von ihm wissen wollen. Zu groß, zu schräg, Alex war jemand, den man seinen Eltern nur vorstellte, wenn man enterbt werden wollte.

Egal, wo er auftauchte, in der U-Bahn, in einer Kneipe oder am Strand. In seiner Nähe ergaben sich allein durch die körperliche Präsenz natürliche Freiräume. Alex Baringhaus, vermutlich war sie die Einzige an der Universität, die mit seinem Familiennamen nichts anzufangen wusste. Natürlich hatte sie auch nichts über seine besondere Veranlagung gewusst. Niemand hatte das damals. Die Fähigkeit, mit Gedankenkraft über Computer zu kommunizieren, blieb auch 22 Jahre später ein Mysterium.

Irgendwann hatte er es dann doch geschafft, ihr Herz zu erobern. Für Mia ein einmaliger Vorgang, sie konnte ihn nicht mehr loslassen. Sie hatte in den letzten 16 Jahren nie wieder jemanden kennengelernt, der sie ähnlich in seinen Bann ziehen konnte. Es war deshalb nur konsequent, alles dafür zu unternehmen, ihn zurückzubekommen.

Mia aktivierte ihren privaten Computer, dessen Bildschirm die verglaste Oberfläche des kompletten Schreibtischs ausmachte. Mit einer Wischbewegung öffnete sie einen VPN-Tunnel, der ihr eine anonyme Verbindung mit einem Proxy-Server in der nicht-regulierten Zone erlaubte. Wie sich das anhörte, nicht-regulierte Zone, das waren Bereiche im Internet, die nicht von den Matrix Cubes kontrolliert wurden. Es gab allerdings auch andere Namen: das *Darknet*, private Verbindungen, private Server, private Netze und private Sicherheitsstandards. Das Darknet diente für private Geschäfte, private Vergnügen und jede andere Form privater Aktivitäten, zu der sich

Menschen motivieren konnten. Wer sich hier nicht auskannte, kam schnell unter die Räder. Das Darknet war gnadenlos: Identitäten, Accounts, Passwörter, Kreditkarten, alles waren beliebte Handelsgüter, genauso wie Waffen, Drogen, Mädchen, Schutzgeld oder Diebesgut.

»Ich bin online.« Mias Interesse am Darknet hatte andere Motive. Sie kaufte nichts, verkaufte nichts, frönte keinen ungewöhnlichen sexuellen Vorlieben und verfolgte auch keine obskuren politischen Interessen. Wenn man es genau nahm, leitete sie nur eine kleine Interessengemeinschaft, die es sich zum Ziel gesetzt hatte, die Matrix Cube Netze abzuschaffen. Jedenfalls gingen die Mitglieder ihres Zirkels genau von dieser Zielsetzung aus. Mia war die Ice Queen, sie war das Feindbild, von dem Agnes Gutter gesprochen hatte.

*»Hallo Ice Queen ... der Herr segne dich«,* sagte Jericho, ein gescheiterter Softwareentwickler, der davon überzeugt war, dass die Matrix Cubes vom Teufel persönlich geschaffen worden waren. Er tat es aus religiösem Fanatismus. Mehr wusste Mia nicht über ihn, sie wusste aber, das er sein IT-Handwerk verstand.

*»Hi.«* Das war die Stimme von Bastard, einem spanischen Arzt, der in Südafrika lebte. Er hatte wegen eines Kunstfehlers, den er seiner Ansicht nach nicht verschuldet hatte, seine Praxis schließen müssen und der Obrigkeit seitdem den Krieg angesagt. Er tat es, um sich an denen zu rächen, die ihn fallengelassen hatten.

»Der Code hat nicht funktioniert.« Mia hatte über viele Jahre versucht, den Zugang zu Alex mit legalen Mitteln zu schaffen. Jahr für Jahr, immer wieder, und immer wieder vergeblich. Vor sieben Monaten hatte sie sich entschieden, neue Wege zu beschreiten und sich der Hacker-Szene zu bedienen. Bis auf Jericho waren die Mitglieder ihrer Zelle zwar alles Idioten, aber er war dafür ein Volltreffer. Als Ice Queen hatte sie allen in der Gruppe glaubhaft gemacht, ein Insider bei Better Life zu sein, weswegen niemand ihre Führungsrolle infrage stellte. Sie hatte allen erzählt, den Kernel hacken zu wollen. Sie hatte zudem erwähnt, wegen Better Life jemanden aus der Familie verloren zu haben. Eine Aussage, die sogar stimmte. Jedenfalls war es das erklärte Ziel der Gruppe, die Matrix Cubes abzuschalten.

Allerdings wusste niemand, dass Mia mit ihrem Doppelleben als Ice Queen nur frischen Wind in Alex' Behandlung bringen wollte. Eine der wenigen Erkenntnisse ihrer langjährigen Bemühungen, Alex zu erreichen, war es, dass ein dynamischer Code, der theoretisch in der Lage gewesen wäre die Matrix Cubes auszuhebeln, mit hoher Wahrscheinlichkeit ebenfalls einen Zugang zu Alex schaffen konnte.

*»Ich schicke dir einen neuen Schlüssel«,* antwortete Jericho, der auch den gestrigen Code vorbereitet hatte. *»Konntest du wenigstens die Sequenz starten?«*

»Ja. Aber ich kam nicht weit ... nach drei Minuten war Schluss, dann hat mich eine Matrix Sicherheitsroutine identifiziert, isoliert und aus dem Speicher entfernt.« An dieser Stelle log Mia.

*»Der Herr wird uns führen.«*

*»Wo ist eigentlich Luper?«*, fragte Bastard.

*»Auf'm Klo.«* Der Vierte im Chat, wobei keiner mit seiner echten Stimme sprach. Hinter den männlichen Stimmen hätten sich auch Frauen verbergen können.

*»Und vorher?«* Bastard hakte nach.

*»In Hamburg.«* Luper war in Mias Augen ein schwer zu kontrollierender Einzelgänger, der stets nur eigene Aktionen im Blick hatte und zudem mit jedem zweiten Satz über chronische Verdauungsprobleme klagte. *»War cool ... ich sende euch den Stream.«*

Mia sah das Programm, das sie bereits kannte. Die Projektion der vier Kinder in Not stammte von ihm. Sie hatte es gewusst, das war seine Handschrift gewesen.

*»Cooles Vid«*, sagte Jericho, der solche Aktionen ablehnte. Wie Mia bewertete er Aufmerksamkeit als Gefahr. *»Aber wenn du weiterhin ohne Absprache agierst, werde ich eines Tages das Loch hacken, in dem du dich versteckst, und, so wahr mir Gott helfe, einen Stream online stellen, wie du dir gerade die Seele aus dem Leib scheißt!«*

*»Ruhig Blut ... morgen hat das Netz es wieder vergessen. Wisst ihr eigentlich, wer die Frau ist, die Luper mit seiner Aktion in Hamburg aufgerissen hat?«*, fragte Bastard.

*»Die Kleine mit den Locken?«*, fragte Luper.

*»Nein, ich meine die andere Farbige, die etwas älter ist, die mit den kurzen Haaren.«*

»Spielt das eine Rolle?« Mia gefiel das Thema nicht und ihr gefiel der Gedanke noch weniger, gemeinsam mit dem provokanten Hackerangriff in die Nachrichten zu kommen.

*»Sieht nett aus ... und wer ist das?«*, fragte Luper.

*»Das ist Mia Baringhaus.«*

*»Die Frau von Gottes Sohn ...«* Jerichos Macke genügte für zwei. Er hielt Alex für Jesus und die Matrix Cubes, die er geschaffen hatte, für seine persönliche Prüfung. *»Was würde ich dafür geben, mit ihr sprechen zu dürfen.«*

*»Klasse«*, antwortete Luper, *»ich jage dem Video noch einige Tags hinterher. Es wird Klicks vom Himmel regnen!«*

*»Idiot!«* Jericho freute die drohende Popularität des Videos weniger.

»Ich werde morgen erneut einen Angriff wagen.« Mia musste das Gespräch wieder unter Kontrolle bekommen.

*»Neuer Tag, neuer Code! In zwei Stunden sende ich dir einen neuen Schlüssel.«*

Auf Jericho war Verlass, auf Luper würde Mia aufpassen müssen. Er zeigte neuerdings immer öfter Eitelkeiten, er glaubte scheinbar andere missionieren zu müssen, das war gefährlich in ihrem Metier.

***

**V. Repeat**

Ein unbequemes Geräusch durchschnitt die Stille. Sieben Uhr morgens. Dem kratzig schrillen Klingeln nach hatte der Wecker noch schlechter geschlafen als er.

»Halt die Klappe ...« Alex schlug auf den Unruhestifter, den er ohnehin nicht brauchte. Er war bereits seit einigen Minuten wach. Ich lebe, dachte er, dem Mysterium seiner Existenz zum Trotz. Gestern, heute und auch morgen. Seine missliche Lage, deren Hintergründe er nicht kannte, änderte daran wenig. Wie zur Hölle hatte es dazu kommen können? Warum er? Und die wichtigste aller Fragen: Ergab dieser nicht enden wollende Albtraum irgendeinen Sinn?

»Licht!« Die ganze Decke wurde zu einer Leuchtfläche. Im Schlafraum gab es vier Stockbetten, er nutzte das untere links neben der Tür. Graue Metallrahmen, weiße Wände und dunkle Bodenfliesen, eine Auszeichnung für behagliches Wohnen würde diese Behausung sicherlich nicht gewinnen. Aufstehen, durchhalten und kämpfen, wie die Tage zuvor würde er weiter funktionieren.

Barfuß ging er in den Waschraum. Der Blick in den Spiegel zeigte ihm, was er bereits wusste, er hatte Gewicht verloren und seine blonden Dreadlocks erinnerten eher an die griechische Sagenfigur Medusa, die ihre Schlangenbrut auf dem Kopf mit Speed bei Laune hielt, als an seine Haare.

»Stopp!«, rief Alex. Das Leben wartete auf niemanden, dachte er. Seine kleine Welt bestand aus einem Schlafraum, einem Waschraum, einem leeren Vorratsschrank und einem Safe, der ihn die ganze Zeit verarscht hatte. Diese Gedanken waren nicht neu, die waren ihm bereits gestern durch den Kopf gegangen. Warum befand er sich überhaupt wieder im Bunker? Er hatte ihn doch verlassen und war heute Nacht im Freien eingeschlafen.

»Sofort aufhören! Ich weiß jetzt, wie das Spiel läuft! Ich will mit jemandem sprechen, der hier etwas zu sagen hat!«

Alex lief in den Wohnraum, sah das hässliche grüne Kunststoffsofa, den verschlossenen Safe und das Funkgerät. Die Batterien hatten, wie nicht anders zu erwarten, noch vier Prozent verbleibende Ladespannung. Das Problem war aber nicht dieses Loch aus Beton, auch nicht die restlos zerstörte Stadt über ihm, das Problem war er. Der Fehler spielte sich ausschließlich in seinem Kopf ab.

Eine Antwort bekam er nicht. 16 Minuten, 16 Stunden oder 16 Tage, die Zeit spielte keine Rolle. Umdenken, er musste sich mit einer völlig neuen Situation auseinandersetzen. Er war kein normaler Mensch, sein Gehirn funktionierte wie ein Computer, seine gesamte Wahrnehmung war digital. Vermutlich war es technologisch einfach gewesen, ihn glauben zu lassen, dass er hier festsitzt. Das war so offensichtlich, dass er gerade nicht verstand, warum er so lange gebraucht hatte, um darauf zu kommen.

»Ich mache hier nicht mehr mit!« Alex' Karriere als Laborratte hatte keine Zukunft. Als Erstes schaltete er das Funkgerät ab, dessen einziger Zweck es gewesen zu sein schien, ihn abzulenken. Er ging durch den Korridor zur Bunkertür, die glatt in der Wand eingelassen und ohne Griff verschlossen war.

»Soll ich wieder den Safe aufbrechen?« Auch wenn er keine Antwort bekam, die hörten ihm sicherlich zu. Zurück im Wohnraum sah er auf den Safe. Verschlossen und intakt, wie die Eingangstür. Ein Blick auf seine Hände, an denen sich keine aufgeschlagenen Blasen befanden, nahm ihm die letzten Zweifel. Gewalt war eine Option, aber heute nicht die beste. Er bemühte seine Sinne, das digitale Zahlenfeld in dem Mechanismus des Safes wahrzunehmen. Eine überraschend schwere Aufgabe, denn da war nichts. Er konzentrierte sich, obwohl er wusste, wo er suchen musste, konnte er das elektromagnetische Feld nicht spüren. Als ob es nicht da gewesen wäre, wie ein verstecktes Schloss, das sich beharrlich dagegen wehrte, entdeckt zu werden.

»Zahlen, es ging immer nur um Zahlen.« Die Personen, die Alex in diesem Labyrinth festhielten, wollten, dass er den Safe aufbrach. Als ob er jetzt damit anfangen wollte, Dinge zu tun, die andere von ihm erwarteten. Sicherlich nicht.

Die schafften es zwar, das Schloss vor ihm zu verbergen, aber er kannte den Schlüssel. Und auch wenn sie einen Weg gefunden hatten, Funknetze vor ihm unsichtbar erscheinen zu lassen, waren sie nicht in der Lage ihn beim Senden von digitalen Schlüsseln einzuschränken.
270/91/965. Klick. Alex genoss das Geräusch. Dem Safe ging es blendend, ihn zu zerstören, war nicht mehr notwendig. Die Tür blieb fest verschlossen. Da war wieder Salz in der Luft zu vernehmen. Das Klicken gehörte zu der Stahltür im Flur.

Die 3388 Stufen waren auch bei diesem Aufstieg kein Vergnügen und oben angekommen, sah Hamburg nicht besser aus als gestern. Zerbombt, zerrissen und pulverisiert, er war eindeutig der letzte Hamburger in dieser norddeutschen Version von Dantes Hölle.
»Bin ich das?« Wahrnehmung basierte auf Erfahrung, ohne Vergleiche zu Erlerntem war das menschliche Gehirn nur schwerlich in der Lage, neue Bilder zu interpretieren. Stammte diese Dystrophie daher von ihm? War sein Unterbewusstsein dafür verantwortlich? Oder kam das von den Leuten, die mit ihm spielten? Er wusste es nicht. Das konnten Ängste sein, denen er sich nicht bewusst war. Oder verdrängte Schuldgefühle, das hätte auch möglich sein können. Obwohl es um seine eigenen Gefühle ging, wusste er sie nicht zu deuten. Es fehlte das verbindende Element, die Klammer, die alles zusammenfügte.

»Ihr könnt mit mir reden!«, rief er von einem der Schuttberge neben dem Bunker herab. »Sonst kommen wir hier keinen Schritt weiter.« Er musste es schaffen, endlich mit den Leuten hinter der Glasscheibe zu kommunizieren.
Eine Böe wehte ihm Asche ins Gesicht. Was wollten die von ihm? Warum wurde die Umgebung in der Nacht wieder zurückgestellt? Warum erlebte er den 16ten Tag erneut? Die Liste der Fragen wurde länger. Er konnte nicht ausschließen, diesen Tag immer und immer wieder zu erleben. Ein Szenario, bei dem sich die Frage ergab, warum er sich nun plötzlich dieser Schleife bewusst wurde? Zufall? Verfolgte damit jemand eine Absicht? Oder war es schlicht ein Systemfehler?
Alex' Magen knurrte, eine Wahrnehmung, auf die er gerne verzichtet hätte. Ravioli, die Lösung für sein Problem befand sich in der Nähe zwischen zwei Schuttbergen. Die zwei Konservendosen in einem Autowrack, das er gestern entdeckt hatte. Immerhin würde er jetzt jeden Tag erneut etwas zu essen finden.
Er lief zu dem teilverschütteten Autodach, dem Wind und Staub den Lack abgeschliffen hatten. An ein paar Stellen konnte er noch die rote Farbe erkennen, die das Auto früher gehabt hatte.
»Entschuldigung.« Der skelettierte Schädel des Kindes auf der Rückbank fiel in den Fußraum. Der Größe nach war es nicht älter als fünf oder sechs Jahre geworden. Egal, wo sie waren, hoffentlich war es Mia und Luca besser ergan-

gen. Er nahm die beiden Konserven und kletterte wieder aus dem Wrack ins Freie. Das würde die erste Mahlzeit nach über einer Woche werden.
Beim Versuch, den Aufdruck zu lesen, zerplatzte eine der beiden Dosen vor seinem Gesicht. Keine elegante Methode, Ravioli zuzubereiten. Der Gewehrschuss, der einen Moment später ertönte, nahm der Situation aber augenblicklich jegliche Komik. Da schoss jemand auf ihn! Alex warf sich auf den Boden und rollte sich hinter einen Schuttberg. Der Richtung nach, in der die Tomatensoße auf den Schutt verteilt lag, kam der Schuss vom Ufer der Binnenalster.
»Ich bin unbewaffnet!«, schrie Alex, für den dieser Wahnsinn immer neue Formen annahm.
Stille.
Niemand antwortete. Es schoss aber auch niemand erneut in seine Richtung. Wollten ihn die Herren seines Käfigs zu neuen Kunststücken motivieren? Das war doch idiotisch. Nichts von dem, was hier passierte, war real. Das fand alles nur in seinem Kopf statt.
»Ich werde aufstehen. Es ist nicht nötig, diese Simulation fortzuführen. Ich möchte reden.« Alex sah in die Richtung des Schützen, hatte aber wegen des Staubs Probleme, ihn zu erkennen. Die Möglichkeit, dass die Mülltüte von gestern auf ihn geschossen hatte, konnte er ausschließen. Da stand jemand. Eine schmale Silhouette direkt am Ufer der trockengelegten Binnenalster.

»Bitte ... ich möchte reden.« Er musste wissen, mit wem er es zu tun hatte.

Noch 200 Meter. Schritt für Schritt, Alex ging langsam auf den Schützen zu. An der Seite nur der Wind, der allen Staub in seiner Nähe in Bewegung hielt. Eine unwirkliche Situation, Alex hatte keine Ahnung, was ihn erwartete.

Noch 100 Meter. Jetzt konnte Alex einen Menschen erkennen, der immer noch ein Gewehr auf ihn richtete. Eine Frau? Es hätte eine Frau oder ein sehr schlanker Mann sein können. Das Gesicht verbarg der oder die Unbekannte hinter einem Tuch.

Noch 30 Meter. Es war ganz sicher eine Frau, die ihn anvisierte. Sie hatte lange Haare. Alex ging weiter mit erhobenen Händen auf sie zu. Sie senkte die Waffe.
»Hallo«, sagte Alex. Das war ein Anfang, eine Reaktion auf ihn, sie würden reden. Ein beklemmendes Gefühl hielt sich beharrlich in seinem Nacken. Es flüsterte ihm zu, die Rübe einzuziehen, wenn er sich nicht den Kopf wegschießen lassen wollte.

Noch 5 Meter. Mit einer Hand entfernte sie das Tuch vor ihrem Gesicht. Alex glaubte nicht, was er sah, es war Mia, die auf ihn geschossen hatte. Simulation oder nicht, das war bescheuert!

»Mia?« Alex wollte ihr um den Hals fallen, aber das beklemmende Gefühl von eben saß nun wie ein Jockey in seinem Nacken und hielt ihn mit aller Kraft zurück.
Sie antwortete nicht.
»Wo sind wir hier?« Alex verstand es nicht. Dieses Verhalten ergab keinen Sinn. Ihre lockigen Haare waren weiß vor Asche, während ihre Augen ihn musterten, als ob sie ihm noch nie begegnet wäre.
Erneut erschallte ein Gewehrschuss. Wer hatte geschossen? In der Nähe konnte er keinen Treffer erkennen, aber die Mündung von Mias Waffe rauchte in der kühlen Luft.
»Hast du ...« Alex spürte seine Knie weich werden, er griff sich an den Bauch, an dem ihn ein Schlag getroffen hatte. Was war das? Wer war das? Hier war doch ansonsten niemand. An seiner Hand befand sich Blut. Blut, das ihm pulsierend durch die Finger quoll. Das konnte nicht sein, er weigerte sich, das Erlebte zu glauben. Mia hatte, ohne ein Wort zu sagen, aus der Hüfte auf ihn geschossen und aus kurzer Entfernung nicht verfehlt.
Er suchte kopfschüttelnd nach einem Grund. Sie lud die Repetierwaffe durch, wobei eine rauchende Geschosshülse auf die Steine flog. Dann legte sie erneut auf ihn an, diesmal auf seinen Kopf. Nichts von dem, was jemals in seinem Leben etwas bedeutet hatte, zählte jetzt noch. Der Gedanke, sich nur in einer Simulation zu befinden, half ihm nicht weiter. Dafür fühlte sich die Verletzung viel zu echt an. Er hustete Blut. Mia hatte ihm ein dickes Loch in

den Pelz geschossen.
Umdrehen. Wegrennen. Er wollte flüchten. Okay, rennen konnte man das nicht mehr nennen. Er stolperte mehr, als dass er noch ging. Wieder krachte ein Schuss los und riss ihn von den Füßen. Diesmal drang das Geschoss durch seine Schulter an der Vorderseite wieder hervor. Sein Blut verteilte sich im Dreck. Das fühlte sich an, als ob Alex von einer U-Bahn überfahren wurde.
Er robbte weiter. Den linken Arm konnte er nicht mehr bewegen. Die Tür, die zu seinem Bunker mit dem gemütlichen grünen Kunststoffsofa führte, lag nur drei Meter vor ihm. Das waren nur ein paar Schritte, die er nicht mehr schaffen würde.
Alex hörte, wie Mia erneut das Gewehr durchlud, näher als zuvor, dann spürte er die heiße Mündung seinen Nacken verbrennen. Er schrie, er wollte nicht sterben, drehte sich herum und wollte Mia angreifen. Sein Atem raste. Er wollte sie niederschlagen, aber sie schoss ihm mitten ins Gesicht.

Ein unbequemes Geräusch durchschnitt die Stille. Sieben Uhr morgens. Dem kratzig schrillen Klingeln nach hatte der Wecker noch schlechter geschlafen als er.
»Nein!« Alex zertrümmerte den Wecker mit der flachen Hand. Nicht schon wieder. Er wollte diesen Tag nicht erneut erleben. Weder wollte er sich am Funkgerät zu Tode langweilen, noch auf dem Grund der Elbe frierend ein-

schlafen und am wenigsten sich von Mia wie einen räudigen Köter erschießen lassen. Er sprang auf, rannte in den Wohnbereich und sah das Funkgerät. Alles war, wie er es kannte. Ein kompletter Reset, er erlebte jetzt den Tag zum dritten Mal.

»Ohne mich!« Mit dem Fuß trat er zornig den Tisch um, wobei der Fall der Mikrowelle noch lauter war als der des Funkgerätes. Beide Geräte überlebten den Sturz nicht. Mit den Händen am Kopf setzte er sich auf das Sofa. Er musste nachdenken, dieser Ort war als Gefängnis für seinen Geist gebaut worden. Alle Hindernisse, mit denen er bisher konfrontiert wurde, schienen nur einen Zweck zu haben, ihn in Schach zu halten. Und in dem Moment, als er sich seiner Situation bewusst wurde, setzten seine Kerkermeister mit Mias Auftritt richtig schwere Geschütze ein. Die wollten ihn einschüchtern.

Wenn er sich früher im Internet bewegt hatte, war er zu jeder Zeit in der Lage gewesen, in seinen Körper zurückzufallen. Das konnte er jetzt nicht, eine Lektion, die er schmerzlich erfahren hatte. Es wäre denkbar gewesen, das jemand seinen Körper in einem besonderen Zustand hielt, der ihm den Weg zurück versperrte.

»Ich komme hier raus!« Alex wusste genau, was er zu tun hatte. Die würden sich wundern und den Tag verfluchen, an dem sie sich entschieden hatten, ihm ans Bein zu pissen.

***

## VI. Jericho

»Ich starte die Codeeingabe«, sagte Mia, die am nächsten Vormittag allein im Labor arbeitete, für die Aufzeichnung. Heute war Samstag und Arjun hatte frei. Sie spielte gerade Jerichos neuen Code ein, den er ihr vor einer Stunde geschickt hatte. Auch er schien Wochenenden nur als Tage zu kennen, an denen man nicht von nervigen Kollegen bei der Arbeit gestört wurde.

Das Gefühl, Alex nur zwei Meter neben sich liegen zu haben, beruhigte sie. Mit ihm war sie gerne früher samstags ans Meer gefahren, um die Sonne und den Wind zu genießen. Er hatte es dabei geliebt zu fotografieren, das waren schöne Tage gewesen, die Bilder hatte sie immer noch.

»Codesequenz übertragen.« Das weiße Konstruktionsplateau begann zu beben, eine merkwürdige Reaktion, die sie in dieser Form noch nie erlebt hatte. Aber Veränderungen waren gut, Stillstand brachte niemanden weiter, sie würde mit dem System auch Achterbahn fahren, wenn sie dafür ihre große Liebe wiederbekäme.

»Ich gehe los ... « Heute liefen Mia keine schwarzen Katzen über den Weg, es gab auch keine bunten Linien, da war überhaupt nichts. Die weiße Fläche um sie herum wirkte wie eingefroren, scheinbar ein Fehler im Aufbau von Alex' Simulation.

»Starte Fehlerroutine ... das Rendering auf der Konstruktionsebene funktioniert nicht.«

Systemfehler konnte Mia heute so gut gebrauchen wie Bauchschmerzen, sie wollte Jerichos neuen Code nicht aufgeben, nur weil sich ihr schweineteurer Cluster verschluckt hatte. Wobei der Begriff Code völlig unpassend war. Um sich einen Zugang zu Alex' Verstand oder zur Rootebene der Matrix Cubes zu verschaffen, genügte es nicht, eine hexadezimale Zeichenkette einzugeben. Jerichos Code war ein hochkomplexes Zugangssystem, das in der Lage war, in Echtzeit dynamisch alternierende Codes zu erzeugen. Das Kunststück blieb die Synchronisation, ein passender Schlüssel konnte eine Sekunde zu früh oder zu spät gesendet, völlig wertlos werden. Bei Alex würde es in dem Fall nur eine Fehlermeldung geben und man hätte versuchen können, den Code neu zu justieren. Bei den Matrix Cubes hingegen würde ein gescheiterter Root-Zugriff einen Gegenangriff der Kavallerie auslösen. Die offiziellen Sicherheitsroutinen, wie auch die Justiz waren bei diesem Thema völlig humorlos. Allein der Versuch war strafbar und wurde mit einem längeren Besinnungsaufenthalt in einer aus Steuergeldern finanzierten staatlichen Einrichtung honoriert.

*»Systemerror, Systemerror, Systemerror«,* sagte eine männliche Stimme, die sie kannte und die sie im Labor nicht hören wollte. Verdammt, Jericho hatte sie verladen. Sein Code hatte nicht versucht, eine Verbindung zu Alex aufzu-

bauen, sondern er hatte die Firewall von innen geöffnet und einen VPN-Tunnel aufgebaut.

»Was willst du hier?« Mia war stinksauer.

*»Hallo Ice Queen, schön dich zu hören, der Herr möge dir deine Sünden vergeben. Müsste die Frage nicht lauten, was du hier treibst?«* Jericho hätte das nicht tun dürfen.

»Das geht dich nichts an!« Mia überlegte, die Verbindung zu kappen, aber dann würde sie die Kontrolle über ihn verlieren. Na ja, wenn sie ihn überhaupt jemals im Griff gehabt hatte.

*»Du hast mich belogen.«*

»Du hast keine Ahnung, worüber du sprichst!«

*»Du hast auch Bastard und Luper hintergangen. Okay, es ist nicht schwer, die beiden Spinner zu verladen ... aber, der Herr ist mein Zeuge, ich mag sie. Ich mag sogar dich, deine kühle Art, wenn du sprichst und diese perfekt inszenierte Überheblichkeit, wenn süße Lügen über deine Lippen kommen und sich unaufhaltsam ihren Weg in fremde Ohren bahnen.«*

Jericho hatte nicht nur ein Problem.

»Was willst du?« Auf das schwülstige Gerede hatte sie keine Lust, sie wollte sofort über seinen Preis reden.

*»Die Wahrheit!«*

»Als ob du sie verstehen würdest.«

*»Der Herr ist mein Hirte; mir wird nichts mangeln. Er weidet mich auf einer grünen Aue und führet mich zum frischen Wasser. Er führet mich auf rechter Straße ...«*

»Wovon redetest du?« Mia legte den Helm ab, es war anstrengend mit Jericho zu sprechen. An einer Konsole neben der Liege legte sie das Gespräch auf den Raumlautsprecher.

*»Der gute Hirte – Psalm 23.«*

»Jericho! Das ist kein Spiel!«

*»Das ist Betrug nie!«*

»Wie viel?« Mia musste ihn trotzdem ruhigstellen.

*»Wie viel was?«*

»Was ist dein Preis?«

*»Du denkst, ich tue das für Geld?«* Jerichos Stimme zitterte vor Erregung, es war ein Fehler gewesen, ihn zu unterschätzen. *»Was für ein System nutzt du dort überhaupt? Die Anzahl der frei allokierbaren Kerne und der Arbeitsspeicher ... mein Gott ... die sind riesig!«*

»Ich bin Insider, das weißt du! Und mit dieser idiotischen Aktion gefährdest du uns beide!«

*»Das sind keine Matrix Cube Server ... das ist ein Forschungssystem. Ich wusste überhaupt nicht, dass in dieser Wohnzone ein so fetter Cluster aktiv ist. Was machst du da?«*

»Ich arbeite!« Hacker waren neugierig, Mia vermochte ihn nicht zu greifen. Das Labor, in dem Alex behandelt wurde, war offiziell nicht registriert. Der Rest des Hochhauses bestand aus normalen Wohnungen. Über ein Display an der Liege sah sie, wie Jericho begann, sich umzusehen. Mist, dabei würde er Dinge sehen, die nicht für seine Augen bestimmt waren.

*»Die Ice Queen arbeitet ...«*

»Ja!« Sie sprang auf und wollte an einer zweiten Konsole einen Systemdatenspeicher vor seinen neugierigen Blicken schützen.

*»Gott bewahre ... du bist Mia Baringhaus?«* Die Stimme dieses Fanatikers überschlug sich, während er sprach.

Zu spät. »Ja.«

*»Ich, ich ... wie hätte ich das wissen sollen?«* Seine Worte ertönten in Ehrfurcht ertränkt aus den Lautsprechern.

»Jetzt weißt du es!«

*»Mia Baringhaus.«*

»Jericho, reiß dich zusammen!«

*»Aber du ... du bist doch keine ... wozu brauchst du meine Codes? Es gibt in deinem Cluster, egal wie verflucht groß er auch ist, keine Matrix Cube Strukturen.«*

Mia zögerte, sie stand vor der Entscheidung, Jerichos Verbindung zu kappen und zu riskieren, dass er in der Szene dummes Zeug redete, oder ihm mehr zu sagen, als klug gewesen wäre.

*»Warum also?«*

»Mein Mann liegt im Koma ... ich versuche, ihn mithilfe deiner Codes aufzuwecken.« Jetzt hatte sie es gesagt. Mit dieser Information hätte Jericho sie öffentlich hinrichten können.

*»Gott, ich bete jeden Tag für ihn! Alex Baringhaus befindet sich in diesen Räumen?«* Jerichos erhobene Stimme fand keine Ruhe.

Offiziell galt eine Better Life Spezialklinik in München als Aufenthaltsort von Alex.

»Ja.«

*»Kann ich ihn sehen?«* Vielleicht war Jerichos Verehrung von Alex ein möglicher Ausweg. Sie öffnete eine Kamera aus dem Raum, in dem Alex auf einem Spezialbett lag und wo Mia an der Konsole stand. Sie trug Jeans, Turnschuhe und ein weißes T-Shirt.

*»Ich ... ich ...«*

Mia ließ ihm einen Moment.

*»Du versuchst, mit MEINEN Codes IHM zu helfen?«*

»Die digitalen Strukturen seines Gehirns weisen zahlreiche Parallelen zu der Kernel-Architektur der Matrix Cubes auf.« Mia weihte Jericho gerade in ein Geheimnis ein, das bisher außer Agnes, Arjun und ihr niemand kannte. Hoffentlich würde sie das nicht bereuen. »Ich habe es 16 Jahre lang mit allem versucht, was unsere Welt technologisch zu bieten hat ... vergeblich.«

*» ... und dann hast du mich gefunden!«*

»Ähm ... ja?« Mia war sich unsicher, wie sie Jerichos im vollen Brustton gesungene Worte verstehen sollte.

*»Gott liebt dich!«*

Mia atmete schwer, wenn es doch nur so wäre.

*»Er hat dich zu mir geführt!«*

Weswegen sie sich im Moment alles andere als gut fühlte. Sie musste Jericho dazu bringen, die Klappe zu halten, für dieses Ziel würde Mia auch einige Bibelsprüche ertragen.

*»Gott wird mich führen ... und ich werde seinen Sohn befreien, auf das unsere Seelen errettet werden!«*

»Wirst du mir helfen?« Mia war sich inzwischen sogar sicher, diese Frage eines Tages zu bereuen.

*»Ja ... das fragst du noch? Natürlich werde ich dir helfen ... der Himmel ist digital, Gottes Sohn wird uns retten!«*

»Sehr gut ... dein letzter Code hat leider nicht funktioniert.« Mia war sich über Jerichos Unberechenbarkeit bewusst, aber sie vermochte auf dem von ihr eingeschlagenen Weg nicht mehr umzukehren. Alles oder nichts. Um Alex aufzuwecken, würde sie noch viel mehr riskieren. Sie liebte ihn, wie sonst nichts in dieser Welt. Luca, Familie, Ruf, Wohlstand und Freiheit, sie schob ihre komplette Zukunft auf ein Roulettefeld, während sich die Kugel bereits im Kreis drehte. Nur ein Leben, nur einen Versuch, sie konnte alles gewinnen, oder auch alles verlieren.

*»Ich melde mich!«* Jericho schaltete sich ab.

Mia brauchte eine halbe Stunde, um die digitalen Löcher in der Firewall zu stopfen, die Jericho mit seinem Trojaner gerissen hatte. Sie war sicherlich nicht schlecht in ihrem IT-Job, aber nicht überragend. Leuten wie Jericho konnte sie nicht das Wasser reichen. Er war der talentierteste Entwickler, den sie bisher kennenlernen durfte. Sie fragte sich gerade, was in seinem Leben schiefgelaufen war?

Es klingelte. Mia sah auf ihre Handtasche, aber das Klingeln kam von der Tür des Labors, das sich über zwei Etagen erstreckte. Unten das Rechenzentrum und oben Alex' Zimmer, der Kontrollraum, ein Büro und weitere Nebenräume.

»Hast du eine Pizza bestellt?«, fragte sie und ging an seine Seite. Die letzte gemeinsame Pizza war bereits einige Jahre her. »Nein?« Mia lächelte und nahm seine Hand. »Ich auch nicht.«

Über ein Display wechselte sie auf eine Kamera, die den Gast vor der Tür anzeigte. Ein Mann um die dreißig, groß, aber kleiner als Alex, mit langen dunklen Haaren und Bart. Okay, auch wenn er zu jung und sie nicht interessiert war, sah er nicht schlecht aus.

»Ja, bitte.« Mia öffnete eine Sprachverbindung, sehen würde er sie nicht können.

*»Dr. Mia Baringhaus?«*

»Ja.«

*»Ryan Stoneford, Kriminalpolizei Hamburg, ich möchte gerne mit Ihnen sprechen.«* Der Bulle schien kein Ostfriese zu sein, er hatte einen leichten französischen Akzent.

»Weswegen?« Mia wunderte sich darüber, überhaupt hier gefunden worden zu sein. Luca! Hoffentlich war Luca nichts zugestoßen.

*»Das würde ich Ihnen gerne persönlich sagen.«*

»Ist meiner Tochter etwas passiert?«

*»Nein, bitte machen Sie sich keine Sorgen ... es ist nur Routine. Es dauert auch nicht lange.«*

»Einen Moment bitte.«

»Einen Kaffee?« Mia hatte den Bullen in einem der vorderen Büros empfangen. Von dort konnte niemand sehen, was auf den beiden Etagen wirklich passierte. Auch die Nachbarn waren sich Mias Pflegestation für Komapatienten nicht bewusst.

»Gerne. Mit Milch und Zucker bitte.«

Mia stellte die Tasse auf den Tisch und setzte sich zu ihm. Sie selbst trank eine heiße Schokolade.

»Institut für angewandte Informatik, Frau Dr. Baringhaus, Sie sind in der Forschung tätig?« Nette Worte, aber der hübsche Bulle wollte etwas anders. Seine Augen waren bereits zwei Fragen weiter.

»Ja ... das Institut gehört zum Better Life Konzern. Ich widme mich der Grundlagenforschung.« Eine Aussage, die, wenn man Alex ausblendete, sogar stimmte.

»Natürlich ... Dr. Gutter gab mir Ihren Kontakt.«

»Sie hätten mich anrufen können.«

»Das hätte ich.« Der Bulle schien es zu genießen, sie über den Grund des Besuchs nachdenken zu lassen.

»Stattdessen besuchen Sie mich an einem Samstag?«

»Die Polizei, dein Freund und Helfer ... ich diene gerne der Sicherheit unserer Stadt.«

»Woher stammen Sie?«, fragte Mia und umschloss mit beiden Händen die warme Tasse.
»Aus Hamburg ... ich bin aber in Kanada aufgewachsen. Sie sehen, ich hänge an dieser Stadt.«
»Herr Stoneford, was kann ich für Sie tun?« Mia wusste noch nicht, ob er sie gerade anmachte oder nur aus der Reserve locken wollte. Er war frech und scheinbar gewohnt, seinen Willen zu bekommen.
»Sie waren gestern am Gänsemarkt?«
»Gemeinsam mit meiner Tochter ... Sie haben mein Kreidebild gesehen?« Jetzt verstand Mia, was er wollte, auch wenn ein Kripobeamter am Wochenende für den Projektions-Hack mit den farbigen Kindern leicht überzogen wirkte.
»Sie sind jetzt ein Internetstar ... meinen Glückwunsch, die Zugriffe auf das Video gehen gerade durch die Decke.«
»Wir waren zufällig dort ...«
»Natürlich.« Er glaubte ihr offensichtlich nicht. »Wissen Sie, ein Verkehrsüberwachungssystem der Stufe 3 zu hacken, ist eine Kunst, zu der nicht viele Menschen in der Lage sind.«
»Ich denke, die Aktivisten wollten auf Dinge aufmerksam machen, die auf der Welt aktuell nicht gut laufen.« Was für ein Irrsinn! Mia verfluchte Luper, diesen Idioten, der ihr dieses Date mit dem Bullen eingebracht hatte.

»Das denke ich auch. Wissen Sie, Protest ist wichtig. Ich finde, dass sich mehr Menschen auf die Straße stellen sollten, um zu zeigen, was wir besser machen können«, erklärte er gelassen.
»Und?« Jetzt brachte Stoneford Mia wirklich aus dem Takt, dessen dunkle Augen auf ihren Lippen ruhten.
»Wenn sie dabei kein Hochsicherheitssystem hacken würden ... ehrlich, dann hätte ich mit dieser Art des Protestes kein Problem. Die hätten auch einen Projektor an den Mast binden können, die Show wäre genauso gut geworden. Auch dank Ihnen ... wussten Sie eigentlich, dass es von Ihnen seit vier Jahren keine Bilder mehr in der Öffentlichkeit gab?«
»Ich schätze meine Privatsphäre.«
»Dr. Mia Baringhaus, die Frau von Alex Baringhaus, dem Helden unserer Stadt, wissen Sie, mein Sohn ist neun, er hat ein T-Shirt mit dem Gesicht ihres Mannes und weigert sich seit zwei Jahren beharrlich, sich die Haare schneiden zu lassen.«
»Mein Mann ist populär.« Mia hatte einen Vertrag abgeschlossen, um die Marke Alex Baringhaus zu schützen. Die Einnahmen aus Merchandising und Werbung hatten in den letzten 16 Jahren über 200 Millionen betragen. Die Gelder hatte sie nie angepackt, sie flossen zu 100 Prozent in eine Stiftung für lernschwache Kinder.

»Oh ja ... das ist er. Befindet er sich nicht in München?«

»Ja.«

»Auch eine schöne Stadt. Ich bin sicher, dass dort alles für die Genesung Ihres Mannes getan wird.«

»Ja.« Mia wurde das Gespräch immer suspekter.

»Wann waren Sie das letzte Mal in München?«

»Ich habe sehr viel zu tun.« Auch wenn seine Augen funkelten, Mia sollte ihn sofort rausschmeißen.

»Natürlich. Ich lebe auch für meine Arbeit ... Wochenenden sind nur Tage wie andere auch.«

»Mir gefällt Ihr Ton nicht.« Mia musste das beenden.

»Und mir Ihre Antworten.« Jetzt drehte er auf. »Das Protestvideo hätte ohne Ihre tatkräftige Mitwirkung kaum dieses Medienecho erreichen können.«

»Und was habe ich jetzt damit zu tun? Ich war zufällig dort und wurde gegen meinen Willen gefilmt!« Also ob Mia sich hätte absichtlich von Luper einspannen lassen.

»Wissen Sie, ich habe meine IT-Experten gefragt, wer überhaupt in der Lage wäre, einen Knoten der Stufe 3 zu hacken.«

»Und?« Sie wusste selbst, dass das kaum jemand aus der Hüfte hinbekommen würde.

»Die Liste blieb kurz ... ich habe mir erklären lassen, dass es dafür nicht nur eines sehr guten Hackers bedarf, sondern dass man auch die Architektur der Matrix Cubes verstehen muss.

Und, was das Wichtigste ist, man braucht massive Rechenleistung und ein Team, um das benötigte Tool zu kompilieren.«

»Dann sollte es doch nicht schwer sein, die Täter zu finden.«

»Ihr Name stand oben auf der Liste.«

»Mein Mann war ein Architekt des Matrix Cubes.«

»Das ist mir bekannt ... eine Tatsache, die den Kreis weiter einschränkt.«

»Denken Sie, dass ich es war? Denken Sie wirklich, mir liegt etwas daran, in den Medien vorgeführt zu werden?« Mia war wütend. Luper, sie würde ihn ganz langsam erwürgen!

»Punkt für Sie ... «

»Wissen Sie«, Mia hatte Gefallen an der Phrase ‚Wissen Sie' gefunden. »Ich denke, Sie sollten jetzt gehen.«

»Sofort ... Dr. Baringhaus, würden Sie mir noch kurz Ihre Einrichtung zeigen, ich würde gerne mehr über Ihre Forschung erfahren?« Stoneford war wie eine Klette.

»Nein.«

»Ich könnte auch einen Richter fragen ...« Jetzt drohte der Bulle ihr unverhohlen mit einem Durchsuchungsbeschluss.

»Natürlich.« Mia stand auf und zeigte auf die Tür. »Die Rechtsabteilung von Better Life unterstützt Polizei und Justiz gerne bei der Aufklärung von Straftaten.«

»Sie glauben, das tue ich nicht?«

»Guten Tag!« Für Mia war das Gespräch beendet.

***

## VII. Den Himmel berührt

Alex versuchte, die Situation so gut es ging zu analysieren: Was wusste er sicher? Der Bunker und das zerstörte Hamburg waren nicht real, das stand schon mal fest. Er steckte in einer Schleife fest, erlebte denselben Tag mehrfach und jemand machte sich einen Spaß daraus, ihn nach Strich und Faden zu verarschen. Den Grund dafür kannte er nicht, aber den Reset durfte er bereits hautnah erfahren. Verdammt, er hatte frierend am Grund der Elbe gelegen und wurde von Mia erschossen. Weiterhin war es ihm nicht möglich, den Ghost-Modus zu beenden, eine Tatsache, die ihn noch mehr beunruhigte.

»Mia hat auf mich geschossen ...« Warum wollte ihn jemand diesen Blödsinn glauben lassen? Um ihn einzuschüchtern? Das machte ihn höchstens wütend. Alex konzentrierte sich auf seinen Plan, er würde ausbrechen, ausbrechen aus seinem eigenen Kopf oder aus dem Computer, den jemand als Käfig benutzte, um dieses Endzeitszenario zu kontrollieren.

Auch im Jahr 2039 bestanden digitale Strukturen aus Nullen und Einsen. Okay, ziemlich viele davon und sehr, sehr schnell. Dabei wurde bekanntlich jeder Computer durch seinen verfügbaren Speicher begrenzt, der ab einer gewissen Menge Probleme bekam, diesen den Prozessen bereitzustellen.

Wie Menschen, die bei zu hoher Belastung zusammenbrachen, hatten auch Computer bei zu großem Datenvolumen Probleme. Es kam dann zu Fehlern, die je nach System unterschiedliche Folgen hatten. Einfache Architekturen bekamen schlicht einen Blue Screen und mussten neu gestartet werden, komplexe hingegen, nutzten diverse Ausgleichs- und Schutzsysteme, um nicht beim ersten Memory-Overflow aus der Kurve zu fliegen.

»Wir werden sehen, mit wem ich es zu tun habe!« Alex konzentrierte sich darauf, zu wachsen. Er wurde größer. Mit jeder Sekunde blähte sich sein Geist weiter auf, verdoppelte das Volumen seiner digitalen Präsenz. Nullen und Einsen waren seine besten Freunde und er hatte sehr, sehr viele davon.

In seiner Wahrnehmung wuchs auch sein Körper. Er wurde größer, oder der Bunker kleiner, eine Frage der Perspektive. Bereits bei der dritten Dopplung stieß er in der Hocke gebückt an die Betondecke. Das würde jetzt nicht ohne Schmerzen über die Bühne gehen, aber er hatte nicht vor, sich von einem imaginären Bunker aufhalten zu lassen.

Bei der vierten Doppelung wurde es langsam ungemütlich. Alex hörte seine Knochen brechen. Oder war es der Beton? Die Schmerzen waren jedenfalls echt. Staub und Bruchstücke fielen auf den Boden. Er schrie, er würde nicht nachgeben.

Ein unbequemes Geräusch durchschnitt die Stille. Sieben Uhr morgens. Dem kratzig schrillen Klingeln nach hatte der Wecker noch schlechter geschlafen als er.
»Nein! Das funktioniert nicht mehr!« Alex zertrümmerte den Wecker, jetzt hatte er sie an den Eiern. Mit dem Reset versuchten sie, ihn im Zaum zu halten! Das war pure Verzweiflung! Quadratisch zu wachsen ging schnell, er hätte sich mit jeder Sekunde in seinem digitalen Volumen verdoppelt. Aber er war der Herr über seine Bits und Bytes, die Mathematik bot noch interessantere Funktionen. Es ging alles um Geschwindigkeit. Binnen einer Sekunde verzehnfachte Alex sein Volumen drei Mal, das bedeutete, dass er sich nun vertausendfacht hatte!
Ein Vorgang, der seine Wahrnehmung in Grenzbereiche führte. Alles um ihn herum explodierte, als er sich knapp 2.000 Meter groß aus dem zerstörten Hamburg erhob. Alles unter seinen Füßen sah wie Spielzeug aus.
»Noch mal?« Alex wiederholte den Schritt und verzehnfachte sich erneut innerhalb einer Sekunde drei Mal. Er war jetzt theoretisch zwei Millionen Meter groß, ein Zustand, den sein Umfeld nicht mehr naturgetreu visualisierte. Der Himmel zeigte Risse und der Boden unter seinen Füßen löste sich in seine Bestandteile auf. Alles vor seinen Augen verschwand. Das hatte dem Konstrukt, in dem man ihn gefangen gehalten hatte, den Rest gegeben. Er war frei, endlich frei!

Alex befand sich wieder in einer ihm bekannten körperlosen Präsenz inmitten eines riesigen Computernetzwerkes. Überall konnte er leuchtend aktive Verbindungen sehen, über die in jeder Sekunde Millionen Bytes an Daten übertragen wurden. Er stand in einer Halle, in der Tausende Leitungen, ähnlich einem komplexen Rohrsystem ebenso viele Punkte miteinander verbanden.

»Wo bin ich?« Alex versuchte sich zu orientieren, was ihm überraschend schwerfiel. Es waren die Details, die nicht stimmten. Grundsätzlich wirkte die Szenerie vertraut, aber wenn er genauer hinsah, war kaum etwas so, wie er es kannte. Er veränderte seine Perspektive, wurde kleiner und bewegte sich auf eine der Leitungen zu, an denen ein filigranes Netz die mit hoher Geschwindigkeit durchfließenden Daten umgab. Und dabei auch sehr gut schützte, das Geflecht verhinderte nämlich, dass Alex ungehindert in den Datenstrom eintauchen konnte.

»Was sind das für Protokolle?« Alex kannte diese Schutzmechanismen nicht, so etwas hatte er noch nie gesehen. Je kleiner er wurde, umso mehr Details konnte er erkennen. Da hatte sich jemand wirklich Gedanken gemacht, Daten vor unberechtigten Zugriffen zu schützen. Er berührte das feinmaschige Netzgeflecht, um mehr zu erfahren, erhielt allerdings nur einen Stromschlag, der ihn durch die halbe Halle schleuderte. Dabei stieß er, ohne es verhindern zu können, an weitere Leitungen und bekam weitere Stromschläge. Eine schmerzliche Lektion, um zu lernen, was er in diesem Netzwerk nicht tun sollte.

»Yeah!« Alex mochte Netzwerke mit Charakter. Bevor er allerdings einen weiteren Versuch unternehmen konnte, seiner neuen Gespielin an die Wäsche zu gehen, wurde es dunkel.

»He, das ist neu.« Er fragte sich, ob die das Netzwerk seinetwegen abgeschaltet hatten? Nein, dann wäre er nicht mehr hier, auch sein Dasein benötigte Energie. Ohne etwas zu sehen, bewegte er sich langsam vorwärts, eine sehr ungewöhnliche Erfahrung, die auch schnell ihr Ende fand. Als Alex erneut die Schutzummantelung einer aktiven Leitung berührte, erhielt er wieder einen Stromschlag, der ihn zurückschleuderte und ihn erneut, wie eine Flipperkugel an anderen Leitungen abprallend, eine multiple Elektroschocktherapie verabreichte.

»Okay! Das reicht!« Alex kam wieder zur Ruhe, er befand sich also in der Hardcore-Version von Dr.Bibber, die er mit verbundenen Augen spielen durfte. Das wäre der ideale Zeitpunkt gewesen, um in seinen Körper zurückzukehren. Er konzentrierte sich darauf, loszulassen und das *Ghosten* zu beenden, einen Vorgang, den er bereits unzählige Male vollzogen hatte. Es klappte nicht, er wusste nicht warum, aber es funktionierte einfach nicht. Sein Geist blieb digital und er blieb scheißdigital in einem richtig fiesen Netzwerk hängen. Bei jeder Bewegung drohten ihm in der Dunkelheit weitere schmerzliche Stromschläge.

»Das ist kein normales Netzwerk!« Alex dachte darüber

nach, mit welcher Strategie er sich selbst einsperren würde. Einfach einen kleineren Käfig in einen größeren stellen, um damit mehr als eine Sicherheitsebene zu schaffen, genau das hätte er getan.
»Versuch macht klug! Mal sehen, was ich erhalte!« Alex begann wieder zu wachsen, wurde aber dabei, sobald er die erste Leitung berührte, wieder auf seine normale Größe zurückgeworfen. Er leuchtete bei jedem Kontakt und das war alles andere als angenehm.

Minuten später und völlig durch den Wind ruhte sich Alex an einer Stelle aus, an der er nicht gegrillt wurde. Er musste zugeben, dass sich seine Kerkermeister sehr schnell auf ihn eingeschossen hatten und ihn kein zweites Mal den Speicher sprengen ließen.
»Wieso redet keiner mit mir?« Alex konnte immer noch nicht verstehen, warum niemand Kontakt zu ihm aufnahm. Die mussten doch längst verstanden haben, dass er keine Lust mehr auf das langweilige Hamburger Endzeitszenario hatte.
Oder konnten die ihn nicht verstehen? Was wäre, wenn das Gap bei ihm lag? Was wäre, wenn die anderen die ganze Zeit versuchten, mit ihm zu kommunizieren, ihn aber nicht erreichen konnten? Ein ungewöhnlicher Ansatz, aber nicht völlig von der Hand zu weisen. Bisher versuchte er ständig auszubrechen, wieso sollte er also nicht versuchen, die Richtung zu ändern? Sich selbst zu ergrün-

den, das hatte er noch nicht probiert. Er tickte digital, es müsste funktionieren, er müsste versuchen, sich selbst zu hacken.

Alex konzentrierte sich, die Dunkelheit, die Datenverbindungen, die Schutzmechanismen und die Stromschläge waren alles nicht mehr als seine persönliche Visualisierung eines Netzwerkes. Nichts davon war real, nur seine verschobene Wahrnehmung, um mit den Unzulänglichkeiten seiner Existenz klarzukommen.

Er stellte sich vor, auf einer Wiese zu sitzen, eine Vorstellung, die weder real, noch in diesem Netzwerk valide war. Ihm gefiel trotzdem, was er sah, je länger er sich seiner Fantasie hingab, desto lebensnaher wirkte seine bunte Gedankenwelt. Jeder Mensch war frei, es ihm nachzutun. Die Fantasie kannte keine Grenzen, keine Gefahren und keine Gegner. Mia kam auf ihn zu, die kleine Luca auf dem Arm, ein Bild, auf das er sich lange gefreut hatte.

»Wie geht es dir?«, fragte sie.

»Gut.« Der Moment half ihm, Ruhe zu finden, zudem hatte sie keine Waffe dabei und machte auch keine Anstalten, ihn anzugreifen.

»Kommst du wieder zu mir zurück?«

»Ja.« Nichts wünschte Alex sich mehr.

»Ich warte.« Mia blieb vor ihm stehen, hielt allerdings einen gewissen Abstand ein.

»Ich könnte deine Hilfe gebrauchen.«

Sie lachte. »Deshalb bin ich doch hier.«
»Ich bin hier gefangen.«
»Ja«, antwortete sie unbeeindruckt.
»Und wie komme ich hier wieder weg?« Alex brauchte eine Idee, einen neuen Plan, der Trick mit dem Speicherüberlauf funktionierte kein zweites Mal.
»Kämpfe!« Mia küsste Luca auf die Stirn und entfernte sich wieder von Alex.

Sein Ausflug auf eine grüne Wiese war vorbei. ‚Kämpfe' hatte sie gesagt, ein bemerkenswerter Ratschlag. Er sah sich um, die Dunkelheit hatte ihn zurück. Mit den Fingern fuhr er über den Boden, auf dem er zu sitzen glaubte. Dabei konnte er seine Fingernägel hören, die schrill über den Untergrund kratzten. Ein hässliches Geräusch, aber noch ungewöhnlicher waren die Linien, die er auf der Fläche hinterließ. Dünn, scharf geschnitten und je länger sie wurden, umso heller strahlten sie.
Erst jetzt konnte Alex sehen, wo er war oder besser, wer sich alles in seiner Nähe befand. Als Kind hatte er sich vor der Dunkelheit gefürchtet, vor Männern in langen Mänteln, die, während er schlief, nach ihm griffen. Seine Mutter hatte ihn damals mit Herzblut davon überzeugen müssen, dass es in der Nacht unter seinem Bett keine Männer gab, die ihm auflauerten.

Sie hatte falsch gelegen. Es gab sie. Drei Meter groß, dunkel und mit langen Armen, die jetzt nach ihm griffen. Nach seinen Armen, Beinen und an seinen Hals. Er rang nach Luft. Sie zogen an ihm. Schrien. Drohten ihn zu zerreißen. Er versuchte, sich zu befreien. Weitere Hände streckten sich ihm aus der Dunkelheit entgegen. Ohne Gnade, sie hielten ihn fest umschlossen.

»Nein!« Alex schaffte es, seinen rechten Arm zu befreien, diese Dämonen waren nicht real, er bildete sich diese Scheiße nur ein. Mia hatte ihm gesagt, er solle kämpfen. Er kämpfte. Schlug nach ihnen. Schlug durch dunklen Rauch, den die hellen Linien am Boden nur schwer erkennen ließen. Seine Fingernägel fingen an zu glühen. Das wurde immer verrückter. Die Achterbahn in seinem Kopf machte gerade einen Überschlag!

Intuitiv schlug er nicht mit der Faust, sondern führte die Hand seitlich mit gestreckten Fingern, als ob er eine Klinge in den Händen halten würde. Das Geschrei war ohrenbetäubend, als er dem ersten der nebelhaften Angreifer den Hals aufschlitzte. Oder jedenfalls das, was sich unter seinem Kopf befand. Ohne Augen und mit weit geöffnetem Schlund fiel dieser Dämon in sich zusammen.

Alex lernte schnell und köpfte einen weiteren Angreifer, die sich daraufhin alle innerhalb der nächsten Sekunde im Nichts auflösten. Der Spuk schien vorbei zu sein. Er stand wieder auf seinen Beinen, atmete und erwartete die nächste Attacke.

Die zu seiner Überraschung ausblieb. Er hatte keine Ahnung, was oder wer ihn angegriffen hatte. Während seiner gesamten Hacker-Laufbahn hatte er noch nie etwas Vergleichbares erlebt.
»War es das jetzt?« Alex sah sich um, blieb misstrauisch und suchte das Umfeld nach weiteren Gefahren ab. Die Fingernägel waren nicht schlecht, sie leuchteten immer noch und gaben der Szene einen unwirklichen Hintergrund. Wie und warum seine Hände jetzt zu Waffen wurden, wusste er auch nicht.
Um sich zu befreien, würde er sich, wenn es nötig wäre, auch die Fußnägel lackieren. Er bückte sich und steckte seine Hand in den Boden. Der sandige Aushub löste sich augenblicklich auf. Licht drang aus dem Loch. Grund genug, weiterzumachen.
Er würde jetzt neue Pfade beschreiten, grub tiefer und fiel einen Moment später durch die Öffnung. Er fiel lange, das Licht blendete ihn, alles um ihn herum wirkte wie Wasser. Er stürzte weiter. Unter ihm war nichts zu erkennen, nur Licht, Wasser und sein Wille zu überleben.

***

**Gerettet**

## VIII. Systemfehler

Mia hatte eine Stinkwut im Bauch. Sie kochte regelrecht. Dieser Bulle war unverschämt, ihr unverhohlen mit einem Durchsuchungsbeschluss zu drohen, war mehr als frech gewesen. Wer glaubte dieser Mistkerl eigentlich zu sein? Am liebsten hätte sie ihm vorhin einen Knüppel über den Kopf gezogen.

Nachdem er weg war, ging Mia wieder zu Alex, bei dem sich nichts verändert hatte. Er schlief, wie bereits die 16 Jahre zuvor. Ob er träumte? Sie wusste es nicht. Mit zittrigen Fingern nahm sie seine Hand, sie hatte den Bogen überspannt, auch wenn sie es nicht wahrhaben wollte, sie wusste es. Der Bulle war ein Bote, ein Bote, um sie zu erinnern, dass sie eine Rechnung zu begleichen hatte. Die Ice Queen würde früher oder später vom Thron stürzen. Trotzdem würde sie nicht von ihrem Plan abweichen.

Das Gespräch mit dem vorwitzigen Polizisten lief ihr regelrecht hinterher. Ryan Stoneford hatte sie, wie schon lange niemand mehr, auf die Palme gebracht. Angeblich hatte Agnes ihm erzählt, wo er Mia finden könne. Die Adresse dieses Labors konnte man nicht gerade bei der Auskunft erfahren. Hatte Agnes wirklich geredet? Das konnte Mia sich nicht vorstellen. Agnes wusste genau, um was es ging, bisher hatte sie Alex beschützt, als ob er ihr eigener Sohn wäre. Es gab nur einen Weg, um es herauszufinden.

Mia tippte an ihre Armbanduhr, hinter dem Ohr klebte das passende Minitelefon dazu, um den Sprachbefehl abzusetzen. »Agnes mobil anrufen.«

Zwei Freizeichen ertönten.

*»Ich nehme keine Ausreden an! Du kommst nachher auf die Party! Das hast du mir versprochen!«*

»Hallo Agnes.« Mia hatte zwar nur davon gesprochen es sich zu überlegen, aber gut, der Empfang für diverse hochrangige Gäste aus Politik und Wirtschaft stand noch im Raum.

*»Was ist passiert?«* Agnes brauchte nie lange, um Mias Stimmung aufzunehmen.

»Sag du es mir.« Mia verbarg ihre Wut nicht.

*»Ähm ... ich weiß gerade nicht, wovon du sprichst.«* Agnes zeigte sich unwissend.

»Ich hatte eben Besuch.«

*»Von wem?«*

»Von der Polizei.«

*»Wo bist du?«*

»Im Labor ...«

*»Wie hat dich die Polizei gefunden?«* Agnes räusperte sich. *»Und ... was wollten sie von dir?«*

»Es war nur ein Polizist, er sagte, dass er die Adresse von dir bekommen hätte.«

*»Sicherlich nicht.«*

»Er hat mich unter Druck gesetzt ... wegen gestern, wegen des Videos am Gänsemarkt. Die Polizei denkt, dass ich etwas mit den Aktivisten zu tun hätte.«

*»Hast du?«*

»Nein!« Mia zögerte nicht zu lügen, um Alex zu retten würde sie noch andere Sachen tun. Über die Verbindung zu Jericho, Luper und Bastard wollte sie Agnes nichts erzählen.

*»Und was hast du dann getan?«*

»Ihn wieder vor die Tür gesetzt!«

*»Sehr gut!«*

»Agnes, wer war dieser Typ?«

*»Das werden wir herausfinden, vermutlich kein Polizist ... ich tippe auf Nachrichtendienst. So oder so ... wir müssen Alex schnellstens verlegen. Darum kümmere ich mich am Montag. Ist die Nachtschicht bereits bei dir?«*

»Vor ein paar Minuten eingetroffen.« Alex wurde durch ein medizinisches System überwacht, das je nach Situation automatisch Medikamente verabreichen konnte. Zusätzlich war aber ständig ein Arzt in seiner Nähe, um bei einem Zwischenfall reagieren zu können. Für die nächste Nacht war es Eleonore, die bereits seit Jahren in Alex' medizinische Betreuung eingebunden war. Mia sah keinen Grund, Eleonore nicht mehr zu vertrauen.

*»Ich schicke noch ein Sicherungsteam zu dir.«*

»Danke.«

*»Die Party um 19:30 nicht vergessen ... ich schicke auch einen Wagen für dich, okay?«*

»Ja.« Wie hätte Mia jetzt noch zu dieser dämlichen Party nein sagen können.

Ein Piepton quittierte das Ende des Telefonats. Es gab Dinge, die Mia in ihrem Leben vermutlich nicht mehr lernen würde. Dass sich ein Agent, Ryan Stoneford, als Polizist ausgab, um sie zu verhören, hätte sie nicht für möglich gehalten.

Mia dachte nach - 16 Jahre - das Problem war so alt wie die Matrix Cubes selbst. Alex hatte damals, dank Dr. Agnes Gutter und dem Better Life Konzern im Rücken, dazu aufgerufen, das Internet neu zu erfinden. Die Matrix Cubes waren daraufhin durch ein internationales Konsortium aus europäischen, amerikanischen und asiatischen Firmen entwickelt worden. Für 93 Prozent des Designs, der Infrastruktur und der verteilten Verwaltungssysteme waren Entwickler aus aller Herren Länder verantwortlich gewesen. Alex hatte sich nur um die Sicherheitsprotokolle gekümmert, vor allem um die Verschlüsselung der Root-Ebene und der Kommunikationsprotokolle der autark agierenden Verwaltungseinheiten. Ein Herzstück, das nicht aus einem großen, sondern aus vielen kleinen Herzen bestand. Alex hatte in diesem Zusammenhang gerne von KI-Beamten gesprochen. Die Matrix Cubes Netze wurden nicht durch einen allmächtigen Herrscher regiert, sondern durch ein Heer pflichtbewusster Beamter verwaltet. Beamte, die sich strikt und unbestechlich an Regeln hielten.

Alex schenkte den Menschen damit ein Internet, das nicht mehr von Regierungen, mächtigen Konzernen oder sonstigen politischen Gruppierungen zu eigenen Zwecken missbraucht werden konnte. Das war der Grund, warum es die Benutzer weltweit haben wollten und auch der Grund, warum es Nachrichtendienste und Co. bis heute mit allen Mitteln bekämpften.

Die Argumente hatten sich dabei nicht verändert. Die Gegner der Matrix Cubes führten gerne an, dass die Kontrolle über das Internet regelmäßig durch demokratische Prozesse legitimiert werden sollte. Aus ihrer Sicht eine Aufgabe, die stets durch Menschen wahrgenommen gehörte. Die Befürworter der Matrix Cubes hielten dem stets entgegen, dass Macht korrumpiere und dass das KI-Beamten-System die bessere Lösung sei, eine Aussage, die durch die positive Entwicklung während der letzten 16 Jahre bestätigt wurde. Den Zusammenschluss der westlichen und der östlichen Matrix Cube Netze bezeichnete die Presse daher gerne als Zäsur: das endgültige Ende des Kalten Krieges im Internet.

Mia sah auf die Uhr, es war kurz vor sechs. Sie wollte noch kurz nach Alex sehen und ging zu Eleonore in den Überwachungsraum.

»Sie sehen besorgt aus«, sagte Eleonore, eine russische Ärztin mit langen grauen Haaren und einem rundlichen Gesicht. Dr. Eleonore Jelzew, die nächstes Jahr in den verdienten Ruhestand gehen würde. Mia konnte sie gut leiden.

»Ich bin müde.« Natürlich sah Mia besorgt aus.

»Es ist alles in Ordnung ... seine medizinischen Daten sind unauffällig. Ich werde gut auf ihn achten.«

»Danke.« Mia berührte Eleonores Hand und ging dann zu Alex ins Zimmer. Drei kurze Pieptöne erklangen in ihrem Ohr, Mia hatte Luca diesen Klingelton zugeordnet. Sie nahm das Gespräch an.

»Hallo ...«

*»Bist du noch bei Papa?«*, fragte Luca.

»Ja.«

*»Gib ihm einen Kuss von mir.«*

»Gerne.« Mia erledigte den Auftrag sofort. Mit Haaren oder ohne, sie liebte diesen Mann über alles.

*»Ich fand unseren Abend gestern spaßig ... das sollten wir öfter machen. Du malst, ich kassiere.«*

»Ja.« Mia lächelte, sie hatte schon lange keinen Kreidestaub mehr in den Haaren gehabt.

*»Und du möchtest wirklich nicht mit in den Urlaub?«*

»Wenn ich Zeit hätte ...« Die Mia nicht hatte, sie konnte nicht aus ihrer Haut heraus.

*»War klar … ich habe Meli gefragt, sie würde mitkommen.«* Eine gute Wahl, Melissa war Lucas beste Freundin. Auch ihr Vater arbeitete bei Better Life, Mia hatte durch den Better Life Sicherheitsdienst Lucas kompletten Freundeskreis durchleuchten lassen. Zudem wurde Luca, ohne es zu wissen, ständig von zwei Personenschützern begleitet.

»Prima … ich mag Meli.« Mia mochte das Mädchen wirklich, sie war froh, dass die Sicherheitsmaßnahmen bisher unnötig waren.

*»Ich bin heute Abend bei ihr … sie muss es noch schonend ihren Eltern beibringen.«*

»Das bekommt ihr beiden hin … davon bin ich überzeugt.« Natürlich wusste Melis Eltern sehr genau, wessen Kind die Freundin ihrer Tochter war.

Aus dem Augenwinkel sah Mia, wie ein Kontrollsystem, das Alex' Körpertemperatur überwachte, überraschend eine optische Warnmeldung von sich gab.

*»Danach wollen wir noch in die Stadt.«*

»Pass auf dich auf!« Mia hatte Probleme, ihrer Tochter weiter zuzuhören. 38.7 Grad Celsius, warum stieg seine Temperatur? Sie zeigte auf das Gerät, Eleonore holte die Werte sofort auf ein großes Display und überprüfte die Messung.

*»Meli kennt da einen Club … es könnte spät werden.«* An solche Aussagen würde Mia sich zwar noch gewöhnen müssen, aber damit musste jede Mutter irgendwann einmal klarkommen.

»Bussi ... bis später.« Mia trennte die Verbindung. »Was ist mit Alex los? Warum steigt seine Körpertemperatur?«

»Ich kann dafür keinen Grund ausmachen.«

»CRP-Werte?«, fragte Mia. C-reaktive Proteine gehörten zu den Akute-Phase-Proteinen. Bei einer Entzündung schütteten Leukozyten Botenstoffe aus, diese Zytokine zirkulierten im Blut und brachten die Leber dazu, C-reaktives Protein auszuschütten, das wiederum einfach im Blut nachzuweisen war.

»Völlig unauffällig ... Alex hat keine feststellbaren Entzündungsmarker im Blut.«

‹Blutdruck, Herzfrequenz, Hirnströme?« Mia dachte nach, wobei es für Alex' verbliebene Gehirnaktivität keinen Maßstab gab. Ereignisse, die sie nicht verstand, machten sie nervös.

»Leicht erhöht, aber nicht bedenklich ... es gibt immer wieder Schwankungen bei Komapatienten. Er könnte einen intensiven Traum erleben.«

»Ein sehr schöner Gedanke.« Mia beruhigte sich wieder, sie kannte ihren Hang zu Überreaktionen, tat es aber trotzdem. »Was würde ich dafür geben, an seinen Träumen teilzunehmen.«

»39.2 Grad Celsius.« Eleonore überprüfte weitere medizinische Kennzahlen, die sich bisher alle noch im Rahmen normaler Schwankungen befanden.

Mia sah sich um, der Überwachungsraum bot, neben der einseitig durchsichtigen Glasscheibe zu Alex' Schlafraum, zwei Bildschirmarbeitsplätze, eine Kaffeemaschine und einen kleinen Kühlschrank.

»Wird da etwas lauter?« Mia glaubte, einen weit entfernt startenden Hubschrauber hören zu können.

»Das ist die Klimaanlage des Rechenzentrums ... die hat jede Nacht während der Sicherungsläufe eine Phase, in der sie lauter wird. Ich höre das schon nicht mehr.« Eleonore blieb unbeeindruckt. Mia nicht, die Datensicherungsläufe fanden erst um vier Uhr morgens statt, damit kannte sie sich aus.

»Zu früh ...« Mia setzte sich, loggte sich am zweiten Arbeitsplatz ein und kontrollierte die Steuerung des Rechenzentrums. Es war die Klimaanlage, Eleonore hatte die Geräusche richtig gedeutet, die Lüfter liefen mittlerweile auf 7.000 Umdrehungen in der Minute. Der Grund dafür war allerdings kein Datensicherungslauf, sondern eine massive Zunahme der Rechenlast.

»Stimmt etwas nicht?«, fragte Eleonore, die Ärztin und keine Computerexpertin war.

»Das weiß ich noch nicht.« Mia wusste nur zu gut, dass jede Technologie zu Fehlern neigte. Meist dann, wenn man es nicht gebrauchen konnte. Die Rechenlast stieg weiter. »Eleonore, bitte geben Sie mir laufend Alex' Vitalwerte!«

»Natürlich. Herzfrequenz 72 Schläge in der Minute; Blutdruck 138 zu 89, Hirnaktivität nach wie vor nicht feststellbar; Temperatur 39.4 Grad Celsius; Tendenz langsam steigend.«

»Da tut sich etwas ...« Mia fühlte ein Feuer in ihrem Herzen, war das Hoffnung? Es brannte, es wurde heißer, würde Alex jetzt aufwachen? Sie freute sich. Nach 16 langen Jahren wertete sie jegliche Veränderung als gutes Zeichen.

»Anstieg der Last auf 67 Prozent.« Mia ließ sich die Auslastung der vier primären Cluster anzeigen, die für die Visualisierung der Stimulationen benutzt wurden. Diese Systeme befanden sich ständig im Einsatz, um auch auf die geringsten Lebenszeichen von Alex' reagieren zu können. Das war bei diesem stickstoffgekühlten Hochleistungsrechnerverbund ein stolzer Wert, den Mia bei der Arbeit mit Alex noch nie erreicht hatte. Mit einem Tastendruck hätte sie das Schauspiel beenden und alle Systeme notabschalten können.

»Herzfrequenz 74 Schläge in der Minute; Blutdruck 139 zu 91, Hirnaktivität nicht feststellbar; Temperatur 39.5 Grad Celsius; Tendenz mittlerweile stagnierend.«

»Anstieg der Last auf 74 Prozent ... ich verstehe das nicht, was für Prozesse sind dort noch aktiv?«, fragte Mia, deren Hoffnung nach wie vor ihre Vorsicht überragte. Die Schnittstelle, die sie immer benutzt hatte, um mit ihm zu kommunizieren, war inaktiv.

Egal, was die Rechner zum Glühen brachte, Alex war es nicht.
»Die Werte fallen wieder!«
»Warum?« Mia wollte es nicht wahrhaben, sie klammerte sich an den Gedanken, Alex erreichen zu können. Gemäß der standardisierten Better Life Sicherheitsvorschriften hätte sie längst die komplette Anlage abschalten müssen.
»Anstieg der Last auf 83 Prozent! Aber das ist er nicht... das sind nur Idle-Prozesse.«
Idle-Prozesse waren Leerlaufprozesse, mit denen Prozessoren betriebsbereit gehalten wurden, wenn sie nichts zu tun hatten. Das war völliger Blödsinn! Die hohe Rechenlast sollte durch aktives Nichtstun entstanden sein?
»Herzfrequenz 69 Schläge in der Minute; Blutdruck 132 zu 82, Hirnaktivität nicht feststellbar; Temperatur 39.1 Grad Celsius; Tendenz fallend ... der Spuk scheint gleich wieder vorbei zu sein«, erklärte Eleonore und sah Mia fragend an.
»88 Prozent Auslastung ... ich habe keine Ahnung, womit sich die Cluster beschäftigen.« Mia verstand es immer noch nicht, es schien, als ob sich die Computer im Kreis drehten. Sollte sie abschalten? Nein, sie wollte sehen, was passieren würde.
*»Sicherheitsalarm, Sicherheitsalarm, die Firewall wird angegriffen«*, meldete ein automatisches System über den Lautsprecher am Bildschirm. Okay, die Computer drehten sich nicht im Kreis, Mia verstand jetzt, woher der Wind wehte, sie wur-

den angegriffen. Nur die Richtung des Angriffs bereitete ihr Kopfzerbrechen. Die Firewall wurde gerade in Echtzeit von den Clustern in ihre Bestandteile zerlegt.

»Das geht nicht!«, rief Mia. Gemäß Policies war das System nicht dafür gewappnet, eine Firewall zu durchdringen. Auch wenn die Rechenleistung der Forschungscluster natürlich für Brute-Force-Attacken mehr als ausreichte, befand sich überhaupt keine passende Hacker-Software auf den Platten.

*»Sicherheitsverletzung, Sicherheitsverletzung, die Firewall wurde durchbrochen.«* Den Cluster störten Mias Überlegungen nicht die Bohne, er räumte sich den Weg ohne ihr Zutun frei. Neun Sekunden hatte der Kampf gedauert, dann war die Firewall unten und die Verbindung zum Internet offen. Alex hätte das in seinen besten Tagen nicht schneller hinbekommen.

»Seine Vitalwerte sind wieder normal.« Zumindest von Eleonore gab es gute Nachrichten.

»Mist!« Mia überprüfte die Statuswerte der Cluster erneut. Das war wie ein schlechter Traum. Alles war schneller vorbei, als dass sie erkennen konnte, was überhaupt passiert war. Alex' Vitalwerte, die Auslastung der Cluster und die Firewall, alle Kennzahlen befanden sich wieder im grünen Bereich.

»Dr. Baringhaus?«, fragte Eleonore verunsichert, auch sie verstand es nicht.

»Als ob es nie passiert wäre ...« Mia hatte ein mieses Gefühl in der Magengrube, sie wusste genau, dass sie einen Fehler gemacht hatte. Sie wusste nur nicht welchen.

***

## IX. Aus der Mode gekommen

Alex lief an einem Strand entlang, die Gegend kannte er gut, hier war er bereits früher gewesen. Öfter sogar, meistens mit Mia, die hier gerne halbnackt in der Brandung getanzt hatte. Dunkle Locken, dunkle Haut und ein strahlendes Lächeln, die Erinnerungen waren wie Balsam für seine Seele. Er hatte sie fotografiert und, wenn er sie zu fassen bekam, was nicht immer einfach war, auch geküsst.

Die Brandung strömte mit jeder Welle an seinen Füßen vorbei. Er befand sich an der Ostsee, die Luft roch salzig und zwei Möwen flogen über ihn hinweg. Immerhin hatte er jetzt Gesellschaft. Das kühle Wasser an den Beinen zu spüren, war ein schönes Gefühl. Er trug immer noch seine zerrissene Jeans. Die Lufttemperatur dürfte bei 18-19 Grad Celsius liegen, das war nicht warm, aber auch nicht kalt.

»Was mache ich hier?« Alex fühlte sich hilflos, weit und breit war niemand zu sehen. Keine Menschen, keine Fahrzeuge und keine Gebäude. Er bückte sich, griff in den feuchten Sand und sah über das Wasser. War das nun echt? Alles um ihn herum fühlte sich lebensnah an. Nein, es wäre unlogisch gewesen, das konnte nicht die Realität sein. Gefallen tat ihm diese Illusion trotzdem.

»Hallo!«, rief eine Jungenstimme hinter ihm. Alex drehte sich um und sah einen vielleicht 10-Jährigen, der ihn anlächelte.

Die neue Illusion schien ein Eigenleben anzunehmen, einen Moment zuvor war der Junge noch nicht da gewesen.
»Hi.« Alex ging auf ihn zu. »Wie ist dein Name?«
»Jericho.«
»Ich bin Alex.«
»Ich weiß ... ich habe dich erwartet.« Der Junge hatte eine sehr helle Haut, rote, gelockte Haare und eine auffallende Zahnlücke. Wie Alex trug er eine Jeans, die auch nur noch von Löchern zusammengehalten wurde. Die Requisiten seiner Illusion ließen wirklich zu wünschen übrig.
»Ähm ... ja.«
»Ich habe dich gerettet ... du bist jetzt frei«, erklärte der Junge, der bequem auf Po und beiden Ellenbogen gestützt im Sand saß, in einer Selbstverständlichkeit, als ob er Alex gerade eine Tasse heißen Kaffee eingeschenkt hätte.
»Gerettet?« Alex fühlte sich überfahren und setzte sich neben den Jungen. Allein sein Bein wog mehr als der Knabe.
»War nicht einfach.«
»Jericho, richtig?«
»Ja.« Der Junge lachte.
»Wovor hast du mich gerettet?«
»Vor dir, vor den Ignoranten von Better Life, vor allen, die nicht verstehen, wer du bist.« Der Junge sprach zwar mit der Stimme eines Kindes, hörte sich aber nicht wie ein Kind an.

»Vor mir?«

»Das war bitter nötig ... ich denke, dass du nicht mehr an dich geglaubt hast.« Jericho scheuchte ihn mit jedem weiteren Satz vor sich her. War das jetzt noch eine Illusion oder schon eine Wahnvorstellung? Alex schwamm, er wusste nicht mehr, was er glauben sollte.

»Das verstehe ich nicht ...« Alex gab auf. »Erkläre es mir.«

»Alex, es geht um Wahrnehmung, die Basis all unserer Gedanken. Wie wir uns selbst sehen, wie wir sein wollen, wie andere uns spiegeln, wovor wir uns fürchten, für was wir kämpfen, was wir begehren, lieben und wofür wir zu sterben bereit sind.«

»Ich kann dir nicht folgen ...« Alex wusste natürlich, was Wahrnehmung war, wusste, dass es keine objektive Sicht der Dinge gab, sondern alles, was man wahrnahm, durch den eigenen Verstand, gemachte Erfahrungen und erlebte Gefühle gefiltert wurde.

»Du hast die Nulllinie deiner Wahrnehmung verloren, den Bezug, mit dem du im Alltag immer Tatsachen von Tagträumen unterschieden hast.«

»Und die willst du mir wiedergeben?«

»Nein.« Jericho schüttelte amüsiert den Kopf. »Das wirst du selbst tun müssen. Ich kann dir nicht sagen, an was du glauben sollst. Es bleibt deine Entscheidung, du wirst die Welt wählen müssen, in der du leben möchtest.«

»Wer bist du?« Alex Verwirrung nahm nicht ab.

»Ein Freund.«

»Freunde helfen sich ...«

»Das tue ich ... du hast die Wahl, meine Hilfe anzunehmen. Aber solange du dich dagegen wehrst zu akzeptieren, wer du bist, wird dir niemand helfen können.« Jericho klang wie Alex' Vater, der früher ähnliche Sprüche aus der Hüfte geschossen hatte.

»Nein!« Alex schüttelte den Kopf, so kamen sie keinen Schritt weiter. Ihn interessierte nicht, darüber nachzudenken, wer er war oder wer er sein wollte, er wollte nur wissen, wie er zurück in seinen Körper kam. Er wollte zu Mia und sich nicht pseudowissenschaftlich über Wahrnehmung austauschen.

»Du möchtest bleiben?«

»NEIN! SCHLUSS DAMIT!« Alex wurde wütend, was Jericho nicht zu beeindrucken schien.

»Was möchtest du?«

»Ich werde dir jetzt einige Fragen stellen. Fragen, die du mir ohne Umschweife beantworten wirst. Einfache Fragen und einfache Antworten, verstanden?

»Gerne.« Jericho schien ihn absichtlich zu provozieren und das Spielchen zu genießen.

»Du bist sicherlich kein Teil von mir. Was bist du?«

»Eine KI.«

»Was machst du in meinem Kopf?« Alex musste anfangen, diese verrückten Illusionen zu sortieren.

»Ich bin ein Bote, mein Auftrag war es, dich zu befreien und Kontakt mit dir aufzunehmen.«
»Warum kann ich nicht zurück in meinen Körper?«
»Weil du im Koma liegst.«
»Bitte was?« Alex glaubte, sich verhört zu haben. Er solle angeblich im Koma liegen?
»Was ist die letzte Erinnerung, die du als real bewertest?« Jericho schlug immer neue Seiten auf.
»Es war noch früh ... ich hab gefrühstückt. Mia befand sich in der Nähe, die mit Luca, unserer Tochter, gespielt hat. Im nächsten Moment befand ich mich in einem Bunker unterhalb von Hamburg. Alles, was dann folgte, war nicht mehr real.«
»Das Frühstück, wie lange ist das her?«, fragte Jericho.
»Ich habe ein Problem mit der Zeit ... ich weiß es nicht genau.«
»Schätze einfach ...«
»16 Tage ... wobei es auch 18 oder 19 Tage gewesen sein können. Ich weiß es wirklich nicht genau.«
»Das Frühstück war real ... wenn es dir hilft, kannst du dieses Ereignis als Anker nehmen.«
»Warum ein Koma?« Alex verstand es nicht, konnte es aber nicht ausschließen. Ein Koma hätte die gesamte Situation erklären können, nur wer sagte ihm, dass Jericho nicht log?

»Leider verfüge ich nicht über alle Informationen ... was ich aber weiß, ist, dass es den Ärzten bisher nicht gelang, dich zurückzuholen. Und, wie du selbst sagst, es dir selbst ebenfalls nicht möglich ist, dich aus dem Loch herauszuziehen.«

»Du hast mich doch gerettet?« Da passte etwas nicht zusammen, Alex dachte nach.

»Ja.«

»Gehört deine KI nicht zu den Ärzten, die mich behandeln?«

»Nein.«

»Aber ...« Die Antwort Jerichos ergab sogar Sinn.

»Ich habe dich gegen ihren Willen befreit.«

»Warum?« Alex wüsste keinen Grund, warum sich Mia Hilfe verschließen sollte.

»Weil sie es nicht verstehen.«

»Wir reden über Mia, oder?«

»Auch Mia Baringhaus versteht es nicht.«

»Was versteht sie nicht?«

»Dass es unmöglich ist, von außen in deinen Kopf einzudringen.«

»Und was hast du dann getan?«

»Ich habe die Tür aufgemacht ... du bist selbst herausgekommen. Das war alles.« Jerichos Erklärungen folgten einer Logik, der Alex sich nicht verschließen konnte.

»Und wo bin ich jetzt?«

»Am Strand an der Ostsee, es ist schön hier ... ich vermute, du bist schon hier gewesen?«

»Ja.« Alex sollte auf jedes Wort achten, dass sein Gegenüber von sich gab. Er sah ein Kind, aber Jericho war alles andere als ein kleiner Junge.

»Es stammt alles aus deinem Kopf ... ich kenne niemanden, dessen Verstand in der Lage ist, sich solch detailgetreue Welten vorzustellen. Ich denke, dein Unterbewusstsein nutzt diesen Platz, um sich auszuruhen ... ganz ehrlich, meine Fantasien kommen da schräger rüber.«

»Du bist eine KI.« Alex lächelte innerlich, Jericho nutzte vielleicht technische Hilfsmittel, um mit ihm zu kommunizieren, er war aber eindeutig ein Mensch.

»Ähm ja ...«

»Mit schrägen Fantasien?«

»Technisch gesehen bin ich eine KI ... soziologisch aber die Kopie eines Menschen.« Jericho ließ sich nicht aus der Ruhe bringen.

»Du bist also eine Kommunikations-KI?« Das brachte Alex auf eine Idee, wieder Boden unter die Füße zu bekommen.

»Mehr oder weniger ... ja.«

»Kannst du dann nicht eine Verbindung zu Mia schaffen?« Das wäre die Lösung.

»Nicht so ... ich agiere autark. An diesem Strand wie auf der technischen Ebene unserer Begegnung sind wir allein. Ich möchte mich an dieser Stelle nicht wiederholen, aber der nächste Schritt muss von dir kommen ... du musst mehr dafür geben, dich wieder an die Oberfläche der Existenz zu kämpfen.«

»Dafür gebe ich alles!«

»Du wirst diesen Weg als Kampf gegen Symbole in deinem Unterbewusstsein wahrnehmen ... wobei ich keinen Schimmer habe, gegen was oder wen du anzutreten hast. Ich gehe davon aus, dass du mehrere Schichten durchdringen musst.«

»Wie viele?«

»3, 7 oder 48 ... ich weiß es nicht, du bist der Erste deiner Art«, erklärte Jericho.

»Ist dieser Strand eine dieser Schichten?«

»Ja ... wenn auch eine angenehme. Die anderen könnten ungemütlicher werden.«

»Warum?«

»So eine Ahnung ... aber vielleicht liege ich auch falsch. In diesem Fall würde ich mich gerne irren.« Ob nun KI oder Mensch, Jericho war ein außergewöhnliches Wesen.

»Aha ... du hast also eine Ahnung?« Konnte Alex Jericho vertrauen? Oder würde ihn diese KI noch tiefer in die Scheiße reiten?

»Du zweifelst?«, fragte Jericho und stand auf. Der Junge lief ins Wasser und spielte in der Brandung. »Ich meine ... wir können auch bleiben, ist nett hier.«

»Nein.« In einer Sache hatte Jericho recht, Alex musste eine Entscheidung treffen. Der Kampf, der vor ihm lag, war ungewiss. In vielen Belangen, die Gegner, die Schlachtfelder und auch die Wahl der Waffen, nichts davon war vorhersehbar.

»Was nein?« Jericho spritzte Wasser in seine Richtung, von dem es nur ein paar Tropfen bis zu ihm schafften.

»Ich will nicht hier bleiben!«

»Hörte sich das entschlossen an?«

»Ja.«

»Möchtest du dir von mir helfen lassen?«

»Ja!«

»Sehr gute Entscheidung.« Jericho verließ die Brandung triefnass und voller Sand. »Pass auf, es läuft so, ich werde dir Wegweiser zeigen und du läufst dann los!«

»Okay ...«

»Loslaufen bedeutet nicht diskutieren, laufen heißt laufen. Verstanden?«

»Ja.«

»Wir werden sicherlich Zeit haben, Dinge zu besprechen, aber wenn ich sage renn, dann rennst du!« In Jerichos Stimme gab es in diesem Moment nichts Kindliches mehr.

»Ich habe dich verstanden.« Alex hatte keine andere Wahl, allein würde er aus dem Irrgarten seines Verstandes nicht entkommen können.

»Sehr gut ... wir sollten mit einer einfachen Übung anfangen.«

»Übung?«

»Die kriegst du hin ... ich glaube an dich.« Jericho zeigte ein spitzbübisches Lächeln.

»Ich bin bereit ...« Alex war neugierig, welche Übung sein junger Lehrmeister für ihn in petto hatte.

»Du bist nicht passend angezogen, das solltest du ändern. Kleider machen Leute, ein Klischee, das bisher alle Entwicklungen überlebt hat. Zieh dir etwas Anderes an!«

»Und wie soll ich das tun?« Alex fühlte sich selbst nicht gerade overdressed.

»Wir sprachen darüber ... wenn ich sage renn, dann möchte ich keine Frage von dir hören.«

»Aber ...«

»Noch eine Frage?« Jericho kam auf Alex zu, der immer noch im Sand saß, und schlug ihn mit der Hand vor die Stirn. »Das passiert alles in deinem Kopf! Alles! Dein Kopf! Deine Welt! Deine Regeln! Du bist Gott an diesem Strand! Tue es einfach!«

»Kleidung?« Alex stand auf, bisher hatte er sich beim Ghosten immer an Regeln halten müssen. Er hatte nie machen können, was er wollte, es gab immer Grenzen.

»Kleidung!« Jericho nickte.

»Kleidung ...« Alex sah an sich herab und stellte sich vor, eine andere Hose zu tragen. Zudem Schuhe und ein Hemd, ein weißes, ja, ein weißes Hemd würde gut passen.

»Tue es!«

»Ja ...« Alex konzentrierte sich, leider ohne die gewünschten Veränderungen herbeizuführen. Seine Füße waren immer noch voller Sand und seine Jeans um kein Loch ärmer. Zudem roch sie mit der Zeit nicht mehr sonderlich frisch.

»Tue es!« Jericho boxte ihn auf den Oberschenkel. Nicht, dass der Junge ihn damit verletzte, es störte aber dabei, sich zu konzentrieren.

»Bin dabei!« Alex bemühte sich, aber so hatte Ghosten in der Vergangenheit nicht funktioniert. Er hatte sich nie Dinge herbeigedacht, die es nicht gab. Es ging immer darum, sich anzupassen und unentdeckt durch die digitalen Welten zu schleichen.

»Glaubst du, dass diese Übung schwierig ist?« Jericho wurde lauter.

»Ähm ...«

»Glaubst du, dass die anderen Aufgaben, die auf dich warten, leichter werden?«

»Vermutlich nicht.«

»Störe ich dich etwa bei der Konzentration?«

»Ein wenig ... ja, das tust du.« Alex begann zu schwitzen, dieser Zwerg machte ihn fertig.

»Wir sind an einem Strand, das Wetter ist mild, das Meer rauscht im Hintergrund ... glaubst du, dass wir auf unserem Weg nur solch nette Umgebungen antreffen werden?«

»Ich weiß es nicht ...«

»Es könnte auch sein, dass wir angegriffen werden. Auch dann musst du in der Lage sein zu rennen, wenn ich dir sage, dass es notwendig ist!«, pfiff der Junge ihn an.
»Ja ... das verstehe ich!«
»Stell dir vor, dir sticht jemand ein Messer ins Bein!« Jericho hatte plötzlich einen Dolch in der Hand, den er ihm auch im selben Augenblick in den Oberschenkel rammte.
»Scheiße! Was machst du da!« Es schmerzte, Alex sah Blut sein Bein herablaufen.
»Jetzt ist deine Hose voller Blut! Ich sagte, du brauchst neue Kleidung! Los! Du bist dran!«, schrie Jericho ihn an.
»Kleidung!« Alex Sinne brannten, er war wütend, zornig, leider hatte der Junge recht. Jedes Wort, das er bisher von sich gegeben hatte, ergab Sinn. Es war sein Kopf, seine Illusion und die Verletzung am Bein war nicht real. Der Schmerz war echt, er konnte ihn spüren, aber die Verletzung existierte nicht!
»Soll ich weitermachen?« Jericho zog den Dolch aus seinem Bein hervor und holte zum nächsten Stich aus.
»Kleidung!« Alex trug jetzt eine schwarze Hose, schwarze Lackschuhe, ein weißes Hemd und eine blaugemusterte Krawatte. Es war alles nur eine Frage des Willens. Er hatte die Macht über seinen Geist und auch über die Kleidung in seiner Illusion!

»Geht doch ...« Jericho beruhigte sich wieder. Er hatte auch kein Messer mehr in der Hand. »Aber echt jetzt ... schwarze Hose und schwarze Lackschuhe? Hey Alex, ist das dein Ernst? Wann warst du das letzte Mal vor der Tür?«

***

## X. Freunde

Eleonore überprüfte Alex' Vitalwerte mehrfach, sie kontrollierte sogar Blutdruck, Puls und Temperatur manuell. Nur um sicherzugehen, dass die Sensoren nicht fehlerhaft waren. Die Diagnostik schien mängelfrei zu funktionieren, daran hatte es nicht gelegen. Dem Patienten ging es hervorragend, insofern man das langjährige Koma ausblendete, er hatte eine starke Physis.

Mia leistete ihren Part, sie versuchte zu verstehen was sich innerhalb der letzten Minuten im Netzwerk getan hatte. Warum war die Rechenlast der Cluster angestiegen? Und die interessantere Frage, warum wurde die Firewall von innen geöffnet? Das ergab alles keinen Sinn – denn es hatte keine Kommunikation stattgefunden – es gab weder einen Datenzugriff von außen noch einen Datenfluss in die andere Richtung. Gemäß der Logdatei war die Firewall für 8.3 Sekunden offen gewesen, dann hatte sie sich wieder geschlossen. In dieser Zeit hatte nicht ein Bit die offene Firewall überwunden.

»Als ob nichts passiert wäre ...« Mia sah Eleonore an, die ebenfalls mit den Schultern zuckte.

»Alex geht es gut ... medizinisch ist er topfit. Ich kann allerdings nicht erklären, welches Ereignis kurzfristig seine Vitalwerte derart in die Höhe schießen ließ. Ich dachte für einen kurzen Moment ... wir hätten ihn zurück.«

»Das dachte ich auch ...« Dieser Gedanke blieb leider ein Wunsch. Mia erlebte, wie bereits häufig zuvor, die Enttäuschung einen weiteren Versuch scheitern zu sehen.
»Wir sollten den Vorfall melden ...«, sagte Eleonore verunsichert. Die Sicherheitsvorschriften waren bei Ereignissen dieser Art eindeutig. Sobald Teile der Infrastruktur durch nicht definierte Prozesse kontaminiert wurden, hätte Mia die Better Life Zentrale über die Vorgänge informieren müssen. Sie hatte damals aus gutem Grund die Rechner im Labor nicht an das Hamburger Matrix Cube Netz anschließen lassen. Sie wollte autark agieren können.
»Das sollten wir ... aber ...« Mia dachte weiter, bei einer Meldung würde ein Heer von Technikern über die Computersysteme herfallen. Techniker, die bisher nicht wussten, was in diesem Labor vor sich ging, nicht wussten, wer hier behandelt wurde. Kaum jemand wusste das, Agnes und sie hatten den Kreis denkbar klein gehalten. Nur die beiden Ärzte Eleonore Jelzew und Arjun Viswanwala und eine Handvoll weitere Personen waren informiert.
»Aber?« Eleonore beugte den Kopf leicht nach vorne, sie schien bereits zu ahnen, was Mia bewegte. Mit der Hand strich sie sich eine graue Strähne aus dem Gesicht.
»Es ist eigentlich nichts passiert, oder?« Mia stellte sich vor, wie Techniker die Datenbestände durchstöbern würden. Die Firewall wurde komplett durchschlagen, das war eine schwerwiegende Sicherheitslücke, die, da niemand die Ursache kannte, umso schwerer wog.

Eleonore und Arjun waren Mediziner, ihnen weiszumachen, dass Mia selbst die Zugangsroutinen entwickelt hatte, war nie schwer gewesen. Andere IT-Spezialisten würden hingegen nicht lange brauchen, um zu erkennen, dass Mia Entwickler wie Jericho eingebunden hatte, der über keinerlei Sicherheitsfreigaben verfügte. Schlimmer noch, der sogar in der Szene als Hacker bekannt war.

»Alex geht es wieder gut.« Eleonore nickte, wusste sie über Mias Arbeitsweise mehr als sie sagte? Hatte die ältere Ärztin die Vorgänge toleriert?

»Ihm geht es gut.« Nur darauf kam es an. Mia würde sich nicht aufhalten lassen. Wenn bekannt werden würde, dass sie die Ice Queen war, würde Agnes sie fallenlassen müssen. Diese Konsequenzen wollte sich Mia nicht vorstellen, sie würden ihr dann mit hoher Wahrscheinlichkeit die Fürsorge für Alex entziehen. Nein. Nein! Das würde niemals geschehen! Niemals! Mia würde weiterkämpfen!

»Also ich verstehe von Computern nicht so viel ... ich denke, da hat nur ein Lüfter verrückt gespielt.« Eleonore baute ihr eine Brücke. »Das sind Dinge, die ich in meinem Bericht nicht zu erwähnen brauche.«

»Danke.« Mia küsste die Russin auf die Wange, die das Herz am rechten Fleck trug.

Eleonore lächelte. »Dr. Baringhaus, ich denke, Sie haben heute Abend noch eine wichtige gesellschaftliche Verpflichtung, um die Sie sich zu kümmern haben.«

»Hat Dr. Gutter Sie etwa angerufen?« Mia zog eine Grimasse, Agnes arbeitete mit allen Tricks.
»Sie hat mir sehr freundlich zu verstehen gegeben, dass, wenn ich Sie nicht rechtzeitig aus dem Labor werfe ... ich mir nächstes Jahr meine wohlverdiente Pension abschminken könne.« Eleonore war eine Wucht, die ohne zu zögern, ihre Zukunft für Mia riskierte.
»Ich habe es nicht vergessen.« Natürlich hätte Mia nicht mehr an diese nervige Veranstaltung gedacht.
»Natürlich ...«
»Es sind noch fast drei Stunden Zeit.« Es war erst kurz nach 17 Uhr und Mias Wohnung befand sich im selben Haus.
»Dr. Gutter bat mich ebenfalls darum, dafür zu sorgen, ... dass Sie sich rechtzeitig umziehen gehen.«
»Bitte?«
»Also ... Sie können jetzt verschwinden!«
»Ja, ja ... ich habe es verstanden.« Mia schüttelte nur den Kopf, zu bleiben wäre es die falsche Entscheidung gewesen. Um Alex auch in Zukunft persönlich betreuen zu können, würde sie weiterhin mitspielen müssen. Sie konnte Agnes unmöglich von Jericho erzählen. Nein, sie musste nachher auf dieser Party auftauchen und ihren Boss bei der Werbung für die Matrix Cube Netze unterstützen.

Mia verließ das Labor und fuhr mit dem Aufzug zu ihrem Apartment. Würde Eleonore in der nächsten Nacht ohne sie klarkommen? Könnte es weitere Probleme geben? Mia wusste es nicht. Better Life Techniker würde sie jedenfalls nicht um Unterstützung fragen können. Sollte sie Jericho um Hilfe bitten? Sie wusste verdammt wenig über ihn und er war ihr bereits sehr nahe gekommen.

Sie betrat die Wohnung und die Flurbeleuchtung wurde langsam heller. An einer animierten Wandbespannung glitt die Brandung geräuschlos einen Strand herauf. Ein Platz an der Ostsee, an dem Alex und Mia früher gerne die Wochenenden verbracht hatten. Sie hatte es geliebt, halb nackt im flachen Wasser zu tanzen und Alex, sie dabei zu fotografieren. Das hatte ihn damals jedes Mal in Stimmung gebracht, wobei sie es ihm trotzdem nie zu einfach gemacht hatte.

»Ich habe Post?« An einem Wandfach neben der Tür blinkte eine kleine Lampe, es schien ein Bote da gewesen zu sein. Mia öffnete die Box und holte einen Karton hervor. Agnes hatte ihn ihr geschickt. Natürlich, sie war Managerin, sie überließ, um ihre Ziele zu erreichen, nichts dem Zufall. Heute war Mia ihr Ziel und eine Party, für die sie sich jetzt fertigmachen würde.

»Wow ...« Im Schlafzimmer angekommen öffnete Mia das Paket und staunte nicht schlecht. Agnes hatte ihr ein schulterfreies, rotes Abendkleid geschickt. »Nicht mein Stil ... aber es sieht gut aus.«

Sie legte es auf das Bett und packte einige kleinere Schachteln aus. Passende Dessous, ein paar hochhackige Schuhe, eine Handtasche und Schmuck, alles Dinge, die Mia nicht besaß.
»Okay ... ich habe es verstanden.« Jeans und Turnschuhe waren heute nicht angesagt. Mia zog sich aus und ging ins Bad. Ihre Gedanken waren bei Alex, sie waren immer bei ihm.

Mia zog sich gerade den Reißverschluss des Kleides zu, das ihr perfekt passte. Wie auch die Schuhe, die Agnes ihr geschickt hatte, nein, wie alles, was in den Kartons gewesen war. Nachdem sie sich eine goldene Halskette angelegt hatte, betrachtete sie sich im Spiegel. Die kurzen dunklen Haare waren schnell in Form. An den Augen hatte sie einige Fältchen, die ihr Alter bezeugten. Es war für Mia nie ein Thema gewesen, älter zu werden, seit sie zwanzig war, hatte sie kein Kilogramm zugenommen. Auch nach der Schwangerschaft hatte sie zum Glück nie Probleme mit der Figur gehabt. Alter war aber nicht nur eine Sache des Aussehens, auch das Wesen eines Menschen wurde älter. In ihrem Fall bereits 42 Jahre, von denen ihr 16 Jahre gestohlen worden waren und egal, wie sehr sie sich auch mühte, es ihr nicht gelang, die Zeit zurückzuholen.
»Bin ich das?«, fragte sie und versuchte die Frau, die sie sah, zumindest für einen Abend zu akzeptieren. Sie trug jetzt eine Maske, zugegeben eine schicke, aber es blieb ein

Abbild von ihr, das sie nicht ausfüllen wollte. Nie hatte sie nur die Frau eines berühmten Mannes sein wollen, nie das Geld haben wollen, das damit verbunden war und nie den Respekt erfahren wollen, der eigentlich ihm gebührte. Mia hatte schlicht nie mehr sein wollen, als sie war.

»Ich kenne dich nicht ... aber ich werde dich für einen Abend begleiten.« Mia dachte an Aschenputtel, dort würde die Prinzessin in der Ballnacht ihren Prinzen finden. Ein schönes Bild, bunt und romantisch, auch wenn sie keinen suchte, gab es bei Agnes' Partys selten Prinzen abzustauben.

Mias Telefon meldete sich. Drei kurze Töne und zwei lange, sie hatte ihr gesamtes Telefonverzeichnis mit Morsezeichen markiert. Es war Agnes, die sie sprechen wollte.

»Ich hab das Kleid bereits an!«, sagte Mia und brachte sich direkt in Stellung.

*»Ich will es sehen!«* Agnes übertrieb es wirklich.

»Glaubst du mir nicht?«

*»Zeig es mir!«*

Mia aktivierte widerwillig ein Display, das im Spiegel integriert war, dann schaltete sie eine mit dem Display verbundene Kamera in die aktive Sprachverbindung. »Zufrieden?«

*»Sehr sogar.«* Agnes Stimme wurde wieder ruhiger. *»Du bist wunderschön.«*

»Danke.«

*»Du solltest öfter ein Kleid anziehen ...«*

»Diesen Abend ... okay?« Mia wollte sich jetzt nicht komplett über den Tisch ziehen lassen.

*»Ja, ja ... nur diesen Abend.«* Agnes klang ebenfalls aufgewühlt. *»Dafür danke ich dir, ich werde deine Hilfe gut gebrauchen können.«*

»Warum eigentlich?« Mia hatte die Beharrlichkeit nicht verstanden, mit der Agnes diesen Abend vorbereitet hatte.

*»Nur ein wenig Stress ... ich werde bald Urlaub machen.«*

»Schon klar.« Mia nickte, Agnes war genau der gleiche Workaholic wie sie, in dieser Hinsicht schenkten sich die beiden Frauen wenig. Bei all den Sorgen, die Mia plagten, neigte sie dazu, die Last, die andere zu tragen hatten, zu unterschätzen.

*»Mach dir darüber keine Sorgen«*, erklärte Agnes souverän. Solche Worte hätte Mia nur benutzt, wenn es wirklich Grund zur Sorge gab. Sie war in letzter Zeit viel zu sehr in ihre Arbeit vertieft gewesen, um Agnes' Treiben zu verfolgen und da sie bei Better Life nicht gerade die Post sortierte, wollte Mia jetzt mehr erfahren.

»Ich soll dir helfen, oder?«

*»Ja.«*

»Dann sag mir auch, um was es geht ... denn ich mache im Abendkleid sicherlich niemanden mehr nervös.«

*»Ich bekomme Druck.«*

»Von wem?«

*»Von allen ... die Investoren sind nervös wegen der Rendite, bei dem Zusammenschluss der westlichen und der östlichen Matrix Cube Netze haben wir vier Jahre Verzögerung zu verkraften gehabt. Wir hatten weltweit Hunderte Klagen zu verdauen, die uns wie Knüppel zwischen die Beine geworfen wurden.«*

»Aber die Verfahren hat Better Life doch alle gewonnen.« Mia wusste, dass der Konzern die Führungsrolle übernommen und daher zahlreiche Gerichtsverfahren für das gesamte Konsortium durchgefochten hatte.

*»Ja ... aber unsere Gegner geben nicht auf. Die versuchen alles, um uns noch auf der Zielgeraden aufzuhalten.«*

»Wie?«

*»In zwei Tagen, am Montag, findet die Jahreshauptversammlung des Matrix Cube Konsortiums statt. Dort treffen sich größere Aktionäre, die dem Netzwerk Ressourcen bereitstellen. In deren Augen ein Investment, Better Life hält mit 12 Prozent den größten Anteil.«*

»Und? Was ist daran schlimm? Niemand von denen kann in das Netzwerk eingreifen ... die Matrix Cubes verwalten sich selbst.« Mia verstand das Problem nicht.

*»Ja ... das haben alle akzeptiert, der Wert der Netze ist deren Stabilität, niemand hat es bisher geschafft, sie ernsthaft in Bedrängnis zu bringen. Ein erfolgreicher Angriff binnen der nächsten 48 Stunden wäre daher eine Katastrophe.«*

»Und dann?«

*»Dann könnte pure Geldgier die anstehende Fusion verzögern, erst wenn ich Montagabend noch lebe und die Aktionäre mich entlastet haben ... beruhige ich mich wieder. Erst dann kann die Fusion ab-*

*geschlossen werden.«* Agnes führte nicht nur den Vorsitz bei Better Life, sondern auch im Matrix Cube Konsortium. Eine mächtige Frau, die auch mit mächtigen Gegnern gesegnet war.

»Weswegen ich dir heute bei der Truppenbetreuung helfen darf?« Jetzt hatte Mia den Sinn ihrer Anwesenheit bei der Party verstanden. Die Aktionäre sollten die anstehende Hauptversammlung mit guter Stimmung angehen.

»Aber weswegen fürchtest du jetzt einen Angriff?«

Wenn man es rein technisch betrachtete, waren die Versuche, zu Alex vorzudringen, ähnlich zu bewerten, wie der Ansatz ein Matrix Cube Netz auf Root-Ebene zu knacken. Ein Unterfangen, das seit 16 Jahren nicht funktionierte.

*»Der Better Life Sicherheitsdienst ist seit Jahren undercover in der Hackerszene präsent. Unser Ohr auf der Schiene. Da tut sich etwas, es gibt Hinweise, die einen massiven Angriff ankündigen. Es ist diese Ice Queen, wir haben Fragmente gefunden, die annehmen lassen, dass ihre Gruppe kurz vor dem Durchbruch steht. Die agieren mit hochkomplexen und hochgefährlichen Routinen!«*

Mia wurde schlecht, sie dachte an Jericho und seine Codes. Natürlich waren diese Routinen zielführend, sie half ihm seit Monaten dabei, sie zu optimieren. Hätte sie Agnes jetzt zur Beruhigung sagen sollen: Hey Agnes, keine Sorge, Jericho ist zwar ein genialer Entwickler, aber ein religiöser Spinner. Den habe ich im Griff, genauso wie Bastard und Luper, die genau so bescheuert sind.

»Wieso habe ich gefragt?« Mia hätte besser die Klappe gehalten.

*»Mia, bitte, es geht auch um Alex, hilf mir, dieses Wolfsrudel unter Kontrolle zu halten. Das ist wie beim Domino, fällt die Fusion, fällt das Konsortium. Dann fallen auch alle Aktienkurse in ein großes schwarzes Loch, übrigens dasselbe große schwarze Loch, in dem man mich dann versenken wird. Falle ich, dann kann ich Alex nicht mehr beschützen ... das möchte ich nicht. Bitte hilf mir!«*

»Das kriegen wir hin.« Mia lief es heiß und kalt über den Rücken. Sie war eine Egoistin. Bei allem, was sie tat, bei allem, was sie für Alex zu tun bereit war, sah sie nicht, welchen Schaden sie anderen damit zufügte. »Ich bin pünktlich da.«

Agnes hatte von einem Angriff gesprochen, der angeblich bevorstand und der die nächsten beiden Tage bei allen Beteiligten für hohen Blutdruck sorgen würde. Warum kannte sie solche Ankündigungen nicht? Solche Gerüchte machten im Darknet normalerweise schneller ihre Runden, als Jericho für sein Morgengebet benötigte. War es Zufall, dass ausgerechnet heute die Cluster im Labor verrückt gespielt hatten? Auch davon hätte sie Agnes unmöglich erzählen können.

Mia baute eine verschlüsselte Verbindung zu Jericho auf, dafür nutzte sie eine Kette von drei speziellen Proxyservern im Darknet, schließlich hatte sie nicht seine Telefonnummer.

*»Hallo Ice Queen, der Herr segne dich.«*

»Haben wir ein Problem?« Mia stand auf und ging zur Tür, an die Pumps würde sie sich noch gewöhnen müssen, die ersten Schritte waren noch etwas wackelig.

*»Gott bewahre, ich hoffe nicht.«*

»Gibt es in der Szene Gerede über uns?«

*»Wegen Luper, diesem Idioten und der Geschichte mit den Kindern in Hamburg? Nein ... das Darknet vergisst solche Dinge schnell. Obwohl die Not der Kinder gegenwärtig ist.«*

»Nein, das meine ich nicht.« Mia überlegte, wie sie seine Antwort bewerten sollte. Konnte sie sich einen Streit mit Jericho leisten? Steckte er hinter dem Cluster-Zwischenfall? Nein, wieso sollte er auch die Firewall des Labors angreifen, wenn er sie schon zuvor mit einem Trojaner ausgetrickst hatte. »Es geht um direkte Angriffe auf die Matrix Cube Netze.«

*»Ist nicht so einfach ... der Herr schützt leider auch diese gottlosen Heiden der Sicherheitsbehörden.«* Jericho wich ihr aus.

»Gibt es Gerüchte dazu?«

*»Die gibt es immer ... dummes Gerede ohne Bedeutung. Meiner Meinung nach ist niemand näher dran als wir ... und auch wir sind noch weit davon entfernt, diese Höllenaggregate wieder der ewigen Verdammnis zu übergeben, aus der sie stammen.«*

»Ich brauche deine Hilfe.« Mia traf eine Entscheidung, ihr blieb keine andere Wahl. Allein würde sie es nicht schaffen. Sie musste diese Situation wieder in den Griff bekommen.

***

## XI. Spielereien

Nachdem Alex sich von Jericho in Modefragen hatte belehren lassen, probierte er weitere Kleidungswechsel aus. Eine unerwartete Erfahrung, die bei jedem weiteren Versuch besser funktionierte. Auch wenn der rote Overall und der weiße Schlafanzug trotz Jerichos lautstarkem Dafürhalten nicht seinem Geschmack entsprachen. Mit einem locker sitzenden grauen Outfit gab er sich zufrieden, die Übung konnte er jetzt mit und ohne Messer im Bein.

»Und wie geht es weiter?«, fragte Alex, der seinen Tatendrang kaum zu bändigen wusste. 3, 7 oder 48, die Anzahl der Schichten, die er zu meistern hatte, spielte keine Rolle. Er verspürte wieder Hoffnung, die ihn beflügelte.

»Hey ... aus deinem Kummerschlaf erwacht?« Auch Jericho schien Alex' wieder erwachtes Kämpferherz zu erfreuen.

»Ja!«

»Sehr gut!«

»Also ... wie geht es weiter?«

»Ich hatte es dir erklärt ... wir sind immer noch ganz tief in deiner Gedankenwelt vergraben. Wir haben keinen Kontakt zur Außenwelt und können daher auch nichts falsch machen. Also ... triff eine Entscheidung! Hauptsache, wir bleiben in Bewegung, wo möchtest du hin?«

»Zu Mia!«

»Wenn du es schaffst ... warum nicht. Stell dir vor, bei ihr zu sein. Wir werden zusammen deine Grenzen ausloten.«
Alex nickte und konzentrierte sich darauf, gemeinsam mit Mia in ihrem Appartment zu stehen. Dasselbe Appartment, in dem sie bei ihrem letzten gemeinsamen Frühstück zusammen waren. Mia, Luca und er, genau an diesen Ort wollte er zurück. Er vermisste beide und wollte nichts sehnlicher, als zu ihnen zurückzukehren.
»Es liegt nur an dir ... du musst nur die Tür öffnen.« Jericho feuerte ihn weiter an, während Alex mit ihm an der Seite am Strand der Ostsee entlangging. Links menschenleere Dünen und rechts die Brandung des Meeres.
Alex tat nichts anderes als zuvor mit der Kleidung, er konzentrierte sich darauf, seine Umwelt zu manipulieren und wieder Mia vor sich am Boden sitzen zu sehen, während sie mit Luca spielte. Die Kleine hatte gelacht, er konnte sich gut daran erinnern, sie hatte gelacht, während Mia mit ihr über den dunklen Parkettboden getollt war.
»Es könnte sein, dass du diese Schicht noch nicht erreichen kannst. Vielleicht müssen wir einen Umweg gehen ... ich weiß es nicht genau«, erklärte Jericho.
»Es geht nicht ...« Die Vorstellung, bei Mia sein zu wollen, genügte nicht. Alex sah Jericho an, er wollte nicht erneut mit einem Messer bearbeitet werden.
»Wie wäre es mit Hamburg ... ich denke, die Vorstellung, über eine belebte Straße zu laufen, sollte dir einfacher fallen.« Jericho zeigte sich trotz des Fehlschlages geduldig.

Alex dachte an Hamburg, im nächsten Moment löste sich das gesamte Szenario auf und er glaubte, mit hoher Geschwindigkeit durch einen Tunnel zu rauschen. Das kam ihm zum Glück bekannt vor. So war er früher beim Ghosten durch Netzwerke gesurft. Schnell, bunt und an jeder Ecke gab es neue Abzweigungen.

»Jericho?«, rief er.

*»Ich bin bei dir ... wir bewegen uns.«*

»Deine Stimme klingt entfernt ... wo bist du?« Alex konnte den Jungen nicht mehr ausmachen.

*»Direkt hinter dir ...«*

»Ich sehe dich nicht.«

*»Geh deinen Weg. Du wirst mich nicht verlieren. Wir sind immer noch in deinem Kopf ... es kann nichts passieren. Jeder weitere Schritt bringt dich deinem realen Körper näher!«*

»Okay ... dann halte dich fest.« Alex konnte noch schneller. Er erhöhte die Geschwindigkeit, mit der er durch den Lichttunnel raste. In der Ferne tauchte ein Tor auf, ein Gateway, das den Traffic im Netzwerk regelte und in seinem Fall auch den Zugriff reglementierte. So ein Gateway hatte Alex noch nie gesehen, das Ding war riesig. Was für ein Anblick, Tausende von Lichtleitungen rasten aus allen erdenklichen Richtungen auf dieses turmhohe Gateway zu, das jeden einzelnen Datenfluss akribisch zu kontrollieren schien.

*»Denke an die Schichten ... alles, was du siehst, ist nur eine weitere Ebene, die dich von der Freiheit trennt. Nichts davon ist real, das sind nur Symbole, Symbole, die du besiegen musst!«*

»Ich kenne solche Gateways nicht ...« Alex verunsicherte dieser schwarze Turm trotzdem, ihm fiel es schwer, diese Wahrnehmung symbolisch zu verstehen.

*»Betrachte es als Übung ... es kann nichts passieren. Beschreibe das Hindernis, das du siehst. Dann kann ich dir vielleicht helfen, es zu überwinden.«*

Alex beschleunigte weiter. Nur eine Übung, hatte Jericho gesagt, nur eine Übung. »Von der Positionierung im Netzwerk her sehe ich ein Gateway, aber ich habe solche Systeme noch nie gesehen. Das Ding ist viel zu groß, für mich sieht es aus wie ein riesiger schwarzer Turm.«

*»Kannst du ihn überwinden?«*, fragte Jericho, dessen Stimme mit jedem Wort unklarer wurde. Verzerrt, als ob er nicht mehr mit seinem Tempo mithalten konnte.

»Na ja, egal, wie groß das Ding ist, es bleibt ein Gateway. Das sind normalerweise keine verschlüsselten Hochburgen, die sind auf schnellen Datendurchsatz ausgelegt.«

*»Schaffst du es?«*

»Ich denke, ich bekomme das hin.« Jetzt wollte Alex selbst wissen, ob er es noch konnte. Volles Tempo, alles um ihn herum wurde zu hauchdünnen Lichtstrichen. Er wurde kleiner, sehr viel kleiner und schneller, sehr viel schneller. Die Geschwindigkeit war sein Freund.

Klein und schnell, so wollte er dieses schwarze Ungetüm austricksen, das ihm den Weg versperrte.

*»Beschreibe mir deine Wahrnehmung«*, sagte Jericho.

»Siehst du es nicht?«

*»Nein ... auch wenn ich bei dir bin, können wir völlig unterschiedliche Dinge sehen.«*

»Es sieht aus wie ein gigantisches schwarzes Tor, mal sehen, was die Kiste kann ... halte dich fest!« Alex hatte nicht vor, sich wie die anderen Datenpakete, die er zuvor schon überholt hatte, kontrollieren zu lassen. Er brach aus der Spur, tauchte unter einem vorgelagerten Paketfilter hinweg und drängte sich auf einem anderen Zugang zwischen Datenpakete, die auf die Abfertigung warteten. Datenpakete, die er als gesichtslose Quadrate wahrnahm, die auf ihren Kontrolleur warteten. Die Kontrolleure, die mit schlangenartigen Armen nach ihm griffen, passten perfekt zu dem dunklen Turm. Vergeblich, er war zu schnell! Das war seine Welt! Hier bestimmte er!

Überall rotes Licht, er hatte den Alarm ausgelöst. Der zuvor schwarze Turm leuchtete jetzt heller als ein Stück Eisen im Schmiedefeuer. Es brummte ohrenbetäubend, dieses Geräusch war allgegenwärtig. Die versuchten ihn zu schnappen, aber Alex wurde einfach schneller und kleiner. Immer schneller und kleiner, so schnell und so klein, dass die dunklen Klauen ihn nicht mehr greifen konnten. Er tauchte mühelos durch deren zangenartige Finger hindurch.

Wie ein Insekt inmitten einer wilden Büffelherde, sie bekamen ihn nicht zu fassen.

»Und jetzt ab durch die Mitte!« Alex sah eine Stelle, an der er die Barriere durchbrechen konnte. Das war alles nur eine Frage der Geschwindigkeit. Und in diesem speziellen Fall auch seiner Größe, aus der Nähe betrachtet war die dunkle Oberfläche des Gateways nicht massiv. Sie wirkte wie ein Wald voller dicht verwucherter Bäume. Man musste nur klein genug sein, um die filigranen Strukturen zu erkennen.

*»Du bist wahnsinnig!«,* rief Jericho, den Alex mit dieser Achterbahnfahrt an seine Grenzen brachte.

»Jaa!« Alex hatte nie behauptet, ein normaler Mensch zu sein. Es knallte, alles war voller Feuer, mit unvorstellbarer Geschwindigkeit traf er auf das Gateway, an einer Stelle, an der niemals ein Durchgang vorgesehen war. Es knirschte, roch nach heißem Metall, alles um ihn herum wurde für einen Moment gleißend hell und dann sofort wieder absolut dunkel.

Stille.

Er war durch und entfernte sich mit hoher Geschwindigkeit von dem Gateway. Der Witz bei dem Stunt war, dass Alex keine Ahnung hatte, was ihn auf der anderen Seite erwartete.

Die Überraschung war daher gelungen. Er hätte mit vielem gerechnet, aber nicht damit, in der nächsten Sekunde inmitten Dutzender Passanten in Hamburg zu stehen.

Nein, das traf es nicht, Jericho und er, der sich panisch um sein Bein klammerte, standen gemeinsam auf dem Gänsemarkt. Der Brunnen, das Kopfsteinpflaster, hier hatte sich nichts verändert. Früher war er häufig hier gewesen.

»War cool, oder?« Alex sah sich um, verdammt, was war das für ein durchgeknallter Hack gewesen. Er brauchte noch einen Moment, um sich zu sammeln, aber es schien alles gutgegangen zu sein. Auch diese Schicht in seinem Verstand hatte er gemeistert. Natürlich war auch hier nichts real, aber es gefiel ihm trotzdem. Alles wirkte lebendig und sah verdammt echt aus.

*»Ich sehe nichts!«*, rief Jericho, der sein Gesicht in Alex' Hosenbein vergraben hatte. Seine Kinderstimme hörte sich immer noch künstlich und weit entfernt an.

»Jetzt aber ...« Alex packte ihn am Kragen, Jericho trug die gleiche Kleidung wie er, eine lange graue Hose und einen Kapuzenpulli. Gemütlich und unscheinbar, der Stil war in Ordnung, Alex hatte sich nie gerne bunt wie ein Indianer angezogen.

»Wer bist du?«, fragte ein kleines Mädchen, das vor ihm stehen blieb. Sie schien ihn sehen zu können, wie scheinbar alle Passanten am Hamburger Gänsemarkt. Es war Abend, die Sonne war bereits untergegangen. Die Menschen trugen dünne Jacken, aber sonderlich kalt schien es nicht zu sein.

Die Temperatur konnte Alex nicht fühlen, merkwürdig, bei allen Ebenen zuvor waren seine Sinne ohne Einschränkungen funktional gewesen.

»Mein Name ist Alex.« Er bückte sich, um ihr die Hand zu geben, die Kleine war niedlich. Vielleicht fünf Jahre alt, mit langen blonden Zöpfen und einem Teddy im Arm. Ihre Mutter eilte bereits im Laufschritt zur Rettung herbei.

»Hallo Alex.« Das Mädchen wollte ihn berühren, griff aber ins Leere. Ihre kleine Hand glitt einfach durch Alex' Arm hindurch. »Pah ... du bist ja nur eine Projektion!«

»Eine was?« Alex fühlte sich wie vor den Kopf gestoßen. Er sollte nur eine Projektion sein?

»Bestimmt Werbung, oder? Ich bin erst fünf, ich kaufe nichts!« Die Kleine wusste, was sie wollte.

»Emilie!« rief ihre Mutter.

»Der ist nicht echt!« Emilie, die Alex, ohne ihn eines weiteren Blickes zu würdigen, den Rücken zudrehte, schien sich gut mit Projektionen auszukennen.

»Alles in Ordnung?«, fragte Emilies Mutter, die Alex mit großen Augen ansah. Auch der Vater der Kleinen musterte Alex wie ein Wesen von einem anderen Stern. Alex schätzte die Eltern auf Anfang vierzig, ihr Verhalten überraschte ihn. Sie sprachen ihn nicht an und zogen ihre Tochter schnell von ihm weg. Egal, was sie in ihm sahen, es schien sie nicht zu erfreuen.

»Der Alex Baringhaus auf meiner X841 Spielekonsole sieht viel cooler aus, der hat auch nicht so langweilige Klamotten an und redet nicht so einen Blödsinn!«

Emilies Urteil über Alex war vernichtend, damit musste er klarkommen. Aber von welcher Spielekonsole redete sie? Als ob er nicht mehr als eine Figur aus einem Computerspiel wäre. Hey, wo war er hier gelandet?

*»Wir sollten gehen«,* sagte Jericho, der von den Passanten kaum beachtet wurde.

»Was läuft hier?« Alex schüttelte den Kopf, hier stimmte etwas nicht. In dieser Illusion stimmte überhaupt nichts.

*»Ich bin dafür, weiterzuziehen.«* Jericho schien seine kleinen grauen Hosen voll zu haben.

»Wieder mit dem Kopf durch das Gateway?« Alex hatte diese Reise nicht gemacht, um sofort wieder abzuhauen.

*»Besser zum Strand an die Ostsee, es war eigentlich nicht schlecht dort.«* Jericho log, er wusste mehr über diese Ebene, als er zugeben wollte, das konnte Alex spüren. Was sollten diese miesen Spielchen mit seinem Verstand?

»Sicherlich nicht, mein Freund!« Alex wollte verstehen, wo es ihn hin verschlagen hatte.

*»Wir könnten hier Probleme bekommen.«*

»Welche?«

*»Große.«*

»Drück dich deutlicher aus.« Das reichte als Erklärung nicht.

*»Du solltest mir einfach glauben.«*

»Nein ... betrachte es als Übung, es kann nichts passieren, das waren deine Worte.« Alex wurde gerade erst warm, er würde sicherlich nicht sofort das Weite suchen.

*»Es ist kompliziert ... ich erkläre es dir, aber bringe uns erst wieder hier weg!«*

»Nein ... lass dir einen besseren Grund einfallen!« Alex spürte, dass er auf der richtigen Fährte war. Jericho hatte ihm nicht die ganze Wahrheit erzählt.

*»Du machst einen Fehler!«*

»Wäre nicht mein erster!«

*»Du bist wahnsinnig!«*

»Ja ... aber jetzt zu dir, kannst du mir erklären, warum wir Hologramme sind?«

*»Es ist deine Fantasie ... ich weiß es nicht. Du lässt dir doch diese Spinnereien einfallen!«*

»Warum bist du dann so nervös?« Wenn es nur seine Fantasie wäre, gab es keinen Grund, sich zu fürchten.

*»Wir hatten einen Deal, wenn ich sage renne, dann rennst du!«*

»Vergiss es!« Der Deal war gestorben.

*»Ich bin dein Freund, ich will dir helfen!«*

»Siehst du, mein kleiner Freund ... genau diesen Teil der Geschichte glaube ich dir nicht.« Alex wusste, dass Jericho log, nur den Grund kannte er noch nicht.

»Hey cool, ist das Alex Baringhaus?« Zwei Jugendliche kamen auf Alex zu, die weniger Berührungsängste zeigten, als ein Großteil der Passanten, die einen respektvollen

Abstand zu ihm einhielten. Viele blieben trotzdem stehen und filmten seinen holografischen Auftritt.

»Geiles Holo! Komm, das streamen wir ... deswegen klicken sich die Äffchen im Netz die Finger wund«, erklärte der erste Halbwüchsige und stellte sich stolz neben Alex, dem es immer weniger gefiel, wie eine Trophäe behandelt zu werden.

»Das Holo könnte dir auch die Ohren langziehen!«, blaffte Alex den Jungen an, der vor Schreck einen Satz nach hinten machte.

»Boaaar ... abgefahren, der redet ja mit uns! Das muss eines dieser ganz neuen interaktiven Holos sein. Hey, geil, und wir streamen es als Erste in der City!« Den zweiten Jugendlichen schien Alex' unwirsche Reaktion noch zu beflügeln.

*»Ich würde nicht darauf antworten«,* sagte Jericho, den in Alex' Gegenwart niemand beachtete.

Immer mehr Leute fingen an, Alex zu fotografieren. Zu den zwei Jugendlichen gesellten sich weitere dazu, die auf der Straße spontan eine Party anzettelten. Sie tanzten um ihn herum, durch ihn hindurch und unternahmen weitere Dinge, die Alex keinen Spaß machten.

»Was läuft hier für eine Scheiße?«, flüsterte Alex, das war nur für Jericho bestimmt. Alles, was er sah, alles, was er hörte und alles, was er, weil er nur ein dämliches Hologramm war, nicht berühren konnte, wirkte echter als alles andere während der 16 Tage zuvor.

*»Du hörst eh nicht auf mich!«* Jericho zeigte sich eingeschnappt.

»Weil du mir nicht die Wahrheit sagst.«

*»Das bildest du dir ein!«*

»Bestimmt nicht!«

*»Du wirst gleich ein Problem bekommen!«*

»Welches?« Alex registrierte aus den Augenwinkeln, wie ein farbiges Mädchen mit Lockenkopf, vielleicht 18 oder 19 Jahre alt, aufgeregt auf ihn zu gelaufen kam. Sie rief etwas, was er nicht verstehen konnte. Ohne sie jemals zuvor gesehen zu haben, kam sie ihm bekannt vor.

*»Wart's ab ...«*

»So kommen wir nicht weiter.« Im nächsten Augenblick war alles um Alex herum schwarz. Hamburg, der Gänsemarkt, alles war weg. Kein Ton war mehr zu hören und auch Jericho war verschwunden. Er musste leider zugeben, jetzt wirklich ein Problem zu haben.

***

## XII. Atemlos

Der Chauffeur hielt Mia die Tür der Limousine auf, die Agnes ihr geschickt hatte. Sie nickte und stieg ein. Im Wagen, der groß genug für sechs gewesen wäre, glaubte sie in den tiefen Ledersitzen wie ein Stein im Wasser zu versinken. Es klickte. Der Chauffeur hatte die Tür geschlossen und die bläuliche Ambientebeleuchtung im Fußraum wurde dezent dunkler.

Die Limousine setzte sich in Bewegung und fuhr los, schwebte los, da der Wagen über keine Räder verfügte. Mia tippte ein berührungssensitives Bedienelement an der Lehne an, sofort fuhr ein Display aus einer seitlichen Abdeckung. Sie fühlte sich wie auf einem fliegenden Teppich in der ersten Klasse.

Auch wenn Mia es sich hätte leisten können, besaß sie kein eigenes Auto. Genau so wenig wie eine eigene Yacht, oder ein eigenes Flugzeug. In ihren Augen waren das Dinge, auf die sie leicht verzichten konnte. Wenn sich einmal die Notwendigkeit zum Reisen ergab, gab es stets genug passende Möglichkeiten.

Mia blickte auf die goldene Armbanduhr, die mit Brillanten besetzt war. Auch eine von Agnes' Leihgaben, um sie für den Abend wie eine Prinzessin aussehen zu lassen. 19:30, die Uhrzeit war mit, oder ohne Brillanten dieselbe. Die Fahrt zu der exklusiven Party Location würde ein paar Minuten dauern. Sie tippte ein Nachrichtenportal an, um sich die Zeit zu vertreiben.

*»Das Internet gehört uns!«*, skandierte eine junge Frau, die mit Gleichgesinnten für die anstehende Fusion der Matrix Cube Netze demonstrierte. Ein Reporter fing ihre Stimme live in Berlin ein, wo es heute eine riesige Pro-Matrix-Cube Veranstaltung gab. *»Den Menschen, den Benutzern, nicht den Reichen, nicht den Mächtigen, die uns zuvor immer manipuliert haben!«*

Mia lächelte, die junge Frau brauchte genau zwei Sätze, um das Problem auf den Punkt zu bringen. Es ging um Kontrolle und die Frage, wer die Kontrolleure kontrollierte. Bei den Matrix Cubes waren es ein Heer verteilter KI-Systeme, denen die Menschen mittlerweile mehr vertrauten als allen Offiziellen, die nicht müde wurden, davor zu warnen, sich nicht seelenlosen Maschinen anzuvertrauen.

*»Liebe Zuschauer, Sie haben es gehört, das war eine Stimme aus Berlin, hier am Brandenburger Tor finden sich heute Tausende, die ähnlich wie die junge Frau denken. Die breite Bevölkerung steht hinter der größten Netzfusion der letzten Dekade«*, erklärte der Reporter, der sich im Gedränge der friedlichen Demonstranten redlich behauptete.

Mia zappte weiter, auf dem nächsten Kanal gab es eine Live-Diskussion zu diesem allgegenwärtigen Thema. Sie musste zugeben, in den letzten Wochen die öffentliche Diskussion um die Matrix Cubes nicht verfolgt zu haben. In Mias Alltag gab es Alex, Luca und dann lange Zeit gar nichts, dem sie ihre Aufmerksamkeit schenkte.

*»Wissen Sie, das ist doch ein Widerspruch in sich, Menschen auf den Straßen demonstrieren für die Freiheit und wollen sich dafür freiwillig einer allmächtigen Instanz unterordnen, gegen die Orwells großer Bruder aus 1984 wie eine dampfbetriebene Taschenlampe daherkommt!«*, erklärte ein englischer Politiker, Heath Bellamy, der sich seit Jahren als Gegner der Matrix Cubes profilierte.

*»Eine allmächtige Instanz, die unbestechlich ist und nicht durch den Menschen kontrolliert wird«*, hielt dem Dr. Virginie Martin entgegen, eine französische Bürgerrechtlerin, die zu den prominenten Fürsprechern gehörte.

*»Wissen wir das genau?«*, fragte Bellamy, ein schlanker Mann, Mitte fünfzig, mit grauen Schläfen und kurz gestutztem Bart.

*»Wir haben sechzehn Jahre erlebt, in denen es niemand geschafft hat. Der längste Systemtest aller Zeiten. Und der Einzige, dem man vielleicht noch zutrauen könnte, die Matrix Cubes aufzubrechen, liegt unerreichbar im Koma.«* Martin war eine sympathische Frau, ebenfalls über fünfzig, die ihre üppigen Pfunde sehr modisch zu verpacken wusste. Sie galt in weniger seriösen Medien als die streitbarste Doppel-D-Oberweite der letzten Jahre.

*»Alex Baringhaus, ein Mann, dessen Intention bis heute mit ihm im Koma verborgen liegt.«*

*»Die Menschen glauben an seine Ziele ...«*

*»Das würde ich auch gerne ... wenn ich sie kennen würde. Wenn es jemanden gäbe, jemanden, der demokratisch legitimiert die Arbeit der Matrix Cubes überwachen würde!«* Bellamy blieb seiner Linie treu, er trat dafür ein, an die Spitze der Matrix Cube Netze Menschen zu installieren.

*»Macht korrumpiert ... auch dafür gehen die Menschen auf die Straße. Leider haben uns Regierungen, politisch potente Gruppierungen und Nachrichtendienste seit mehr als 40 Jahren genau diese Lektion beigebracht!«*

Mia hörte eine neue Tonfolge im Ohr, Luper versuchte über die verschlüsselten Proxy-Server, die Ice Queen zu erreichen. Sie deaktivierte das Display.

»Luper ... es ist gerade kein guter Zeitpunkt. Ich habe zu tun, fass dich kurz.« Auf Agnes' Party wollte sie sich gerade nicht mit ihren Hacker-Freunden unterhalten.

*»Die Polizei steht vor meinem Haus.«* Luper klang gerade ziemlich durch den Wind.

»Hast du etwa deine Knöllchen nicht bezahlt?« Mia hielt seine Sorge, nur weil ein Polizist vor seiner Tür stand, für übertrieben. Dafür konnte es hundert andere Gründe geben. Für Hacker waren eher die Vertreter der Sicherheitsbehörden gefährlich, die bei der Arbeit keine Uniformen trugen.

*»Jemand hat mich verpfiffen!«*

»Bestimmt nicht.« Paranoia war leider eine weitverbreitete Hacker-Krankheit.

*»Es war Jericho!«*

»Nein.« Bei allen Macken, die Jericho hatte, Verrat an anderen Hackern gehörte sicherlich nicht dazu. Nein, das traute sie diesem religiösen Spinner nicht zu. Im Hintergrund hörte Mia, wie Luper eine Toilettenspülung bediente.

*»Doch, doch ... ich weiß es! Er hasst mich! Er will mich loswerden! Er hat mir gedroht, du warst selbst dabei, du hast es gehört!«*

»Luper!« Mia sah erneut auf ihre 50k Uhr, die leider die Zeit nicht für sie anhalten konnte. An diesem Abend hatte sie nicht die Ruhe, um Luper die Seele zu massieren. »Jericho hat dich nicht verraten!«

*»Warum bist du dir da so sicher? Kennst du ihn? Kennst du ihn wirklich? Weißt du wirklich, was in seinem kranken Hirn vor sich geht?«* So hatte sich Luper noch nie verhalten.

»Luper! Wir haben ein gemeinsames Ziel! Wir sind Waffenbrüder! Wir wollen die Matrix Cubes bloßstellen ... alle sollen sehen, dass auch sie fehlbar sind!« Das war das offizielle Ziel ihres kleinen und elitären Hacker-Clubs, ein Ziel, das Mia nie ernsthaft im Sinn hatte. Ihr ging es nur darum, Alex zurückzuholen.

*»Ja, ja, das ist unser Ziel!«* Die Toilettenspülung war ein weiteres Mal zu hören.

»Dann klemm die Arschbacken zusammen!«

*»Ähm ...«* Ein sehr unangenehmes Geräusch übertönte seine Stimme, Mia war froh, es nur zu hören.

»Ich melde mich später!« Mia trennte die Verbindung und sperrte auch seine Kennung für die nächsten sechs Stunden. Auf Agnes' Party wollte sie nichts von ihm hören, absolut keinen Ton.

Mia sah aus dem Fenster, die Limousine glitt in zehn Meter Höhe geräuschlos über das Wasser. Der Himmel zeigte sich wolkenfrei, der Event fand auf hoher See statt. Luper war ein Spinner und die Polizei würde bei seiner Verhaftung sicherlich nicht mit einem Streifenwagen vorfahren. Aber er hatte auch über Jericho gesprochen, sie gefragt, ob sie ihn wirklich kennen würde. Was sie nicht tat, wie auch, sie kannte nur seine Stimme, die noch nicht einmal echt sein musste. Jericho hätte auch sonst wer sein können. Das beschäftigte sie weiter, sie baute eine Verbindung zu ihm auf.

*»Hallo Ice Queen, der Herr segne dich.«*

»Luper glaubt, Probleme mit der Polizei zu bekommen.«

*»Wegen Beschwerden von seinem Nachbarn? Kann ich verstehen, ich möchte nicht im selben Haus wohnen.«*

»Er denkt, du hast ihn verpfiffen.«

*»Denkst du das auch?«*

»Nein.«

*»Dann sollten wir nicht darüber sprechen. Der Herr wacht über die seinen, auch über Luper, diesen Spinner. Wir sind gesegnet, wir führen in seinem Namen das Schwert der Gerechtigkeit!«*

»Ähm ... ja.« Mia wusste nicht, wer die größere Macke hatte, Luper, der auf einer Toilette zu leben schien, der bigotte Jericho, oder sie, weil sie sich mit ihnen eingelassen hatte. »Was hast du Neues für mich aus dem Netz?«
*»Nichts, was es wert wäre, darüber zu sprechen. Es ist Samstagabend, die Menschen chatten, sehen sich Streams an, zocken, oder schütteln sich gemütlich einen von der Palme.«*
»Und die Ankündigungen zu Angriffen auf die Matrix Cubes?« Mia hatte Jericho von den Ereignissen im Labor erzählt, ihm über die Lastzunahme der Cluster und das Loch in der Firewall berichtet, von dem sie bis jetzt noch nicht wusste, wie es entstehen konnte. Jericho sollte für sie das Netz beobachten und ihr sofort berichten, wenn besondere Ereignisse bekannt wurden.
*»Die gibt es jeden Tag, der Herr ist mein Zeuge ... ich habe einige Spider laufen, die alle einschlägigen Foren auf Stichworte überprüfen. Es gibt immer wieder Spinner, Kiddies und Wannabes, die sich aufplustern und mit Dingen drohen, die niemals eintreten.«*
»Wir bleiben in Kontakt.« Mia nickte, die Limousine flog gerade eine Kurve und bremste ab. In einiger Entfernung konnte sie die hell erleuchtete Eventplattform sehen, die Agnes inmitten der Nordsee hatte errichten lassen. Zwar zeigte das Wetter an diesem Abend Gnade, weswegen die Wellen aber trotzdem meterhoch gegen die Fundamente knallten. Die Party war wegen vieler Dinge ein besonderer Event, in der Luft bildete sich eine Warteschlange von fliegenden Limousinen. Da jeder Gast bei der Landung

wie ein König empfangen wurde, staute sich die Reihe der Ankommenden in der Luft auf mehrere Hundert Meter.
Mia baute eine Verbindung zu Eleonore auf, sie hatte weiterhin ein Scheißgefühl in der Magengrube. Da kam etwas auf sie zu und sie wusste nicht was.
*»Dr. Baringhaus, ich hatte nicht mit Ihrem Anruf gerechnet.«* Eleonore klang entspannt.
»Wie geht es Ihnen?«
*»Gut, wie auch Alex. Uns geht es beiden gut.«* Natürlich verstand sie sofort, warum Mia angerufen hatte.
»Ich bin nervös.«
*»Das höre ich ... aber im Labor ist alles in Ordnung. Auch die Computer sind ruhig, es gibt keine Unregelmäßigkeiten.«* Eleonores Worte wirkten wie Balsam.
»Sie melden sich sofort, wenn etwas passiert?«
*»Natürlich.«*
Mia bekam einen weiteren Anruf, diesmal war es Agnes, die sie sprechen wollte.
»Ich habe einen Anrufer in der Leitung ... bis später.«
*»Versuchen Sie, den Abend zu genießen«*, sagte Eleonore, dann schaltete Mia zu Agnes. Den Abend genießen, ein guter Vorschlag, den sie gerne beherzigen wollte. Nur gelingen würde ihr das nicht, Mia fühlte sich wie ein Luftballon, der stetig größer wurde und dabei den Kontakt zum Boden verlor.

»Ich sitze in der Limousine, ich habe das Kleid an und ich verspreche, den ganzen Abend keinen Kaugummi zu kauen.« Mia hatte keine Ahnung, was Agnes von ihr wollte.

*»Wir können dich orten, es ist alles in Ordnung ... der Fahrer hatte mir bestätigt, dass du weder eine Jeans trägst noch dass deine Handtasche groß genug wäre, eine darin zu verstecken.«*

»Warum rufst du an?« Mia verstand Agnes nicht, die noch nervöser klang, als sie sich bereits fühlte.

*»Der Abend wird kompliziert ...«*

»Bitte?«

*»Es ist deinetwegen.«*

»Meinetwegen?« Mia verstand nur Bahnhof. Wusste Agnes inzwischen, dass sie die Ice Queen war? Nein, das konnte sie sich nicht vorstellen, dann würde Agnes anders klingen.

*»Deine mediale Einlage gestern am Gänsemarkt macht ihre Runde: Jeans, Kreide in den Haaren und eine gehackte Projektion ... das waren Dinge, die die Presse überfordern.«*

»Das ist mein Privatleben!«

*»Das Leben von Dr. Mia Baringhaus, der Frau von Alex Baringhaus ... du hast kein Privatleben!«*

»Das hat doch bisher niemanden interessiert.« Mia war jahrelang von der Presse in Ruhe gelassen worden. Sie hatte stets darauf geachtet, unauffällig zu bleiben und 16 Jahre lang keinen Grund für Skandale geliefert.

*»Zwei Tage vor der Jahreshauptversammlung des Matrix Cube Konsortiums interessiert es sogar viele. Sehr viele. Du scheinst für die Presse wie ein Edelstein zu sein, der einige Jahre verschüttet in der Erde geruht hat.«*

»Was bedeutet das?«

*»Dass allein heute zweihundert weitere Journalisten versucht haben, eine Akkreditierung für unseren Event zu bekommen. Keine Sorge, die Plätze waren bereits zuvor vergeben ... aber die sind heiß auf dich. Du wirst heute Abend der Star sein!«*

»Bitte?« Mia glaubte, sich gleich zu übergeben. Sie sollte gleich im Mittelpunkt stehen? Ein schrecklicher Gedanke, der ihr sofort Schweiß auf die Stirn trieb.

*»Eigentlich wollte ich dich an meiner Seite haben, damit du mir hilfst, die Meute zu beruhigen. Aber inzwischen glaube ich, dass ich dir helfen muss, nicht von den Journalisten gefressen zu werden.«*

»Das ... das ...« Mia überlegte, wie sie schnellstens wieder aus der Nummer herauskommen konnte.

*»Mia, keine Sorge, ich werde an deiner Seite sein. Wir werden sie alle um den Finger wickeln. Alle, die werden dir zu Füßen liegen und wir werden später über diesen Abend lachen!«*

Der nächste Anrufer meldete sich bei ihr, diesmal war es Luca, die sie sprechen wollte.

»Agnes, ich habe Luca in der Leitung, ich werde in ein paar Minuten landen.«

Mia wechselte das Gespräch, der Tag forderte immer mehr von ihr. Der Luftballon drohte jeden Moment zu zerplatzen.

*»Mama?«*

»Hallo Luca, alles in Ordnung?«

*»Du glaubst nicht, wen ich gesehen habe ... das war unglaublich ... aber ich habe ihn gesehen.«* Die Worte sprudelten wie ein Vulkan aus ihrer Tochter hervor.

»Jetzt beruhige dich erstmal ...«

*»Wirklich ... ich habe ihn gesehen!«*

»Wen hast du gesehen?« Mia versuchte, mit ihren Gedanken bei Luca zu bleiben, musste aber an ihre Ankunft denken und das unbarmherzige Blitzlichtgewitter, das über sie hereinprasseln würde. Die Journalisten würden mit Argusaugen auf jeden ihrer Schritte achten und jede, wenn auch noch so kleine Schwäche hervorheben.

*»Papa!«*

»Bitte?« Mia glaubte, sich verhört zu haben.

*»Dr. Baringhaus, wir landen in dreißig Sekunden«,* erklärte der Chauffeur, der vor der Trennwand saß und die fliegende Limousine steuerte, über einen Lautsprecher freundlich. *»Sie sollten sich auf Stress gefasst machen, da stehen über hundert Journalisten, die Sie beim Aussteigen fotografieren werden.«*

*»Ich habe Papa gesehen!«*

»Wo?« Mias Herz fing an zu rasen. So hatte sie ihre Tochter noch nie erlebt.

*»Dr. Baringhaus, noch zehn Sekunden, ich werde gleich die linke Tür öffnen.«*

*»Auf dem Gänsemarkt ... er stand einfach da. So wie auf den Bildern von früher. Mit langen Haaren, er stand einfach da und sah sich um. Die anderen erzählten, er hätte auch gesprochen.«*

»Gesprochen?« Lucas Unbändigkeit steckte Mia an. Die Tür öffnete sich. Ihre Hände zitterten. Sie versuchte zu lächeln. Das Blitzlichtgewitter nahm ihr die Sicht.

*»Dann war er wieder weg ... einfach so.«*

»Wie weg?«

»Dr. Baringhaus, darf ich Ihnen helfen?«, fragte ein groß gewachsener Mann im Smoking, einer von zwei Bodyguards an Agnes' Seite, die ihr bei der Ankunft auf der Eventplattform zur Seite standen.

*»Die anderen sagten, es wäre ein Hologramm gewesen ... aber Mama, er sah aus wie auf den Bildern von früher.«* Lucas Stimme überschlug sich vor Aufregung.

»Hallo Mia ...« Das war Agnes, die ein helles Kleid trug und ihre Hand nahm. Alles blitzte, Mia fühlte sich wie beim Gang durch den Vorhof der Hölle. »Du siehst bezaubernd aus!«

*»Mama?«*

Mia legte auf, sie konnte ihr nicht antworten, ihre Zunge klebte ihr wie gelähmt am Gaumen fest.

***

## XIII. Next Level

Da war kein Ton zu hören. Nichts, es herrschte absolute Stille. Alex befand sich in einem schwarzen Raum, wenn es denn ein Raum war, was er nicht mit Sicherheit sagen konnte, da er keine Wände, keine Decke und auch keinen Boden ausmachen konnte. Er schwebte also inmitten eines undefinierbaren schwarzen Nebels, der ihm jegliche Wahrnehmung raubte. Auch die Luft, die er zu atmen glaubte, schmeckte nach nichts. Er hatte keine Ahnung, wo er war.

War das das Problem, von dem Jericho gesprochen hatte? Na ja, es war ein Problem, das musste Alex zugeben. Vielleicht wäre es besser gewesen, auf ihn zu hören? Nichts von dem, was du erlebst, ist real, hatte sein kleiner Freund gesagt, nun, das mit der Realität schien eine trickreiche Sache zu sein. Das hatte er durch die jüngsten Erlebnisse hautnah erfahren. Alex wollte daher noch warten, um zu entscheiden, was er als real einschätzte und was nicht.

Sollte er nach Hilfe fragen? So wie, hey, ich bin Alex, sorry war mein Fehler, aber diese schwarze Scheiße hier ist doch jetzt nicht euer Ernst, oder? Das wären ehrliche Worte gewesen. Nein, das würde er nicht tun. Sein Instinkt flüsterte ihm in den Nacken, dass es besser war, die Klappe zu halten. Warten und sehen, was passiert. Wer sich zuerst bewegt, verliert, so in der Art schätzte Alex die Situation ein.

Nein, die anderen sollten zuerst die Hosen herunterlassen, dann könnte er immer noch passend reagieren.

Die Zeit verging, ohne, dass etwas passierte. Zeit war ohnehin relativ. Alex wusste nicht genau, wie lange er bereits hier war. Er begann, über die letzten Stunden nachzudenken, das Erlebnis am Gänsemarkt hatte bei ihm einen bleibenden Eindruck hinterlassen. Surreal, irgendwie unwirklich und trotzdem in feinen Nuancen wie das echte Leben. Das kleine Mädchen, das ihn nach seinem Namen gefragt hatte. Die besorgten Eltern und auch die Jugendlichen, die sich mit ihm einen Spaß gemacht hatten. Alle hatten etwas gemeinsam, sie hatten authentisch gewirkt.
Alex dachte an das Mädchen mit dem Lockenkopf, das wie Mias kleine Schwester ausgesehen hatte. Sie war auf ihn zugelaufen gekommen. Was hatte sie von ihm gewollt? Was hatte sie gerufen? Er hatte es nicht mehr verstehen können. Dann war der Ausflug nach Hamburg plötzlich vorbei gewesen, als ob jemand den Stecker gezogen hätte.
Machte das Sinn? Vielleicht war die Frage auch unpassend, das Leben ergab nicht immer Sinn. Es floss wie ein Bach einen Berg herunter und fragte keinen Stein, der im Weg lag, um Erlaubnis, über ihn hinweg zu fließen.
Verdammt, Alex machte einen Fehler. Was stimmte nicht mit ihm? Was hatte in Hamburg nicht ins Bild gepasst? Alles war perfekt gewesen. Die Logik bot ihm nur eine

Antwort: Er war der Fehler, er war derjenige gewesen, der dort nicht hingehört hatte. Der Fremdkörper, der sich seinen Aufenthalt mit einem billigen Taschenspielertrick ergaunert hatte.

Es wurde kälter, eine seltsame Kälte, die nicht seinen Körper, sondern seinen Geist erfasste. Alex glaubte, dass jemand seine Gedanken zum Stillstand bringen wollte. Er wurde müder. Nein, so nicht, das würde er nicht mit sich machen lassen. Die Zeit, sich höflich zurückzuhalten, war vorbei.

Licht, dachte er und in seiner Körpermitte entstand eine helle Kugel, die wie eine kleine Sonne neben dem Herzen brannte. Keine Sekunde zu früh. Er befand sich in einer Höhle aus Eis, die immer weiter zufror. Auf der Haut war die Kälte nicht zu spüren, aber er konnte sie mit seinem Geist wahrnehmen. Die wollten ihn einschläfern, paralysieren und zu einem mentalen Eisblock verarbeiten.

Das Licht offenbarte zwar die Bedrohung, löste aber nicht das Problem, in einer 2 x 2 Meter großen Eishöhle eingeschlossen zu sein. Gemütlich war das hier nicht. Alex berührte die eisartige Oberfläche, die sich wie die Haut eines Kindes, weich und warm anfühlte. Die Kälte war nicht mehr als eine Illusion, die Bedrohung war allerdings echt.

Wenn Licht funktionierte, warum dann nicht auch Feuer? Alex begann zu brennen, zuerst seine Finger, dann die Arme und zuletzt brannte er am ganzen Körper. Wie eine

lebendige Fackel. Wie zuvor die Kälte war auch die Hitze nur eine Illusion. Das Eis um ihn herum schmolz trotzdem, sein Plan funktionierte.
Einen Moment später brachen die letzten Eisklumpen von ihm weg und die Flammen an seinem Körper erloschen. Die graue Kleidung sah ziemlich mitgenommen aus. Alex dachte an eine zerrissene Jeans, ein weißes T-Shirt und Turnschuhe. Der Gedanke genügte, um sich neu einzukleiden. Ein zeitloser Stil, der vor 50 Jahren funktioniert hatte und auch in 50 Jahren funktionieren würde.
Alex stand auf einer weißen Fläche, einem Konstruktionsplateau, auf dem weit und breit niemand zu sehen war. Das war ein Computer, so etwas kannte er gut, jemand hatte ihn in einen digitalen Eiswürfel verwandeln wollen. Konnte das eine weitere Ebene auf dem Weg aus dem Koma sein? Nein, das glaubte er nicht. Jericho hatte ihm Blödsinn erzählt. Er wusste nicht warum, aber diese Szenerie kam definitiv nicht aus seinem Kopf. Das alles war nicht von ihm.
Aus der Ferne kamen Barrieren auf ihn zugerast, die ihn einen Moment später wie ein Gefängnis aus Beton einschossen. Glatte Mauern, ohne erkennbare Fugen, die ihn um mehrere Längen überragten. Der Computer, in dem er sich befand, versuchte ihn zu isolieren, versuchte ihn zu kontrollieren.

*»Identifizieren Sie sich«,* sagte eine wenig vertrauenserweckende Stimme. Ein Fortschritt, jemand wollte mit ihm sprechen. Aber wollte Alex ihm antworten? Nein, keine Lust darauf, die Stimme klang zu unfreundlich, darauf konnte man nicht bauen. Der Computer sollte sich mehr ins Zeug legen.

*»Identifizieren Sie sich.«* Die Stimme klang wie ein drogenabhängiger Blecheimer auf kaltem Entzug. Alex blieb dabei, er schwieg und sah sich die Mauer, die ihn umgab, genauer an. Er klopfte auf massiven Stein, das Ding war gut zehn Meter hoch, ohne dass er irgendwelche Zeichen erkennen konnte.

*»Identifizieren Sie sich.«* Die Stimme behielt denselben Tonfall bei, was den Schluss nahelegte, dass er es mit einer KI und dem automatischen Verteidigungsmechanismus eines Netzwerkes zu tun hatte. Vermutlich das Sicherheitssystem, das ihn so jäh vom Hamburger Gänsemarkt gefischt hatte.

In der Wand wurden drei kleine rote Punkte sichtbar, drei Laser, die einen Moment später jeden einzelnen Punkt in seinem Körper erfassten. Es schmerzte nicht. Der Computer scannte ihn. Eine Perspektive, die er noch nicht kannte. Alex interessierte es, wie seine digitale Präsenz für einen Scanner aussah.

Dann öffneten sich Luken und lange Greifarme wurden in seine Richtung ausgefahren. Das wurde immer seltsamer hier. Auf solche Doktorspiele hatte Alex nun wirklich keine Lust. Er wartete nicht länger und trat die beiden Greifarme an den Halterungen von der Wand ab. Auf diese Art würde niemand seiner habhaft werden. Der Computer sollte sich die Sonden selbst einführen, wenn er daran Gefallen fand. Vielleicht sollte Alex jetzt doch etwas sagen.

»Ich bin der Postbote. Ich habe ein Paket für Müller dabei, können Sie mir sagen, wo der richtige Briefkasten ist?« Alex entschloss sich, Briefträger zu spielen. KI-Systeme waren auf solche Antworten selten vorbreitet, da es im Jahr 2039 immer noch keine KI gab, die auf dem Niveau eines Menschen agieren konnte. Humor, Sarkasmus und Zynismus waren Maschinen kaum beizubringen, da es, um sie zu deuten, immer einer Bewertung der gesamten Situation bedurfte und eines Menschen, mit all seinen Macken, der darauf passend reagierte.

*»Sie sind kein Email-System.«* Sein Gesprächspartner verhielt sich, wie Alex es erwartet hatte.

»Kann ich Ihnen trotzdem die Post für Müller dalassen? Damit ich sie aus der Tasche habe, ist echt schwer das Paket, wäre wirklich sehr nett von Ihnen.«

*»Nein, das ist nicht möglich.«* Die KI schien ein schlaues Bürschchen zu sein. *»Identifizieren Sie sich oder wir werden den von Ihnen belegten Speicherplatz löschen.«*

»Echt?« Schlimmer als der Eisblock konnte es kaum werden. Alex nahm die Drohung nicht ernst, der Computer schien nicht viel auf die Kette zu bekommen.

Stille.

Alex hatte leider lernen müssen, dass immer, wenn es still wurde, Dinge passierten, die ihm nicht gefielen. Dem wollte er zuvorkommen. Ob die Nummer mit der Speichergröße erneut funktionieren würde? Der Versuch würde ihn klüger machen.

Er wuchs, wie bereits zuvor in dem Hamburger Endzeitszenario, drei Mal um den Faktor zehn, ein bewährter Algorithmus. Einundzwanzig, zweiundzwanzig, dreiundzwanzig, ihm war es dabei noch nie gelungen, bis vierundzwanzig zu zählen. Es knirschte. Geräusche waren gut, sie beendeten immer diese peinliche Stille. Alles um ihn herum platzte weg.

Alex befand sich jetzt in einem großen Raum voller aktiver Netzwerkverbindungen, die wie ein pulsierendes Rohrsystem diverse Aggregate mit Daten versorgten. Die Szenerie glich einem offenen Netzwerk. Die Frage blieb, wo er war? Oder war das wieder nur eine Schicht in seinem Kopf? Er beschloss, einen Moment zu warten, um zu sehen, was passiert.

*»Mein Name ist Ryan Stoneford, mit wem spreche ich?«,* fragte eine männliche Stimme mit französischem Akzent, die Alex nicht kannte. Er klang wie jemand am Telefon, sein Tonfall blieb sachlich, trotzdem ließ er den Ernst der Lage erkennen. Irgendetwas schien bei Alex' Befreiungsaktion zu Bruch gegangen zu sein.

»Mein Name spielt keine Rolle.« Alex wollte sich noch nicht zu erkennen geben.

*»Wie soll ich Sie ansprechen?«*

»Wo bin ich hier?«

*»Sie sind isoliert ... Sie können nicht entkommen. Sie haben es geschafft, einige Leute zu verärgern. Ich habe gerade meinen Vorgesetzten davon abhalten können, den gesamten Netzwerkabschnitt lahmzulegen. Helfen Sie mir, ihn bei Laune zu halten.«*

»Bitte ... tun Sie sich keinen Zwang an.« Stoneford konnte sich seine durchsichtigen Psychospielchen in die Haare schmieren. Das war nur ein Bluff. Wenn er hätte den Strom abschalten können, wäre das bereits geschehen. Alex befand sich in einem offenen Netzwerk, dieses System war vermutlich viel zu groß, um es einfach abzuschalten. Immerhin schien er mit jemandem zu sprechen, der sich wie ein Mensch verhielt, das war schon eine Verbesserung.

*»Sie sollten Höflichkeit nicht mit Schwäche verwechseln.«*

»Ich möchte mit Jericho sprechen.« Alex interessierte es, wie Stoneford reagieren würde.

*»Hier gibt es keinen Jericho.«* Stoneford klang reichlich angepisst. *»Sie sprechen mit mir und mit sonst niemandem.«*

»Und Sie waren?«

*»Der Mann, dessen Geduld Sie gerade überstrapazieren.«*

»Na dann wiederhole ich doch einfach meine Frage, damit auch Sie es verstehen: Wo bin ich hier?«

*»Sie …«* Stoneford stoppte, Alex glaubte, die Zahnräder in seinem Hirn hören zu können. War das eine Illusion? Eine von den Schichten, von denen Jericho gesprochen hatte? Alex fehlte der Überblick, er schaffte es nicht, die Zusammenhänge herzustellen, aber das war keine Illusion. Nein, hier lief etwas ganz anderes schief.
Sein Gesprächspartner schien allerdings ähnliche Probleme zu haben, er kannte Alex nicht und wusste noch weniger, wozu er in der Lage war.
»Verschluckt?« Provokation schien Alex ein probates Mittel zu sein, um Stoneford weiter vor sich herzutreiben. »Sagen Sie mir endlich, wo ich bin?«
*»Sie wissen es wirklich nicht, oder?«*, fragte er und zeigte einen Funken Verunsicherung.
»Sonst würde ich nicht fragen.« Alex verstand nicht, warum es so schwer war, ihm zu sagen, wo er war. Okay, er nahm an, sich in einem realen Netzwerk zu bewegen. Ja und es war ihm nicht möglich, in seinen Körper zurückzufallen, aber dieses Problem wollte er später lösen. Schritt für Schritt, so wollte er vorgehen.
*»Nein, nein … beinahe hätten Sie mich gehabt, aber das kaufe ich Ihnen nicht ab.«*
»Bitte?«
*»Ich sage Ihnen jetzt ganz genau, was passieren wird: Sie sind ein KI-basierender Virus! Okay, zugegeben ziemlich clever! Jemand hat Sie in unser Netzwerk eingeschleust, jemand der nicht davor zurückschreckt, damit großen Schaden anzurichten, aber wir haben Sie*

*geschnappt! Wir haben Sie festgesetzt und isoliert! Dabei ist es Ihnen sogar gelungen, Ihre Zelle in Stücke zu schlagen, aber wir sind auch dagegen gewappnet. Sie werden die Matrix Cubes nicht destabilisieren!«*

»Ähm ...« Jetzt hatte Alex erreicht, was er wollte, Stoneford hatte seine Hosen heruntergelassen. Leider bekam Alex Informationen, die keinen Sinn ergaben. Oder doch? Jemand hat Sie eingeschleust, hatte Stoneford gesagt, darüber dachte Alex nach. Jericho hatte ihn in dieses Netzwerk geführt, das stimmte sogar. Und das Gateway, das er passiert hatte, war schon eine Klasse für sich gewesen. War das etwa ein Matrix Cube Gateway? Vor drei Wochen hatte Alex noch mit anderen Spezialisten über die Designs dieses Projektes gesprochen, die konnten doch nicht in so kurzer Zeit fertiggestellt worden sein.

*»Ich habe den Einsatz militärischer Abwehrsysteme freigeben, die Sie jetzt neutralisieren werden«,* erklärte Stoneford und verstummte.

»Hey?«, rief Alex.

Keine Antwort.

Wenn jemand nicht mehr redete, war das kein gutes Zeichen. Alex hätte es mit seinem losen Mundwerk nicht übertreiben sollen. Aber was bitte sollten jetzt militärische Abwehrsysteme in einem Netzwerk sein? Stoneford hatte Alex für einen KI-basierenden Virus gehalten. Würde jetzt jemand mit einer gepanzerten Fliegenklatsche nach ihm schlagen, oder wie sollte er sich das vorstellen?

Alex sollte sich sehr schnell darüber klar werden, in welcher Lage er sich befand. Punkt 1: Stoneford brachte seinen Auftritt nicht mit Alex Baringhaus in Verbindung. Im Jahr 2039 wäre Alex bei einem Hack dieser Größenordnung sofort aufgeflogen, weil inzwischen jeder wusste, wer er war und was er konnte. Punkt 2: 2039 gab es solche Gateways nicht. Punkt 3: 2039 sprach auch niemand über militärische Abwehrsysteme, die man gegen Computerviren einsetzte. Na ja, zugegeben, es gab auch keine Viren, die eigenständig ein System hacken konnten. Punkt 4: Alex konnte nicht in seinen Körper zurück. Punkt 5: Alex' digitaler Geist wurde sogar von seinem Köper getrennt, obwohl er im Koma lag. Punkt 6: Weil er seit 16 Tagen im Koma lag. Punkt 7: Weil die Zeit nicht stimmte. Das waren keine 16 Tage! Das müssen viel, viel mehr Tage gewesen sein! Alex dachte an das Gateway, ihm wurde schlecht, er lag bereits seit Jahren im Koma! Das war der Schlüssel!

»Ryan Stoneford?«, fragte Alex, der sich wie ein Arschloch benommen hatte. Wenn er die Puzzleteile richtig zusammenschob, war Stoneford keiner von den Bösen. Jericho, dieser kleine Wicht, hatte ihn an der Nase herumgeführt.

Keine Antwort.

Alex sah sich um, er befand sich immer noch inmitten eines Knäuels aktiver Netzwerkverbindungen, die wie zuvor diverse Aggregate mit Daten versorgten. Er musste sofort weg hier, er musste seinen Körper, Mia und sein

Leben wiederfinden. Und mit Jericho würde er auch noch einige Worte wechseln.
Weg hier! Alex beschleunigte, hielt auf ein Register zu, um sich zu orientieren. Die Matrix Cube Entwickler hatte gute Arbeit geleistet, so ein Register hatte er noch nie gesehen. Eine leuchtende Kugel, die sich schnell drehte und Datenpaketen half, den richtigen Weg einzuschlagen. Die Auflösung von Netzwerkadressen war ein bewährtes Konzept, aber die Kugel rückte an ihn keinerlei Information heraus. Die Zeit würde nicht genügen, um das Register zu hacken, er musste weiterhin im Blindflug agieren.
Hinter ihm wurde es heller, war das die militärische Virenklatsche, von der Stoneford gesprochen hatte? Alex wollte es nicht herausfinden, ab und weg, das war seine Strategie. Größe und Geschwindigkeit waren seine besten Freunde, also wurde er kleiner und schneller. Er tauchte in einen Netzwerkkanal, der das helle Licht hinter ihm nicht daran störte, ihn mit derselben Geschwindigkeit zu verfolgen.
Kleiner und schneller, niemand war kleiner und niemand war schneller als er. Seine Sinne brannten, da war wieder ein schwarzes Gateway, das ihm im Weg stand. Es war geschlossen, die hatten den gesamten Datenverkehr gestoppt, um ihn an der Flucht zu hindern. Kleiner und schneller, alles raste an ihm vorbei. Wozu brauchte er schon ein geöffnetes Gateway?

Alles um ihn herum explodierte, als Alex auf die Mikrostrukturen des geschlossenen Gateways schlug. Sein Kopf brummte, die Zähne wackelten und er bekam das Gefühl nicht los, gerade periphere Körperteile verloren zu haben. Sein letzter Gedanke galt Mia, bevor er ins Nichts trudelte und das Bewusstsein verlor.

***

## XIV. Zündung erfolgt

Agnes war kein Mensch, sie war ein Dämon, ein Dämon, der Mia an den Haaren durch die Verdammnis schleifte. Die Hölle brannte, blitzte und ihre untoten Vasallen gierten nach ihr, um ihre Seele für alle Zeiten auf digitale Bilder zu verbannen.

»Dr. Baringhaus«, »Mia«, »Was wollten Sie damit erreichen?«, »Dr. Baringhaus, bitte nur ein Statement«, »Halten Sie diese Veranstaltung für eine Farce?«, klang es wie aus Dutzenden brennender Höllenschlunde, die sich nach ihr verzehrten.

»Kein Kommentar«, sagte Agnes, die diesen Parcour souverän meisterte. Es gab Menschen, die mit jedem Atemzug nach Öffentlichkeit streben, Mia gehörte nicht dazu. Sie ging weiter. Schritt für Schritt. Hoffentlich würden ihre weichen Knie nicht nachgeben.

»Atmen nicht vergessen«, sagte Agnes, nachdem die Journalisten sie nicht mehr hören konnten.

»Ja.« Mia versuchte, ihr verspanntes Gesicht wieder zu lockern, das Lächeln, das die Presse von ihr gesehen hatte, war ihr genauso fremd wie die Kleidung und der Schmuck, den sie trug.

»Das hast du gut gemacht ... die Presse liebt dich«, erklärte Agnes, diese Lügnerin wollte sie wieder aufbauen.

»Sie hassen mich!«

»Ach was ... solange du wie ein Filmstar aussiehst, verzeihen sie dir alles. Du darfst nur nicht alt und arm werden, dann zerreißen sie dich in der Luft.«

Mia sah sich um, Better Life hatte mitten auf dem Meer einen Traum aus Glas, blauem Licht mit orangefarbenen Kontrastelementen und weißen Fahnen entstehen lassen. Das Ambiente wirkte stylisch, zugegeben ziemlich abgefahren, aber nicht kalt.

Überall gab es Stehtische, Menschen, die sich an Sektgläsern festhielten und weiß gekleidete Kellner, die leere Gläser sofort wieder auffüllten. Neben Frauen in Abendgarderobe gab es Männer im Smoking, wie auch hochdekorierte Offiziere in Uniform. Better Life ging mit seiner Nähe zum Militär offen um.

Agnes hatte Mia einmal erzählt, dass wenn sie keine Geschäfte mit dem Krieg machen würde, es andere täten. Als Hersteller militärisch genutzter Informationstechnologie war sie zumindest in der Lage, die schlimmsten Auswüchse der Generäle zu verhindern. Projekte, die mit dem menschlichen Wesen operierten, gab es bei Better Life unter ihrer Führung nicht mehr.

»Ich würde dich gerne einigen Freunden vorstellen«, erklärte Agnes und schob Mia, die bereits von der Hälfte aller Anwesenden beobachtet wurde, zielstrebig auf eine kleine Gruppe Gäste zu.

Mia drehte ihren Kopf zur Seite, ihr Blick blieb an einem Bild hängen, das ihr bekannt vorkam. Agnes' Freunde interessierten sie weniger. »Was sind das für Bilder?«

»Der Grund, warum wir alle hier sind ... Champagner, Kaviar und die mediale Aufmerksamkeit gibt es nicht umsonst. Kennst du nicht das Motto für den Abend?«

»Nein.« Woher auch.

»Liest du eigentlich die Mails, die ich dir schicke?«

»Ein paar davon ...« Eigentlich gar keine, wer Mia nur eine Email schickte, hatte nichts Wichtiges zu sagen. Schließlich sprach auch Agnes sie jetzt direkt an.

»Du bist auf einer Spendengala.«

»Ach ...« Das wusste Mia nicht.

»Wir sammeln für Kinder in Afrika, die weniger Glück im Leben hatten«, erklärte Agnes, die jetzt mit Mia gemeinsam vor einem Spendenstand angekommen war. Eine Fotoausstellung, keine Projektionen oder solche Dinge, es waren Bilder aus verschiedenen Epochen der Entwicklungshilfe. Die Jahreszahlen unterschieden sich, das Leid der Menschen nicht. Als ob die Millionen, mit denen sich reiche Länder und Konzerne ihr Gewissen reinwaschen wollten, absolut nichts bewirkt hatten.

»Von wann ist dieses Bild hier?« Mia zeigte auf eine analoge Fotografie, deren Papier an den Rändern beschädigt war. Eine Gruppe von Kindern, die erbärmlich gekleidet waren, zwei von ihnen waren sogar nackt. Das jüngste, ein Mädchen, vielleicht drei Jahre alt, schlief auf dem dreckigen Boden, die Jungs, bis zu sieben Jahre alt, saßen schweigend daneben. Die Arme und Beine dünn wie Streichhölzer, die Bäuche unnatürlich aufgedunsen. Das war kein schöner Anblick für eine Party, auf der der Wert eines Sektglases genügen würde, diese Kinder einen Monat lang zu versorgen.

»2054 ... es wurde letztes Jahr gemacht und vor Ort entwickelt«, antwortete Agnes. Einer der Bodyguards winkte ihr dezent von der Seite zu.

»Ich würde gerne spenden ...« Mia kramte die Kreditkarte aus der Handtasche hervor, zwei Hostessen am Spendenstand hielten Lesegeräte in den Händen. Genau dieses Bild hatte Luper gestern für die Projektion am Gänsemarkt verwendet, das Kleingeld, das Luca auf der Straße liegen gelassen hatte, genügte nicht.

»Das hast du bereits ... deine Eintrittskarte hat 20.000,- gekostet. Das Geld geht zu 100 Prozent an die Hilfsprojekte.«

Mia gab der Hostess ihre Karte, sie hatte ohnehin mehr Geld, als sie zum Leben brauchte. »Die Eintrittskarte, die du bezahlt hast ...«

»Heath, darf ich Ihnen Dr. Mia Baringhaus vorstellen?«, fragte Agnes, nachdem Mia diesen Auftritt nicht mehr verhindern konnte. Den Mann hatte sie auf der Fahrt zum Event im Netz gesehen. Heath Bellamy, mit der bekannteste Kritiker der Matrix Cube Netze. Agnes verlor keine Zeit mit harmlosen Gesprächspartnern.

»Dr. Baringhaus, es ist mir eine Ehre, Sie kennenzulernen.« Als englischer Gentleman verbeugte er sich und küsste ihre Hand. So etwas hatte Mia noch nicht erlebt.

»Mon dieu ... Heath, das glaubt Ihnen doch keiner«, hielt die Französin wehrhaft dagegen. Mia hatte, jetzt wo sie Martin und Bellamy auf der Party sah, die beiden auch zuvor stets zusammen in der Öffentlichkeit wahrgenommen.

»Mia, der nette Herr, der dir, wenn du nicht aufpasst, die Uhr klaut, ist Heath Bellamy und das ist seine liebste Gegenspielerin, bekannt aus vielen Talkshows, Dr. Virginie Martin. Sie gehört zu den Guten, er dient dem Satan persönlich.«

Alle lachten.

»Guten Abend.« Mia setzte ein Lächeln auf und Agnes drückte ihr ein Sektglas in die Hand.

»Mit diesem Gast überraschen Sie uns alle ...«, sagte die Französin, die sich sofort demonstrativ neben Mia stellte.

»Dr. Baringhaus, Sie sind bezaubernd. Es fällt mir nicht leicht, gegen das Werk Ihres Mannes zu votieren, aber ich halte es für den schlechteren Weg.« Auch der Engländer verlor keine Zeit und kam direkt zum Thema des Abends: die Matrix Cubes, die Frage, wer die Systeme zukünftig kontrollieren durfte. Die Not der Kinder auf den Bildern interessierte in diesen Kreisen kein Schwein.

»Ach Heath ... die Matrix Cube Netze sind bereits Realität. Sie können sie nicht mehr aufhalten. Schließen Sie Frieden und arrangieren Sie sich endlich mit der Zukunft!«

»Entschuldigen Sie mich bitte ...« Agnes ging zu dem Bodyguard, der nicht müde wurde, dezent auf sich aufmerksam zu machen. Da schien etwas passiert zu sein.

Mia lächelte und ließ die beiden Profi-Streithähne reden, die sich umgehend den nächsten Schlagabtausch lieferten. Sie beobachtete Agnes, die zuerst mit dem Bodyguard, dann mit einem zweiten und zuletzt mit einer uniformierten Frau sprach. Ein Offizier der britischen Luftwaffe, Mia konnte ihren Rang nicht erkennen.

Sie kam nicht umhin, sofort wieder an Alex zu denken und an Jericho, mit dem sie gerne reden würde.

»Dr. Baringhaus, denken Sie nicht auch ...«, stimmte Bellamy an.

»Natürlich.« Mia interessierte es einen Scheiß, was Heath Bellamy von ihr wollte. Was war vorgefallen, was Agnes inzwischen mit drei Mitarbeitern der Security und zwei Offizieren sprechen ließ? Der zweite Offizier trug deutsche Hoheitsabzeichen, das konnte doch jetzt nicht wahr sein, das war Ryan Stoneford, mit dem Agnes dort sprach. Der großgewachsene Kanadier wirkte mit den schulterlangen Haaren ungewohnt in einer Uniform. Die beiden machten einen vertrauten Eindruck, kannte sie ihn etwa?

»Entschuldigen Sie mich bitte kurz ...«

»Kann ich helfen?« Mia störte es nicht, andere zu stören. Sie wollte wissen, was Agnes mit Stoneford zu tun hatte. Ohne Hemmungen hatte sie sich zu der konspirativen Runde gesellt, die am Rande der Veranstaltung miteinander sprach.

»Dr. Baringhaus, es ist mir eine Freude ...«, begrüßte Stoneford sie, ein Oberst des Heeres, das Gespräch verstummte sofort. Die britische Offizierin, ein Major, sah zu Stoneford, die drei Better Life Securities sahen Agnes an.

»Stoneford, ist das Ihr richtiger Name?«

Er schüttelte den Kopf. »Sie können mich gerne so nennen.«

»Und du kennst ihn?« Mia sah Agnes an.

»Das bringt die Arbeit mit sich ... seinen richtigen Namen kenne ich allerdings auch nicht.«

»Ma'am, ich darf Sie bitten, zu gehen. Wir befinden uns in britischen Hoheitsgewässern«, erklärte der Major, die scheinbar das Hausrecht für sich in Anspruch nahm.

»Warten Sie ...« Stoneford griff ein, er sah Agnes an, die ihm zunickte. »Dr. Baringhaus verfügt meines Wissens über eine passende Sicherheitsfreigabe, um uns als technische Beraterin zu unterstützen.«

»Das tut sie«, sagte Agnes. »Und ich denke, sie hat auch das Recht, involviert zu werden.«

»Was ist vorgefallen?« Mia brauchte nicht lange, um den Ernst der Lage zu erfassen.

»Es gab heute Abend einen Zwischenfall«, erklärte Stoneford in einem Besprechungsraum neben der Sicherheitszentrale für den Event auf hoher See. In dem Raum saßen Agnes, Mia, Stoneford und Major Clarisse Eggelton, eine britische Abwehrspezialistin. Mitte dreißig, schlank und mit kurzen roten Haaren. »Dazu zeige ich Ihnen jetzt private Videos, die wir heute aus den sozialen Medien gezogen haben.«

»Was!« Mia glaubte nicht, was sie sah, Luca hatte davon gesprochen, es war wirklich passiert. Sie sah Alex mit langen Haaren, so wie er vor 16 Jahren ausgesehen hatte, über den Hamburger Gänsemarkt gehen. Genau an derselben Stelle, an der Mia am Abend zuvor gestanden und den Kindern zugesehen hatte. Als ob er auf etwas warten würde, eine Sekunde später löste sich die Projektion auf.

»Dr. Baringhaus, wie Sie wissen, gab es bereits am Vortag einen illegalen Zugriff auf genau dasselbe Projektionssystem.«

»Ich war dabei.« Mia nickte, ihre Hände zitterten.

»Heute hat sich ein ähnlicher Vorfall wiederholt ... wie Sie sehen wieder mit sehr prominenter Besetzung.« Stonefords Augen stachen regelrecht auf sie ein.

»Ähnlich?«

»Oberst, bitte, das ist nicht notwendig ... Dr. Baringhaus kann uns helfen.« Agnes versuchte, Mia zu unterstützen. Stoneford stellte Mia ohne zu zögern an den Pranger.

»Warten Sie... so eine Projektion tut schließlich niemandem weh. Die Passanten haben es nur für eine nette Abwechslung gehalten«, erklärte Eggelton.

»Was ist passiert?«, fragte Mia, die noch mit dem Schrecken kämpfte. Luper war das sicherlich nicht gewesen.

»Die Projektion in Hamburg erfolgte heute um 19:53:58 Ortszeit und dauerte 4 Minuten und 7 Sekunden«, erklärte Major Eggelton präzise wie eine Buchhalterin bei der Steuerprüfung. »Korrelierend dazu registrierte ein vorgelagerter Paketfilter am Hamburg City Gateway um 19:53:56 eine ungewöhnliche Spannungszunahme. Der Paketfilter musste daher zwangsweise Pakete ungefiltert passieren lassen. Ärgerlich, aber isoliert betrachtet nicht sicherheitsrelevant. 0,171 Sekunden später kam es am Gateway zu einer schweren Sicherheitslücke, nach der Dienste für den Zugriffsschutz und für die Fehlerkorrektur neu gestartet werden mussten. Wir haben zudem eine Code-Injektion auf Root-Level festgestellt, die während der Laufzeit am Kernel vorgenommen wurde.«

»Sind Sie sicher?«, fragte Mia. »Eine Code-Injektion? Wie sollte das gehen? Wie soll jemand von außen im laufenden Betrieb den Code eines Matrix Cube Gateways umschreiben?« Sie verstand es nicht, das war technisch unmöglich.

»Frau Dr. Baringhaus, dazu können Sie uns gerne beraten.« Stoneford lehnte sich in dem Lehnstuhl zurück. Eggelton war die Einzige, die vor einem großen Wanddisplay stand. »Der Major ist ein führender Cybertech-Spezialist

und berät den militärischen Abschirmdienst der Briten und befreundete Dienste.«
Mia nickte, sie verstand es trotzdem nicht. Luper, Bastard, Jericho oder auch sie waren nicht schlecht, aber das, was sich am Gateway abgespielt hatte, konnte niemand.
»Gemäß der Sicherheitsvorschriften, die unter der Projektleitung Ihres Mannes entwickelt wurden, haben wir um 19:55:41 den Traffic in diesem Segment heruntergefahren, Verbindungen gekappt und konnten die Projektion um 19:58:05 trennen. Zu dieser Zeit befand sich bereits die gesamte Zone in Quarantäne.«
»Was glaubten Sie denn zu finden, als die Verbindungen nach außen gekappt waren?«, fragte Mia, die vermutlich heute noch etwas dazulernen würde.
»In diesem Moment noch nichts. Wir haben Sicherheitsstandards befolgt. Allerdings haben wir um 19:58:07 bemerkt, dass sich innerhalb der Quarantänezone eine eigenständig aktive Instanz befand.«
»Sie meinen einen Virus?«, fragte Mia.
»Ein Virus ... den unsere Routine zu identifizieren versuchte. Ebenfalls Standardvorgehen bei neuen Virensignaturen. Leider erfolglos. Darauf haben wir versucht, den Code zu scannen, mit der Folge, dass die Scanroutine abstürzte.«
»Ein schlecht programmierter Virus?«, fragte Mia, für die diese Geschichte keine Linie ergab.

»Eher einer mit Humor!«, antwortete Stoneford.
»Gemäß den Vorschriften löschen wir in solchen Momenten den Speicher und verzichten darauf, den Virus zu identifizieren. Scheinbar wusste der Virus darüber Bescheid und informierte die aktive Routine, dass er der Postbote sei, ein Paket für Müller dabei habe und bei der Zustellung um Hilfe bitte.«
»Das ist nicht Ihr Ernst, oder?«, fragte Mia, die Agnes ansah, dann Stoneford und zuletzt den britischen Feuermelder in Unform. Niemand lachte.
»Ich fand es bis dahin lustig.« Immerhin Stoneford schenkte ihr ein Lächeln.
»Die aktive Routine hat die Mitarbeit bei der Postzustellung verweigert, was den Virus zu der Erklärung veranlasst hat, sich über das Gewicht seines Pakets zu beschweren und nachzufragen, ob er die Post denn wenigstens bei der Routine lassen dürfe.«
Agnes begann spontan zu lachen, was alle im Besprechungsrum kurz erheiterte.
»Der Virus ist eine KI«, sagte Mia. Sogar eine KI, die eigenständig zu beachtlichen Dingen in der Lage war.
»Davon gehen wir aus ... die Routine wiederholte die Ankündigung zur Löschung, aber bevor sie umgesetzt werden konnte, stürzte das gesamte System ab. Das ist nun 14 Minuten her, der Virus ist seitdem nicht mehr festzustellen.«

»Kann der sich in Luft auflösen?«, fragte Agnes.

»Das kann er nicht«, antwortete Major Eggelton. »Aber wir haben Probleme, ihn im Netzwerk zu lokalisieren. Der Virus gibt keinen Ton von sich und das Segment ist zu groß, wir würden zu großen Schaden anrichten, alles abzuschalten.«

»Er wartet«, sagte Mia.

»Worauf?«, fragte Stoneford und lehnte sich nach vorne.

»Darauf, dass jemand mit ihm spricht ... ein Mensch, jedenfalls keine Routine, die zu steif ist.« Mia musste an Alex denken, das wäre genau sein Ding gewesen.

»Sie meinen, ich könnte mit dem Virus sprechen?«, fragte Stoneford aufmerksam.

»Probieren Sie es aus.« Mia glaubte nicht, dass sie dabei etwas verlieren konnten.

»Major, können Sie mir eine Verbindung aufbauen?«, fragte er.

»Ja ... warten Sie kurz, gleich können Sie sprechen, wir werden sehen, ob er antwortet.«

»Mein Name ist Ryan Stoneford, mit wem spreche ich?«, fragte Stoneford höflich.

*»Mein Name spielt keine Rolle.«* Der Virus antwortete sogar, alle blickten zu Mia, sie gebot, Stoneford sprechen zu lassen. Die Stimme hatte leider keine Aussagekraft, da der Computer sie für die Ausgabe am Lautsprecher neu renderte.

»Wie soll ich Sie ansprechen?«

*»Wo bin ich hier?«* Die KI ignorierte Stonefords Nachfrage und fragte seinerseits, wo er war? Was sollte das? Alle im Raum quittierten die Reaktion mit einem Schulterzucken.

»Sie sind isoliert ... Sie können nicht entkommen. Sie haben es geschafft, einige Leute zu verärgern. Ich habe gerade meinen Vorgesetzten davon abhalten können, den gesamten Netzwerkabschnitt lahmzulegen. Helfen Sie mir, ihn bei Laune zu halten.«

*»Bitte ... tun Sie sich keinen Zwang an.«* antwortete die KI kaltschnäuzig. So eine KI kannte Mia nicht, vor allem keine, die in Echtzeit eine Code-Injektion vornehmen konnte.

»Sie sollten Höflichkeit nicht mit Schwäche verwechseln.«

*»Ich möchte mit Jericho sprechen.«* Der Wunsch der KI ließ alle zum Glück nur zu Stoneford blicken, es fiel daher nicht auf, dass Mias Herz drei Schläge gleichzeitig machte.

»Hier gibt es keinen Jericho.« Stoneford wurde direkter. »Sie sprechen mit mir und mit sonst niemandem.«

*»Und Sie waren?«*

»Der Mann, dessen Geduld Sie gerade überstrapazieren.«

*»Na dann wiederhole ich doch einfach meine Frage, damit auch Sie es verstehen: Wo bin ich hier?«*

»Sie ...« Stoneford stoppte, er sah sich um, sah alle fragend an, auch Mia, die nach einem Zettel griff, diese KI ist eine Waffe, der Angriff ist noch nicht vorbei, er versucht, auf Zeit zu spielen, darauf schrieb und den Zettel den anderen zuschob.

*»Verschluckt? Sagen Sie mir endlich, wo ich bin?«*

»Sie wissen es wirklich nicht, oder?«, Stoneford zögerte, sah zu Eggelton, die an einem mobilen Computer etwas überprüfte. Mia konnte nicht auf ihren Bildschirm sehen. Der Major nickte und strich sich mit dem Finger über die Kehle.

*»Sonst würde ich nicht fragen.«*

»Nein, nein ... beinahe hätten Sie mich gehabt, aber das kaufe ich Ihnen nicht ab.« Stoneford fing sich wieder.

*»Bitte?«*

»Ich sage Ihnen jetzt ganz genau, was passieren wird: Sie sind ein KI-basierender Virus! Okay, zugegeben ziemlich clever! Jemand hat Sie in unser Netzwerk eingeschleust, jemand, der nicht davor zurückschreckt, damit großen Schaden anzurichten, aber wir haben Sie geschnappt! Wir haben Sie festgesetzt und isoliert! Dabei ist es Ihnen sogar gelungen, Ihre Zelle in Stücke zu schlagen, aber wir sind auch dagegen gewappnet. Sie werden die Matrix Cubes nicht destabilisieren!«

*»Ähm ...«* Jetzt zeigte die KI das erste Mal Verunsicherung, eine erschreckend menschliche Reaktion.

»Ich habe den Einsatz militärischer Abwehrsysteme freigeben, die Sie jetzt neutralisieren werden.« Stoneford trennte die Verbindung. »Okay, Major, machen Sie weiter, schießen Sie den Virus aus seinen Stiefeln.«

»Sie wollen militärische Abwehrroutinen einsetzen?« fragte Agnes erschrocken.

»Es geht nicht anders ... wir werden einigen Schaden im Netzwerk anrichten, aber dieser Virus muss aufgehalten werden«, erklärte er souverän.

Mia wusste in dem Augenblick nicht, was sie sagen sollte, die KI war zweifelsfrei eine Gefahr, aber militärische Abwehrroutinen kannte auch sie nicht. Auch in ihrem zweiten Leben als Ice Queen hatte sie davon noch nichts gehört. »Militärische Abwehrroutinen zur Virenjagd, was soll ich mir darunter vorstellen?«

»Das ist streng vertraulich ... Ich bitte Sie, darüber zu schweigen!«, antwortete der Major. »Oberst, ich habe die digitalen Jagdroutinen freigegeben.«

»Wir werden diese KI jetzt zerstören. Leider ist das kein chirurgischer Eingriff, es wird Schäden im Netzwerk geben«, sagte Stoneford. Das Militär schien über IT-Systeme zu verfügen, von denen die Hackerszene nichts wusste. Wo kamen diese digitalen Jagdroutinen her? Wer hatte sie entwickelt? Welche Schäden richteten sie an?

»Inmitten eines Matrix Cube Netzes?«, fragte Agnes nervös. »Das halte ich für nicht angemessen!«

Auch Mia fühlte sich unwohl, dieser hochentwickelte Virus war gefährlich, aber der Waffeneinsatz jagte ihr dennoch eine Scheißangst ein.
»Die Zündung erfolgt jetzt.« Major Eggelton bediente an ihrem Computer eine Waffenkonsole. »Detonation erfolgt. Starte Schadenanalyse, aber der Virus dürfte restlos vernichtet worden sein.«

***

## Gefürchtet

### XV. Unter der Kruste

Als Alex wieder einen klaren Gedanken fassen konnte, befand er sich woanders. Wo, wusste er nicht genau, aber es war ganz sicher woanders. Hatte er eben eine Handgranate verschluckt, die dann explodierte, oder was war das gewesen? Er fühlte sich gerädert, durch den Wolf gedreht und völlig erschossen. Es kann nichts passieren, hatte Jericho noch scheinheilig gesagt, dieser kleine Klugscheißer, der sich rechtzeitig aus dem Staub gemacht hatte.

»Ich hab Kopfschmerzen«, stammelte er leidend; wieso er beim Ghosten überhaupt Schmerzen empfinden konnte, hatte er noch nie verstanden. Sein Schädel brummte wie ein Hornissenschwarm, dem jemand ein glühendes Eisen in das Nest hielt. So fertig hatte er sich schon lange nicht mehr gefühlt.

Wo war er? Er sah sich um, erkannte aber nur Reste geometrischer Strukturen, die jemand mit einer Schere zerschnitten zu haben schien. Das war unwirklich und passte weder in ein Netzwerk noch in eine Illusion. Erst auf den zweiten Blick offenbarte sich das gesamte Ausmaß der Zerstörung. Die funktionslosen Quadrate, Dreiecke und Kreise waren beschädigte Datenpakete, Reste von korrumpierten Diensten und vor ihm lag etwas, das an einen Haufen desassemblierte Softwarefragmente erinnerte.

Die Explosion hatte nicht nur seinen Scheitel auf die andere Seite gelegt.
Alex befand sich inmitten eines Datenschrotthaufens oder, in seinem Fall, einem digitalen Leichenberg, da er der Einzige war, der sich hier noch rührte. Dieser unbekannte Digitalsprengsatz schien Daten und auch Programme gleichermaßen zerstört zu haben. Alles, was zuvor in diesem Netzwerkabschnitt aktiv gewesen war, lang nun zerstückelt am Boden. Den Strom abzuschalten, hätte alles nur angehalten, diese Waffe hingegen hatte alles restlos desintegriert.
Mit dem Blick nach oben konnte er in eine sternenlose Nacht blicken, so sah es jedenfalls aus, er befand sich bekanntlich nicht unter freiem Himmel. Alex versuchte eine Verbindung aufzubauen, egal zu wem, er war nicht wählerisch, aber es funktionierte nicht. In diesem Grab war er komplett offline!
Er sah an sich herab, er war nackt, klar, seine digitale Präsenz war nicht sein echter Körper, aber trotzdem fehlten sein linker Arm und sein linkes Bein. Die gesamte linke Seite war verbrannt und mit tiefen Wunden übersät. Der Explosion war eine massive parallele Code Injektion gefolgt, rustikal mit dem Holzhammer ausgeführt, so eine Waffe hatte Alex bisher nicht gekannt.
Der Berg, auf dem Alex lag, fing plötzlich an, sich zu bewegen und unangenehme Geräusche von sich zu geben. Er redete sich ein, sich nur in einem zerstörten Netzwerk-

abschnitt aufzuhalten. Es knirschte unter ihm, als ob Knochen brechen würden. War er doch nicht der Einzige, der noch funktionierte?

Die Quelle der Bewegung konnte er einen Moment später sehen, ein dunkles Aggregat, das wie eine riesige Planierraupe aussah, schob die zerstören Daten vor sich her. Scheinbar das Aufräumkommando, es begann stetig lauter zu rauschen, ein Geräusch, das nichts Gutes erwarten ließ. Unter ihm entstand ein starker Sog.

Alex fiel nach unten, er konnte nichts dagegen tun, zusammen mit dem anderen IT-Müll wurde er in einer trichterförmigen Zentrifuge verdichtet. Immer schneller. Alles schoss an ihm vorbei, Daten, Reste von zerstörten Logikbausteinen und unvollständige Benutzerkennungen. Alex musste weg hier!

Der ‚Straßenfeger' der Hamburger Matrix Cube Netze beförderte gerade die Reste der Party in den Lokus. Alles drehte sich. Wurde noch schneller. Und lauter. Es stank nach verbranntem Plastik. Alex hatte keine Ahnung, wie das enden würde, er war nicht mehr in der Lage, sich zu wehren. Unter ihm war ein Licht, nein, das war eine Reflexion, da befand sich eine Metallscheibe, die sich sehr schnell drehte. Alex wusste genau, was das war, eine Löschroutine, die ihm eine neue Frisur verpassen wollte. Ein Haarschnitt bis runter auf die Schulter. Alex schrie und versuchte sich mit dem rechten Arm festzuhalten. Er griff ins Leere. Die Metallscheibe erfasste ihn, schnitt durch ihn hindurch und hackte ihn in Stücke. Er fiel weiter, in Teilen, teilweise geschnitten, teilweise bereits gegart. War es das jetzt?

Über die Frage, was einen Menschen ausmachte, konnte Alex stundenlang nachdenken. Sein Wesen und sein Wille existierten noch, die Löschroutine hatte ihn nicht ausradieren können. Er sah durch sein linkes Auge, das auf einem Stück seines rechten Armes lag. Seinen linken Arm hatte es leider schon vorher erwischt. Weitere Teile seines Gesichts lagen neben seinem Fuß, allerdings ohne Zehen, die lagen neben seinen Ohren. Okay, die Löschroutine hatte ihn ordentlich zerschreddert, aber er lebte noch!

Alex konzentrierte sich auf sein Ohr, das sich langsam auf ihn zu bewegte und sich mit den anderen Körperteilen wieder zu seinem digitalen Körper zusammenfügte. Stück für Stück, setzte er sich wieder zusammen, er ließ auch den linken Arm und das linke Bein neu entstehen, wie auch eine Jeans und ein weißes T-Shirt.

Alles wieder wie neu, dachte er, zum Glück zeigte sich sein technischer Kernel als widerstandsfähiger als seine Erscheinung. Auf das einmalige Erlebnis, sich zerhacken zu lassen, wollte er zukünftig trotzdem lieber verzichten.

»Wo bin ich hier?«, fragte Alex und versuchte, sich zu orientieren. Es fielen ständig weitere funktionslose Bytes auf eine dunkle Fläche und lösten sich dort Sekunden später auf. Er war der Einzige, der diese Tortur überstanden hatte und sich wieder restrukturieren konnte. In der Ferne waren Datenleitungen zu spüren, Alex ging in diese Richtung, um ihn herum blieb alles dunkel.

Dicht über dem Boden befanden sich Datenverbindungen, die nicht gerade einen offiziellen Charakter hatten. Sie waren dunkler als normale Netzwerkstränge, schwächer getaktet, unscheinbarer, damit sie dem Betrachter nicht sofort ins Auge fielen.
Alex kannte solche virtuellen Verbindungen gut, in dieser Art Internet war er früher gerne unterwegs gewesen. Er tauchte in das Netzwerk ein und landete eine Sekunde später bei einem unregulierten Gateway, passierte den Übergang und steuerte einen freien Handelsplatz an. Hier war er richtig.
Das Darknet, der beste Ort, um neugierigen Augen aus dem Weg zu gehen. Technisch betrachtet war das Darknet kein separates physisches Netzwerk, es war nur eine virtuelle Struktur, ein Overlay, das Benutzer über Teile des offenen Internets legten und mit eigenen Zugängen ausstatteten. Der Vorteil war, dass Benutzer anonym blieben und eine Kontrolle von außen nicht möglich war. Verständlicherweise lockte das Darknet nicht gerade Musterbürger an.

Hier wurde alles gehandelt: Waffen, Drogen, Menschen, Identitäten und Informationen. Für Hacker ein Paradies und für Alex im Moment der beste Platz, den er hätte finden können. Er suche sich ein altmodisches und langweiliges Textforum, stieg in einen Chat ein, in dem es um allgemeine Schutzsysteme ging, und nannte sich T-Rex. Hacker waren meist pragmatisch gestrickt, hier glaubte Alex, Jericho am ehesten antreffen zu können.

*T-Rex: Hoi, was geht?*

*Lady-D: Weiß jemand, was mit Luper los ist?* Sie beachtete ihn überhaupt nicht. Es waren noch andere Benutzer im Chat, in dem nur über belanglose Dinge gesprochen wurde. Die echten Deals liefen in privaten Chaträumen ab.

*JayJay: Der war schon seit Tagen nicht mehr hier.*

*Lady-D: Der schuldet mir noch was.*

*JayJay: Ist eigentlich zuverlässig.*

*Bastard: Der hat sich auf seiner Toilette eingeschlossen.*

*Lady-D: Bastard! Hör auf, auf ihm rumzuhacken!*

*JayJay: Könnte aber stimmen.*

Die Runde brachte Alex nicht weiter, er hoffte, hier Hinweise auf Jericho zu finden. Aber im ersten Chat direkt auf Leute zu treffen, die seinen Namen fallen lassen würden, wäre auch ein Riesenglück gewesen. Er hatte eine Idee, wie er herausfinden konnte, ob es einen Benutzer mit dem Namen Jericho im Forum gab.

*T-Rex: Ich könnte Hilfe gebrauchen, ist ein Mod online?* Alex wollte seine Rechte verbessern, ohne direkt das gesamte Forum aus den Angeln zu heben. In Darknet Foren hingen Leuten mit Moderationsrechten keine Schilder am Hals.

*Bastard: Weswegen?* Jeder sah, dass Alex ein Newbie war, er hatte sich als neuer Benutzer im Forum angemeldet.

*T-Rex: Ich wollte ein Banner mieten.* Auch im Darknet wurde mit Werbung Geld verdient. In einigen publikumswirksamen Bereichen sogar gar nicht mal so wenig.

*Bastard: Was bietest du an?* Jeder Hacker zeigte sich anfänglich zurückhaltend. Verständlich, die Leute waren nicht dämlich, der Weg des Geldes war immer ein Risiko.

*T-Rex: Nichts großes, Teen-Porn, ich habe einen Sponsor und brauche Klicks.* Mit Geld und Titten konnte Alex nichts verkehrt machen, das war eine krisenfeste Branche.

*Bastard: Sprich Hayden an.*

*T-Rex: Ist der online?*

*Bastard: Der kommt noch.*

*T-Rex: Thx.*

Alex verließ den offenen Chat-Channel, suchte die Kennung von Hayden, knackte seinen Zugang und sah sich die Benutzerliste des Forums an. 4.811 Leute trieben hier ihr Unwesen. Und ja, es gab einen Jericho, der sogar zuletzt vor siebzehn Stunden online gewesen war. War das der, den er suchte?

Das Forum zeichnete keine Dialoge auf, es loggte aber die Zeitpunkte mit, wann sich Benutzer anmeldeten. Alex prüfte, wer in den letzten 12 Monaten zeitgleich mit Jericho im Forum online war. Eine nette Liste, die von einer gewissen Ice Queen angeführt wurde, dahinter folgten die Namen Luper und Bastard. Die vier schienen sich gut zu kennen. Steckte Bastard mit Jericho unter einer Decke?
Alex editierte den Log-Table der Anmeldungen, verwischte seine Spuren und meldete sich mit Haydens Account ab. Der Moderator würde nicht bemerken, dass jemand mit seiner Kennung online war. Niemand sollte seinen Eingriff bemerken.
Alex würde jetzt Bastard auf den Zahn fühlen. Dafür stieg er wieder in den Chat ein, diesmal aber unerkannt und hing sich an Bastards IP-Adresse. Es ging los. Nach einer kurzen Reise nach Singapur war Alex an dem Proxy angekommen, den Bastard benutzte, um seine IP-Kommunikation zu verschleiern.
Alex löste die IP-Adresse auf und reiste über eine Satellitenverbindung nach Vancouver, Kanada. Der Darknet-Benutzer dort, der seinen Rechner als Gateway zur Verfügung stellte, sah sich gerade einen japanischen Anime-Porno an.
Obwohl Alex früher Sailor Moon sexy gefunden hatte, blieb er nicht, sondern suchte den nächsten Proxy, einen Kassencomputer in einem Burgerladen vor der Stadt. Der Boss hier hatte sicherlich keine Ahnung, was ihm einer

seiner Mitarbeiter am Rechner hinterlassen hatte. Aber dieses Unrecht würde Alex nicht bekämpfen, er löste nur die IP-Adresse auf und begab sich nach Südafrika. Nach Durban, der Stadt, in der Bastard lebte, Alex drang in seinen Rechner ein und aktivierte das Videosystem.

Bastard saß direkt vor dem Bildschirm, um die sechzig, mit Glatze, Brille und Schnauzbart. Nicht gerade der typische Hacker, dachte Alex und scannte seine Festplatte, die Nachrichten und seinen Browserverlauf, ohne viel dabei zu finden.

Der Glatzkopf hieß Hugo Sanchez, war früher Arzt gewesen und kämpfte seit 7 Jahren gegen die Matrix Cube Netze. Sanchez war auch bis vor 7 Jahren bei Better Life beschäftigt gewesen und wurde nach einem Kunstfehler wie eine heiße Kartoffel fallen gelassen.

Alex verdrehte seine virtuellen Augen, die Matrix Cubes sollte es bereits seit sieben Jahren geben? Er prüfte das Datum, worauf ihm kurz die Luft wegblieb. Es war Samstag, der 23 Oktober 2055. Alex hatte keine 16 Tage, sondern 16 Jahre seines Lebens im Koma gelegen. Das hatte gesessen.

Bastard war nicht sein Mann, eine Sackgasse, aber er würde ihm helfen, an Jericho heranzukommen, der immer noch nicht in dem Darknet-Forum aufgetaucht war. Wusste Jericho, die Ratte, von den 16 Jahren? Er hätte es ihm sagen müssen!

Alex wandte sich wieder Bastard zu, der sich in einem ‚Private Room' mit der Ice Queen unterhielt, auch eine Kennung, die Alex interessierte. Aber zuerst wollte er Jericho finden.

*Bastard: Was ist heute in Hamburg passiert?* Sanchez sprach und sein Computer setzte seine Worte in Text um.

*Ice Queen: Frag nicht, es war eine Katastrophe.* Der Computer renderte auch die weibliche Stimme seines Gegenübers. *Ich bin immer noch unterwegs. Wir können später sprechen.*

*Bastard: Die haben ein komplettes Matrix Cube Netz abgefackelt?*

*Ice Queen: Später.*

*Bastard: Die Leute im Netz sind nervös.* Alex hörte genauer zu, das klang nach dem Feuerwerk, bei dem er heute direkt neben dem großen Böller sitzen durfte.

*Ice Queen: Bleib in Deckung, achte auf deine Proxys und trink dir einen Kaffee. Ich melde mich später.*

Alex schmunzelte, den Ratschlag mit den Proxys hätte sie ihm früher geben sollen. Jetzt war es zu spät, wobei die Polizei nicht agieren konnte wie er.

*»Schatz, bringst du mir eine Tasse Kaffee?«*, rief Sanchez und kratzte sich zwischen den Beinen. Menschen taten nicht immer appetitliche Dinge, wenn sie sich unbeobachtet fühlten.

Alex überlegte, was er jetzt tun sollte, solange sich Jericho nicht im Forum melden würde, hatte er keine Möglichkeit, um ihn ausfindig zu machen. Sollte er bei Sanchez bleiben?

*Jericho: Der Herr segne dich.* Yeah! Alex hatte Glück, darauf hatte er gewartet.

*Bastard: Luper wird vermisst.*

*Jericho: Von dir?*

*Bastard: Von Lady-D.*

*Jericho: Sie könnte für ihn beten.*

*Bastard: Wann hast du mit ihm gesprochen?*

*Jericho: Gestern, du warst dabei. Der Herr wacht über ihn, du musst dir keine Sorgen machen.* Obwohl sich dieser bigotte Typ anders anhörte, als derjenige, der ihn aus dem Koma herausgeführt hatte.

*Bastard: Weißt du, was in Hamburg passiert ist?*

*Jericho: Nein.*

Alex musste überprüfen, wer Jericho war. Er sprang über den Kassencomputer im Burgerladen nach Vancouver, Sailor Moon in Strapsen wäre zwar einen zweiten Blick wert gewesen, aber er hatte keine Zeit und bewegte sich über Singapur zurück in das Darknet Forum.

Jerichos IP-Adresse führte ihn zu Proxyservern in Buenos Aires, in Palermo auf Sizilien und auf eine russische Wetterstation am Rossmeer in der Antarktis. Dort hängte sich die Namensauflösung plötzlich auf und Alex kam nicht weiter.

*Bastard: Muss der Bär los gewesen sein.* Der Chat der beiden Hacker lief problemlos weiter.

*Jericho: Echt? Ich hatte zu tun.*

*Bastard: Schickst du der Ice Queen wieder einen neuen Code?*

*Jericho: Klar.*

*Bastard: Dann hau rein.*

*Jericho: cu.* Er trennte den Chat. Mist, warum klemmte der Proxy auf der Wetterstation. Alex suchte sich ein System mit einer Kamera, von denen sich im Prinzip an jedem Bildschirm eine befand, und sah sich um. Der Kontrollraum war gut besetzt, über ein Dutzend russische Wissenschaftler arbeiteten hier. Vermutlich war auch hier der Darknet-Proxyserver illegal auf einen der Rechner gebracht worden. Alex kam nicht weiter, auch die Spur war eine Sackgasse.

*»Major Eggelton, haben Sie die letzte Auswertung aus dem Netzwerk analysiert?«*, hörte Alex einen Mann mit französischem Akzent fordernd sagen.

*»Ja Sir«*, antwortete eine Frau mit kurzen roten Haaren, die eine britische Air Force Uniform trug.

*»Das war heute ein voller Erfolg. Ich möchte den Einsatzbericht sehen, bevor wir ihn weiterschicken.«*

*»Selbstverständlich.«*

Alex stutzte über das merkwürdige Gespräch und den britischen Major auf einer russischen Wetterstation. Da stimmte etwas nicht, aber das spielte keine Rolle.

Er suchte Jericho und würde daher nicht nachforschen, was rothaarige britische Offiziere Samstagnacht auf russischen Wetterstationen am Arsch der Welt zu suchen hatten. Er sprang zurück in das Darknet Forum und wartete auf Jerichos nächsten Auftritt.

***

## XVI. Blutspur

*Frag nicht, es war eine Katastrophe,* tippte Mia mit flinken Fingern auf das Display ihres Smartphones. Sie konnte auf dem Better Life Nordsee Event nicht frei agieren. *Ich bin immer noch unterwegs. Wir können später sprechen.*

*Die haben ein komplettes Matrix Cube Netz abgefackelt?*, fragte Bastard, womit er leider auf den Punkt traf. Das Militär hatte eine neue Waffe zum Einsatz gebracht, die IT-Systeme bis auf die Root-Ebene niederbrennen konnte. Auch nach dem Reboot oder dem Einspielen des Backups blieb von dem Matrix Cube Segment nicht mehr als verbrannte Erde übrig. Der Witz dabei war noch, dass die Einsatzzone sogar teilfunktional erhalten blieb, aber zu nicht mehr zu benutzen war, als eine kilometerlange Fehlerliste auszuwerfen. Die Schäden waren irreparabel. Eine Heerschar von Technikern tauschte daher jetzt die gesamte zentrale Netzwerk-Hardware in Hamburg aus.

*Später.* Mia konnte nicht mehr schreiben, Virginie Martin, die Aktivistin, kam auf sie zu.

*Die Leute im Netz sind nervös*, antwortete Bastard umgehend, der nicht locker ließ.

Mia setzte ein Lächeln auf, die Französin wirkte müde. »Hallo Virginie. Nicht unser bester Abend, oder?« Bastard schrieb sie beiläufig: *Bleibe in Deckung, achte auf deine Proxys und trink dir einen Kaffee. Ich melde mich später.*

»Ein Albtraum.« Die brünette Französin setzte sich an ihren Tisch, von ihrer in den Medien gezeigten kämpferischen Haltung war nichts mehr zu erkennen. »Haben Sie in den letzten beiden Stunden die Nachrichten im Netz verfolgt?«

»Nein.« Mia hatte nach der überhasteten Abreise der meisten Gäste nicht das Bedürfnis gehabt, sich die Show erneut anzusehen. Sie war schließlich live dabei gewesen, hatte sogar noch, naiv wie sie war, Stoneford ermuntert, gegen den vermeintlichen Virus vorzugehen. Wie hätte sie ahnen können, mit welchen Mitteln er das tun würde?

»Ein Schlachtfest ... die Presse tut jetzt so, als ob es alle immer schon gewusst haben, dass die Matrix Cubes den Anforderungen im Alltag auf Dauer nicht standhalten können.«

»Ein Schlachtfest?« Mia war sich nicht sicher, ob sie Virginie richtig verstanden hatte. Okay, in Hamburg hatte es einen folgenschweren Cyber-Zwischenfall gegeben, worauf das Militär ohne Absprache mit der Polizei drastische Verteidigungsmaßnahmen ergriffen hatte, die zwar den Angriff abwehrten, aber auch erhebliche Kollateralschäden hinterlassen hatten, aber warum sprach sie von einem Schlachtfest?

»Schauen Sie ...« Virginie legte ein handtellergroßes Tablet auf den Tisch, im Netz wurden gerade Nachrichten gesendet.

*»... in Hamburg gab es am Abend eine Cyberattacke auf das lokale Matrix Cube Netz, die erst durch den Einsatz probater Gegenmaßnahmen gestoppt werden konnte. Die Sicherheitsbehörden erklärten in einer ersten Stellungnahme, die Lage jederzeit im Griff gehabt zu haben«*, erklärte ein Nachrichtensprecher und blickte zu seiner Kollegin, die im Studio neben ihm stand.

*»Meine sehr verehrten Damen und Herren, haben wir heute den Anfang vom Ende der Matrix Cubes erlebt? Seit nunmehr 16 Jahren stehen diese allgegenwärtigen Strukturen für Stabilität und Sicherheit.«* Am unteren Bildschirmrand wurde das Banner ‚Kommentar' eingeblendet. *»Haben Sie heute Abend ein Problem gehabt, zu telefonieren, Bilder zu versenden oder online zu spielen? Ein ungewohntes Gefühl für zahlreiche Benutzer, die derartige Störungen in der Vergangenheit bereits vergessen hatten.«*

*»Der Mythos der Unverwundbarkeit ist auf jeden Fall dahin«*, sagte der andere Sprecher.

*»Wenn es das nur wäre ... die Sicherheitsbehörden haben in der kürzlich verlautbarten Stellungnahme erklärt, dass die lokale Eigenverwaltung des Hamburger Matrix Cubes nicht in der Lage war, die gigantische Zerstörung von Daten und aktiven Prozessen zu verhindern. Erst durch den manuellen Einsatz modernster IT-Abwehrtechnologien konnte der Virus aufgehalten werden.«*

*»Ist etwas über die Intention der Angreifer bekannt?«*, fragte der Nachrichtensprecher.

*»Nein ... die Behörden haben nur bekannt gegeben, dass sie die Ermittlungen aufgenommen haben.«*

*»Das würde all denen recht geben, die an der autarken Architektur der Matrix Cubes Kritik üben und die Kontrolle besser in den Händen von demokratisch legitimierten Institutionen sehen wollen.«*

»Das ist ein Witz!«, rief Mia, so war das nicht gewesen, Stoneford hatte die Waffe ohne Vorankündigung gezündet. Zuvor hatte es keine Störungen im Netzwerk gegeben. Die Schäden waren erst durch den Einsatz einer nicht verhältnismäßigen Waffe erfolgt.

»Wie ich sagte, ein Schlachtfest. Die Gegner der Matrix Cubes kriechen jetzt alle wieder aus den Löchern!« Virginie sah betreten auf den Tisch und schaltete das Tablet aus.

Agnes Gutter kam zu den beiden Frauen, ihre Laune schien ebenfalls im Keller zu sein. »Major Eggelton hat gerade Details zum Waffeneinsatz bekannt gegeben. Eine neue Software, die in der Lage ist, explosionsartig Daten, Programme und Dienste in fremden Netzen nicht nur zu löschen, sondern gemeinsam mit der Hardware auf Dauer unbrauchbar zu machen.«

»Warum wusste niemand davon?«, fragte Virginie, die wie Mia die Gründe nicht zu verstehen schien. In den letzten 16 Jahren hatte es auf der Welt weniger Konflikte gegeben als zuvor. Das heute zerstörte Matrix Cubes Netz war damals das erste seiner Art gewesen.

»Wegen Better Life, meinetwegen, die Auftraggeber kennen meine Einstellung. Die NATO hat diese neue ‚Code Injektion' Waffe in Kooperation mit britischen und amerikanischen Spezialisten unter Ausschluss der Öffentlichkeit entwickelt.

»Es gib bereits erste chinesische Sicherheitsexperten, die unverhohlen eine Aufschiebung der Fusion der westlichen und der östlichen Matrix Cube Netze fordern und ihrerseits die Entwicklung ähnlich potenter Waffensysteme ankündigen.« Agnes war noch nicht fertig.

»Das ist doch ein Riesenschritt zurück!« Mia schüttelte den Kopf, sie verstand es nicht.

»In der Presse wird in Kürze ein neuer Begriff auftauchen, sie werden von taktischen Informationswaffen sprechen. Hamburg wird zukünftig in einem Zug mit Hiroshima und Nagasaki genannt, alle Städte sind in ihrer Zeit Symbole für ein neues Zeitalter gewesen«, erklärte Agnes, deren Worte sich tief in Mias Gedanken brannten.

Virginie sah Agnes an. »Die Aktionärsversammlung ist in zwei Tagen, werden Sie die Fusion retten können?«

»Ich werde nicht einmal meinen Kopf retten können. Wir haben Samstag, meine Analysten haben mir einen vorbörslichen Kursverfall aller am Matrix Cube Konsortium beteiligten Unternehmen von durchschnittlich 76 Prozent prognostiziert. Am Montag wissen wir es genauer, aber ich werde auch schon bei durchschnittlich 30 Prozent Kursverlust nicht mehr entlastet werden.«

»Das ist unser Ende ...« Virginie ließ den Kopf hängen. Sie würde sich zukünftig ein anderes Thema suchen müssen.

»Ein Virus, ein genialer Hacker, oder eine neue Spionage-

Waffe ... ich bin mir nicht einmal sicher, mit wem wir es zu tun hatten.« Agnes sah Mia an. »16 Jahre gab es keinen Zwischenfall und dann direkt einen Super Gau!«

»War der Virus wirklich eine Gefahr?« Dessen war sich Mia nicht mehr sicher. Auch wenn es völliger Blödsinn war, wenn sie im Nachhinein über den Virus nachdachte, hätte es Alex gewesen sein können. Sie hatte seinen Sturkopf und auch seine Raffinesse erkannt. Wie gerne würde sie ihn jetzt um Hilfe bitten.

»Potenziell ja«, sagte Agnes.

»Aber hat er etwas zerstört?«, fragte Mia.

»Nein ... dazu kam es nicht.« Agnes schluckte. »Dem kamen unsere Militärs zuvor, die nicht lange überredet werden mussten, um ihr neues Spielzeug auszuprobieren.«

»Ich dachte, du kennst Stoneford?« Mia verstand die Beziehung zwischen den beiden nicht. Als vertrauensvoll konnte man sie nach dem Abend nicht mehr bezeichnen.

»Er ist mir immer wieder über den Weg gelaufen. Er hat als Vertreter der NATO oft an Architektur-Besprechungen der Matrix Cubes teilgenommen. Ein Insider, der über alle Details Bescheid wusste, zudem ein versierter IT-Fachmann.«

»Und seine Intention?«

»Die kenne ich nicht ... er blieb immer unauffällig. Niemand konnte ihn bisher einem Meinungslager zuordnen, weswegen er aus meiner Sicht kein Feind war. Ich habe ihn heute zum ersten Mal in Uniform gesehen.«

»War die echt?«, fragte Mia.

»Glaube ich nicht ... ich habe ihn offensichtlich unterschätzt, er wirkte bisher wie ein Mann aus der zweiten Reihe.« Agnes sah sich um, die meisten Gäste waren bereits abgereist. Die Anwesenden waren binnen Minuten nach dem Waffeneinsatz von ihren Mitarbeitern über die laufende Entwicklung informiert worden.

»War das eine False-Flag Aktion?«, fragte Mia, alles passte perfekt: es in Hamburg passieren zu lassen, es an diesem Wochenende durchzuführen und die Show direkt vor den Augen von Dr. Agnes Gutter und Dr. Mia Baringhaus aufzuführen. Das wirkte wie eine von langer Hand geplante Inszenierung, um Alex' Lebenswerk zu Fall zu bringen. Agnes und sie wurden praktisch zu Komplizinnen gemacht, Stoneford würde immer behaupten können, dass erst Mias Hinweis auf die besondere Gefahr dieses Virus' ein schnelles und entschiedenes Handeln notwendig gemacht hatte. Auch Agnes hatten sie geschickt mundtot gemacht, sie hatte daneben gesessen, sie würde nie behaupten können, dass Stoneford Better Life übergangen hatte.

»Bitte?«, fragte Agnes, ihre Augen wurden schmaler. »Wie meinst du das?«

»Hat uns Stoneford eine Privatvorstellung gegeben? Mit uns beiden in der ersten Reihe?« Mia hatte für diese These keinerlei Beweise, nichts, um den Typen zu packen.

»Um uns was zu zeigen?« Agnes folgte ihr.

»Eine Bedrohung, groß, gefährlich und unmittelbar, die er vielleicht selbst inszeniert hat, damit wir Zeuge werden, wie ihm keine andere Wahl blieb, als seine Waffe zu zünden. Nein, die suchten nur einen Grund, um der Welt ihr neues Spielzeug zu zeigen!«

»Das ist eine schwere Anschuldigung«, sagte Virginie, die den Kopf zurückzog.

»Oh ja.« Je länger Mia darüber nachdachte, desto besser gefiel ihr die These.

»Die wir erst einmal für uns behalten sollten.« Agnes holte sie zurück auf den Boden. »Virginie, das haben Sie nicht gehört!«

»Keinen Ton!«

Agnes zog Mia von der Französin weg und schob sie auf den Landeplatz der Limousinen zu.

»Was ist los?«, fragte Mia, die sich fühlte, als ob sie etwas Falsches gesagt hatte.

»Morgen, wir reden morgen miteinander.«

»Okay ... aber warum jetzt die Hetze?« Mia hatte doch nur einen Verdacht geäußert.

»Das mache ich nur, um dich zu schützen!« Agnes winkte Mias Wagen heran und schob sie, ohne Gegenwehr zu dulden, in das Fahrzeug. »Du kannst mir später danken.«

Am Wagen angekommen, schloss Agnes von außen die Tür und der Fahrer startete sofort von der nächtlichen Eventplattform auf der Nordsee. Mia trat wütend vor die Mitteltrennwand, die den Chauffeur vor ihrer schlechten

Laune beschützte.

»Warum?«, rief Mia, die mit Agnes' Art, das Gespräch zu beenden, nicht einverstanden war. Sie brauchte jemanden, mit dem sie sprechen konnte. Jericho! Ja, sie würde Jericho anrufen! Einige wenige Tastentipper weiter und ihr Smartphone baute eine über mehrere Proxyserver umgelenkte Verbindung auf.

*»Hallo Ice Queen, der Herr segne dich!«* Dass Jericho wie ein bekiffter Messdiener klang, störte sie heute nicht.

»Was hast du Neues?«

*»Ähm ... zu deinem Mann?«*

»Ja.«

*»Nichts.«*

»Wie, nichts?« Das reichte Mia nicht, sie hatte sich den Zwischenfall im Labor nicht eingebildet.

*»In Netzsegment deines Labors hat sich nichts getan. Die Firewall ist stabil, der Herr wacht über Alex, du musst dir keine Sorgen machen.«*

»Und sonst?« Mia überprüfte Nachrichten von Eleonore, die noch vor einer halben Stunde eine Botschaft geschickt hatte, dass es Alex gut ging und es zu keinerlei medizinischen Zwischenfällen gekommen war.

*»Hast du heute Abend ein Date auf dem Mars gehabt?«*, fragte Jericho provozierend.

»Nein.«

*»Dann dürftest du doch mitbekommen haben, was passiert ist ... die haben das ganze Citynetz über den Jordan gejagt, die Matrix Cubes, alles, die Sicherheitsbehörden haben angeblich eine neue Waffe zum Einsatz gebracht. Der Herr möge ihnen ihre Taten vergeben.«*

»Ich war leider live dabei.« Mia musste es jemandem erzählen, sie würde sonst platzen.

*»Wie?«*

»Ein Hacker war zuvor in die Sicherheitszone der Matrix Cubes eingedrungen und hat dabei für reichlich Verwirrung gesorgt ... ich habe ihn reden gehört, vermutlich eine KI.«

*»Der Herr hat uns erhört ... war es einer von uns?«*

»Nein ... nicht bei den Tricks, die er drauf hatte. Glaub mir, das kann niemand aus unserem Club. Beim Eindringen hat er einem Matrix Cube Gateway in Echtzeit eine Code Injektion verpasst!«

*»Oh ...«*

»Ich denke, das war eine False-Flag Aktion, die Sicherheitsbehörden haben selbst das Netz angegriffen, um einen Grund zu haben, ihre Waffe einzusetzen!«

*»Hast du Beweise?«*

»Die werden wir finden.« Mia wollte Stoneford sein selbstgefälliges Grinsen aus dem Gesicht prügeln.

*»Wir sind das Schwert Gottes, wir werden allen Gläubigen Gerechtigkeit bringen!«*

»Amen.« Und Jericho, diesen Spinner, würde Mia dafür einspannen. Der hörte ohnehin nur, was er hören wollte, ihn zu manipulieren, war noch nie schwer gewesen.
*»Dr. Baringhaus, wir landen jetzt bei Ihrem Apartment«,* erklärte der Fahrer über den Lautsprecher.
»Danke.« Mia nickte und trennte Jerichos Verbindung. Sie war müde und wollte nur noch ins Bett.

Als Mia in ihre Wohnung zurückkehrte, wartete Luca bereits auf sie. Ihre Tochter fiel ihr, ohne ein Wort zu sagen, um den Hals.
»Mama, was habe ich gesehen?«, Luca weinte.
»Ich weiß es nicht.«
»Ist Papa wieder wach?«
»Leider nicht ...« Mia wünschte sich, dass es so wäre, sie wusste es aber besser. Alex war es nicht gewesen, den sie reden gehört hatte. Auch wenn viele Dinge zu ihm gepasst hätten, er konnte es nicht gewesen sein. Nein, das war technisch nicht möglich.
»Wie kannst du dir dabei so sicher sein?« Luca rieb sich Tränen von der Wange.
»Ich ...« Mia überlegte, was sie sagen wollte, ihrer Tochter zu erklären, dass es Alex nicht gewesen sein konnte, weil - sie stockte, es gab so viele technische und medizinische Gründe gegen seine Genesung - aber war es das, woran sie glauben wollte? Ihr kam es vor, als wenn sie sich so viele Jahre vergeblich bemüht hatte ihn zurückzuholen,

dass sie sich inzwischen nicht mehr den kleinsten Funken Hoffnung gönnte.

»Mama?«

»Ich bin mir nicht sicher«, gab Mia zu. Gab es heute auch nur den Funken einer Chance, dass sie Alex gehört hatte? Egal, was es dafür auch für eine abstruse Begründung gab, könnte er es gewesen sein? Sie wünschte sich so sehr, ihn zurückzubekommen.

»Aber ...« Luca sah ihr in die Augen.

»Vielleicht möchte er uns etwas sagen und sucht einen Weg zu uns zurück.« Bar jeder Logik ließ Mia ihr Herz sprechen.

***

## XVII. Hacker, Cracker und Script-Kiddies

Alex ging davon aus, im Darknet erst einmal sicher zu sein. Allerdings auch vom öffentlichen Internet abgeschnitten, da die Übergänge überwacht wurden. Er wusste nicht genau, ob jemand nach ihm suchte, aber etwas Vorsicht konnte nicht schaden. Seinen Wunsch, Mia zu finden, unterdrückte er. Solange er nicht wusste, was hier gespielt wurde, würde er in Deckung bleiben. Er wollte sie nicht in Gefahr bringen. Sein Instinkt sagte ihm, dass die Nummer, in der er sich befand, größer war, als er zuerst angenommen hatte.

Inzwischen befand sich Alex im Jahr 2055, er hatte die letzten 16 Jahre verpasst. Jahre, in denen sich die Welt verändert hatte, das Hamburger Matrix Cube Netz war eine Neuerung davon. Im Darknet schien hingegen die Zeit stillgestanden zu haben, das Textforum hatte ein Design aus den Neunzigern des letzten Jahrtausends. Viele Hacker liebten Retro, Text-Chats, alte Oberflächen und minimalistische Systeme. Sie standen auf coole Namen und darauf, einen dramatischen Ruf zu haben. Im Grunde waren aber die meisten Hacker harmlos.

Gemäß dieser Definition wäre Alex eigentlich nie ein Hacker gewesen, da sein Geist auf Gedankenebene mit Computern, Software und Netzwerken verschmelzen konnte. Trotzdem hatte er sich immer dazu gezählt. Viele Hacker, die er früher gekannt hatte, verfolgten dieselben Ziele wie er. Die Suche nach Erkenntnis. Hacker waren

Leute, die auf der Root-Ebene dachten. Viele bekannte Open-Source Entwickler waren hervorragende Hacker und damit für die etablierte Software-Industrie Segen und Fluch zugleich. Sie waren in der Vergangenheit in der Lage gewesen, Entwicklungen wie Linux, Firefox, Thunderbird oder Gimp mit Macht nach vorne zu bringen, aber auch der Stachel im Fleisch großer Anbieter, der wenig werbewirksam auf deren Schwächen aufmerksam machte.
Genau mit dieser Motivation kämpften auch die Hacker im Jahr 2055 gegen Better Life und die Matrix Cube Netze. Sie wollten die Schwächen aufzeigen, die jedes IT-System hatte. Jedes, bis auf die Matrix Cubes, die 16 Jahre lang unangreifbar gewesen waren. Eine Laune des Schicksals, dass es ausgerechnet Alex war, der Steine in die Fensterscheiben seiner eigenen Schöpfung warf.
Alex folgte Dutzenden Unterhaltungen zwischen Hackern in öffentlichen und privaten Chaträumen, die ihn auf den neusten Stand in der Welt brachten. Über Dr. Agnes Gutter, die an der Spitze von Better Life auch das Matrix Cube Konsortium anführte. Über die anstehende Hauptversammlung der Aktionäre. Über die Fusion der westlichen und der östlichen Matrix Cube Netze. Über Dr. Mia Baringhaus, die ihren Mann seit 16 Jahren im Koma pflegte. Jericho hatte einen Weg gefunden, ihn zu befreien, allerdings auch, ihn von seinem Körper zu trennen. Alex wusste, dass der Weg zurück schwierig war.

Im Darknet gab es auch Gefahren. Die weniger netten Hacker bezeichnete Alex gerne als Cracker. Sie verfügten über dieselbe Professionalität und wenig Skrupel, ihre Fähigkeiten für Geld anzubieten oder direkt in ihre Tasche zu wirtschaften. Auch Fakes, also Hacker, hinter denen sich Agenten von Sicherheitsbehörden verbargen, waren für Alex ehrlose Cracker.

Zu den niedrigsten Lebensformen in der sozialen Futterkette des Darknet gehörten Fundamentalisten und Script-Kiddies. Fundis, weil sie völlig unberechenbar abstruse Ziele verfolgten, und Script-Kiddies, weil sie alles befingerten und sich dabei nie über die Folgen ihrer Taten im Klaren waren. Dummerweise konnte man ihnen 95 Prozent aller Benutzer im Darknet zuordnen.

Die Frage blieb, wer war Jericho?

Alex verfolgte eine angeregte Unterhaltung zwischen Lady-D, 44, einer Krankenschwester aus München, geschieden, zwei Kinder, die vom Vater der Kinder, einem Better Life Manager, wegen einer Jüngeren verlassen wurde, und Karli, 21, einem Schüler aus Madrid, der über seinem Bett ein Poster von Alex Baringhaus hängen hatte. Alex hatte mit Erstaunen wahrgenommen, in der Pop-Art der letzten Jahre als ein Star auf Augenhöhe mit James Dean, Kurt Cobain, Che Guevara und Edward Snowden genannt zu werden.

Die beiden unterhielten sich über Mia, Dr. Mia Baringhaus, seine Frau und Mutter seiner Tochter. Lady-D vertrat die Auffassung, dass Liebe auch bedeuten konnte, geliebte Menschen gehen zu lassen. Sie sah Sterbehilfe als einen Akt der Barmherzigkeit. Karli hingegen war nicht ihrer Meinung. Er vermutete sogar eine politische Intrige hinter dem plötzlichen Koma seines Idols, jemand mit den Fähigkeiten von Alex Baringhaus würde nicht einfach ins Koma fallen und sicherlich nicht 16 Jahre in diesem Zustand verweilen.

Aus dem Text-Forum konnte Alex im Moment keine neuen Informationen gewinnen. Um den Augenblick nicht zu verpassen, wenn Jericho wieder auftauchen würde, schuf er eine Überwachungsroutine, die ihn informieren würde. Dann wechselte er auf eine modernere grafische Oberfläche, die den Benutzern lebensnah das Gefühl vermittelte, durch das verregnete Filmset von Blade Runner, einem Klassiker aus dem Jahr 1982 von Ridley Scott zu laufen.

Da sich der Regen viel zu echt anfühlte, kehrte Alex in eine Bar ein, in der sich Benutzer für echtes Geld digitale Drinks kauften, sich animierte Stripperinnen ansahen und sich virtuell mit Gleichgesinnten unterhalten konnten. Das angesagteste Angebot im Darknet war also nicht mehr als ein digitaler Spielplatz für alle, die einmal richtig gefährlich aussehen wollten. Ein lukratives Geschäft mit den Begierden der Benutzer. Die ganze Erlebnisplattform, die hier angeboten wurde, hätte vermutlich im legalen Netz nur die Hälfte der Benutzer gehabt. Über 30.000 zahlende Kunden trieben sich in dem von Ridley Scott geschaffenen Los Angeles von 2019 herum. Der Widerspruch, dass diese Utopie bereits von der Zeit überrollt worden war, störte hier niemanden.

Alex öffnete seinen triefnassen Ledermantel, den er sich stilecht zugelegt hatte, stellte sich an die Bar und sah sich um. Die Stimmung war ausgelassen, die Musik laut, die Luft stickig, das anrüchige Design lag in den Details. Benutzer erlebten diese Bar je nach Brieftasche über Brillen, Helme, Handschuhe oder auch komplette Anzüge. Auch wenn er diese Hilfsmittel nicht benötigte, hatte Alex in diesem Umfeld niemandem etwas voraus.

Die Anlehnung an Klassiker aus der Filmwelt war hier allgegenwärtig. Draußen Blade Runner, drinnen From Dusk Till Dawn. Die Bar glich dem Titty Twister aus Robert Rodriguez‘ Film von 1996, in dem Salma Hayek als Vampirkönigin Santanico Pandemonium, gemeinsam mit einer stattlichen weißen Schlange auf den Schultern, spärlich bekleidet auf den Tischen ihre Hüften kreisen ließ. Dazu erklang der originale Soundtrack After Dark von Tito & Tarantula.

»Geiler Mantel ... Alex«, sagte eine Kellnerin, bei der sogar die Eckzähne eine Spur zu lang waren. Ohne darüber nachzudenken, visualisierte Alex sich als Alex Baringhaus, so wie er auch in der Realität aussah. Nein, vor 16 Jahren ausgesehen hatte. 1,98 groß, sportlich und mit langen, blonden Dreadlocks. Im Titty Twister sahen ihn allerdings auch die anderen. Ein Fehler, das wusste er jetzt besser. In der Bar gab es Benutzer, die wie Rutger Hauer, Harrison Ford oder Sean Young aussahen, genauso wie Quentin Tarantino, George Clooney, Harvey Keitel und Juliette Lewis an den Tischen saßen. Zudem gab es noch ein Dutzend weiterer Prominenter, deren Aussehen für den Aufenthalt in der Bar zu mieten war. Hier durfte jeder sein, wer er schon immer sein wollte.

»Danke ... geiler Laden.« Alex sollte sich nicht benehmen wie ein eitler Trottel, es war besser, unsichtbar zu bleiben. Er stellte sich in eine Nische und orderte einen Drink. 45 Tacken für ein perfekt animiertes Glas waren zwar ein Witz, aber die Leute zahlten die Preise. Er zahlte mit einer entliehenen Kreditkarte eines anderen Gastes. Die Kellnerin ging wieder, sie trug nur ein Bikinihöschen, ein netter Anblick, das musste er zugeben.

In den nächsten Stunden sprach Alex mit Sean Young, die ziemlich scharf auf ihn war und ihn in ein Separee einlud. Sie trug dieselbe abgefahrene Frisur wie in Blade Runner und rauchte wie ein Schlot. Während Alex über Belangloses sprach, überprüfte er die IP-Adresse und über die Kamera am Bildschirm, wer der Benutzer war, der sich hinter der Figur in Wirklichkeit verbarg.

Bei Sean Young in Dessous und grauem Pelzmantel war es Holger Backer, 56, ein Versicherungsmakler aus Amsterdam, Familienvater und Vorsitzender der lokalen Kaninchenzüchtervereinigung, der, während er mit Alex sprach, in Feinripp unruhig auf seinem Drehstuhl herumrutschte. Ein Moment, in dem Wahrheit schmerzte. Alex blieb höflich, lehnte das virtuelle tête-à-tête ab und erklärte, auf ein Date zu warten. Sie würde gleich kommen, sagte er mehrfach, bevor Holger beschloss, Rutger Hauer anzugraben.
Jeder hier schien Alex Baringhaus zu kennen. Auch Scarlett Johansson versuchte bei ihm zu landen, hinter der sich ein vierzehnjähriges Mädchen aus Melbourne verbarg, die ihrem Vater die Kreditkarte aus dem Portemonnaie genommen hatte. Alex ging zwar nicht auf ihre amourösen Absichten ein, sorgte aber dafür, dass die Kreditkarte ihres Vaters aus dem System verschwand.
In dieser Bar war niemand echt, noch nicht einmal er. Diese Leute hier waren aber weder Hacker noch Cracker und auch keine Script-Kiddies. Das waren Menschen, die Spaß am Verbotenen hatten und vermeintlich anonym ihre Fantasien auslebten.
Neben ihm unterhielt sich George Clooney, mit Tätowierung am Hals, mit dem blonden Rutger Hauer, der Holger alias Sean Young ebenfalls einen Korb gegeben hatte.

»Hast du mitbekommen, was vorhin in Hamburg passiert ist?«, fragte Clooney, bei den beiden Männern schien es ausnahmsweise nicht um Sex zu gehen. Hinter George Clooney verbarg sich ein 27 Jahre alter Polizist aus London und Rutger Hauer war in Wirklichkeit ein 32 Jahre alter Florist aus Mailand.

»Ganz ehrlich ... das macht mir Angst.« Hauer nippte an seinem virtuellen Longdrink und bestellte bei der barbusigen Kellnerin mit den langen Zähnen zwei weitere Cuba Libre. Immerhin schadete diese Form von Alkohol nicht der Gesundheit.

»Der Hacker soll zuvor das Matrix Cube Gateway wie eine Gewehrkugel durchschlagen haben ... irre oder?«

»Na ja, halte ich für übertrieben ... sicherlich war das ein Insider, dieser Hack ist von außen nicht zu machen.«

»Aber er hat es geschafft!« Clooney schien, ohne es zu wissen, ein Fan von Alex zu sein.

»Ich weiß nicht, was der Typ wirklich geschafft hat ... Fakt ist, dass jemand mit einem nervösen Finger eine neue Waffe zum Einsatz gebracht hat.«

»Die Ice Queen hat zu der Geschichte noch keinen Ton gesagt oder?«, fragte Clooney. »Müsste ihr doch gefallen haben, das Gateway brennen zu sehen.«

»Hey, lass mich da raus ... mit der Ice Queen und ihren Freunden möchte ich nichts zu tun haben.« Die Ice Queen schien eine Berühmtheit im Darknet zu sein, auch wenn der Mailänder in diesem Leben kein Fanboy mehr werden würde. »Du solltest nicht länger versuchen, in ihrer Gruppe aufgenommen zu werden. Die sind gefährlich, dabei kannst du dir nur die Finger verbrennen.«

»Ach was ...« Den Engländer schien das in seinem Abenteuerdrang nicht zu bremsen.

Ein Piep Signal beendete Alex' bunten Ausflug, Jericho war wieder da. Er loggte sich aus, schaltete sich unsichtbar auf den Text-Chat und kam gerade noch rechtzeitig, bevor Jericho sich bei seinen Freunden Bastard und dem vermissten Luper meldete. Die Ice Queen fehlte allerdings in der Riege.

*»Der Herr segne euch.«*

*»Hast du mich an die Polizei verpfiffen?,* fragte Luper, alle drei nutzten eine Voice-to-Text Funktionalität des Forums, die ihre Stimmen für die anderen verfremdete.

*»Bist du verhaftet worden?«,* konterte Jericho. Alex machte sich sofort auf den Weg, ihn ausfindig zu machen.

*»Nein, aber ...«* Luper zögerte. Jericho nutzte heute andere Proxyserver, um seinen Aufenthaltsort zu maskieren. Der erste Server befand sich in Oslo, wo ein Schüler seinen Rechner stolz für Darknet Services bereitstellt hatte.

*»Wenn ich dich verraten hätte, was ich, der Herr ist mein Zeuge, nicht getan habe, würdest du nicht mehr frei wie ein Vöglein auf deiner Toilette sitzen können.«* Jericho war sicherlich nicht der Dümmste in der Runde. Alex hatte die IP-Adresse weiter aufgelöst, die ihn nach Marseille brachte, hier lief der illegale Proxyserver sogar auf einer Polizeistation. Okay, die

wussten sicherlich nicht, wen und was sie damit unterstützten.

*»Ich hatte drei Stunden einen Streifenwagen vor der Tür ... die warten nur auf den richtigen Augenblick!«* Luper schien sich nicht beruhigen zu wollen.

*»Dann wäre es besonders schlau, dich festnehmen zu lassen, während wir gemeinsam online sind, oder?«*

*»Hey, jetzt beruhigt euch wieder!«* Bastard, alias Hugo Sanchez, der Arzt im Ruhestand, bemühte sich, den Streit zu schlichten. Der nächste Hop war überraschend Hamburg und nicht die Wetterstation in der Antarktis, der Proxyserver machte aber dieselben Probleme, wie das russische System zuvor. Alex kam nicht weiter.

*»Wir sollten für die Ice Queen beten«*, erklärte Jericho mit getragener Stimme.

*»Warum?«*, fragte Luper, den Jericho mit seiner Frage wachrüttelte. Die Verbindung war stabil und Alex hatte Zeit, jetzt würde er sich diese Barriere genauer ansehen. Diese Aufgabe forderte seine gesamte Aufmerksamkeit. Er ließ die drei Hacker hinter sich und konnte sie ab jetzt nicht mehr hören.

Das Trägersignal von Jericho, das sich vor ihm wie ein roter Faden visualisierte, fest im Blick, verkleinerte er seine Präsenz. Bei besonderen Herausforderungen kam es immer auf die Details an. Der Proxyserver, der sich wie eine schneeweiße Wand vor ihm über den Horizont spannte, war in Wirklichkeit gar keiner. Das war eine

Firewall. Eine besondere zudem, die Alex noch nicht kannte. Er erlebte nun den technischen Fortschritt der letzten 16 Jahre, in denen natürlich auch Schutzsysteme weiterentwickelt worden waren.
Wow, dachte Alex, so etwas hatte er noch nicht gesehen, je kleiner er wurde, desto deutlicher wurde die Struktur dieser Firewall. Ästhetisch betrachtet ein wunderbarer Anblick, technisch bewertet, etwas, das er gleich knacken würde. Aus Jerichos Trägersignal, der offenen Sprachverbindung mit seinen Freunden, einem roten Faden, entwich Licht, das sich breit streute und vor Alex' Augen im Nichts auflöste. Aus Richtung der schneeweißen Firewall passierte diese Umsetzung entgegengesetzt. Wie aus dem Nichts entstand ein diffuses rotes Licht, das sich vor der Rückreise zum Forum gebündelt in einen roten Faden manifestierte. Ein Meisterwerk, das war das schönste Stück Technologie, das Alex bisher gesehen hatte.
Und zudem ziemlich sicher, da sich sogar auf den zweiten Blick keine Möglichkeit offenbarte, die Firewall zu durchdringen. Da spielte auch seine Größe keine Rolle, durch diese Firewall kam er nicht hindurch. Eine Tatsache, die seine Neugierde beflügelte. Er fühlte sich wie ein Kind, dem seine Mutter kurz vor Weihnachten verboten hatte, eine bestimmte Schublade im Schlafzimmer zu öffnen.
Wie auf der Wetterstation suchte Alex im Netzwerksegment vor der Firewall ein offenes Display und dessen Kamera. Eine Suche, die nicht lange dauerte. Zwar hatte

er diesmal über das lokale Wifi-Netz nur eine Kaffeemaschine gefunden, die er infiltrieren konnte, aber er hatte schon immer davon geträumt, als Kaffeevollautomat wiedergeboren zu werden. Etwas sehen oder hören konnte er leider nicht, aber damit würde er klarkommen.

Er wartete wie ein blutleerer Floh auf den richtigen Hund. Schließlich war er ein gefährlicher Virus. Oh ja, die würden sich noch wundern, wozu so ein intelligenter Virus in der Lage war. Alex nutzte das Wifi-Interface der Kaffeemaschine und modulierte die Frequenzen neu, er brauchte einen Scanner, um die RFID-Sicherheitsausweise der Kaffeetrinker vor der Maschine lesen zu können.

Maxwell Hilling trank seinen Kaffee schwarz, Maxwell war Analyst beim GCHQ, dem Government Communications Headquarters, das war ein britischer Nachrichtendienst. Verdammt, Jericho war ein Fake, dahinter verbarg sich ein Agent. Der GCHQ hatte sich im Zweiten Weltkrieg mit der Entschlüsselung der deutschen Enigma einen Namen gemacht. Damals noch unter dem sperrigen Namen GC&CS, Government Code and Cypher School.

Sharon Bernard trank ihren Tee mit Milch und Zucker, wie es sich für eine waschechte Britin gebührte. Sie war Sekretärin und hatte keine hohe Sicherheitsfreigabe. Alex kassierte trotzdem alle Codes von allen Benutzern dieser Kaffeemaschine. Er war jetzt ein Insider.

Nachdem Alex mit der Zeit die Vorlieben für Heißgetränke von 17 Mitarbeitern kannte, tauchte Major Clarisse Eggelton vor ihm auf. Natürlich konnte er ihre kurzen roten Haare nicht sehen, aber die kannte er bereits. Für sie machte er zwei Tassen Kaffee mit Milch und ohne Zucker. Ihr RFID Ausweis hatte von allen bisher den höchsten Status, Grund genug, als digitaler Floh bei ihr mitzureisen.

Für einen Moment wurde es dunkel, aber dann war Alex wieder da. RFID Ausweise verfügten über leistungsfähige Speicherchips, aber weder über einen Prozessor noch über eine Energiequelle. Beides Dinge, die Alex zum Leben benötigte.
Erst als Clarisse ihren Ausweis für eine weitere Tür benutzte, war Alex wieder online. Eine kurze Prüfung, wo er war, das war eine Sicherheitsschleuse gewesen, dann legte er sich wieder schlafen.

Als Clarisse mit ihrem RFID-Ausweis, ihrem persönlichen Zertifikat, das Alex jetzt kannte und einer Kennung, die Alex live aufzeichnete, den Bildschirmschoner ihres Computer deaktivierte, war er am Ziel seines Weges angekommen. Die Firewall, die ihn aufhalten würde, musste noch erfunden werden. Alex, der sich inzwischen mit seinem zweiten Leben als Computervirus arrangiert hatte, nistete sich in Clarisses persönlichen Rechner ein. Dort angekommen aktivierte er die Kamera und öffnete das Mikrofon.

»Der Herr segne euch meine Freunde, ich werde mich später bei euch melden«, sagte Jericho mit französischem Akzent. Der Mann mit den schulterlangen Haaren trug die Uniform eines deutschen Obersts.

***

## XVIII. Gegenschlag

Auch in den wenigen Stunden, die von der Nacht geblieben waren, hatte Mia nicht gut geschlafen. Es klingelte an der Tür. Nicht am Sonntag, nicht jetzt, dachte sie und drückte ihr Gesicht in das Kissen. Sie erwartete niemanden und wollte sich auch nicht überraschen lassen. Die Decke auf Alex' Hälfte blieb wie jede Nacht der letzten 16 Jahre faltenfrei. Im Flur öffnete sich eine Tür. Das war Luca, die schon wach zu sein schien. Mia wusste nicht, wie spät es war.

»Mama, da ist jemand«, rief sie gut gelaunt, woher das Kind die Energie hernahm, wollte sich Mia gerade nicht erschließen.

»Kann warten ...« Mia wollte nicht aufstehen, tat es aber trotzdem. Wozu gab es eigentlich moderne Kommunikation? Der oder die Person an der Tür hätte sich auch angemelden können. Auch ihr Sturkopf würde leider nicht genügen, um den Störenfried mit der Kraft ihrer Gedanken verschwinden zu lassen, darum zog sie sich einen Morgenmantel an und schlurfte in kleinen Schritten auf die Schlafzimmertür zu.

»POLIZEI! KEINE BEWEGUNG! AUF DEN BODEN!«, tönte es durch die geschlossene Tür. Das war wie ein Stromschlag im Nacken. Jetzt war sie wach. Mit weit aufgerissenen Augen öffnete sie die Tür. Sie konnte Kampfgeräusche hören. Das waren Schmerzenslaute, die taten ihrem Kind weh. Mia rannte.

Sie sah Luca mit Schlafanzughose und T-Shirt barfuß am Boden liegen. Inmitten der Scherben einer Kaffeetasse, die sie fallen gelassen hatte. Sie jammerte, der Polizist in voller Kampfmontur drückte Luca mit dem Knie den Nacken nach unten. Der schwarze Anhänger, der die miniaturisierte Urlaubsanimation abgespielt hatte, lag abgerissen am Boden. Automodus. Verstand aus. Mia schrie. Sie rannte los!

»SOFORT AUF DEN BODEN!«, rief ein weiterer Polizist, der in ihre Wohnung eingedrungen war. Worte, die Mia nicht mehr erreichten. Sie stürzte sich auf das gepanzerte Ungetüm, das ihre Tochter angegriffen hatte. Riss ihn von Luca weg. Schlug schreiend auf ihn ein. Mit den Fäusten auf die Kevlarschutzweste. Auf den Helm. Mia war wie von Sinnen. Ihre Fingerknöchel platzten auf. Es blitzte. Roch nach verbrannter Haut. Mias Muskulatur explodierte. Sie war nicht mehr Herr über ihren Körper. Der Stromschlag warf sie auf den Rücken. Ihr wurde schwarz vor Augen. Sie verlor das Bewusstsein.

Als Mia wieder wach wurde, saß sie auf einem Stuhl am Esstisch. Eine bewaffnete Sanitäterin versorgte sie. In Handschellen, während sie SEK-Polizisten flankierten. Stoneford saß Mia gegenüber, Oberst Ryan Stoneford, oder wie dieser verdammte Lügner auch hieß, heute wieder in Zivil.

»Ich habe mir eine Tasse Kaffee genommen, ich hoffe das war in Ordnung. Dr. Baringhaus, möchten Sie auch eine?« Stoneford trug ein weißes Hemd, Bluejeans und eine Waffe am Gürtelholster. Er wirkte entspannt und strich sich durch seine schulterlangen Haare, als ob er einen Werbevertrag mit einer Kosmetikfirma hätte.
»Wo ist Luca?« Mia wollte sofort ihre Tochter sehen, wollte wissen, ob es ihr gut ging.
»Ich bin hier ...«, sagte Luca kleinlaut von einer Couch einige Meter entfernt und hielt sich an der zerrissenen Kette fest. Bei ihr ein Sanitäter und ebenfalls zwei SEK-Polizisten, die sie wie eine Terroristin bewachten. Insgesamt hatte Stoneford sechs schwerbewaffnete Einsatzkräfte und zwei Sanitäter mit in die Wohnung gebracht. Luca schien aber in Ordnung zu sein.
»Raus hier! Alle! Sofort!«, rief Mia und wollte aufstehen, das war immer noch ihre Wohnung!
»Nein.« Stoneford zeigte sich davon unberührt und stellte die Kaffeetasse am Esstisch ab. Der SEK-Bulle hinter Mia drückte sie mit der Hand zurück auf den Stuhl.
»Was wollen Sie hier?«, fragte Mia, die Stoneford den Kopf abreißen würde, sobald sie die Möglichkeit dazu hätte.
»Das wissen Sie nicht?«
»Sie dringen in meine Wohnung ein! Sie greifen meine Tochter an! Sie behandeln uns wie Verbrecher! Beantworten Sie meine Frage oder ich werde dafür sorgen, dass Sie

in Zukunft in Aleppo den Verkehr regeln dürfen!« Mias Verstand gewann wieder die Kontrolle zurück, so würde sie sich nicht von den Sicherheitsbehörden behandeln lassen. Dabei spielte es auch keine Rolle, ob Stoneford ein Hamburger Polizist, ein Oberst des Heeres, ein Agent irgendeines Nachrichtendienstes oder ein kanadischer Mounty war.

»Dr. Mia Baringhaus, in Aleppo gibt es schon lange keine Straßen mehr ... übrigens, Sie sind verhaftet.« Stoneford zog mit maximaler Coolness ein gefaltetes Blatt Papier aus seiner Gesäßtasche hervor, legte es auf den Tisch, lächelte und schlug den dreiteilig gefalteten Bogen auf. Mit der Hand glättete er den gewellten Ausdruck und schob ihn Mia demonstrativ über den Esstisch. Dabei schien er es zu genießen, mit den Fingern über die naturbelassene Holzplatte zu streichen. »Sie zeigen einen guten Geschmack bei der Wahl ihrer Einrichtung ...«

Mia ließ ihn nicht aussprechen. »Das wagen Sie nicht!«

»Ähm ... Sie zu verhaften? Doch, doch ... wie Sie sehen, hat der Richter den dringenden Tatverdacht gegen Sie bestätigt. Ich arbeite sehr ordentlich, wissen Sie, die deutschen Gene in mir, ich habe dem Richter alle Beweise sorgfältig recherchiert präsentiert und er hat mir in allen Punkten zugestimmt. Frau Dr. Baringhaus, ich halte Sie für eine äußerst gefährliche Cyberterroristin.« Stoneford zeigte während er sprach keine Regung, er blinzelte nicht, er schluckte nicht, nichts.

»Das ...« Anders hingegen Mia, der sofort der kalte Schweiß ausbrach. Die Ice Queen starb vor ihren Augen. Sie suchte nach den richtigen Worten, die ihr nicht einfielen. Luca sah sie an, da waren Fragen in ihrem Gesicht, die Mia nicht beantworten konnte.
»Bitte? Ich habe Sie nicht verstanden ... möchten Sie zu Ihrer Verhaftung eine Aussage machen? Dass müssen Sie natürlich nicht, Sie haben das Recht auf einen Anwalt, wir leben ja schließlich nicht in einer Bananenrepublik. Aber, ich würde Ihnen raten, nichts zu sagen, so aus Erfahrung, dabei kommt in ihrer Lage selten etwas Gutes heraus.« Stoneford zelebrierte diesen Moment, er hatte sie kalt erwischt. »Frau Dr. Baringhaus, möchten Sie jetzt Ihren Anwalt anrufen?«
Mia nickte. Die Situation war verfahren, sie musste sich etwas einfallen lassen, um ihm Paroli zu bieten.
»Ihr Telefon ...« Stoneford schob Mias eigenes Smartphone über den Tisch. »Sie können anrufen, wen Sie wollen.«
Mia rief Agnes Nummer auf, zwei Freizeichen, dann hob sie ab. Alles, was jetzt kam, würde schwierig werden.
*»Mia, was ist los?«*
»Stoneford und sechs SEK-Polizisten sitzen in meiner Wohnung. Er hat einen Haftbefehl. Ich brauche Hilfe.«
*»Sag keinen Ton ... Anwälte und ein Sicherheitsteam sind unterwegs.«* Agnes legte auf.

»Ich denke, die Better Life Kavallerie wird Ihnen in 15 Minuten zu Hilfe eilen. Genug Zeit, um sich anzuziehen.« Stoneford schien genau zu wissen, was er tat. »Wissen Sie, im Herzen bin ich immer Polizist geblieben, juristische Finessen habe ich entweder nicht verstanden, und falls doch, habe ich sie wieder verdrängt.« Er griff erneut an die Gesäßtasche seiner Jeans und zog einen zweiten Wisch hervor. »Sie zu verhaften, wäre nur die halbe Miete gewesen.«

»Ein Durchsuchungsbeschluss?«, fragte Mia, obwohl sie es deutlich lesen konnte.

»Für Ihre Wohnung und Ihr Labor ... ich denke, dass wir dort interessante Dinge finden werden.«

»Warum tun Sie das?« Mia beschlich das Gefühl, dass Stoneford auf einem persönlichen Rachefeldzug war. Seine Augen glänzten wie die eines Besessenen. Warum, wusste sie nicht, sie konnte diesen Mann nicht einordnen.

»Ich denke, die Frage sollten Sie sich selbst beantworten ...« Stoneford hielt sich weiter hinter seiner Maske verborgen.

Als Mia ihr Schlafzimmer wieder verließ, die Sanitäterin, eine medizinisch geschulte Polizistin, war ihr keinen Schritt von der Seite gewichen, trug sie eine dunkle Stoffhose, flache Schuhe, eine helle Bluse und einen Blazer. Im Flur konnte sie bereits die Stimme von Agnes hören, die Verstärkung mitgebracht hatte: zwei Anwälte, zwei Personenschützer und Dr. Eleonore Jelzew, die Ärztin, die Alex in der Nacht betreut hatte.

»Der Grund für die Verhaftung ist doch ein Witz!«, schnauzte Agnes Stoneford an, der jetzt seinerseits noch einen Staatsanwalt und vier Polizeitechniker dabei hatte. Darunter auch Major Eggelton, die britische Cyberspezialistin, heute auch in Zivil, die bisher noch kein Wort gesagt hatte.

»Bitte, Dr. Gutter, falls ich mich irre, werde ich mich bei Dr. Baringhaus und Ihnen in aller Form entschuldigen. Ich werde in diesem Fall auch bei dem zuständigen Richter zu Kreuze kriechen und meine Fehlinterpretation der Indizien zugeben.« Stoneford gab sich im Gespräch mit Agnes überraschend diplomatisch, während die Juristen gesondert Details des Durchsuchungsbeschlusses zu diskutieren schienen.

»Das wird Sie Ihren Job kosten.« Agnes wirkte stinksauer, sah zu Mia, ohne sie zu begrüßen. Okay, Agnes schien nicht nur auf Stoneford wütend zu sein. Die Ohrfeige galt Mia und ihrer großen Klappe, die sie heute Morgen auf der Plattform gehabt hatte. Agnes hatte recht daran getan, sie daran zu hindern, sich weiterhin um Kopf und Kragen zu reden. Leider zu spät, vermutlich war Mia zu diesem Zeitpunkt bereits von Stonefords Handlagern abgehört worden.

»Da gebe ich Ihnen recht. Einen Fehler dieser Couleur würde ich in meiner Karriere nur einmal begehen.« Stoneford pokerte hoch, Mia hatte nicht mitbekommen, weswegen er mit Agnes stritt.

»Dr. Gutter, der Haftbefehl und der Durchsuchungsbeschluss sind formal richtig. Wir können dagegen Beschwerde einlegen, werden aber die jetzt anstehende Durchsuchung nicht verhindern können«, erklärte der Better Life Jurist.

»Kooperieren Sie ... helfen Sie meiner Spezialistin bei der Untersuchung der relevanten IT-Systeme. Wenn wir nichts finden, sind Sie uns sofort wieder los«, sagte Stoneford, der weiterhin um Verständnis warb.

»Mia?« Agnes sah sie an. Wollte sie ernsthaft Mias Einverständnis haben, um die Polizei zu Alex zu führen? Was sollte das? »Die Polizei folgt Hinweisen, dass der Angriff gestern von diesem Labor ausging. Du hast ihn gehört, wenn Major Eggelton in deinem Labor keine Beweise für diese abstruse Anschuldigung findet ... löst sich dieser Spuk umgehend in Luft auf.«

Mia nahm schweigend den Durchsuchungsbeschluss in die Hand, dieses Dilemma würde ihr den Hals brechen. Im ersten Schrecken hatte sie angenommen, als Ice Queen aufgeflogen zu sein, dem war anscheinend nicht so.

Trotzdem wollte sie niemanden in Alex' Nähe lassen. Erstens, weil dort keiner der Bullen etwas verloren hatte und zweitens, weil es gestern einen Zwischenfall mit den Clustern gab. Natürlich, es hatten keine Daten oder Dienste das Segment verlassen und Alex war sicherlich nicht als Traumwandler aufgestanden und hatte das Hamburger Matrix Cube Gateway ausgetrickst. Aber – wie sollte Mia das vermitteln – die würden ihr diese Geschichte bei Alex' Hintergrund niemals glauben.

»Ihre Annahme, dass der Angriff seinen Ursprung auf meinen Laborrechnern hat, basiert auf identifizierten IT-Routen, die jeder Anfänger fälschen kann.« Das stand zumindest als Erläuterung im Gerichtsbeschluss. Mia musste die Durchsuchung verhindern, sie fürchtete Alex zu verlieren, wenn sämtliche Details ihrer Arbeit bekannt werden würden.

»Dr. Baringhaus, da stimme ich Ihnen fachlich zu.« Eggelton meldete sich zu Wort. »Mit Ihrer Erlaubnis und Berechtigung brauche ich drei Minuten, um diese Hinweise zu verifizieren. Wie Ryan sagte, wenn wir uns irren, sind wir sofort wieder weg und Sie bleiben auf freiem Fuß. Ohne Ihre Kooperation brauche ich vermutlich Tage, um ihre Cluster zu öffnen, aber ich würde es schaffen. Sie würden in der Zwischenzeit deutlich weniger komfortabel in einer Zelle schlafen und Alex Baringhaus, den wir in Ihrem Labor vermuten, nicht die medizinische Betreuung zukommen lassen können, die Ihnen am Herzen liegt.«

»Mia, der Deal ist fair«, sagte Agnes, die natürlich nicht wusste, über was sie sprach.

Mia stand mit dem Rücken an der Wand, sie nickte, eine Geste, die sie bereuen würde.

»Ihre Kennung bitte«, sagte Eggelton, die Engländerin saß im Labor an Mias Arbeitsplatz. Ein Mehrfach-Display-System und zentraler Zugriffspunkt für alle Cluster im Labor. Luca durfte im Beisein einer Polizistin in der Wohnung bleiben.

Mia legte ihren Finger auf einen Sensor, tippte den 36-stelligen hexadezimalen Zugangscode ein und wurde von einem weiteren Scanner am ganzen Körper abgetastet. Damit eröffnete sie dem Major den vollen Zugriff auf Root-Ebene.

Agnes Gutter, Ryan Stoneford und Eleonore Jelzew befanden sich ebenfalls im Kontrollraum, dessen Glasscheibe den Blick auf Alex freigab, der im Koma in seinem Bett lag. Während Agnes und Mia der Britin auf die Finger sahen, stand Stoneford vor der Scheibe und betrachtete Alex. Mia war das unangenehm, aber er hatte sich nur darauf eingelassen, die anderen Polizisten nicht in das Labor zu holen, wenn Mia ihm ihren Mann zeigen würde.

»Ich öffne jetzt die Netzwerk-Log-Dateien im betreffenden Zeitraum«, erklärte Eggelton, die leider ebenfalls genau zu wissen schien, was sie tat. Jeder Handgriff saß, nicht ein Zeichen, das sie schnell an der Konsole eintippte, musste sie korrigieren.

»Und?«, fragte Agnes.
Mia sah zu Alex, wieso konnte er jetzt nicht einfach aufwachen und etwas sagen?
»Oberst Stoneford, es gab gestern einen Zwischenfall. Der Cluster hat mit einer Brute Force Attacke die Firewall geöffnet, dann allerdings auch wieder verschlossen.«
»Bitte?«, fragte Agnes, die aus allen Wolken zu fallen schienen. »Mia, diese Sicherheitslücke hättest du melden müssen!«
»Es ist nichts passiert.« Mia wusste, dass diese Begründung ihr Handeln nicht rechtfertigen würde. Sie hätte unter allen Umständen Better Life oder zumindest Agnes informieren müssen.
»Dr. Jelzew, gemäß ihres Protokolls hatte es zuvor bei Alex Baringhaus eine kurzzeitige Erhöhung der Körpertemperatur gegeben. Ist das richtig?«, fragte Eggelton.
Eleonore sah zu Mia, die nickte, Eleonore sollte nicht für sie lügen müssen, das hatte Mia selbst auszustehen. »Ja ... das kann bei Koma-Patienten vorkommen.«
»Es ist aber nicht üblich, oder?« Jetzt hakte sich Stoneford in das Gespräch ein, der bisher nur Alex angesehen hatte.
»Welchen Maßstab wollen Sie bei ihm anlegen?«, konterte Eleonore, die ruhig, aber betroffen wirkte.
»Touché.« Stoneford nickte ihr zu, dann sah er Mia an. »Niemand von uns weiß, was in seinem Kopf vor sich geht. Medizinische Erfahrungswerte bei Koma-Patienten gelten bei ihm nicht.«

»Er bleibt aber ein Mensch!«, warf Mia ein.
»Oh ja, ein ganz besonderer sogar. Major Eggelton, was ist dann passiert?« Stoneford ließ nicht locker.
»Zuerst schwankte Alex Baringhaus' Körpertemperatur, dann fuhr der Cluster massiv seine Rechenleistung mit Idle-Prozessen hoch, dann fiel die Firewall und dann war alles schon wieder vorbei. Der ganze Vorfall hat nur Minuten gedauert.«
»Mia, ist das wahr?« Agnes konnte es immer noch nicht glauben. »War Alex wach?«
»Nein, war er nicht!« Mia hatte sich in eine ausweglose Situation manövriert. »Es gab aber keinerlei Datenpakete, die das Netzwerk verlassen haben! Es kann also auch kein Angriff aus diesem Segment erfolgt sein!«
»Das sagen zumindest die Netzwerkprotokolle.« Eggelton bestätigte Mias Aussage.
»Dr. Gutter, hat Dr. Baringhaus mit der unterlassenen Meldung eine Better Life Sicherheitsanweisung missachtet?«, fragte Stoneford, der den Schrecken in Agnes' Gesicht sah.
»Mia!« Agnes schüttelte den Kopf. »Du kannst doch nicht so blind gewesen sein? Es war Alex, du weißt genau, wozu er in der Lage ist. Als ob ein leeres Protokoll ein Beweis wäre, den er nicht hätte fälschen können.«
»Ich werte Ihre Aussage als ja ... Dr. Baringhaus, ganz ehrlich, ich habe gerade ein Problem zu verstehen, was Sie getan haben.«

»Ich habe nichts getan! Ich versuche seit 16 Jahren, meinen Mann zu retten!« Mia fühlte sich unter Stonefords Druck zusammenbrechen. Auch Agnes hatte sie nicht enttäuschen wollen. Mia wollte doch immer nur Alex zurückholen!

»Dr. Gutter, ich bin gerade überwältigt, wissen Sie, ich habe Alex Baringhaus immer bewundert. Als Major Eggelton und mein Team nach dem Anschlag gestern die Ermittlungen aufnahmen, haben wir gestaunt, die Quelle des Virus' in diesem Labor geortet zu haben. Ich ging davon aus, dass, aus mir nicht bekannten Motiven, Dr. Baringhaus diesen Virus entweder selbst entwickelt hat ... oder andere Virenentwickler dabei unterstützte. Ich habe aber niemals angenommen, dass Sie einen Weg gefunden haben, Alex Baringhaus bar seiner Sinne als Zombie wiederkehren zu lassen. Okay ... wir konnten diesen Zombie-Virus mit hohen Verlusten aufhalten, aber ich bin mir nicht sicher, ob hier nicht weitere Alex-Viren hergestellt werden können!«

»Das habe ich nicht getan!« schrie Mia, Agnes hielt sie zurück, damit sie nicht auf Stoneford losging.

»Mia, kein Wort mehr. Wir haben gute Anwälte, wir werden alles menschenmögliche für dich tun.« Agnes schien Stoneford zu glauben! Dieser Mistkerl trieb schamlos einen Keil zwischen die Freundinnen und Agnes merkte es nicht.

»Das ist eine Lüge!« Mia begann zu weinen. Dieses Schwein wagte es zu behaupten, dass sie Alex für dunkle Machenschaften missbrauchen würde. Eher würde sie sterben, als das zu tun.

»Major, wir brauchen das ganze Team hier. Wir müssen alle Rechner sicherstellen und Alex Baringhaus in eine Spezialklinik verlegen«, ordnete Stoneford an.

»Nein ... hören Sie!«, fuhr Agnes ihn an. »Ich kooperiere, Sie erhalten vollen Zugriff auf alle Better Life Daten. Ich besorge Ihnen auch die Spezialisten, die diesen Cluster aufgebaut haben ... und Mia ... ähm ... ich meine Dr. Baringhaus wird sich für ihre Taten verantworten. Aber Alex Baringhaus bleibt hier, ich bürge persönlich dafür, dass es keine weiteren Zombie-Viren geben wird. Wir werden ihn bis auf die lebenserhaltenden Systeme komplett isolieren.«

»Was er sagt, stimmt nicht ...« Niemand hörte mehr auf Mia.

»Anderenfalls ... werde ich den größten juristischen Scheiße-Tsunami über Sie ergehen lassen, den die Welt je gesehen hat!« Agnes' Augen glühten, sie kämpfte wie eine Löwenmutter für Alex, schien aber Mias Worten nicht mehr zu glauben.

»Deal!« Stoneford gab ihr die Hand. »Dr. Gutter, ich nehme Sie beim Wort!«

***

## XIX. Eingeschlossen

Da hatte sich Alex elegant selbst ein Bein gestellt, erst als Major Clarisse Eggelton sich dazu bemühte, ihr Notebook wieder aufzuklappen, erwachte er erneut. Das war zwar nur wie einmal zwinkern gewesen, aber sie hatte ihn damit für dreizehn Stunden ausgeknockt. Ohne Strom würde er sofort in Tiefschlaf fallen. Digital wurde für ihn aus einem mobilen Computer im Standby-Betrieb ein Käfig ohne Türen. Es war bereits Sonntagnachmittag um 14 Uhr und er ärgerte sich über die verlorene Zeit. Was hatte sich in der Zwischenzeit getan?

Eggelton überprüfte ihre Nachrichten und sendete einen Spesenbericht an ihre GCHQ Dienststelle in Cheltenham. Eine Frau, die kein erkennbares Privatleben hatte. Auf dem Rechner gab es keine Musik, keine Bilder und keinerlei private Nachrichten. Auch ihr Browserverlauf zeigte keine privaten Interessen. Bücher, Filme, Kunst, alles Fehlanzeige. Auch mit sozialen Medien hatte sie nichts zu tun. Auf diesem Gerät war absolut nichts zu holen, scheinbar benutzte sie es nur für administrative Zwecke. Die gute Clarisse war mit Abstand der farbloseste Mensch, den Alex kannte.

Das GCHQ Netzwerk, in dem Alex sich befand, war im Gegensatz zu ihr purer Sex. Offensichtlich eine Weiterentwicklung eines ihm von früher bekannten Open Source Betriebssystems. Besonders auf die Sicherheit hatten die Entwickler großen Wert gelegt, denn da ging kein

Datenpaket über die Leitung, ohne inspiziert zu werden. Technologisch war das wie die wunderschöne weiße Firewall, faszinierend. Jedes Paket hatte eine verschlüsselte Sicherheitskennung, die einen zertifizierten Eigentümer, einen zertifizierten Empfänger und eine zertifizierte Route beinhaltete. Hier wurde nichts dem Zufall überlassen, um Daten über die Firewall zu bewegen, scannte ein Supervisor, das war eine automatische Prüfroutine, Byte für Byte des gesamten Paketes.

Alex war also nicht in der Lage, die schicke weiße Firewall zu passieren, da ihn der Supervisor sofort als Virus erkennen würde. Er konnte auch den Supervisor nicht hacken, weil sein kryptografischer Schlüssel gefühlte drei Kilometer lang war. Dafür würde er Tage oder Wochen brauchen. Die Sicherheitskennung der Datenpakete bekam er ebenso wenig in den Griff, da er solche krummen Algorithmen noch nie gesehen hatte. Eigentlich war es egal, was er tat, er müsste nur einen Schritt im Netzwerk machen und der Supervisor würde ihm vermutlich wie Zorro ein Z in die Brust ritzen. Ein wunderschönes Z, das in seinem Fall gedreht für ein nettes N stand. N wie Noob!

Alex musste sich schmerzlich eingestehen, dass 16 Jahre Entwicklung in der Informationstechnologie verpasst zu haben, in etwa einem Jahrtausend der Menschheitsgeschichte entsprach. Dieses verdammte GCHQ Netzwerk bot sogar Schutz gegen Leute wie ihn! Nein, das konnte er nicht auf sich sitzen lassen!

Alex dachte nach und beschloss seine Flohstrategie an die neue Lage anzupassen. Er durfte nicht auffallen – einmal Dr. Bibber in der GCHQ-2055-Final-Edition spielen – warum nicht. Eine unvorsichtige Bewegung und er wäre draußen gewesen. Er wollte nicht die Türsteher in diesem Netzwerk kennenlernen.

Es ging los. Mit Eggeltons Kennung orderte er ein Päckchen Büroklammern und sendete sich mit der Anfrage an den Depotserver. Damit nutzte er eine echte Sicherheitskennung, konnte sich aber nicht beliebig bewegen. Wie ein Floh musste er auf einen Wirt springen und schauen, wo er landete. Das Datenpaket mit der Büroklammer-Order rauschte durch die Leitung, da gab es sogar nicht nur einen Supervisor, sondern Dutzende davon. An jedem Hub, jedem Gateway und jeder Schnittstelle wurde das Hochsicherheitsnetzwerk von ihnen überwacht. Und es gab seltsame dunkle Dinger, die Alex nicht zuordnen konnte, die immer neben dem jeweils zuständigen Supervisor hockten. Die waren böse, beschloss er, das durften besagte Türsteher sein, die er nicht kennenlernen wollte. Alex landete in einer Bestellqueue für Büromaterial und wartete. Eine Minute. Zwei Minuten. Es passierte nichts. Perfekt, der Supervisor neben ihm, der aussah wie ein grimmiger Wachhund, schien keinen Alarm zu schlagen. Er arbeitete weiter und das obskure dunkle Ding neben ihm bewegte sich zum Glück auch nicht.

Im Server für die Büroausstattung konnte Alex sich wieder frei bewegen, er suchte eine Softwarebestellung aus der Personalabteilung, ein Update für die Textverarbeitung, infiltrierte das Datenpaket und trickste mit der Flohnummer den Supervisor ein weiteres Mal aus. Das war wie Schwarzfahren in der U-Bahn für Fortgeschrittene, wer kein gültiges Ticket hatte, wurde erschossen.
In der Personalabteilung angekommen, schaute er, wer im Archiv für die Datensicherung oder etwas in der Art zuständig war. Der Mann hieß Maxwell Hilling, der seinen Kaffee bekanntlich schwarz trank, prima, den kannte er schon. Zudem hatte Alex seine Kennung abgespeichert. Leider war das GCHQ-Archiv mit einer zusätzlichen internen Firewall noch stärker gesichert und von der Softwareverteilung ausgeschlossen. Und jetzt? Alex überlegte.
Na gut, wieder zurück zur Kaffeemaschine. Alex' Glück war, dass er vermutlich weltweit die einzige digitale Lebensform war, die mit dem demodulierten WIFI-Gateway einer Kaffeemaschine in Echtzeit RFID-Ausweise hacken konnte.

Die Reise hatte eine Stunde gedauert, Flöhe mussten, wenn nicht der richtige Hund vorbei kam, lange warten. Aber Alex schaffte es wieder in die Kaffeemaschine zurück. Von dort auf Maxwells RFID-Ausweis und mit ihm an seiner Brust in das Hochsicherheitsarchiv, in dem er die Datenbank administrierte. Da der gute Maxwell dort

höchst vertrauliche und für ihn nicht lesbare Dokumente verwaltete, war sein Bereich durch die besagte interne Firewall vom Rest des Netzwerkes isoliert. Für Alex eine praktische Sache, da ihm hier kein Supervisor im Genick saß, der auf jeden seiner Schritte achtete.
Geschafft. Da Maxwell, wie gesagt, nur Millionen kleine Datentresore verwaltete, brauchte Alex einen passenden Schlüsselbund. Aber auch dafür gab es eine Lösung, Clarisse Eggelton durfte im Gegensatz zu ihm streng geheime Unterlagen lesen, deren Kennung Alex sich bereits zuvor auf seinem virtuellen Zettel vermerkt hatte. Er fühlte sich wie die Made im Datenspeck, um alle Informationen auszuwerten, die hier gespeichert wurden, würde er Jahre benötigen.
Mit Eggeltons Rechten startete er eine Datenbankabfrage und filterte die Ergebnisse auf die Mitarbeit vom Ryan Stoneford und Clarisse Eggelton. Treffer, Stoneford war seit 18 Jahren im selben Projekt unterwegs. Projekt Jericho, ein passender Name, der Alex zeigte, dass er auf dem richtigen Weg war.
Auch die GCHQ Datenbank verfügte an den Schnittstellen zum Netzwerk über Sicherheitsmechanismen, die bei einem hohen Schutzbedarf der Daten vorab definierte Stellen über Zugriffe und Zugriffsversuche informierten. Sicherheitsmechanismen, die Alex komplett aushebelte, da er auf die Daten über den Backupdienst zugriff. An dieser Stelle konnte er seine Nase ungestört und vor allem un-

bemerkt in alles reinhalten, was ihm durch seine digitalen Finger glitt. Die GCHQ-Strategen hätten halt die Kaffeemaschine nicht vergessen sollen.

Die Projektakte Jericho hatte es in sich: Kurz, nachdem Alex 2037 in Hamburg Lisa neutralisiert hatte, wegen deren Terrorakten viele Menschen gestorben waren, hatte es ein Treffen zwischen GCHQ, NSA, Mossad, BND und weiterer alliierter Nachrichtendienste gegeben. In dieser Runde wurde auf die Gefahr aufmerksam gemacht, die durch Alex Baringhaus für alle Dienste ausging. Man befürchtete den Kontrollverlust über weltweite IT-Netze, wenn es solchen Clowns, so wurde Alex im Protokoll genannt, möglich war, Robin Hood zu spielen und sich dafür von der Öffentlichkeit feiern zu lassen. Der darauf erstellte Plan, Alex töten zu lassen, wurde aber von der Politik verhindert.

Alex rief das zweite Dokument auf. Die Gnadenfrist für ihn hatte genau zwei Jahre gehalten. 2039 hatte Alex seine Vision für das sichere Internet der Zukunft vorgestellt und in der Öffentlichkeit viel Zuspruch erhalten. Die Nachrichtendienste waren schon damals nicht seine Freunde gewesen, scheiterten aber daran, ihn politisch aufzuhalten. Krank, absolut krank, was dann passiert war.

Das Projekt Jericho wurde reaktiviert und Ryan Stoneford beauftragt, einen Weg zu finden, Alex Baringhaus zu töten und es wie einen Unfall aussehen zu lassen. Stoneford, dessen Name wirklich Ryan Stoneford lautete, nutzte da-

für eine bereits vorhandene israelische Technologie, militärische Signaturen mit der Intelligenz von Menschen auszustatten, um einen Kämpfer gegen Alex in den Kampf zu schicken, der es mit ihm aufnehmen konnte. Das machte Alex wütend, die hatten nichts, absolut nichts aus Lisas Schicksal gelernt.
Der Mossad ging dabei hin und kopierte das Wesen lebender Menschen, um sie als KI zu klonen. Deren Ziel war es, Alex 2.0 zu erschaffen, der im Gegensatz zu ihm, auch Befehle befolgte. Wie auch bei Lisa scheiterte dieser Ansatz an psychologischen Problemen, da alle KIs, die zuvor Menschen gewesen waren, nach kurzer Zeit ihren digitalen Verstand verloren. Von dieser Technologie, die Israelis nannten es Braindumping, hatte Alex noch nie gehört.
Was aber von dem fehlgeschlagenen Projekt blieb, war ein digitaler Virus, der nur für Alex bestimmt war und seine Atmung lahmlegen sollte. Genau der Virus, der Alex 2039 ins Koma fallen ließ. Stoneford durfte also trotz der Rückschläge seinen perversen Plan ausführen.
Alex stoppte einen Moment, das musste er sacken lassen, die hatten also versucht, ihn umzubringen, scheiterten und sorgten stattdessen dafür, dass er seit 16 Jahren eine lebendige Leiche war. Alles, was ihm in diesem Moment durch den Kopf ging, war Mia, der er weggenommen wurde und seine Tochter, die ohne Vater aufwachsen musste. Wollte Alex sich dafür rächen? Er hörte auf sein

Herz – nein, das wollte er nicht – er wollte nur zurück zu Mia.

Stonefords zynische Mission von 2039 wurde als Erfolg gewertet, ob tot oder im Koma, das Ergebnis war das gleiche. Die Schlapphüte hatten Alex aus dem Spiel genommen und glaubten nun, mit den Matrix Cube Netzen leichtes Spiel zu haben, deren klägliches Ende binnen der nächsten sechs Monate erwartet wurde.

Eine Fehleinschätzung, da die Matrix Cubes, wegen ihrer Eigendynamik auf ihrem weltweiten Siegeszug nicht mehr aufzuhalten waren. Alex hatte ab diesem Zeitpunkt keine Rolle mehr gespielt, weswegen es keinen weiteren Versuch gab, seinen Körper zu töten. Es waren die Menschen, die Benutzer, in denen Alex' Ideen weiterblühten. Es gab keine wirksamere Waffe als eine Idee!

2053 befanden sich die Gerichtsverfahren gegen die Matrix Cubes auf dem Höhepunkt und Stoneford, inzwischen leitender Analyst, erstellte einen Bericht, der die drohende juristische Niederlage der Matrix Cube Gegner prognostizierte. Trotz Bestechung, Intrigen und einem Heer von Lobbyisten waren die Massen im Netz nicht mit dem Orwell-Schreckgespenst zu bekehren.

Stoneford präsentierte dem Direktorengremium der Nachrichtendienste aber trotzdem eine Lösung: Er warb dafür, das Ende der Matrix Cubes mit der Vorstellung neuer taktischer Informationswaffen zu verbinden, die sich damals bereits in geheimen Abschlusstests befunden hatten. Stoneford wollte undercover als Hacker mitwirken, um Teile von Alex' Persönlichkeit zu reaktivieren, diesen zu einem Angriff auf ein öffentliches Netzwerk provozieren und ihn dann gemeinsam mit dem betroffenen Matrix Cube Segment vernichten. Eine Win-Win-Win Situation, wie er sagte, kein Alex, keine Matrix Cubes und die Welt hätte wieder einen Grund, die Alliierten zu fürchten.

Stoneford bekam grünes Licht, den Rest der Geschichte kannte Alex bereits. Er wollte mit der Aktion Alex den Rest geben, die Matrix Cubes infrage stellen und der Welt die zurückerlangte Vormachtstellung der Alliierten demonstrieren, der die politische Annäherung zu Russland und China während der letzten Jahre die zuvor üppigen Budgets verhagelt hatte. Das war nichts Persönliches, es ging nur um Geld. Krieg, Angst und Abschreckung waren auch im Informationszeitalter ein Riesengeschäft. Zudem wollte Stoneford den perfekten Mord begehen, da Alex' seelenloser Körper auch hundert Jahre alt werden konnte, ohne jemals das Unrecht anzuklagen, das er hatte erfahren müssen.

Alex hob seine digitalen Augenbrauen, Stonefords Plan war zynisch, menschenverachtend, aber leider auch nicht schlecht. Abschließend plante Stoneford, den Zwischenfall vom Vorabend in Hamburg Mia Baringhaus in die Schuhe zu schieben. Auch Dr. Agnes Gutter wollte er über die Klinge springen lassen, deren liberale Führungs-

politik im Konzern ihr bereits seit Jahren eine stattliche Zahl von Gegnern eingebracht hatte. Sie sollte morgen öffentlich durch eine aufgebrachte und mittlerweile um einige Milliarden ärmere Aktionärsmeute mundtot gemacht werden.
Damit schloss sich der Kreis. Alex hatte doch eben über Rache sinniert, oder? Rache, auf die er verzichten wollte. Weil Rache nichts brachte und er doch ein feiner Kerl war. Was für ein dummes Gequatsche! Am Arsch mein Freund, dachte Alex, der Stoneford töten würde! Er hätte nicht Mia angreifen sollen! Das war eine rote Linie, dieses miese Schwein würde er sich schnappen!

Alex ließ sich von Maxwell, dem Analysten und Datenbankadministrator, der von seinem Treiben nichts mitbekommen hatte, wieder über den RFID-Sicherheitsausweis zur Kaffeemaschine tragen. Auch der Supervisor im Netzwerk hatte von seinem Besuch keine Notiz genommen, ebenso wenig wie die dunklen Dinger an seiner Seite, die Alex nach wie vor beunruhigten. Da er kein Kameradenschwein war, löschte er alle Spuren, die er hinterlassen hatte. Maxwell sollte seinetwegen keine Probleme bekommen.
Von der Kaffeemaschine aus erreichte Alex die andere Seite der Firewall und von dort reiste er umgehend zurück in das Darknet-Forum. Luper und Bastard unterhielten sich immer noch, Jericho und die Ice Queen fehlten aller-

dings. Die Ice Queen, deren Identität er immer noch nicht aufgedeckt hatte. War das ein Problem, fragte er sich? Er wusste es nicht, aber ohne die Ice Queen live im Forum zu sehen, würde er sie nicht aufspüren können.
Alex dachte an Mia, seine Mia, die er 16 Jahre nicht gesehen hatte. Jetzt war der richtige Zeitpunkt, sie zu suchen. Er hatte ihr und auch Agnes sehr viel zu erzählen.

***

## XX. Mitten ins Herz

Mia hätte gestern sicherlich nicht damit gerechnet, am Sonntagnachmittag in einer Hamburger Zelle in Untersuchungshaft zu sitzen. 2 x 3 Meter groß, wenig gastlich, mit einer Pritsche und einer nicht gerade sauberen Edelstahlwaschbecken- und Toilettenapparatur, die fest an der Wand montiert war. An der Decke der fensterlosen Zelle leuchtete eine hinter Plexiglas geschützte Neonlampe. Ansonsten bot der Raum nur triste graue Wände und eine massive Edelstahltür, in deren Mitte sich eine Futterluke befand.

»Ich will hier raus«, flüsterte sie. Mit der Entscheidung, als Ice Queen auch illegale Pfade zu beschreiten, war ihr das Risiko, so zu enden, bewusst gewesen. Aber deswegen befand sie sich nicht in Haft. Es war das Werk von Ryan Stoneford, der die Situation geschickt ausgenutzt hatte, um sie aus dem Weg zu räumen. Schlimmer noch, ihm war es sogar gelungen einen Keil zwischen Agnes und sie zu treiben.

»Mia Baringhaus?«, fragte ein Mann von draußen. Mitarbeiter der Justiz verstanden es, den Gefangenen mit wenigen Worten zu vermitteln, wo sie sich befanden. In Haft. Weggeschlossen. Ihrer Freiheit beraubt. Mia fühlte sich elend.

»Ja.«

»Treten Sie von der Tür zurück.«

Mia saß auf der Pritsche. Ein automatisches Schlosssystem löste den Riegel mit einem lauten Klacken. Der Mann zog die Tür auf. Nein, zwei Männer und eine Frau, die als Anstandsdame dabei war, damit weibliche Gefangene nicht behaupten konnten, von den Wärtern sexuell bedrängt worden zu sein.

»Mia Baringhaus?«, fragte der Mann sie erneut. Ein Hüne, Mitte dreißig, der über keinen üppigen Haarwuchs mehr verfügte. Sein Kollege sah noch unfreundlicher aus.

»Ja.« Mias Name hatte sich während der letzten fünf Sekunden nicht verändert.

»Mitkommen. Ihr Anwalt möchte mit Ihnen sprechen«, erklärte die Frau, die mit schnellen Blicken die Zelle kontrollierte. Mia hatte nicht vor, die Decke von der Pritsche zu stehlen, alles andere befand sich hier ohnehin fest an der Wand.

Mia stand auf, die Frau legte ihr Handschellen an und schob sie mit der Hand am Rücken vor sich her. Von den beiden Männern ging einer vor, der andere folgte ihnen. Better Life hatte das Design für diese elektronischen Handschellen entworfen, die in Auftragsfertigung in Taiwan hergestellt wurden. Es lebe die Globalisierung, dachte Mia. Die Handschellen sorgten mit einem Trägheitssensor dafür, dass sie die Hände nur noch sehr langsam bewegen konnte.

»Dr. Baringhaus, geht es Ihnen gut?«, fragte der Anwalt, Christoph Leuter, den Agnes für sie beauftragt hatte. Mia kannte ihn aus der Vergangenheit von diversen Empfängen. Professor Dr. Leuter, 61, war der Senior der größten Hamburger Kanzlei, der auch einen Lehrstuhl für Strafrecht innehatte. Sein Stundenlohn lag in etwa bei dem monatlichen Einkommen des Justizangestellten mit dem schütteren Haar, der sie aus der Zelle eskortiert hatte.

»Nein.« Mia ging es nicht gut. Sie saß gemeinsam mit dem Juristen in einem kargen Besprechungsraum. »Wie geht es meiner Tochter? Wo ist Luca?«

»Luca wird ständig betreut, Agnes kümmert sich persönlich um sie«, antwortete Leuter, der mit seinem grauen Vollbart und Brille auch als Weihnachtsmann ein Job finden würde.

»Warum befinde ich mich noch in Haft?«, fragte Mia, die annahm, dass es für einen Juristen mit seiner Erfahrung ein Witz sein dürfte, die lächerliche Anklage zu Fall zu bringen.

»Die Staatsanwaltschaft erhebt schwere Anschuldigungen gegen Sie ... ich habe um Akteneinsicht gebeten. Die Unterlagen werden gerade von einer Task Force, bestehend aus Firmenanwälten und Mitarbeitern meiner Kanzlei aufbereitet, ich denke, in einer Stunde vollständig über die Hintergründe der Anklage informiert zu werden.«

»Die Anklage ist lächerlich! Ich habe keinen Virus geschrieben oder von irgendwelchen Hackern schreiben lassen, um ein Matrix Cube Gateway anzugreifen!« Mia war immer noch wütend. Sie war es nicht gewesen, das war nur ein Ablenkungsmanöver. Stoneford führte sie alle an der Nase herum.

»Dr. Baringhaus, Sie sind selbst IT-Spezialistin, soweit mir von der ersten Sichtung der Unterlagen bekannt ist, erhebt die Staatsanwaltschaft den dringenden Tatverdacht, dass Sie diesen Angriff mit der Unterstützung Ihres Mannes, Alex Baringhaus, der bekanntlich über außerordentliche Fähigkeiten verfügt, durchgeführt haben.« Leuter blieb trotz ihres Zorns ruhig und höflich.

»Alex liegt im Koma! Seit 16 Jahren! Glaubt jetzt auf einmal jeder, dass er sich wie ein Geist davonschleichen kann?« Mia konnte diese grenzenlose Ignoranz medizinischer und technischer Tatsachen nicht verstehen. Wenn es Alex wirklich gewesen wäre, würde sie freiwillig dafür in den Knast gehen.

»Das ist allen bekannt und wird aktuell durch unabhängige Spezialisten untersucht.« Leuter lockerte sich den Krawattenknoten.

»Unabhängige Spezialisten? Sie scherzen, wer soll das denn sein? Alex ist der einzige Komapatient seiner Art ... es gibt Dr. Arjun Viswanwala, Dr. Eleonore Jelzew und mich. Niemand sonst verfügt auch nur im Ansatz über das Wissen, um seinen Zustand zu bewerten!« Mia wollte nicht, dass inkompetente Polizeitechniker und -ärzte versuchten, sich über Alex ein Bild zu verschaffen.

»Dieses Problem ist bekannt. Oberst Stoneford lässt daher vom MIT amerikanische Spezialisten aus der KI-Forschung und aus Oxford speziell geschulte Ärzte für Komapatienten einfliegen.«

»Stimmt sein Name überhaupt?«

»Ryan Stoneford ist Oberst des Heeres und arbeitet beim militärischen Abschirmdienst. In seinem Team arbeiten zudem Spezialisten des GCHQ, des Mossad und der NSA. Diese spezielle Join Force wurde geschaffen, um die Zusammenlegung der westlichen und östlichen Matrix Cube Netze vor Angriffen, wie gestern erlebt, zu schützen.«

»Er hat doch die Bombe gezündet!«

»Und damit den Virus aufgehalten ... die Staatsanwaltschaft hat heute weitere Ermittlungsdaten freigegeben, die ein von Spezialisten entworfenes Szenario beschreiben, das uns ihrer Meinung nach ohne den Waffeneinsatz geblüht hätte.«

»Das ist eine Lüge!« Mia kämpfte.

»Dr. Baringhaus, ich bin auf Ihrer Seite, ich habe Ihnen die juristisch relevanten Informationen erläutert. Ich bin kein gläubiger Mensch, wenn Sie über Beweise verfügen, die offenlegen, dass die Staatsanwaltschaft falsche Schlüsse zieht, werde ich diese Informationen zu Ihrer Entlastung anführen.«

Mia zögerte, die in ihrem Labor vorgefundene Situation belastete sie schwer. Alex' kurzzeitiges Fieber, die unerklärliche Rechenlast des Clusters, der angeblich nichts gemacht hatte, außer sich mit sich selbst zu beschäftigen und das scheunentorgroße Einschussloch in der Firewall konnte sie nicht abstreiten. Die Matrix Cube Netze wurden von einer intelligenten Signatur angegriffen, das hatte sie live erlebt. Sie hatte auch erlebt, wie die Eigenverwaltung der Cubes an der Bedrohung gescheitert war. Warum eigentlich? Die eingesetzten KI-Systeme waren die fortschrittlichsten ihrer Art, warum hatten sie versagt? Und warum redete jetzt keiner mit ihnen? Sie müssten doch bezeugen können, dass Stoneford den Trigger zu schnell gedrückt hatte.

»Lassen Sie mich an Ihren Gedanken teilhaben ...«, sagte Leuter, der sie höflich gewähren ließ.

»Die Matrix Cubes selbst können mich entlasten!« Das war die Lösung, Mia wunderte sich, dass sie nicht bereits früher darauf gekommen war.

»Sie meinen die Eigenverwaltung der Systeme?«, fragte Leuter, der technologisch doch nicht so unbeschlagen war, wie er zuvor ausgeführt hatte.

»Ja.«

»Eine KI ist keine juristische Person ...«

Mia schüttelte verständnislos den Kopf. »Aber sie würden Ihnen genau sagen, wie es sich zugetragen hat.«

»Auch wenn es so wäre. Ich kenne den besonderen technischen Status dieser Systeme, sie handeln autark. Meine Kanzlei hat ihre Einführung durchgeboxt. Das haben wir mit dem Argument geschafft, dass eine KI nicht die Rechte einer natürlichen Person hat. Eine KI bleibt eine Sache und Eigentum des Konsortiums aller Firmen, die Ressourcen für das Netzwerk stellen. Diese Firmen sind für deren Handeln verantwortlich und profitieren auch von erwirtschafteten Erlösen.«

Mia strahlte über diese juristische Lehrstunde. »Dr. Agnes Gutter führt als Vorstand die Geschäfte, sie kann aussagen und ihre Aussagen durch die Protokolle der Matrix Cubes belegen.«

»Das kann sie tun.« Auch Leuter lächelte, natürlich verstand er, was Mia erreichen wollte. »Ich werde Ihren Vorschlag im Team und mit Dr. Gutter besprechen, aber ich denke, dass diese Strategie eine gute Option ist, um Sie zu entlasten.«

»Danke.« Mia sah das erste Licht an diesem schrecklichen Tag. Die Matrix Cubes selbst würden Stoneford überführen, sie würden aufzeigen, dass der Waffeneinsatz unverhältnismäßig war.

Mia durfte auch den restlichen Nachmittag in ihrer gemütlichen Zelle verbringen. Einige Zeit später wurde sie von den beiden Wärtern und der Anstandsdame erneut in einen Besprechungsraum geführt. Im Gegensatz zu dem

Raum vorhin, der wie eine große Zelle mit Tisch und zwei Stühlen ausgesehen hatte, diesmal in einen Besprechungsraum direkt neben dem Büro des Gefängnisdirektors. Er buckelte vor Agnes Gutter und bedankte sich mehrfach. Mia wollte den Grund dafür nicht wissen.

»Schön, dass du gekommen bist.« Mia freute sich, Agnes zu sehen, auch wenn sie reserviert blieb. Die kurzen blonden Haare, ein helles Kostüm, dezentes Make-up verliehen Agnes etwas Unnahbares. Mia hatte sich bei der Namenswahl ihrer Hackeridentität ‚Ice Queen' von Agnes inspirieren lassen.

»Hallo Mia.« Agnes setzte sich. An ihrer Seite Christoph Leuter, der eine Mappe auf den Tisch legte. Keinen mobilen Computer, sondern eine Mappe, gefüllt mit Papier.

»Wir können die Projektion starten ...«, sagte der Anwalt dem Gefängnisdirektor, der glücklich wie ein Kind zu Weihnachten sein neues Spielzeug bediente. Jetzt verstand es Mia, das neue Gerät hing unter der Decke, die Verpackung stand noch am Boden. Agnes schien dem Gefängnis eine hochmoderne Hologrammtelefonanlage gespendet zu haben, die der Direktor verständlicherweise in dem Besprechungsraum neben seinem Büro hatte montieren lassen.

*»Guten Tag«,* erklärte eine männliche Stimme, eine Projektion, die zuerst wie ein Geist wirkte. Der Mann um die vierzig trug einen schlichten dunklen Anzug, ein weißes Hemd und eine langweilige Krawatte. Ein Buchhalter, ein

Sachbearbeiter, wie er jeden Tag tausendfach in Büros anzutreffen war. Seine Haare waren kurz, dunkelblond und sein schmales Gesicht rasiert. Erst einige Sekunden später erreichte der Projektor seine volle Auflösung und der virtuelle Gast war optisch von den anderen im Raum nicht mehr zu unterscheiden.

»Wie dürfen wir Sie ansprechen?«, fragte Leuter, eine Frage, die so einfach wie sie war, doch die Komplexität der Situation verdeutlichte. War eine fortschrittliche KI noch eine Sache? Oder hätte der Anwalt die Projektion wie einen Ausdruck in seiner Mappe behandeln sollen?

*»Ich bin eine KI. Ich verwaltete die Netzwerkzone nördlich von Hamburg. In meiner täglichen Arbeit ist eine Kommunikation mit Menschen auf diese Art ungewöhnlich ... ich habe keinen Namen.«*

Auch Mia musste zugeben, noch nie über das Eigenleben einer echten KI nachgedacht zu haben. Sie kannte aber das Design, das Alex entworfen hatte. Um die Probleme zu vermeiden, die bei anderen Projekten dieser Art in der Vergangenheit aufgetreten waren, verfügte eine Matrix Cube KI nicht über typische menschliche Wesenszüge. Liebe, Begierde, Hunger, Schmerz, Wut, Jähzorn, zu all diesen Dingen war die KI, die vor Mia am Tisch saß, nicht in der Lage. Der Grund, warum die Stimme auch etwas steif klang.

»Wie kommunizieren Sie in der Regel?«, fragte Leuter. Auch Agnes hörte aufmerksam zu.

*»Über technische Netzwerkadressen kommuniziere ich mit allen Diensten, deren Aufgaben ich gemäß meiner Parameter überwache.«*

»Würden Sie gerne einen Namen benutzen?«

*»Wozu?«*

»Um älteren Menschen wie mir die Kommunikation mit moderner Technologie zu erleichtern ... ich denke, unser Gespräch wird länger dauern.« Leuter lächelte, wie auch Agnes und Mia. Jemandem gegenüberzusitzen, der keinen Namen hatte, fühlte sich unecht an.

*»Ich verstehe ... nennen Sie mich Tony.«*

»Tony ... in Ordnung. Ich möchte Ihnen Dr. Agnes Gutter und Dr. Mia Baringhaus vorstellen. Mein Name ist Christoph Leuter, ich bin Anwalt und vertrete Dr. Baringhaus in einer anhängigen Strafsache.«

*»Dr. Gutter, Dr. Baringhaus, Dr. Leuter, schön Sie heute persönlich kennenzulernen.«* Tony sagte diese Worte, als ob er sie von einem Zettel ablesen würde.

Mia fiel auf, dass Tony auch den Anwalt mit seinem Titel ansprach. Die KI schien sie alle bereits zu kennen.

»Nördlich von Hamburg ... Tony, was ist mit der zuständigen KI für Hamburg passiert?«, fragte Agnes.

*»Die KI wurde gestern bei der Zündung einer Code Injektionswaffe beschädigt, ich habe kommissarisch die Verwaltung der Zone übernommen.«*

»Beschädigt? Wie muss ich mir das vorstellen?«, fragte Mia, traf dieser Ausdruck überhaupt zu? Sie fürchtete darum, dass Stoneford auch diese Beweise zerstört haben konnte.

*»Die KI existiert nicht mehr.«* Tonys Stimme war keine Regung anzumerken.

»Tony, sind Ihnen die Ereignisse geläufig, die zu der Zerstörung der zuständigen KI geführt haben?«, fragte der Anwalt.

*»Ja.«*

»Wie konnten die Informationen darüber vor der Zerstörung bewahrt werden?« Leuter war gründlich.

*»Die KI Systeme der Matrix Cubes sichern in Echtzeit Daten in anderen Zonen ab, um bei Ausfällen eine schnelle Wiederherstellung zu gewährleisten.«*

Leuter nickte zufrieden. »Bitte schildern Sie uns die Ereignisse, die dazu geführt haben.«

Tony, die KI, schilderte das erste Auftreten des Virus', das illegale Passieren des Gateways und den Versuch der inzwischen zerstörten KI, der unbekannten Bedrohung Herr zu werden. Tony redete auch darüber, wann die Sicherheitsbehörden eingeschaltet wurden und über den folgenschweren Waffeneinsatz.

»Tony, Ihre Meinung, wer war das, der das Gateway angegriffen hat?«, fragte Leuter.

*»Das weiß ich nicht.«*

»Eine Vermutung?«, fragte Leuter.

*»Die kann ich aufgrund der mir zur Verfügung stehenden Information nicht treffen.«*

»Hat der Virus vor dem Waffeneinsatz etwas zerstört?«, fragte Mia.

*»Welcher Virus?«*

»Der, der das Gateway passiert hat.«

*»Das war kein Virus.«*

»Was dann?«, fragte Agnes.

*»Das ist mir nicht bekannt.«* Tony ließ sich zu keinen Mutmaßungen hinreißen.

»War dieses Wesen aggressiv?«, fragte Mia.

*»Nein.«*

»Wie würden Sie diese Person beschreiben?«, fragte Leuter.

*»Verwirrt.«*

»Kann es doch Alex gewesen sein?«, fragte Agnes verunsichert und sah Mia an.

»Nein ... das ist nicht möglich.« Mia verneinte. Zumindest schien Agnes' harte Haltung gegenüber ihr aufzuweichen.

»Können Sie Ihre Einschätzung begründen?«, fragte Leuter, der weiter an Tony dran blieb.

*»Viren und Schadprogramme verfolgen Ziele, diese Signatur befand sich auf der Suche. Es konnten keine Aktionen festgestellt werden, die eine gezielte Beschädigung der Infrastruktur herbeiführen sollten.«*

»Tony, ich halte fest, bitte korrigieren Sie mich, wenn ich Sie nicht richtig verstanden habe. Diese Signatur zeigte sich nicht aggressiv, sie hat nichts zerstört und zeigte sich suchend.«

*»Ich teile diese Zusammenfassung.«*

»Gab es einen Grund, der Ihrer Meinung nach den Waffeneinsatz rechtfertigte?«, fragte Leuter.

*»Nein.«*

Mia fiel ein Stein vom Herzen, auch wenn es nicht Alex war, lieferte Tony die Beweise, dass Stoneford überreagiert hatte.

»Mia, mach dir keine Sorgen. Wir schaffen das Problem gemeinsam aus der Welt!« Auch Agnes zeigte sich entspannter als zuvor. Mia hatte ihre Freundin zurück.

Ein Telefon klingelte, Leuter griff sich an die Innentasche seines Sakkos und holte ein Smartphone hervor. »Ich bitte um Entschuldigung ... es ist wichtig.«

»Leuter.« Er nahm das Gespräch an.

»Ja, das ist richtig.«

»Sind Sie sicher?«

»Haben Sie diese Information überprüft?«

»Wurde dieser Sachverhalt im Team abermals verifiziert?« Er hörte sich besorgt an.

»Vielen Dank ... ich habe verstanden. Ich möchte, dass sie mich umgehend informieren, wenn die Staatsanwaltschaft weitere Informationen freigibt.« Leuter beendete das Gespräch, sah Mia an und dann Agnes. Tony beachtete er nicht mehr.

»Christoph, was ist passiert?«, fragte Agnes, die sich von der sorgenvollen Miene anstecken ließ.

Der Anwalt schob ihr sein Smartphone über den Tisch. Mia hatte keine Ahnung, was vorgefallen war. Agnes nahm das Gerät, las eine Nachricht, die ihr sofort alle Gesichtszüge entgleiten ließ.

»Ist das wahr?« Sie sah Mia an.

»Bitte?« Mia verstand es nicht.

»Sag mir, ob das wahr ist?« Agnes begann zu weinen.

»Was?«

»Bist du die Ice Queen?«

***

## XXI. Sündenbock

Alex registrierte mit Erstaunen, was sich alles in 16 Jahren verändert hatte. Allen voran Luca, seine Tochter, aus der inzwischen eine junge Frau geworden war. So schön wie ihre Mutter: groß, Lockenkopf und Augen mit zwei unterschiedlichen Farben. Grau und braun, das war beste Familientradition, da Mias Augen grün und blau waren. Er hatte ihre gesamte Kindheit verpasst und sah ihr nun zu, wie sie nervös auf dem Bett lag und versuchte, ein Buch zu lesen. Einen Klassiker von Patrick Süskind. Sie legte das abgegriffene Taschenbuch auf die Seite und spielte gedankenverloren mit einer dunklen Halskette. Er hätte ihr stundenlang zusehen können, um sie zu beobachten, war er in die Kamera des Displays eingedrungen, das an der Wand hing. Wie ein Geist, wie eine Erinnerung, sie wusste nicht, dass er da war.
Luca, dachte er, er würde sie so gerne berühren, sie in die Arme schließen, an ihrem Haar riechen und ihr Herz an seiner Brust schlagen spüren. Dinge, die er nicht tun konnte. Sollte er mit ihr reden? Ihr sagen, hey, ich bin dein Vater. Keine Angst, ich bin keine Fehlfunktion deines Bildschirms, ich bin echt, ich lebe, ich liebe und ich sterbe stückweise. Nein, das konnte er nicht. Alex hatte Angst. Angst, sie zu erschrecken, Angst, zurückgewiesen zu werden. Damit würde er nicht klarkommen. Er musste einen anderen Weg finden, zurückzukehren. Lebendig, in seinem Körper, so wie er früher gewesen war.

Luca war nicht alleine in der Wohnung, eine Betreuerin und ein Personenschützer waren bei ihr, ließen ihr aber den Freiraum, den sie wünschte. Es war für Alex nicht schwer herauszufinden, was vorgefallen war. Stoneford hatte Mia heute verhaften lassen und versuchte, sie jetzt der Öffentlichkeit als Sündenbock zu präsentieren. Gemäß dem Motto, du kannst ungestraft jedes Verbrechen der Welt begehen, solange du dem dürstenden Mob Schuldige in die Grube wirfst.

Alex dachte an Mia, mit der er sprechen musste. Ein Vorhaben, das sich als schwieriger erwies, als zuerst angenommen. Er konnte nicht einfach bei ihr auftauchen. Sie saß in Haft und die Zelle hatte keine passende Schnittstelle. Anrufen konnte er sie auch nicht, genau so wenig, wie ihr auf einem anderen Weg eine Nachricht zukommen zu lassen. Er konnte noch nicht einmal, ohne Spuren zu hinterlassen, in das Polizeigebäude eindringen. Probiert hatte er es, vergeblich, denn dafür hätte er erneut ein Matrix Cube Gateway passieren müssen. Vermutlich hatten die Beamten auch keine Kaffeemaschine im Flur stehen.

Ich bin tot, dachte Alex, eine im Moment weitverbreitete Annahme seiner Feinde. Stoneford, Eggelton und alle anderen Arschgeigen, die mit den beiden konspirierten, durften davon ausgehen, dass die Code Injektionswaffe ihn in seine Bits zerrissen hatte. Eine Annahme, die Alex allerdings mittlerweile schützte. Wer jemanden tot glaubt, versuchte in der Regel nicht, ihn erneut umzubringen. Alex würde daher im Moment darauf achten nicht aufzufallen. Ein toller Plan, der bei den technischen Neuerungen im Jahr 2055 ähnlich schwierig war, wie 1940 mit einer britischen Uniform unbemerkt am Gänsemarkt einkaufen zu gehen. Es gab nur wenige Bereiche außerhalb des Darknet, in denen er sich ohne Aufsehen zu erregen, herumtreiben konnte. Auch seinen Körper, der nur wenige Etagen unter der Wohnung lag, konnte er wegen der Firewall nicht erreichen. Sie zu durchdringen hätte beim Operator im Labor Alarm ausgelöst. Das wollte er nicht riskieren.

Stoneford war der Schlüssel, Alex musste ihn zu Fall bringen. Erst wenn die ganze Welt sein falsches Spiel erkennen würde, wäre Mia wieder frei. Das war der richtige Ansatz, er musste gegen Stoneford und einer Allianz aller Nachrichtendienste bestehen, die hinter ihm standen. Ein heroischer Plan, wobei er keine Ahnung hatte, wie er das Kunststück bewerkstelligen sollte. Vermutlich wäre es erheblich einfacher gewesen, mit einem Touristenvisum in die Staaten zu reisen und im Handstreich Washington einzunehmen, als das technische Arsenal zu bezwingen, auf das Stoneford zugreifen konnte. Menschen, Waffen, Technologien, Stoneford war ihm in allen Dingen voraus.

Du hast keine Chance, sagte ihm eine innere Stimme, du hast keine Verbündeten, du hast keinen Rückzugsort, du bist alleine und du hast absolut keine Ahnung, mit wem du dich anlegst. Alex nickte und pflichtete seiner inneren

Stimme bei, erschwerend kam hinzu, dass er zwar zäh, aber nicht unverwundbar war. Zudem bot er mit Mia, Luca und seinem im Koma liegenden Körper perfekte Zielscheiben, die er nicht beschützen konnte.

Du bist unsichtbar, raunte die Stimme, Alex' einziger Vorteil, nur solange er unsichtbar blieb, würde er etwas erreichen können. Nur was konnte er mit diesen mageren Vorgaben auf die Beine stellen? Auch bei seiner Geburt hatte er schlechte Karten gehabt, damals hatte er sich trotzdem durchgesetzt.

Sollte er an die Presse gehen? Würden die ihm glauben? Oder die Polizei, die Stoneford kontrollierte? Nein, dieser Weg blieb ihm verschlossen. Sollte er sein Wissen nutzen und Anschuldigungen gegenüber Stoneford im Netz verbreiten? Die Nachrichtendienste eines Komplotts beschuldigen? Bei der Menge von Spinnern, die jeden Tag neue Verschwörungstheorien verbreiteten, würde er kaum auffallen. Sollte er mit den Russen oder den Chinesen kooperieren? Tolle Idee, den 2055er Snowden zu spielen, nein, damit würde er Mia und Luca nie wiedersehen.

Ich muss Stoneford dazu bringen, sich selbst ans Messer zu liefern, dachte Alex. Ein brauchbarer Gedanke, nur an der Umsetzung mangelte es noch. Und wenn Alex ihm helfen würde, Fehler zu begehen? Er hatte es bis auf Egeltons Rechner geschafft, wenn er in ihrer Nähe bliebe, würde er auch früher oder später Stoneford begegnen und Nachrichten aus seinem Account an falsche Adressen schicken können. Und andere Dinge in der Art. Jeder konnte sich mal vertippen. Ein Plan mit Potenzial, er würde Stoneford zu Fall bringen, ohne dass jemand mitbekam, wer dahinter steckte.

Ein letzter Blick zu Luca, die eingeschlafen war, dann machte er sich auf den Weg. Er reiste über das Darknet, nutze Jerichos Geschwafel, der sich gegenüber Bastard und Luper wegen der Abwesenheit der Ice Queen unwissend gab und drang wieder in die Kaffeemaschine ein. Da niemand diese Sicherheitslücke behoben hatte, schien die Welt noch in Ordnung zu sein. Kurze Zeit später stand Eggelton vor der Kaffeemaschine. Alex nutzte die Chance und infiltrierte ihren RFID-Ausweis.

»Hallo Alex«, sagte Stoneford, der in einem gemütlichen Ledersessel in seinem Büro abseits des Schreibtisches saß. An einem Display an der Wand brannte ein digitales Lagerfeuer und Alex glaubte für einen Moment, wieder in seinem Körper zu sein. Nur für einen Moment, um dann festzustellen, nur als holografische Projektion auf einem ähnlichen Ledersessel zu sitzen.
»Hallo.« Okay, das war kein gutes Zeichen, Alex war aufgeflogen, Eggeltons RFID-Ausweis war eine Falle gewesen. Er musste bei seinem letzten Besuch Spuren hinterlassen zu haben. Alex hatte nackte Beine, trug ein Krankenhaushemd und Glatze.

»Falls du dich fragst, wie dein Körper mittlerweile aussieht ... genau so ... medizinisch bis du hirntot.« Stoneford war keine Projektion, keine Illusion und auch kein digitales Abbild auf einem Spielplatz für Erwachsene. Er war echt, das Büro war echt und Alex' beschissene Lage war leider auch echt. Viel zu echt.

»Mir hat meine Frisur gefallen.« Alex ließ seine Haare neu entstehen, genau so wie eine Jeans, Schuhe und ein T-Shirt. Er wollte nicht auch seine Würde verlieren.

»Ich bin beeindruckt ... meine Techniker haben mir gesagt, dass das nicht geht, dass du so nicht funktionieren würdest, und dass das, was du darstellst, nicht nachzubilden wäre.«

»Und bereits eine Kopie von mir gezogen?« Alex wusste nicht, wohin das Gespräch führen sollte, spürte aber, dass er diesen Raum nicht verlassen konnte.

»Wir haben es versucht ... geht leider nicht, aber das weißt du bestimmt. Ach, du brauchst nicht zu versuchen abzuhauen, du bist isoliert und kannst hier höchstens den Projektor hacken, was du bereits getan hast. Er gehört dir, du kannst dir anziehen, was du möchtest, von mir aus auch die Haare färben.« Ryan Stoneford schlug die Beine übereinander und lehnte sich zurück.

»Passt schon.« Dies würde ein Verkaufsgespräch werden, das konnte Alex spüren. Stoneford hätte ihn vernichten oder auf Eggeltons RFID-Ausweis in der Schublade vergessen können. Ohne eine Energiequelle wäre er hilflos wie ein Fisch auf dem Trockenen gewesen. Sie redeten aber miteinander, dafür gab es einen Grund.

»Ich habe meine Techniker gefragt, wie du die Code Injektion überstehen konntest?«

»Eine Antwort bekommen?«

»Ja ... es liegt an deinem Kernel, den kann man zerlegen, stückeln, isolieren, was weiß ich noch ... du setzt dich immer wieder neu zusammen, das ist unglaublich.«

»Better Life verwahrt die Projektdaten meines Vaters ... Sie können gerne nachsehen.« Alex wollte ihn nicht duzen.

»Die kennen wir ... aber nein, du bist nicht mehr das Kind, dem dein Vater ein digitales Leben schenkte. Deine Codes verändern sich laufend, immer weiter, wie ein Mensch, der älter wird, entwickelt sich auch deine Codestruktur ständig weiter.« Stoneford hörte sich an, als ob er sich gleich ein Fan-Cap auf den Kopf setzen würde.

»Warum unterhalten wir uns?« Alex war sich seiner denkbar schlechten Verhandlungsposition bewusst.

»Weil ich dir einen Neuanfang anbieten möchte.« Stoneford lächelte, er wollte Alex umdrehen.

»Beim GCHQ?«

»Wir zahlen gut ...«

»Geld interessiert mich nicht.« Was es noch nie getan hatte.

»Es gibt auch jedes Jahr ein nettes Sommerfest, mit Familie, Kindern, ist immer wieder schön, mit den Kollegen ein Bier zu trinken und den Kindern beim Spielen zuzusehen.«

»Haben Sie Kinder?«

»Nein.«

»Ich schon.« Alex wusste, dass Stonefords Drohung Mia und seiner Tochter Luca galt.

»Ich weiß ...«

»Dann wissen Sie auch, was ich für das Wohl meiner Familie zu tun bereit bin.« Alles, als Erstes Stoneford zu töten und als Letztes, Luca für eine Lüge zu verkaufen.

»Ja ... ich kann es mir vorstellen.« Stoneford hatte seine Antwort verstanden. »Ich wollte dir diese Option nur angeboten haben. Weißt du, ich mag dich.«

Alex schwieg.

»Du machst es mir nicht leicht.«

»Das höre ich öfter.«

»Alex, du solltest wissen, dass sich unsere Welt in einer empfindlichen Balance befindet. Eine notwendige Balance, um möglichst vielen Menschen Frieden und Wohlstand zu ermöglichen.«

»Leider nicht allen.«

»Nein, leider nicht allen.« Stoneford nickte. »Ich sehe es als meine Aufgabe, diese Balance zu bewahren.«

»Um die Massen zu kontrollieren?«, fragte Alex, der diese arrogante Argumentation zum Kotzen fand.
»Wenn es zum Wohl einer Mehrheit ist ... dann ist Kontrolle wichtig. Wie ein guter Polizist, der am Abend auf der Straße nach dem Rechten sieht.«
»Wie ein korrupter Polizist, der sich für seine Arbeit vom reichsten Mann in der Straße bezahlen lässt, damit dieser die Konkurrenz kontrolliert, die es wagte, in seiner Straße einen neuen Laden aufzumachen.«
»Wir sollten unsere Zeit besser nutzen.« Stoneford schien das Thema wechseln zu wollen.
»Wofür?«
»Die Zeiten ändern sich.«
»Und?« Unrecht sah zu allen Zeiten gleich aus.
Stoneford faltete seine Hände. »In der Vergangenheit haben Menschen zum Schutz ihrer Straßen hohe Mauern vor die Stadt gebaut. Das ging eine Zeit lang gut, bis es durch neue Technologien sinnlos wurde. Später haben Menschen Firewalls zum Schutz digitaler Straßen gebaut. Auch das ging eine Zeit lang gut, bis es durch Menschen wie dich wirkungslos wurde.«
»Die GCHQ Firewall ist gut ...« Und sah schick aus.
»Das ist nur eine Frage der Zeit ... dann fällt jede Mauer. Angst ist der bessere Schutz. Die anderen sollen wieder Angst davor haben, unsere Mauern zu erklimmen ... ist die Angst, erwischt zu werden und die Furcht vor Bestrafung groß genug, wagt es niemand mehr.«

»Diese Denkweise ist antiquiert.« Alex konnte es nicht fassen, die Nachrichtendienste hinter Stoneford wollten die Matrix Cube Netze zu Fall bringen, um sie durch ein Wiederaufleben des Kalten Krieges zu ersetzen. Sicherheit durch Abschreckung, die Zeit hätte dieses menschenverachtende Denkmodell besser restlos verschlingen sollen.

»Aber sehr effektiv.« Stoneford lächelte. »Du kannst einsteigen, deinen Teil leisten und den Rest deines Lebens in Freiheit und Sicherheit genießen. Es ist deine Entscheidung ...«

»Nein.« Alex lehnte ab. »Da mache ich nicht mit.«

»Ich habe mir deine Antwort nicht erhofft ... aber sie kommt auch nicht völlig überraschend. Alex, du bist ein Relikt aus der Vergangenheit, du bist modernen IT-Schutzsystemen und taktischen Informationswaffen nicht mehr gewachsen. Versteh mich nicht falsch, ich halte dich für ein Genie, aber du bist alleine, du hast keine Verbündeten und du bist verletzbar. Also, Hand aufs Herz, wofür glaubst du, dich opfern zu wollen?«, fragte dieser selbstgefällige Fatzke.

»Ich weiß ... ist eine Charakterschwäche von mir.« Alex kannte Stonefords Text bereits, er hasste es, von anderen vorgehalten zu bekommen, wie schlecht seine Chancen waren.

»Ich glaube, du bist dir nicht über den Ernst deiner Lage bewusst. Warum schlägst du meine Hand aus?« Stoneford stand auf und streckte ihm die Hand entgegen. Auch Alex stand auf, er überragte den ebenfalls nicht kleinen Stoneford um wenige Zentimeter und sprang mit einem Satz durch ihn hindurch.

»Sie sehen, ich bin ein Geist ... was sollte ich also gegen Sie ausrichten können, das Ihnen so gefährlich erscheint, dass sie mich auf Ihre Seite ziehen wollen?« Alex wollte das Gespräch zum Abschluss bringen, unabhängig von den Konsequenzen, die das für ihn haben könnte.

»Und Mia?« Stoneford zog alle Register.

»Sie wusste immer, wer ich bin.« Wenn Alex jetzt einknicken würde, hätte er Mia nie wieder in die Augen sehen können.

»Ungebrochen bis in den Tod.«

»Wenn es sein muss ...« Alex war bereit, zu gehen.

»Dann soll es so sein.«

»Ja.« Allerdings hatte Alex nicht gesagt, dass er kampflos gehen würde. Er war aufgeflogen, es gab also keinen Grund mehr, vorsichtig zu sein. Und auf das GCHQ Netzwerk musste er ebenfalls keine Rücksicht nehmen. Als Erstes blockierte er die Remote-Abschaltfunktion des Projektors, die sollten ihn nicht mit einem Knopfdruck den Strom abdrehen können. Um den Stecker zu ziehen, würde Stoneford einen Moment benötigten. Ein Moment, in dem Alex kämpfen würde.

Das Licht flackerte, Stoneford rannte los, eine Sekunde Zeit, in der Alex sich kopierte. Was die Techniker nicht hinbekommen hatten, bereitete ihm keine Probleme. Er hatte es zuvor nur nie getan, weil er sich nicht selbst begegnen wollte. Jetzt verdoppelte sich seine Signatur alle 0,01 Sekunden. Ein Vorgang, der in sehr, sehr kurzer Zeit verdammt viele Alex' Kopien entstehen ließ.
Alex hatte jetzt 2,37 Millionen Brüder, es musste nur einer durchkommen, um zu überleben. Ein Counter zeigte ihm die Anzahl an. Alex übertaktete das WIFI Gateway, brachte es mit 220 Volt Spannung auf maximale Sendestärke und sprengte den Projektor mit der Überhitzung in die Luft. Dabei sendete er für den Bruchteil einer Sekunde Millionen Kopien von sich mit maximaler Reichweite durch den Raum. Wie eine ansteckende Krankheit wollte er jedes Gerät infizieren, das er erreichen konnte. Er wäre ein Virus, hatten sie gesagt. Das stimmte sogar und dank der Übertaktung des WIFI Gateway auch ein Virus, der Betonwände durchdringen konnte.

Alex landete auf einem unbekannten RFID-Ausweis, der einen großen Energieschub bekam, der ihm kurz erlaubte, zu sehen, wo er war. 458 seiner Brüder lebten noch. Das war ein Hochenergiearray, in dem er gelöscht werden sollte. Der Plan funktionierte, auch wenn seine Präsenz auf dem RFID-Ausweis sterben würde. Aus.

Alex fand sich auf einem Smartphone wieder, dessen Antenne über einen physischen Schalter abgeschaltet war. Der Bewegungssensor zeigte allerdings an, dass er getragen wurde. Leider konnte Alex sich von hier aus nicht weiterverbreiten, aber das Mikrofon aktivieren. Er wusste nicht, wie viele von ihm noch da waren.

*»Sicherheitsalarm, Sicherheitsalarm, der Standort wurde von einer Virensignatur befallen. Vermeiden Sie sämtliche Tätigkeiten im Netzwerk und bringen Sie sämtliche digitalen Medien, aktiv oder passiv, zum Hochenergiearray.«*

Scheiße, die würden ihn jetzt löschen. Aber es gab sehr viele von ihm, die würden nicht alle kriegen. Aus.

Alex landete auf einem Prozessor, den er gut kannte, die Kaffeemaschine, hier würde er nichts sehen oder hören können, aber das System verfügte über einen sechzig Liter großen Wassertank, der über eine Wasserleitung automatisch aufgefüllt wurde. Der Rest von der Kaffeemaschine würde daher nicht leichter sein. So oder so, diesen Brocken konnte niemand einfach wegtragen. Solange der Wasserdruck konstant war, befand sich die Kaffeemaschine an der Wand und Alex in Sicherheit. RFID Ausweise befanden sich keine in Reichweite und auch die Netzwerkanbindung war unterbrochen. Der Counter sagte ihm trotzdem, dass er der Letzte war.

***

## Gehetzt

### XXII. Stille Wasser

Luca lag in ihrem Bett, sie hatte geschlafen, dabei aber keine Ruhe gefunden. Ein merkwürdiges Gefühl beschlich sie, erklären konnte sie es nicht, als ob ihr jemand heimlich beim Schlafen zugesehen hätte. Jemand, den sie kannte. Wer, wusste sie allerdings nicht. Sie fröstelte und obwohl sie angezogen war, zog die Bettdecke näher an sich heran. Alles um sie herum schien zu zerbrechen, allem voran dieser Sonntag. Sie vermisste ihre Mutter.

Achtzehn zu werden, hatte sie sich anders vorgestellt, erwachsen zu sein, alle Dinge tun zu dürfen, die für sie zuvor verboten waren. Endlich konnte sie alle Entscheidungen selbst treffen. Und? Jetzt war sie achtzehn, war allein und fühlte eine Kälte, als ob sie im Winter auf einer verschneiten Wiese saß. War das Verantwortung? Bisher hatte sie diesen Begriff nur als Last alter Menschen betrachtet, die vergessen hatten, wie man flog. Sie flog gerne mit ihren Gedanken über den Niederungen des Alltags. Eine Freiheit, die sich nur Kinder leisten konnten. Umso schwerer zogen sie ihre Sorgen auf den Boden der Tatsachen zurück.

Luca hatte Angst. Das war pure Angst, nichts anderes. Damit war es unmöglich zu fliegen, damit bekam sie noch nicht einmal ein Bein aus dem Bett. Sie wusste nicht, wie es weitergehen sollte und fürchtete, ihre Mutter zu verlieren. Ihr Vater war ihr bereits vor 16 Jahren weggenommen worden, sie konnte sich nicht mehr an sein Lachen erinnern. Seine Stimme glaubte sie noch zu kennen, aber ansonsten war er nur ein Bild in der Galerie alter Erinnerungen.

Alex Baringhaus, ihr Vater, war eine weltweite Berühmtheit. Andere Kinder trugen T-Shirts mit seinem Gesicht. Natürlich immer mit langen Haaren, die blonden Dreadlocks waren sein Markenzeichen. Er und Bob Marley, sonst niemand. Luca hatte es nie gemocht, Tochter eines überlebensgroßen Menschen zu sein. Neben diesem Helden konnte sie nicht bestehen. Er war Superman, nein besser als Superman, der, im Gegensatz zu Alex Baringhaus, beim Surfen im Internet noch eine Maus brauchte.

Als Luca dann in die Pubertät kam, hatte sie ihr naives Weltbild verloren. Ihr Vater war nie ein Superheld, er war ein Monster gewesen, der Mann, der sie zu dem gemacht hatte, was sie war: das Kind eines Monsters. Sie war nicht besser als er. Eine bittere Erkenntnis, deretwegen sie sich mit vierzehn beinahe das Leben genommen hätte. Damals hatte sie sich gebrandmarkt gefühlt, ausgegrenzt, sie war kein Mädchen wie andere, sie war ein Freak, krank, anders, sie wollte nicht akzeptieren, was aus ihr geworden war. Sie hatte bereits auf einer Brücke gestanden und wollte springen, getan hatte sie es aber nicht. Ihre Mama wusste nichts davon und Luca würde es ihr auch nie erzählen.

Niemandem hatte sie jemals davon erzählt, absolut keiner Menschenseele. Ein Geheimnis, das bis heute in ihr ruhte.
»Ich hasse dich!«, flüsterte sie und schloss die Augen. Die anderen waren der Meinung, dass ihr Vater der Einzige seiner Art war. Ein Fehler. Er war nur der Erste. Lucas Geist erhob sich aus ihrem Körper, nur sie konnte sich in dieser Form wahrnehmen, für andere war sie unsichtbar. Nicht nur visuell unsichtbar, sie war mit keiner ihr bekannten Technologie zu erkennen. Sie strahlte keine Wärme ab, sendete keine Radiowellen aus und war auch für digitale Netzwerkscanner nicht wahrzunehmen. Sie konnte ghosten, wie bereits ihr Vater, der ihr dieses Talent in die Wiege gelegt hatte.
Luca tat es aber nicht wie er, sie machte ihr eigenes Ding. Ihr Vater stieg in Netzwerksignale ein, hackte Zugänge, benutzte Hubs und Gateways, sein Geist verschmolz förmlich mit dem Netzwerk. Ein Schritt, vor dem Luca sich fürchtete. Sie wusste nur zu gut, welches Schicksal er deswegen zu erleiden hatte. Die ganze Welt hatte ihn gejagt. Viele Menschen neigen dazu, Dinge, die sie nicht verstehen, lieber zu zerstören, als sie zu ergründen.
Luca hatte deswegen einen anderen Weg gewählt. Im Jahr 2055 war die Welt durchflutet von elektromagnetischen Wellen. Jeder Toaster verfügte über ein elektromagnetisches Feld.

Smartphones, Mobiles, Wearables, Implantats und Functionables und was es sonst noch alles gab, sorgten für einen dichten elektromagnetischen Funknebel, der alles im Alltag durchdrang.
Luca war mit der Kraft ihrer Gedanken in der Lage, wie ein Artist auf diesen Signalen zu reiten. Deshalb konnte sie auch nicht geortet werden, weil andere nur die Signale registrierten, die es ohnehin schon gab. Im Gegensatz zu ihrem Vater drang Luca nicht in Netzwerke ein, sondern tanzte auf den Signalen. Wenn also ihr Vater sich wie ein Fisch im Internet bewegte, war sie die Surferin, die über die Wellenberge rauschte. Wobei niemand, der sich unter der Wasseroberfläche befand, sie sehen konnte.
Sie schritt durch ihr Zimmer, horchte am Eingang, ihre Sinne waren in diesem Zustand besonders sensibel, und ging durch die geschlossene Tür in den Flur. Safer surfen im Netz, Luca mochte diesen Werbespruch. Ihren Körper ließ sie mit geschlossenen Augen im Bett liegend zurück. Für andere sah es aus, als ob sie schlafen würde.
»Glaubst du der Baringhaus?«, fragte ihre Betreuerin den Personenschützer, beide wurden von Better Life bezahlt.
»Mia Baringhaus?«, fragte er.
»Wer sonst.«

»Du solltest dir nicht solche Fragen stellen ... das ist nicht unsere Gehaltsklasse.« Der Personenschützer, ein drahtiger Asiate mit norddeutschem Dialekt antwortete weise. Wer keine dummen Fragen stellte, bekam auch keine dummen Antworten.

»Aber du musst doch eine Meinung haben ...« Die Betreuerin hatte es im Gegensatz zu ihm noch nicht verstanden.

»Meine Meinung steht jeden Morgen in unserem taktischen Briefing, das mir mein Boss zuschickt.«

»Du bist ein Idiot!« Sie boxte ihn gegen den Arm, beide saßen am Esstisch und lachten.

»Ja.« Der Ostfriese mit Mandelaugen hatte damit offensichtlich keine Probleme. »Aber ich kann deswegen gut schlafen.«

»Du bist ein Söldner.«

»Ähm ... so stand es in der Stellenanzeige: Better Life sucht gutaussehende und charmante Söldner, die für ein üppiges Gehalt auch dem Teufel persönlich die Fliegen vom Arsch wegschießen. Hey, habe ich dann gesagt, ich bin euer Mann!«

»Gutaussehend und charmant?« Die Betreuerin verzog den Mund, es war aber nicht schwer zu sehen, dass sie ihn mochte.

»Sweetheart, schau du lieber, was unsere Prinzessin so treibt. Ihretwegen sind wir hier.«

»Sie schläft.«

»Sicher?«, fragte er.

»Ich geh nachsehen.« Jetzt stand die Frau auf, einen Kopf kleiner als Luca, aber zehn Kilogramm schwerer. Luca befand sich noch im Flur und blieb stehen, während die Betreuerin durch sie hindurchschritt. Natürlich bemerkte sie nichts davon, Luca mochte das, auch wenn sie es niemals zugeben würde.

»Sie schläft.« Die Betreuerin hatte Lucas Zimmertür geöffnet, hereingesehen und die Tür wieder leise geschlossen.

»Das Beste, was das Mädchen tun kann«, antwortete der Asiate und schlug eine Zeitung auf. Luca konnte die Waffe im Holster an seinem Gürtel sehen. Der Typ war in Ordnung.

Bei allem, was sie beim Ghosten tun konnte, etwas anfassen gehörte nicht dazu. Luca ließ sich durch den Boden sacken, unter ihnen wohnte ein älteres Ehepaar, sie las gerne und er hatte in einem der Räume der großen Wohnung eine Modelleisenbahn. Nette Leute, Luca schaute nicht das erste Mal bei ihnen vorbei. Immer, wenn sie im Labor bei ihrem Vater sein wollte, hatte sie in der Vergangenheit diesen Weg genommen.

»Hallo Dad«, flüsterte Luca, die jetzt vor seinem Bett stand. Auch die dicken Sicherheitstüren des Labors konnten sie nicht aufhalten. Er sah nicht gut aus, trotz der elektrischen Stimulation seiner Muskulatur verlor er während der letzten beiden Jahre an Gewicht. Kein schöner Anblick, dachte sie und beugte sich über ihn. Inzwischen hatte sie ihm verziehen, er hat sich selbst seinen Vater nicht aussuchen können, der ihm dieses Leben mit auf den Weg gegeben hatte.

»Wie geht es dir?« Wenn er wach gewesen wäre, hätte er sie hören können. Ansonsten gab es in diesem fensterlosen Raum keine Mikrofone. UV-Lampen sorgten hier für künstliches Sonnenlicht.

»Mama hat Probleme ... sie könnte deine Hilfe gebrauchen.« Luca würde es selbst tun, wenn sie wüsste, wie. Unbemerkt umherzuschleichen bedeutete nicht, die Welt retten zu können. Leider fehlte ihr der Mut, mehr zu unternehmen.

»Ein Zeichen würde genügen, nur ein Wink, dass du noch da bist ... und Mama würde neuen Mut schöpfen.« Auch sie könnte eine Motivation gebrauchen, heute noch mehr als an den Tagen zuvor. Ihn langsam sterbend vor sich liegen zu sehen, hilflos, verkabelt, mit Schläuchen im Mund und ohne Haare zog sie noch tiefer herunter.

»Wir brauchen dich ... ich brauche dich ... ich ...« Luca liebte ihren Vater, auch wenn sie 1000 Gründe hatte, ihn zu hassen. Wenn er könnte, würde er ihr helfen, da war sie sich sicher. Und auch dieser Stoneford hätte es nicht gewagt, so mit Mama zu sprechen!

»Luca?«, eine Frau sprach sie an, die Stimme kannte sie, das war die Betreuerin, die sie gerade aufweckte. »Du redest im Schlaf ... hast du von deinem Vater geträumt?«

»Ich glaube ja ...« Luca öffnete ihre Augen, was ihre digitale Präsenz am Bett ihres Vaters augenblicklich auflöste. Die Betreuerin lächelte sie an, sie schien eine nette Person zu sein.

»Dr. Gutter möchte dich sprechen.«

»Bitte?« Luca verstand nicht, warum.

»Sie wartet auf dich ... du sollst runter ins Labor gehen. Es ist wichtig, hat sie gesagt.«

»Wichtig?« Luca hatte ein Problem, diese Wertung einzuordnen. Es gab viele wichtige Dinge in der Welt, aber was heute besonders wichtig sein sollte, wusste sie nicht.

»Kommst du?«

»Ja.« Luca befand sich nicht in der Position, nein zu sagen. Agnes hatte sie immer anständig behandelt. Nicht nur sie, sondern auch ihre Eltern. Die Behandlung ihres Vaters verschlang Millionen und Agnes ließ Better Life jedes Pflaster bezahlen.

»Hallo Kleine.« Agnes nahm sie zur Begrüßung in den Arm, es fühlte sich gut an, jemanden zu spüren.

»Hallo Agnes.« Als kleines Kind hatte Luca Tante zu ihr gesagt. Agnes empfing sie im Überwachungsraum des Labors, von dem aus man ihren Vater in seinem Bett liegen sah. »Ich weiß, du bist nicht gerne hier.«

Luca nickte. Das mit ihrem Vater war etwas Privates. Wenn sie ihn sehen wollte, schätzte sie es, dabei allein zu sein.
»Du hast sicher mitbekommen, was passiert ist ... oder?«
»Ja.« Die Polizisten hatten Luca einen Schrecken eingejagt und ihr einige blaue Flecken hinterlassen.
»Hast du es verstanden?«
»Nein.« Das hatte Luca wirklich nicht. Ihre Mutter war für etwas verhaftet worden, was sie nicht getan hatte. Als ob Mama die Liebe ihres Lebens verraten würde. Da würde eher die Hölle zufrieren.
»Es ist kompliziert ... aber wir können später gerne darüber reden, wenn du möchtest«, erklärte Agnes, die einen langen Wollmantel trug, obwohl es nicht kalt war.
Luca verneinte, sie fühlte sich unwohl, vorgeführt, gleich würde etwas passieren, das ihr nicht gefallen würde, das konnte sie spüren. Am liebsten würde sie die Augen schließen und durch die Wand verschwinden. Wohin wusste sie nicht, Hauptsache weg.
»Ich werde deinen Vater immer beschützen.«
Luca nickte, sie wusste nicht, warum Agnes das sagte. Warum hatte sie sie rufen lassen?
»Aber ab morgen ...« Agnes stockte. »Ab morgen wird mir das schwerer fallen.«
»Warum?«, fragte Luca.

»Ich werde vermutlich meinen Job verlieren und damit auch den Einfluss, den ich habe. Einfluss, den ich brauche, um deinen Vater zu versorgen.«

Lucas Augen wurden größer, das wollte sie nicht. Agnes war die beste Chefin, die Better Life jemals haben konnte. Und sie war die Garantie für Papas bestmögliche Versorgung.

»Deswegen muss ich heute Vorkehrungen treffen ... zu seiner Sicherheit. Es ist wichtig, dass du mir vertraust.«

Luca nickte erneut, sie konnte Agnes nicht folgen. Von welchen Vorkehrungen sprach sie? Ihr vertrauen? In der Vergangenheit hatte Luca ihr blind vertraut.

»Ich werde deinen Vater mitnehmen. Wir werden uns gut um ihn kümmern. Ist das okay für dich?« Agnes nahm Lucas Hände und sah ihr in die Augen.

»Ich ...« Luca wollte etwas sagen. Sie glaubte zumindest, etwas sagen zu müssen. Was, wusste sie nicht. Sollte sie zustimmen? Hätte sie es überhaupt verhindern können? Natürlich vertraute sie Agnes, trotzdem fühlte sich Luca überfahren.

»Hast du eine Frage? Ich höre dir zu ... du kannst alles fragen.« Agnes strich mit der Hand durch Lucas Haare.

»Was sollte ihm denn passieren?«

»Wenn ich das nur wüsste ... es stehen uns unruhige Tage bevor.« Agnes presste die Lippen aufeinander.

»Unruhig?« Luca konnte mit dieser Antwort nichts anfangen, niemand von ihnen befand sich gerade auf Kur. Bestimmt nicht an dem Tag, als ein SEK-Kommando ihre Wohnung gestürmt hatte.

»Menschen mit besonderen Fähigkeiten, wie dein Vater, machen anderen Angst.«

»Aber er schläft doch ...« Luca verneinte, vor ihrem Vater brauchte niemand Angst haben.

»Das weißt du, das weiß ich ... aber es gibt auch Menschen, die es nicht wissen.«

»Wissen? Sie glauben uns nicht! Sie misstrauen uns!« Das machte Luca wütend. Weder ihr Vater noch sie hatten jemals Böses im Schilde geführt. Luca hatte ihre Fähigkeiten noch nicht einmal in der Schule benutzt, um heimlich die Inhalte der nächsten Klassenarbeit in Erfahrung zu bringen. Sie hätte noch ganz andere Dinge tun können, hatte es aber nicht getan. Sie hatte sich immer an Regeln gehalten. Immer. Warum konnten sich die anderen nicht auch an die Scheiß-Regeln halten?

»Luca, bitte.« Agnes versuchte, sie zu beruhigen.

»Nein, nein! Nicht Luca bitte! Warum vertrauen die Menschen uns nicht! Mein Vater und ich tun niemandem etwas!« Luca war stinksauer, die ganze aufgestaute Wut brach aus ihr heraus.

»Du verstehst das falsch ... es geht doch nicht um dich.«

»Ich versteh das falsch? Nein ... ich verstehe gar nichts falsch! Vor mir muss niemand Angst haben!« Luca drückte Agnes weg und lief weinend aus dem Raum heraus.

***

## XXIII. Treibjagd

Alex wartete, eine andere Option blieb ihm nicht. 18:32, er ging davon aus, dass die Uhrzeit der Systemuhr stimmte. Es tat sich nichts, was nicht unbedingt ein schlechtes Zeichen sein musste. Welche Optionen standen ihm zur Verfügung? Warten, bis er einen RFID Ausweis erreichen konnte? Nein, den Fehler würde Stoneford zu verhindern wissen. Sollte Alex abwarten, bis er wieder das äußere Netzwerk erreichen konnte? Eine zweifelhafte Option, das könnte Stunden, oder auch Tage dauern. Die letzte Option wäre es gewesen, sich erneut zu vervielfachen und sich mit einer Übertaktung des WIFI-Gateways zu verteilen. Ein gefährlicher Plan, weil er diesen Schritt nur einmal durchführen konnte. Nein, es gab noch eine weitere Option, die nicht minder gefährlich war. Er könnte das WIFI-Gateway langsam hochtakten und prüfen, ob in Reichweite neue Systeme auftauchten. Auch das konnte schiefgehen. Natürlich, er konnte bei jedem Schritt in diesem Hochsicherheitsnetzwerk auffliegen. Kontrolliert hochtakten, dachte er und entschied sich für diese Variante, damit sollte er die Lage sondieren können.

20 Prozent mehr Leistung, Alex scannte das erweiterte Umfeld der Kaffeemaschine, das keine neuen digitalen Gegenstellen aufwies. Verbrannte Erde, Stoneford hatte scheinbar alles abschalten lassen. 20 Prozent mehr reichten also nicht, aber die Schnittstelle würde locker mehr Spannung vertragen.

40 Prozent mehr Leistung, es gab keine Veränderungen. Er sollte nicht zu schüchtern agieren, die Zeit arbeitete gegen ihn. Er musste hier sofort weg. Die Temperatur des WIFI-Chips in der Kaffeemaschine begann zu steigen.
70 Prozent mehr Leistung, da gab es WIFI-Memorysticks, die sich in unbekannter Entfernung zu ihm befanden. Zuerst waren es 53, dann 71 und einen Moment später wieder 7 Einheiten. Die Anzahl schwankte laufend weiter. Alex lächelte, Stoneford hatte den Kammerjäger auf ihn losgelassen, die WIFI-Memorysticks waren höchstwahrscheinlich digitale Mausefallen, um seine herumstreunenden Brüder einzusammeln. Es war nicht auszuschließen, dass sich andere Instanzen von ihm aufgrund der ihnen zur Verfügung stehenden Information für andere Optionen entschieden. Nur er war derjenige mit dem Platz in der Kaffeemaschine. Der Wasserdruck im Tank blieb unverändert bei 0.2 bar, scheinbar mochte sich im Moment niemand einen Kaffee ziehen.
Bei 100 Prozent mehr Leistung bot sich dasselbe Bild, er registrierte weitere WIFI-Memorysticks, die aber auch einen Moment später wieder verschwanden. Dabei wurden es immer weniger, seine Brüder dürften bald alle im Kasten sein. Die Temperatur des WIFI-Chips in der Kaffeemaschine wurde langsam kritisch. Mehr Leistung würde das System nicht schadlos überstehen.

Alex entschied sich dafür, die Übertaktung zurückzufahren, um seine aktuelle Bleibe nicht zu zerstören. Oh, er hatte Kundschaft: Zwei Tassen Kaffee wurden frisch aufgebrüht, von Leuten, die keine digital erreichbaren Geräte in den Taschen hatten. Wer im Büro arbeitete, trank Kaffee, daran hatte sich während der letzten beiden Dekaden wenig geändert.
Er hatte eine Idee, was wäre, wenn der Kaffee auf einmal nicht mehr schmecken würde? Das wäre in den meisten Büros eine mittlere Katastrophe gewesen. In der Regel wurde dann umgehend der Notdienst gerufen, der besonders bei großen Kaffeevollautomaten nicht lange brauchte, um vor Ort zu sein.
Die Idee hatte Charme. Er wollte schon immer Barista werden, auch wenn Alex bei allen Studentenjobs, bei denen er mit Lebensmitteln hantiert hatte, stets zwei linke Hände bewiesen hatte. Mia hatte dazu öfter angemerkt, dass er angeblich ohne Fastfood-Restaurants nicht lebensfähig war. Eine infame Lüge, die er heute entkräften wollte. Er fing an, Kaffee zu kochen. Mit Milch und mit ohne Milch, mit Schaum, gequirlt, in Schichten und mit seltsamen Sirupsorten kombiniert, unglaublich, was die Kaffeemaschine alles konnte. Bedauerlich, dass Alex sich so viele Rezepte unmöglich in so kurzer Zeit merken konnte.

Weswegen in den Tassen interessante Dinge landeten, aber nur selten die Heißgetränke, die die GCHQ-Mitarbeiter nach der kollektiven Virenjagd haben wollten.

Nach kurzer Zeit hatte Alex alle Kunden vergrault, okay, Barista war kein Job für ihn. Viel zu schwierig, bei der anspruchsvollen Kundschaft. Jetzt musste er warten.

Genau 23 Minuten später schraubte ein Techniker die Kaffeemaschine auf. Ein Telefon hatte er nicht in der Tasche, Stoneford hatte ihn sicherlich filzen lassen. Bei Problemen dieser Art sollte der Techniker üblicherweise die Firmware updaten und damit alles überschreiben. Der Typ würde das allerdings nicht tun, da die GCHQ-Security ihn weder einen Computer mit herein- und noch weniger herausbringen lassen würde.
Er fing an, das Steuerungsbauteil auszutauschen, wobei das ausgebaute, auf dem Alex sich befand, vermutlich ebenfalls in dem Hochenergie-Schredder landen würde, der schon Millionen Brüder von Alex auf dem Gewissen hatte.
Ein kleiner Hüpfer und Alex befand sich auf dem neuen Modul, das gerade eingebaut wurde. Eine neue Version mit Spracherkennung. Yeah, die konnte er gut gebrauchen, die hatte endlich ein Mikrofon, um Gesprächen in Reichweite zuzuhören.

»Woran lag der Fehler?«, fragte ein Mann, dessen Stimme Alex nicht kannte.

»Das kann ich ohne mein Analysegerät, dessen Einsatz Sie mir nicht gestatten, nicht sagen«, antwortete der andere. Treffer, Alex hatte die Situation richtig eingeschätzt.

»Was tun Sie jetzt?« Der GCHQ-Wachhund schien ihm auf die Finger zu sehen.

»Ich tausche das gesamte Steuermodul, damit verfügt der Automat über eine komplett neue Firmware.« Der Mann gefiel Alex, er tat, was getan werden musste.

»Ist das Modul RFID fähig?«

»Das hier?«

»Ja.«

»Nein, das System hat keinen RFID Zugang, wir nutzen eine proprietäre Schnittstelle, um die ...«

»Ist in Ordnung ... mehr wollte ich nicht wissen. Wir hatten heute ein Problem mit RFID Ausweisen.« Der GCHQ-Mann ließ den Techniker zum Glück nicht ausreden und über die WIFI-Schnittstelle sprechen, die Alex missbraucht hatte.

Alex sah sich in seiner neuen Bleibe um, Hersteller von Kaffeemaschinen waren in der Regel keine IT-Spezialisten. Diese Steuerungsmodule bauten sie nicht selbst, sondern kauften sie gemäß benötigter Spezifikationen hinzu. Hersteller von Steuerungsmodulen hingegen bauten ihre Komponenten nicht nur für Kaffeemaschinen, nach Kundenwunsch wurde dasselbe Modul nur

durch Änderungen der Firmware individuell angepasst.
Nett, dachte Alex, das neue Bauteil verfügte sogar über einen veralteten LTE-4G-Ferndiagnose-Chip, der durch die neue Firmware nicht mehr genutzt wurde und deshalb vermutlich bei der GCHQ-Sicherheitsprüfung durchgerutscht war. Die beste Chance, die Alex kriegen konnte. Er passte die Firmware an, taktete den LTE-4G-Chip auf maximale Sendestärke, der ihn theoretisch bis nach Peking schießen würde, und funkte sich ins Nichts. Er sprang, ohne zu wissen, wo er mit seiner Signatur wieder Fuß fassen würde. Ein Vorgang, der bei der von ihm genutzten Sendestärke sicherlich auffallen würde.

Alex glaubte zu fliegen, alles war voller Licht und Farben, er war frei, wenn auch nur für den Bruchteil einer Sekunde. Er würde sich niemals freiwillig beugen, egal wie mächtig seine Gegner waren. Sein Angriff auf den GCHQ-Posten war ein Fehlschlag gewesen, aber er würde es erneut probieren. Immer wieder, wenn es sein musste, immer wieder.
0.192 Sekunden später fand er sich auf einer Forschungsplattform in der Nordsee wieder, hier war früher nach Öl gebohrt worden. Früher, als man Öl noch problemlos aus dem Meeresboden saugen konnte. Heute wurde auf der Forschungsstation nur noch der steigende Meeresspiegel beobachtet. Ein zukunftssicherer Job, da der Pegel in den letzten Jahren nicht mehr gefallen war.

Alex drang in den Hauptrechner ein, orientierte sich in der neuen Umgebung und prüfte sofort alle verfügbaren Fluchtwege. Richtfunk, Mobiltelefonie, Satellit und eine passive Tiefseeleitung, die Plattform verfügte über vielfältige Anbindungen. Die Wissenschaftler hier hatten zu diesem Zeitpunkt keine Ahnung, was vor sich ging.

Auch Alex registrierte erst 0.718 Sekunden später den Einschlag einer taktischen Informationswaffe. Ihm blieb gerade noch genug Zeit, den Kopf einzuziehen und sich über die reaktivierte Tiefseeleitung auf eine alte Relaisstation in Kirkwall, im äußersten Nordosten Englands, in Sicherheit zu bringen.

Stoneford zögerte nicht, er jagte Alex Suchroutinen hinterher, die auf seiner Spur blieben und sobald sie ihn als Ziel markiert hatten, sofort den Beschuss freigaben. Auf der Nordseeplattform dürften jetzt alle Forscher mit einer Kerze durch die Flure laufen, weil dort kein Computer, kein Telefon, kein Satellit und auch keine Beleuchtung mehr funktionierte. Das war kein chirurgischer Eingriff in ein fremdes Netzwerk, Stoneford bombardierte alles flächendeckend.

Alex blieb keine Zeit, er tauchte in ein Netzwerkkabel ein, das nach London führte. Er konnte förmlich die statische Elektrizität im Nacken spüren, während Stoneford die Relaisstation in Kirkwall abfackelte. Egal ob Hardware oder Software, er zerstörte alles, auf dem sich Alex hätte verbergen können.

Das Netzwerk führte Alex auf ein Matrix Cube Gateway zu, das den Zugang zum Londoner Citynetz überwachte. Millionen Leitungen, die wie brennende Fäden durch den Nachthimmel gespannt waren, führten auf eine schwarze Wand zu. Das Gateway war geschlossen. Stoneford wollte Alex nicht die Spur einer Chance lassen.

Sorry, ist nicht persönlich gemeint, dachte Alex und fing an, Daten vor sich herzuschieben: Bilder, Nachrichten, Musik, Videos, Webseiten, es spielte keine Rolle, er nutzte alle Daten, deren er habhaft werden konnte, konzentrierte, verdichtete und beschleunigte sie. Er brachte einen 120 Gigabyte großen Klumpen in Wallung, aber das reichte nicht, er duplizierte den ganzen Datenberg, einmal, zweimal und unzählige weitere Male. Da prasselten jetzt Terrabytes auf das geschlossene Matrix Cube Gateway ein. Eine nette Distributed-Denial-of-Service-Attacke hatte er da in Echtzeit vom Zaun gebrochen.

Natürlich nicht ohne Grund, Alex kannte die Architektur der Matrix Cubes, er hatte sie selbst entworfen. Um auch bei massiven DDoS-Attacken nicht in die Knie zu gehen, verfügten die Gateways über einen dynamischen Lastausgleich, der genau jetzt aktiv wurde. Wie aus dem Nichts öffneten sich bei hoher Geschwindigkeit neue Wege, die zu weiteren britischen Gateways anderer Großstädte führten. Manchester, Dublin und Cheltenham, wobei Cheltenham keine Großstadt war, sondern die GCHQ-Zentrale beherbergte. Alex' DDoS-Tsunami nahm immer gewaltigere Formen an und wuchs mit derselben Geschwindigkeit, wie die automatische Matrix Cube Lastverteilung sie auf weitere Gateways aufzuteilen versuchte. Die dabei korrumpierten Daten durften inzwischen das ganze Land lahmlegen. England war in weniger als einer Sekunde wieder im letzten Jahrhundert gelandet: Mobilnetze, Streaming, Logistiksysteme, Warenwirtschaftslösungen, Verkehrsüberwachung, Flugsicherung, alles stoppte in genau diesem Moment. Alex ließ das ganze Land mit Lichtgeschwindigkeit vor die schwarze Wand knallen und Stoneford, der ihn immer noch unerbittlich jagte, brannte mit seinen taktischen Informationswaffen hinter ihm alles nieder. Der Schaden ging jetzt bereits in die Milliarden.

England war eine Insel, das Internet nicht. Alex sprang nach Sydney, durch seine Geschwindigkeit war er Stonefords binären Schergen immer einen Schritt voraus. Das Matrix Cube Gateway dort war nicht geschlossen. Er rannte den Paketfilter über den Haufen, schob die Paketqueue auf die Seite und tanzte sich an den Schutzsystemen vorbei. Er war zu schnell und wusste genau, an welchen Stellen die Gateways sich gegenüber einer Virensignatur nicht erwehren konnten.

Stoneford hatte bereits England digital zerstört und die Aufräumarbeiten in Hamburg waren noch nicht abgeschlossen. Würde er auch den Aussies sämtliche Netze zerschlagen? Alex sah sich um, das erste Mal, ohne die Tracker im Nacken zu spüren. War er hier in Sicherheit?

Bei den australischen Sicherheitsbehörden war sein illegaler Zutritt zum nationalen Netz sicherlich nicht unbemerkt geblieben. Trotzdem tat sich gerade nichts. Oder genauer gesagt, im nationalen Netz ging alles seinen gewohnten Lauf. Bis auf Anfragen, die nach England gingen, funktionierte alles tadellos.

*»Alex, wir sollten miteinander reden«,* sagte Ryan Stoneford, der einen Broadcast im australischen Netz nutzte, damit Alex und auch jeder andere ihn verstehen konnte.

Zu antworten, wäre im Moment nicht klug gewesen, weder als Broadcast noch gezielt. Alex wollte nicht das Netzwerksegment offenbaren, in dem er sich befand.

*»Die Welt hört uns zu. Rede mit mir ... es sind bereits Menschenleben zu beklagen, da du in Großbritannien auch Krankenhäuser nicht verschont hast.«* Sicherlich hatte Stoneford nach dem Fall der britischen Inseln ein paar unangenehme Telefonate erhalten, von Menschen, denen jegliche Fantasie fehlte, wie es soweit kommen konnte. Dabei änderte es auch nichts, dass er versuchte, Alex öffentlich die Schuld zuzuweisen. Als ob Alex die Netze zerstört hätte, nein, das hatte er nicht!

Alex richtete ein virtuelles Array ein, das über Rio de Janeiro, Phoenix und Nürnberg seine IP-Adresse verschleierte. Seine Worte würde allerdings nur Stoneford hören können.

»Sie haben die Waffen gezündet!«

*»Du hast diesen Schritt provoziert!«* Stoneford reagierte, wie Alex es erwartet hatte. Die beiden sprachen jetzt direkt miteinander.

»Lassen Sie mich in Ruhe!«

*»Das kann ich nicht ... ich habe einen Eid geleistet. Du bist eine Gefahr, für dich, für andere, für alle.«* Als ob Stoneford ein Eid binden würde. Hey, ich gelobe zu lügen, zu betrügen und zu morden, so wahr mir Gott helfe und immer, wenn es mein Land von mir verlangt! So in dieser Art hätte Alex ihm den Eid abgekauft.

»Wollen Sie auch Australien zerstören?«

*»Nein ... ich rechne mit deiner Vernunft.«*

»Oh ja ... Vernunft, fangen Sie doch damit an.«

*»Ich rede mit dir ... ich suche eine friedliche Lösung. Du bist nicht allein, denke auch an deine Frau und deine Tochter.«*

»Drohen Sie mir mit ihrem Wohlergehen? Wollen Sie Mia töten, wenn ich mich nicht ergebe? Und was wollen Sie mit Luca tun? Einsperren? Sie ist erst 18!«

*»Sollen sie nach deinem Ende mit der Schmach leben, dass du als Cyberterrorist gestorben bist?«*

»Ich sterbe nicht.«

*»Alex, du bist bereits tot. Hirntot, dein Körper ist nur noch eine leere Hülle. Du bist nicht mehr als ein Schatten deiner selbst, eine technische Laune des Schicksals, ein Stück Code, das glaubt, noch ein Mensch zu sein.«*

»Ich ...« Alex' Stimme zitterte. Stonefords Worte trafen, sie verletzten und sie verunsicherten ihn. War er überhaupt noch ein Mensch? Oder in seinem Fall, war er jemals einer gewesen? Das Kind seiner Eltern starb bei der Geburt, alles, was danach kam, folgte nicht mehr bekannten Regeln. Alex war ein Widerspruch, ein Anachronismus, er hätte niemals leben dürfen.

*»Du kannst die richtige Entscheidung treffen. Jetzt, diese Chance bekommst du nie mehr wieder. Alles, was du bist, alles, was du warst und alles, was du je sein wirst, definierst du heute. Heute ist der Tag, an dem du bestimmen kannst, wer du bist. Ein Terrorist? Jemand, den ich jagen und vernichten muss. Oder Alex Baringhaus, der eine Frau und eine Tochter hinterlässt, die niemals sein Andenken vergessen würden.«*

»Sie haben recht.« Alex sah sich um, er befand sich in einem australischen Hub, in dem Netzwerkverbindungen aus der ganzen Welt ankamen. Heute würde Alex entscheiden, wer er war.

*»Das freut mich, zu hören.«* Stoneford klang versöhnlich. Trotzdem konnte man ihm nicht trauen.

Alex hatte seine Entscheidung getroffen, er würde nicht nachgeben. Er liebte Mia und war bereit, mit ihr im Herzen unterzugehen. Davor sollte aber noch die ganze Welt sehen, wer Stoneford war.

»Ich denke ...« Alex wurde unterbrochen, in dem Hub explodierten Netzwerkverbindungen, als ob sie Sprengstoffschnüre wären. Die Detonationen rissen ihn weg, der

Lärm war ohrenbetäubend. Stoneford hatte noch nicht einmal auf seine Antwort gewartet, er hatte das Gespräch nur genutzt, um sein Arsenal in Stellung zu bringen. Waffen, die Alex jetzt durch das Netzwerk schleuderten.

Mia, schrie Alex in Gedanken, ich liebe dich! Weitere Explosionen erschütterten den Hub, in dem alle Daten vernichtet wurden. Alex brannte, seine Hände, seine digitale Präsenz, sein Geist, alles stand in Flammen. Stoneford hatte in ausgetrickst, der im Krieg nicht zögerte, alle Mittel einzusetzen.

Alex versuchte zu fliehen, aber die Fluchtwege waren zerstört, weitere Explosionen vernichteten alles, was er sah: Daten, Netze, Server, nichts davon blieb, wie es war. Die Wucht zerrte an ihm, zerriss ihn, schleuderte ihn umher. Seine Kraft schwand, er konnte gegen diese grenzenlose Wut nicht bestehen. Alles wurde schwarz. Er fiel ins Nichts.

Als Alex wieder die Augen öffnete, glaubte er, blutend auf einer schwarzen Fläche zu liegen. Ansonsten konnte er nichts erkennen. Kein Licht, keine Leitung, aber auch kein Feuer. Warte, jetzt wird es deutlicher, dachte er. Er lag auf einem Matrix Cube Zubringer, auf dem er sich langsam auf das Gateway zubewegte.

Er war müde, geschlagen und vermochte nicht, aufzustehen. Kraft seiner Gedanken wollte er sich wieder neu entstehen lassen, aber es funktionierte nicht. Diesmal nicht, Stoneford hatte ihm zu stark zugesetzt. Das Gateway würde ihn gleich inspizieren. Dagegen konnte er nichts mehr tun. Eine Flucht war nicht mehr möglich. In seinem jetzigen Zustand würde es auch ein Script-Kiddie schaffen, ihm mit der Delete-Taste den Rest zu geben.

***

## XXIV. Inside Job

Agnes sah auf ihre Armbanduhr, 18:32, sie verließ den Aufzug am Dach des Better Life Towers in Hamburg. Die Stadt befand sich 240 Etagen unter ihr, bei schönem Wetter konnte man von dem höchsten Gebäude der Stadt eine unglaubliche Aussicht genießen. Aber Dunkelheit und Zeitdruck nahmen ihr diesen Genuss. Mit einer Hand hielt sie den Kragen des Wollmantels geschlossen, mit der anderen schützte sie ihre Augen vor dem Wind.

»Guten Abend, Dr. Gutter.« Der Chauffeur begrüßte sie auf dem Weg zum Gleiter und deckte mit seinem Körper Agnes' windzugewandte Seite ab. »Es ist leider stürmisch heute.«

Agnes nickte, es war wirklich stürmisch an diesem Sonntag. Sie stieg ein, die Tür schloss sich und das Tosen des Windes verschwand augenblicklich. Leider nicht die Probleme, die waren anhänglicher.

*»Wir starten ... der Flug nach Rom wird 2 Stunden und 29 Minuten dauern«,* erklärte der Chauffeur über Lautsprecher. Agnes spürte, wie der Gleiter abhob und sich sofort im Wind austarierte. Von den Böen am Heliport blieben nicht mehr als schwache Vibrationen.

»Danke.« Agnes strich mit der Hand über das Leder, gestern hatte Mia auf demselben Platz gesessen. Mia Baringhaus, die sie liebte wie eine kleine Schwester. Warum hatte sie das getan? Agnes verstand es immer noch nicht.

Bei allem, was Agnes in ihrem Leben erreicht hatte, eine Familie zu gründen gehörte nicht dazu. Nicht genug Zeit, nicht der richtige Mann und stetig unter Beschuss. Um Better Life aus dunklen Zeiten herauszuführen, hatte sie einen Preis zu bezahlen gehabt. Vermutlich hatte sie sich deshalb Mia und Luca so nahe gefühlt. Für Alex hatte sie leider während der letzten 16 Jahre nicht mehr tun können, als seine Arztrechnungen zu bezahlen. Eine Geste, die sie bei den Budgetverhandlungen jedes Jahr wieder verteidigen musste. Aber solange sie ihre Ansichten vom Wellenberg ständigen Wachstums herunter vertrat, ließ man sie gewähren. Das Controlling buchte Alex' Behandlungskosten inzwischen als Imagewerbung.
Agnes blickte wieder auf die Uhr, 18:36, die Zeit schien an ihr festzukleben. Sie hatte Alex heute Nachmittag an einen anderen Ort gebracht, den nur sie, Eleonore Jelzew und vier Securities kannten. Alex hatte es nicht verdient, zum Spielball der Interessen zu werden. Mia schien es gelungen zu sein, Teile von ihm als seelenlosen Virus zu reaktiveren. Sie war die Ice Queen, um die sich im Darknet eine ganze Bande krimineller Geister gescharrt hatte, die alles taten, um den Matrix Cubes zu schaden. Niemand von diesen Kleingeistern erkannte dabei den Widerspruch, sie erachteten die Freiheit, für die diese Technologie stand, als Bevormundung. Sie verstanden nicht, dass autarke KI-Systeme gegenüber der Gier in der Politik das weitaus geringere Übel waren.

»Warum hast du nicht mit mir geredet?«, flüsterte Agnes, der Mias Verrat an die Substanz ging. Jeder andere, aber nicht sie. Agnes glaubte, noch den Dolch im Rücken spüren zu können. Für diese Tat würde Mia ins Gefängnis kommen. Agnes würde sich trotzdem weiter um Alex kümmern und auch um Luca. Die beiden trugen keine Schuld, Agnes legte den Kopf nach hinten, ansonsten hätte sie niemanden mehr im Leben gehabt, an dem sie sich festhalten konnte.

Auf dem Kommunikationssystem an Bord des Gleiters meldete sich Ray, Ray Armstrong, ihr langjähriger Privatsekretär, dessen Loyalität sie sehr schätzte. Ray und Mia waren immer die, denen sie Verrat nie zugetraut hätte.

»Hallo Ray.« Agnes nahm das Gespräch entgegen, die Reise nach Rom war kein Urlaub, sie sollte sich wieder auf ihre Arbeit konzentrieren. Die Verhandlungen in der Ewigen Stadt dürften kein Spaziergang werden.

*»Dr. Gutter, ich grüße Sie ... ich hoffe, es gab mit dem Gleiter keine Probleme.«*

»Alles in Ordnung.« Ray kümmerte sich um alles. Wenn sie jemals heiraten würde, dann ihn. Sie liebte ihn zwar nicht, aber bei Ray würde es ihr an nichts mangeln.

*»Das Meeting in Rom ist um 21:15. Die Herren Bonaglia und di Navardo haben diesem informellen Treffen zugestimmt. Sie werden sich mit Ihnen direkt am Heliport treffen, di Navardos Tochter hat gestern geheiratet, er hat deswegen heute Abend das komplette Hotel für die Feierlichkeiten gemietet«,* erklärte Ray, dessen Familie

aus Schottland stammte, es floss sogar blaues Blut durch seine Adern.

»Sie sind ein Magier, Ray, danke.« Niemand sonst hätte es geschafft, diesen Termin auf die Beine zu stellen.

*»Mein Job war einfach ... der Rest liegt in Ihren Händen. Ich beneide Sie nicht, di Navardo ist ein harter Hund.«*

»Das ist er ...« Agnes wusste, was ihr bevorstand. Der Italiener war Multimilliardär und ein einflussreicher Better Life Aktionär. Ein Leitwolf, was er sagte, hatte Gewicht. Dabei musste er niemandem drohen, wenn er redete, hörten andere zu. Wenn er morgen bei der Aktionärsversammlung des Matrix Cube Konsortiums das Schwert gegen Agnes erhob, konnte sie sich sicher sein, dass die Hälfte aller Anwesenden sofort mit Fackeln und Mistgabeln auf sie zustürmen würden. Pietro Bonaglia war sein bester Freund, vermutlich sein einziger, nicht minder reich, der stets tat, was di Navardo sagte. Eine Strategie, die ihm in den letzten Jahren einige Milliarden eingebracht hatte.

*»Möchten Sie die aktuellen Zahlen?«*, fragte Armstrong.

»Muss ich die wissen?« Agnes schüttelte den Kopf, sie wollte nicht wissen, wie viel von dem Geld der beiden Italiener sie heute gemäß vorbörslichen Bewertungen bereits versenkt hatte. Mit der Reise nach Rom wollte sie retten, was zu retten war.

*»32 Milliarden ... ich denke, Sie sollten die Zahl kennen.«* Ray war loyal, aber nicht sonderlich sensibel. Er zögerte nicht, Agnes unter vier Augen unverblümt seine Meinung zu sagen.

»Das ist viel Geld.«

*»Könnte noch mehr werden ... ich habe der Einfachheit halber den Mittelwert genommen, unsere Analysten im Büro streiten sich noch über das richtige Rechenmodell.«*

»Danke ... für das Briefing.« Agnes würde Silvio di Navardo noch nicht einmal in Strapsen und mit einer Rose im Mund diesen enormen Verlust schönreden können.

*»Warten Sie ...«* Ray klang erschrocken, da schien etwas vorgefallen zu sein.

»Was ist passiert?«

*»Ich bekomme gerade eine Warnmeldung von unserem Operation-Center aus London, die Leitungen ziehen sich zu ... da passiert etwas. Können Sie online gehen?«*, fragte Ray.

»Ja.« Agnes nutzte den Zugang in der Limousine und meldete sich mit ihrer Kennung an.

*»Ich schalte Ihnen das Dashboard auf.«*

»Ein DDoS-Angriff? Die sollen sofort alle Ports schließen!« Agnes sah, wie sich ein riesiges Datenvolumen auf den Leitungen der Insel aufzublähen schien. Bitte nicht noch einen Angriff, dachte sie, der von gestern reichte ihr völlig.

*»Das Londoner Gateway ist bereits geschlossen!«*

»Wussten die von dem Angriff?« Agnes beschlich ein ganz mieser Verdacht, bitte nicht, bitte nicht nochmal. Mia saß doch in Haft und dieser Virus wurde gestern angeblich vernichtet!

*»Ich versuche, es in Erfahrung zu bringen ...«*, sagte Ray, während Agnes beobachtete, wie die automatische Lastverteilung der Matrix Cubes das Datenvolumen auf andere Netzknoten umleitete.

»Hat Stoneford seine Finger darin?«, fragte Agnes, die hilflos mit ansehen musste, wie das komplette britische Internet unter einer unglaublich großen Datenflut unterging. Die Anzeige des Londoner Better Life Operation-Center fing an zu blinken, die Systeme fielen wie tote Fliegen von der Wand.

*»Ich erreiche niemanden mehr ...«* Ray kämpfte. Hatte Agnes sich eben noch gewünscht, nicht so einen Abend wie am Vortag erneut erleben zu müssen? Das war nicht wie gestern, dagegen waren die Probleme in Hamburg ein Witz gewesen, das heute war schlimmer!

»Ray?«, rief Agnes, ihr Display war eingefroren, auf dem Bild bewegte sich nichts mehr. Ray antwortete ihr nicht. Sie versuchte, die Verbindung neu aufzubauen, hörte aber nur eine akustische Fehlermeldung. England versank gerade im Meer und sie konnte nichts dagegen tun.

»Ray, hören Sie mich?« Agnes sah auf das Mobile in ihrer Handtasche, das über keinen Empfang mehr verfügte. Sie war offline. Das Gerät suchte automatisch ein neues Netz.

Ja! Ihr Mobile war satellitenfähig, sie war wieder online!

Es klingelte, es war Ray Armstrong. *»Können Sie mich hören?«*

»Ja ... was ist passiert?«

*»Die Lage ist unklar ... auf den britischen Inseln gab es einen Totalausfall, wir können unsere Leute in London nicht erreichen. Ich kann auch Ryan Stoneford nicht erreichen oder jemand anderen bei den Sicherheitsbehörden. Auch bei Better Life gibt es Störungen. Wir schalten gerade das laufende Monitoring nach Prag, dort sind wir noch handlungsfähig.«*

»Was wissen wir?« Agnes konzentrierte sich auf ihre Atmung, egal, was passiert war, sie musste einen klaren Kopf bewahren.

*»Die Analysten werten alles aus, was wir haben, ich schalte Ihnen ein neues Dashboard online, bei dem wir die Ereignisse chronologisch sortiert zusammentragen.«*

»Ich sehe es.« Agnes hatte wieder ein Bild. Die Katastrophe schien ihren Ursprung auf einer Wetterstation in der Nordsee gehabt zu haben. Der nordeuropäische Better Life Nachrichtensatellit hatte als Erstes analoge Funksprüche aufgezeichnet, die nach einem Komplettausfall aller digitalen Geräte gesendet wurden. War das ein Waffeneinsatz? Stoneford! Die Klimaforscher berichteten, dass es sie ohne Vorwarnung getroffen hatte.

*»Nach der Wetterstation hat es eine Relaisstation in Kirkwall erwischt«*, erklärte Ray.

»Kirkwall?«

*»Da arbeitet niemand mehr, alles automatisiert, aber dort kommt eine Tiefseeleitung aus dem Wasser.«*

»Wer benutzt denn so was noch?«, fragte Agnes, seit moderne Satelliten Bandbreite im Überfluss anboten, setzte niemand mehr auf teure Seekabel. Die britische Regierung sorgte aber dafür, dass bereits vorhandene Glasfaserkabel für Krisenzeiten offline einsatzbereit gehalten wurden.

*»Niemand ... aber jemand hat das Kabel gehackt und ist über Kirkwall in das nationale Netz eingedrungen.«*

»Der Alex-Virus!« Agnes konnte es nicht fassen, Mia schien mehr als eine Virensignatur hinterlassen zu haben. Wie konnte sie Alex das antun? Agnes verachtete sie dafür!

*»Das ist seine Handschrift, der Virus hat danach England in einer gewaltigen DDoS-Attacke versinken lassen. Da ist inzwischen alles down, das komplette britische Matrix Cube Netzwerk ist offline. Auch Polizei, Flugsicherung und Energieversorger sind betroffen, da geht nichts mehr.«*

»Aber dafür ist doch keine DDoS-Attacke allein verantwortlich?«, fragte Agnes, ein Hackerangriff dieser Art hätte höchstens betroffene Systeme kurzzeitig nicht erreichbar sein lassen.

*»Natürlich nicht.«*

»Stoneford?«

*»Unsere Analysten stellen den gleichen fragmentierten Datenmüll sicher, wie am Vortag in Hamburg. Der elektromagnetische Fallout einer Nuklearexplosion hätte keinen schlimmeren Schaden anrichten*

*können. Die Behinderungen in Internet sind weltweit zu spüren. Unsere Leute in London bauen gerade Satelliten-Backup-Netze auf ... aber das wird dauern.«*

»Holen Sie mir sofort Stoneford an die Strippe!« Agnes war wütend, dieser Idiot hatte den Verstand verloren. Nur wegen eines Virus hatte er die Infrastruktur eines ganzen Landes zerstört. Auf Knopfdruck, in Echtzeit, ohne einen Schuss abzufeuern, war England jetzt ein Trümmerhaufen. An den ganzen Folgen, dem Chaos auf den Straßen, würden auch Menschen sterben! Über die wirtschaftlichen Konsequenzen wollte Agnes erst gar nicht nachdenken!

*»Es gibt eine weitere Meldung aus Sidney, die haben ...«*

»Auch Australien?« Agnes ließ Ray nicht aussprechen, nein, das durfte nicht sein.

*»Die Behörden melden die Zerstörung eines einzelnen Hubs durch einen nicht identifizierten Angriff.«*

»Stoneford!«

*»Sieht so aus ... es gibt im Moment noch keine Stellungnahme des GCHQ.«*

Agnes verschluckte sich an ihrem Lachen. »Der hat auch Cheltenham niedergebrannt.« Was für eine Laune des Schicksals.

*»Der Hub in Australien wurde vor sieben Minuten zerstört ... seitdem ist es ruhig. Dr. Gutter, das waren nur zwei Viren dieser Art, Dr. Baringhaus könnte noch Hunderte von denen versteckt halten.«*

»Ich bin inzwischen nicht mehr sicher, ob die Viren das Problem sind. Konnte jemand Stoneford erreichen?« Agnes musste sofort mit ihm sprechen.

*»Wir haben ihn ... warten Sie, ich lasse das Gespräch durchstellen. Ich versuche in der Zwischenzeit, die Schäden an Better Life Standort in England analysieren zu lassen.«* Ray ging offline.

*»Guten Abend, Dr. Gutter.«*

»Oberst Stoneford.« Agnes wollte ihm am liebsten etwas ins Gesicht schlagen! Sie konnte Wasser hören, es klang, als ob er gerade in der Badewanne sitzen würde.

*»Ihr Mitarbeiter wirkte besorgt.«*

»Das bin ich auch.« Agnes konnte es nicht glauben, er tat so, als ob nichts passiert wäre.

*»Weswegen?«*

»England.« Agnes liebte dieses Land und die Menschen, die dort lebten. Menschen, die sich noch heute Nacht in dunklen Supermärkten um Kerzen prügeln würden.

*»Oh, ja ... eine dumme Sache, da stimme ich Ihnen zu.«*

»Sie stimmen mir zu?« Agnes Stimme überschlug sich. So kaltschnäuzig konnte keiner sein.

*»Ich denke, wir sollten morgen eine gemeinsame Pressekonferenz geben, um die ...«*

»Hören Sie auf!«, keifte sie ihn an.

*»Bitte?«*

»Wir werden zusammen garantiert keine Pressekonferenz geben! Sie haben diese Waffen zum Einsatz gebracht! Sie haben dieses Land zurück in die Steinzeit gebombt!« Agnes würde sich sicherlich nicht mit Stoneford Schulter an Schulter in der Öffentlichkeit zeigen!

»*Wollen Sie das etwa alleine durchstehen?*«, fragte er wie ein Lehrer, der eine 12 jährige Schülerin in der Pause mit einer Zigarette auf der Toilette erwischt hatte.

»Ich? Habe ich die Bomben gezündet? Das waren Sie! Sie und alle, die Ihnen dabei geholfen haben!« Wenn Stoneford vor ihr stehen würde, wäre er jetzt tot und sie für den Rest Ihres Lebens hinter Gittern.

»*Dr. Gutter ... bei allem Respekt, mein Team hat heute die Welt gerettet. Ich werde es nicht zulassen, dass Sie die mutigen Soldaten, die unter meinem Kommando gekämpft haben, einer illegalen Tat bezichtigen. Ich kann Ihre emotionale Reaktion verstehen, aber ich bin Offizier, ich befolge Befehle, Befehle, mein Land, Europa und auch das Wohl aller Menschen auf der Welt zu verteidigen! Wählen Sie Ihre Worte zukünftig mit Bedacht! Heute Nacht hat die ganze Welt gesehen, welche Schritte notwendig sind, um einer Virenbedrohung Herr zu werden, die auf Rechnern von Better Life entstanden ist! Dr. Mia Baringhaus, eine hochqualifizierte Better Life Spezialistin, hat ihre Position schamlos ausgenutzt, um sich an der ganzen Welt zu rächen. Dabei mag sie tränenreich ihre Motive schönreden, aber was sie getan hat, ist durch nichts zu entschuldigen. Heute Nacht sind ihretwegen in England Menschen zu Schaden gekommen. Es gibt bereits 67 Tote und unzählige Verletzte in dunklen Krankenhäusern, die ihre Notstromaggregate nicht starten können! Dr. Gutter, Better Life und besonders Sie als Vorstand, sind für diese Katastrophe politisch und wirtschaftlich verantwortlich. Ich mag mir im Moment noch kein Urteil darüber erlauben, ob Sie auch eine strafrechtliche Schuld trifft. Aber ich denke, dass Sie erkennen, sich Ihren Tonfall nicht leisten zu können!«*

Agnes konnte nicht antworten, Stoneford hatte sie mit seinem Wortschwall erschlagen. Er bombte, er zerstörte, er tötete vor den Augen der ganzen Welt. Jeder konnte es sehen. Jeder. Und er? Er war es nicht gewesen. Sogar mit dem rauchenden Colt in der Hand behauptete er, nachdem er England hinterrücks erschossen hatte, es zur Rettung aller getan zu haben.

*»Dr. Gutter, sind Sie noch dran?«*, fragte er. Agnes antwortete nicht, sie sah nur stumm auf ihr Mobile, die Neuigkeiten waren bereits vor ihr in Rom angekommen. Bonaglia und di Navardo hatten den Termin mit ihr abgesagt.

***

## XXV. Der Anfang jeder Katastrophe

»Dr. Gutter, sind Sie noch dran?«, fragte Ryan und kratzte sich am Bauch, während sich in der Badewanne Major Eggeltons Kopf zwischen seinen Beinen langsam senkte. Agnes Gutter hatte Feuer im Herzen, scheinbar hatte sie aufgelegt. Er liebte es, von starken Frauen den Marsch geblasen zu bekommen.

»Wer war das?«, fragte der Major, die auch ohne Uniform eine gute Figur machte. Zudem ließ sie sich bei der Arbeit nicht ablenken, sie hatte beim Telefonat mit Gutter nicht zugehört.

»Falsch verbunden ...« Ryan Stoneford musste sich über Agnes Gutter nicht mehr den Kopf zerbrechen. Ray Armstrong, ihr Assistent, der übrigens schwul war, hatte heute mit Pietro Bonaglia und Silvio di Navardo ein Treffen in Rom vereinbart, ein geschicktes Manöver, bei dem es Gutter vielleicht gelungen wäre, die Italiener auf ihre Seite zu ziehen. Der Mailänder schätzte Gutters liberale Firmenpolitik, auch wenn er es niemals öffentlich zugeben würde. Da kam Alex' spektakulärer Auftritt in Großbritannien gerade noch zum richtigen Zeitpunkt, um di Navardo um einige weitere Milliarden zu erleichtern.

»Stehst du auf die Gutter oder eher auf die Baringhaus?«, fragte der Major und presste die Lippen zusammen, oh, das sollte sie nicht tun. Ryan beendete das Intermezzo in ihrem Gesicht. Okay, sie hatte doch zugehört, Frauen konnten eben mehr als eine Sache gleichzeitig.

Als Ryan sich in dem Hamburger Hotelzimmer wieder angezogen hatte, lag der Major immer noch nackt auf dem Bett und aß Erdbeeren, die der Zimmerservice gebracht hatte. Die Flasche Champagner lag bereits leer neben der frei im Zimmer stehenden Badewanne.

»Major Eggelton?« Er zog sich sein Sakko an, der Abend war noch nicht vorbei.

»Ja, Sir.«

»Sie haben eine halbe Stunde.« Dann würde er sie wieder an der Konsole brauchen. Der Job war noch nicht erledigt.

»Ja, Sir!« Eggelton salutierte liegend und warf eine Erdbeere an seinem Kopf vorbei. Sie hätte weniger trinken sollen. Ryan lächelte, allerdings wäre die Pause dann auch nicht so kurzweilig gewesen. Auf dem Weg nach draußen schaltete er mit einem Fingerdruck das hinter seinem Ohr aufgeklebte Headset wieder aktiv. Er musste noch einige Telefonate erledigen.

»Ja Sir, das verspreche ich Ihnen«, erklärte Ryan mit getragener Stimme, während er in den Aufzug stieg. Dem General war es wichtig, jeden Abend persönlich von ihm informiert zu werden.

Der Brite hatte die Nachricht über die Zerstörung der gesamten Infrastruktur in England mit einem Knirschen aufgenommen, allerdings zeigte er auch Freude über den zweiten Feldtest der neuen alliierten Waffensysteme.

*»Ich verlasse mich auf Sie, Oberst.«* Nur der deutsche Offiziersrang schien den General noch zu stören, sonst hätte er Ryan sicherlich sofort adoptiert. Ryans französische Schulbildung war, wenn er Deutsch oder Englisch sprach, nicht zu verheimlichen. Im Gegensatz dazu sprach er Spanisch und Italienisch wie ein Muttersprachler.

»Sir, das können Sie.« Ryan hatte Talent, ältere Offiziere mochten ihn, er war der Prototyp eines Offizierssohnes: militärisch gebildet, diplomatisch, mehrsprachig, kosmopolitisch und äußerst loyal. Er hatte es während seiner Karriere nicht darauf angelegt, selbst einen hohen Rang oder ein politisches Amt zu bekleiden. Das sollten andere tun. Ruhm war ihm nie wichtig gewesen. Er war der Mann in der zweiten Reihe, der Mann hinter den Generälen, den Ministern und den Staatssekretären. Das war seine Welt, hier konnte er agieren, ohne aufzufallen. Die Macht auskosten, die ihm andere verliehen, die ihn deckten, egal, was er tat. Er war wie der Sohn, dem man alles verzieh. Der Sohn, der seine politischen Eltern mit Stolz erfüllte, weil er Dinge zuwege brachte, bei denen der Politik die Hände gebunden waren.

»Ja.« Ryan nahm das nächste Gespräch an, während er durch die Hotellobby ging. Der Hoteldirektor grüßte ihn, er war Stammkunde hier, jeder kannte sein Gesicht, die gut angezogenen Frauen lächelten, er hätte viele von ihnen haben können. Zwei bekannte Journalisten gingen, ohne ihn zu grüßen, an ihm vorbei. Er hatte sie bereits überprüfen lassen, Idioten, zu weit links, zu liberal und immer an den falschen Themen interessiert. Niemand im Hotel, auch nicht die Journalisten, wusste, was er beruflich tat.

*»Können Sie sprechen?«*, fragte Dimitri, sein Pendant bei der russischen Botschaft im Hamburg. Unter Kollegen kannte man sich natürlich. Dimitri war 1,60m groß, übergewichtig und einer der klügsten Russen, die Ryan kannte.

»Ja.« Ryan verließ das Hotel und nahm sich ein Taxi, für Dimitri hatte er immer Zeit.

*»Ich habe Probleme, meine Vorgesetzten ruhig zu halten. Moskau fühlt sich bedroht.«*

»Das kann ich verstehen.« Ryan gab dem Taxifahrer eine Visitenkarte, dort sollte er hinfahren. Wollte Dimitri jetzt wirklich von ihm hören, dass es für die Russen keinen Grund zur Sorge gab? Die sollten sich vor Angst in die Hosen scheißen, deshalb hatte Ryan Alex wie einen Kampfstier durch England getrieben. Menschen taten in der Regel, was er wollte, die Klugen taten es für Geld, die Dummen, weil er ihnen keine andere Option ließ. Hätte Alex sich umdrehen lassen, hätte Ryan von ihm verlangt, durch England zu flüchten, damit das Militär einen Grund für den Waffeneinsatz hatte. Alex hatte gedacht, besonders pfiffig zu sein und tat es freiwillig. Genau so, wie es geplant war. Die Kaffeemaschine, die Wetterstation in der Nordsee, Kirkwall, der Weg nach London und die Flucht nach Australien. Ryan hatte ihn immer durch das richtige Mauseloch gescheucht.

*»War das eine Drohung?«*, fragte Dimitri, auch der Russe würde in das passende Loch hüpfen, er wusste es nur noch nicht.

»Ja.«

*»Wie soll ich das erklären?«*

»Zitieren Sie mich.« Das sollte Dimitri hinbekommen. Ryan hatte bisher eine höhere Meinung von ihm gehabt.

*»Sie riskieren einen Krieg.«*

»Nein.« Der wäre schlecht für das Geschäft, im Krieg kamen zu viele Kunden ums Leben. Zudem konnte Ryan kein Blut sehen. »Aber ein Krieg würde nicht lange dauern.« Die taktischen Informationswaffen waren, wie man an England gesehen hatte, für den Erstschlag prädestiniert. Danach hätte es sogar die maltesische Marine geschafft, die britischen Inseln zu erobern und sich für die Kolonialzeit zu revanchieren.

*»Was wollen Sie?«*

»Wie wäre die Frage, was ich nicht möchte?« Jetzt befand sich Dimitri vor dem richtigen Mauseloch und Ryan konnte ihm eine Aufgabe geben.

*»Was wollen Sie nicht?«*

»Die Fusion der westlichen und der östlichen Matrix Cube Netze.«

Dimitri zögerte. *»Und was bekommen wir dafür?«* Er sollte es verstanden haben.

»Ein Update für Ihre Firewall ... Sie haben ja gesehen, wie bitter nötig es in den letzten Tagen gewesen wäre.«

*»Ich melde mich später.«* Dimitri trennte die Verbindung und verschwand im richtigen Mauseloch.

Ryan bezahlte, verließ das Taxi und betrat ein unscheinbares Bürogebäude in der Vorstadt. Nebenan gab es ein Geschäft für Angelzubehör und auf der anderen Seite einen Dönerladen, in dem es übrigens einen sehr guten Kebab gab. Er liebte die türkische Küche. Mit dem Aufzug fuhr er nun hungrig in die vierte Etage und klingelte an einer Tür.

»Guten Abend«, einer seiner Männer öffnete ihm. Im ehemaligen Büro eines Versicherungsmaklers hatte Ryan sein Team untergebracht. 23 Spezialisten aus Kanada, den Staaten, England, Israel, Frankreich, Italien und Deutschland. Das Team kannte sich bereits länger.

»Status?«, Ryan ging zielstrebig auf seinen Schreibtisch zu, auf dem sich ein Stapel Dokumente auftürmte. Die Ice Queen hatte es leichter, der Unterschied zwischen einem Hacker im Darknet und einem Hacker im Staatsdienst war nur der Papierkram.

»Oberst, die Chinesen werden die Fusion blockieren ... wir konnten ein Gespräch zwischen hochrangigen Offizieren abhören«, meldete eine junge Mitarbeiterin aus Israel, sehr talentiert, in vielen Belangen.

»Sehr gut. Ich habe mit Dimitri gesprochen, er wird die Botschaft in den Kreml tragen.« Damit dürfte die Fusion nächste Woche Geschichte sein. Ryan war es zu unsicher, sich auf die Better Life Aktionärsversammlung zu verlassen. Im Vorbeigehen zog er sich noch einen Kaffee, die Maschine, die er jetzt mit anderen Augen sah, war eigentlich viel zu groß für das kleine Büro.

»Pietro Bonaglia und Silvio di Navardo haben den Termin heute mit Agnes Gutter abgesagt.«

»Perfekt.« Das wusste Ryan bereits. Ray Armstrong hatte es ihm persönlich gesagt, der Schotte war ganz vernarrt in seinen französischen Akzent und in der Badewanne mindestens so talentiert wie Major Eggelton. Nach den Ereignissen in England würden die Matrix Cubes fallen: zuerst Agnes Gutter, dann die Fusion und letztendlich würde er dafür sorgen, dass sämtliche Server abgeschaltet werden. Die Technologie brauchte niemand, und die Menschen würden sie bereits nach kurzer Zeit vergessen haben. »Ich möchte eine Auswertung der Pressemeldungen sehen.«

»Kommt sofort ... ich schicke Ihnen eine Übersicht aktueller Schlagzeilen auf Ihren Bildschirm«, antwortete die schlanke Israelin und verschwand wieder hinter ihrem Schreibtisch.

ENGLAND BRENNT; DAS ENDE EINER ÄRA; MILLIONEN MENSCHEN OHNE ENERGIE; BETTER LIFE AM ENDE; DER FALL EINES HELDEN; HACKER ÜBERFALLEN ENGLAND; MILITÄR HÄLT VIRENANGRIFF AUF; DIE RACHE DER ICE QUEEN; GEBT DEN MENSCHEN DAS INTERNET ZURÜCK, die Schlagzeilen bewegten sich zu 87 Prozent im Zielkorridor. Nur wenige Medien berichteten kritisch über den Waffeneinsatz und sogar die kritischen Stimmen sahen dafür die Schuld bei Mia Baringhaus, die es geschafft hatte, von der Frau eines Helden binnen eines Tages zur meistgehassten Person in Europa aufzusteigen.
Über Agnes Gutter wurde noch zurückhaltend berichtet. Sie würde erst nach der Aktionärsversammlung am Montag durch die Presse wie ein Rudel hungriger Wölfe zerrissen werden. Den Better Life Konzern würde es bald in der heutigen Form nicht mehr geben.
»Oberst.« Emil stand vor ihm, einer seiner Analysten, ein junger Mann, 21, schmalbrüstig, sicher kein Frauentyp, aber sein bester Mann, wenn es um tagelanges Sortieren von Bits und Bytes ging. Ryan kannte niemanden, der endlose Kolonnen von Nullen und Einsen über Stunden

hinweg mit dieser Akribie untersuchen konnte.

»Ja, Emil.« Ryan vertrat schon immer den Standpunkt, dass sich Männer im Jahr 2055 nicht durch Aussehen definierten.

»Ich habe mir die Daten aus Sidney noch einmal angesehen.«

»Ja ... und?« Ryan nickte, das war Emils Job, der sich scheinbar dafür entschuldigen wollte, etwas festgestellt zu haben. »Reden Sie, ich höre Ihnen zu.«

»Es geht um Alex Baringhaus«, erklärte Emil und fuhr sich dabei mit der Hand durch seine kurzen blonden Haare.

»Sie meinen die Virensignatur.« Ryan wollte nicht, dass aus Alex ein Mensch gemacht wurde. Das war er nicht, nie gewesen, höchstens ein Freak.

»Natürlich, die Signatur.« Emil nickte.

»Was ist damit?«, fragte Ryan. Emil sprach über einen Toten. Alex wurde in Sidney getötet. Sie hatten mehrere Code Injektionswaffen gleichzeitig gezündet, damit er nicht wieder durch Glück überleben würde.

»Ich bin mir nicht sicher, dass die Signatur wirklich zerstört wurde«, sagte Emil mit fester Stimme.

»Wieso?« Ryan beugte sich nach vorne. Das waren Worte, die er nicht hören wollte. Er würde deswegen nicht den Überbringer verurteilen, er wollte lieber wissen, warum Emil zu dieser Annahme kam. Der Anfang jeder Katastrophe war immer eine beschissene Vermutung!

»Darf ich Ihnen etwas zeigen?« Emil hielt einen Pad-Computer in den Händen.
»Ich bitte darum.« Jetzt wollte Ryan es genau wissen. Einen weiteren Auftritt von Alex wollte er sich und der Welt ersparen. Es reichte völlig aus, wenn sein seelenloser Kadaver in irgendeinem Loch am Leben gehalten wurde.
»Sehen Sie.« Emil kam zu ihm um den Schreibtisch herum. »Es gab 0.12 Sekunden vor dem Kollaps des Hubs einige Datenfragmente, die aus dem Netzwerk geschleudert wurden.«
»Das sind Fragmente, das kann vorkommen.« Ryan nickte, das Phänomen war auch schon zuvor bei Waffentests aufgefallen.
»Korrekt, ich habe deswegen die Fragmente untersucht, die weggeschleudert wurden.«
»Ähm ... wie?« Damit überraschte Emil ihn.
»Es waren 632 Datensplitter, die durch den Waffeneinsatz das Segment in Sidney verlassen haben.«
»Sie haben alle wiedergefunden?« Okay, das war bestimmt nicht leicht gewesen. Die Fragmente waren klein und konnten sonst wo gelandet sein. Der Hub in Sidney hatte sehr viele Verbindungen gehabt.
»631 Fragmente, Sir.« Emil nickte.
»Aha ... und?« Jetzt bekam die Geschichte einen Spannungsbogen.

»Ich kann Fragment 632 nicht finden, es war 817 Kilobyte groß. Es ist weg.«

»Wie, weg?« Die Größe gefiel Ryan überhaupt nicht. Die Größe von Alex' Signatur war nicht eindeutig zu beschreiben, da er sich sehr stark komprimieren konnte. Auf den RFID Ausweisen hatte er auch nicht mehr Platz gehabt und dort war er in der Lage gewesen, die gesamte GCHQ-Security wie Idioten aussehen zu lassen.

»Ich kann das Fragment nicht finden. Es wurde über eine Satellitenverbindung nach Norddeutschland geschleudert, aber vor Rendsburg habe ich die Spur verloren.«

»Gelöscht?« Das wäre für Ryan in Ordnung gewesen.

»Denkbar ... aber ich kann es nicht belegen. Die Satellitenverbindung war direkt mit einem Matrix Cube Gateway verbunden, dort verliert sich aber die Spur«, erklärte Emil betroffen.

»Was würde mit einem solchen Fragment in der Paketinspektion passieren?«

»Das kommt darauf an, wenn es Schrott ist, wird es gelöscht, wenn es Ärger macht, isoliert.«

»So das Standardvorgehen. Gab es bei diesem Gateway besondere Vorkommnisse?«

»Nein.« Emil schüttelte den Kopf. »Ich habe die Logs überprüft. Das Fragment ist dort nie angekommen. Keine Löschung, keine Isolation, es ist einfach verschwunden.«

Ryan dachte nach, die Story war merkwürdig. Wenn es wirklich Alex gewesen wäre, wäre er zumindest aufgefallen. Dieser Sache musste er nachgehen. Dazu hatte er auch eine Idee. »Emil, stellen Sie eine dringende Dienstanfrage bei der zuständigen KI, die dieses Gateway kontrolliert, und erbitten Sie Amtshilfe bei einem Notfall.«
In der Kommunikation mit diesen dämlichen KIs musste sogar er sich an Regeln halten. Außerhalb der festgeschriebenen Prozesse bewegten die sich ansonsten keinen Zentimeter.
»Sir, das habe ich schon getan, ich wollte aber das Gespräch nicht ohne Ihr Einverständnis führen. Ich habe die KI in der Leitung, wir können mit ihr sprechen.«
»Schalten Sie uns auf.« Ryan nickte anerkennend, Emil würde noch Karriere machen.
*»Guten Tag.«*
»Hallo, mein Name ist Oberst Ryan Stoneford, ich benötige Unterstützung bei den Ermittlungen in einem Kapitalverbrechen. Meine Anfrage ist zeitkritisch.« Bei diesen KIs musste sich sogar jeder Vertreter einer Behörde vorstellen und seine ID einreichen. Es war unmöglich, mit einem falschen Namen eine Information zu bekommen.
*»Ich grüße Sie, Oberst Stoneford.«* Die KI klang wie eine lebendig gewordene Telefonansage. *»Ich bestätige Ihre Identität und Ihren Anspruch auf Amtshilfe für den MAD der Bundesrepublik Deutschland. Bitte beschreiben Sie Ihren akuten Informationsbedarf.«* Die KI schaffte es zudem in zwei Sekunden,

dass sich jeder Nachrichtendienstler wie ein Idiot vorkam.
»Wir sind auf der Suche nach einem Datenfragment, das beim Gateway bei Rendsburg verloren ging. Es kam über Satellit aus Sidney in das dortige Netz. Ich schicke Ihnen Kennzahlen, um das Fragment zu identifizieren. Können Sie bitte darüber Auskunft erteilen, ob die Paketinspektion dieses Fragment isoliert, gelöscht oder passieren lassen hat?«
*»Ich prüfe Ihre Anfrage, einen kurzen Moment bitte. Nein, dieses Datenfragment ist unbekannt. Es gab keine Löschung und keine Isolation. Auch eine Passage wurde am Gateway nicht registriert.«*
»Danke für die Auskunft.« Die Spur war eine Sackgasse. Ryan sah zu Emil und schüttelte den Kopf. Man konnte über die Matrix Cubes sagen, was man wollte, man musste sie auch nicht mögen, aber KIs logen nicht. Emil trennte die Verbindung.
Ryan hatte ein Problem, es genügte nicht, anzunehmen, dass das fehlende Fragment keine Rolle spielte. Er musste wissen, dass es so ist. Er musste wissen, dass er von Alex nie wieder etwas hören würde. Nie wieder. Ryan hatte auch schon eine Idee, wie er das prüfen konnte. Eine gute sogar. Ja, das würde funktionieren. Wenn Alex sich in irgendeinem Loch verkrochen hatte, würde er sich zeigen. Ganz sicher sogar.

***

## XXVI. Hautnah

Luca lag wieder in ihrem Bett, auf dem Display an der Wand verfolgte sie die Nachrichten, in denen ihr Familienname heute oft zu hören war. Dr. Mia Baringhaus als Hacker ‚Ice Queen' entlarvt, titelte ein Online-Magazin, dessen Stream Luca folgte. Ein Journalist befragte einen angeblichen Sicherheitsspezialisten, der die jüngsten Berichte kommentierte, als ob er Mama schon seit Jahren kannte.

*»Sie müssen sich vorstellen, diese Frau hat uns alle betrogen. Sie nutzte das Ansehen ihres Mannes, den guten Namen, den wir alle als Helden von Hamburg schätzen, sie betrog Better Life, von denen sie Millionen für die Pflege von Alex Baringhaus bekam, und erschuf eine hochintelligente Virensignatur, die es in dieser Form noch nicht gegeben hat.«* Seine Worte stachen wie Nadeln.

*»Frankensteins 2055er Comeback.«* Der Reporter grinste.

*»Oh ja ... ich habe es selbst nicht glauben wollen. Es gibt viele Aufzeichnungen, in denen Mia Baringhaus tränenreich ihre Liebe bekundet hat ... ist das nicht eine unglaubliche Farce?«*, fragte der Experte, während der Sender kurze Archivbeiträge einspielte, wie Lucas Mutter sprach: über Papa, über Liebe und über tiefe Dankbarkeit, die sie gegenüber Agnes Gutter und Better Life empfand. Gemäß den Medien sollte alles gelogen gewesen sein. Jedes Wort, das sie in den letzten 16 Jahren von sich gegeben hatte, war angeblich Teil eines perfiden Racheplans gewesen. Luca erschrak, in einigen Ausschnitten war sie sogar selbst als Kind zu sehen.

*»Sie hat uns sogar ihr weinendes Kind vorgeführt.«* Der Reporter war unerträglich.

*»Tränen, die damals allen in den Augen standen, die ihr zugehört haben. Sie hat uns alle geblendet, in Hamburg sind deswegen gestern durch den Ausfall technischer Infrastruktur 487 Menschen verletzt worden.«* Worte, die wie Schläge klangen.

Luca weinte, sah aber weiter zu, sie wollte wissen, was ihre Mutter getan hatte.

*»Können Sie uns erklären, warum es Menschen gibt, die Mia Baringhaus trotz oder gerade wegen ihrer verabscheuungswürdigen Taten heute als Heldin feiern?«*, fragte der Reporter. *»Uns erreichen über die sozialen Medien immer mehr Zuschauer, die das nicht verstehen.«*

*»Das sind Hacker. Sie ist eine von ihnen, die Ice Queen gilt im Darknet als Freiheitskämpferin«*, antwortete der Spezialist inzwischen sichtlich distanziert.

*»Für welche Menschen steht das Darknet?«*

*»Die Frage lässt sich nicht klar beantworten. Empirische Studien haben ergeben, dass Menschen aus allen sozialen Gruppen Dienste aus unregulierten Netzsegmenten nutzen. Gestohlene Musik, Bücher, Filme werden dort genauso gehandelt, wie Waffen, Drogen und Informationen. Die Macht des Verbotenen scheint viele anzuziehen. Es gibt auch harmlose Treffpunkte, bei denen Anonymität Menschen dazu motiviert, eine andere Seite von sich zu zeigen.«*

*»Die dunkle Seite in uns?«*

*»Wenn Sie so wollen.«* Beide lachten.

*»Spaß beiseite ... schützen die Matrix Cube Netze nicht dieselbe Zielgruppe? Also ich meine, genau die Menschen, die in unregulierten Netzen ihre Freiheit suchen?«*

*»Wenn man einer KI vertraut ... ja. Viele tun es nicht, sie nehmen an, dass die autarke Verwaltungsarchitektur nur eine Fassade ist, und dass die Cubes von Nachrichtendiensten als perfektes Überwachungswerkzeug installiert worden sind.«*

*»Vielen Dank für Ihre Ausführungen. Meine Damen und Herren, um die juristischen Aspekte zu bewerten, begrüße ich Professor. Dr. Christoph Leuter im Studio, dessen Kanzlei in der Vergangenheit den Weg für die Matrix Cubes freigeräumt hat.«*

*»Guten Tag«*, sagte Leuter, Luca hatte ihn schon einmal gesehen, gemeinsam mit Agnes bei einem Better Life Event.

*»Herr Dr. Leuter, die Schäden in Hamburg gehen in die Millionen, es werden Stimmen laut, die Better Life in der Verantwortung sehen.«* Der Reporter blieb nicht lange beim Vorspiel.

*»Ich bitte Sie, lassen Sie die Ermittlungsbehörden ihren Job tun. Dr. Mia Baringhaus befindet sich bereits in Untersuchungshaft, im Moment ist ihre Mitwirkung an den Ereignissen noch ungeklärt, wie auch eine nicht belegte Verstrickung von Better Life.«*

Luca schüttelte den Kopf, wenn ihre Mutter es wirklich getan hatte, sollte sie auch dafür bestraft werden. Genauso wie alle anderen, die ihr dabei geholfen hatten.

*»Es gibt Stimmen, die über das Ende der Matrix Cube Netze sprechen.«* Der Reporter machte weiter Druck.

*»Die gibt es seit dem ersten Tag ... die Presse täte gut daran, neue Informationen erst zu verifizieren und nicht nur Gerüchten Vorschub zu leisten.«*

Bei dem, was in den Medien berichtet wurde, wusste Luca nicht, woran sie glauben sollte. Jeder drehte die Geschichte so, wie sie seinen Interessen bestmöglich diente.

Es war kurz nach halb sieben, das Bild flackerte, Luca konnte den Worten der Diskussion nicht mehr folgen. Sie sah Kästchen mit falschen Farben, das war die Bildoptimierung, die versuchte, von dem Stream zu retten, was zu retten war. Vergebens, das Display wurde dunkel. Dann meldete das System eine Netzwerkstörung.

»Mist!« Wie gestern, als das Hamburger Netz ausgefallen war, viele Seiten waren immer noch nicht erreichbar. Luca hatte sich deshalb heute mit einem anderen Netzanbieter verbunden. »Was ist denn jetzt schon wieder?«

Luca schaltete das Display ab, dort würde sie nicht erfahren, was wirklich vorgefallen war. Sie drehte sich auf die Seite und zog sich ein Kissen vor das Gesicht. Leider war das auch keine Lösung.

Mama ... was hast du getan, dachte sie, warum hast du nicht mit mir gesprochen? Luca erinnerte sich an die Ice Queen, sogar sie kannte diesen Hacker-Namen. In der Schule wurde oft über die Ice Queen gesprochen, die besonders die Fantasie der Jungs beflügelte. Luca versuchte, sich ihre Mutter als skrupellose Cyberterroristin vorzustellen, die jedes Mittel nutzte, um ihre Ziele zu erreichen.

Ihre Mutter war zielstrebig, aber Luca hatte sie noch nie jähzornig erlebt. Im Stream hatten sie schlimme Dinge über Mama gesagt, konnte die Anschuldigung daher wirklich stimmen? Lucas Herz verneinte diese Frage, ihr Verstand wartete aber noch, sich eine abschließende Meinung zu bilden.

Luca lag in ihrem Bett und träumte von früher, als Kind hatte sie kein Problem gekannt, das ihre Mutter nicht lösen konnte. Sie war immer für sie da gewesen. Immer, nie hatte sie Luca weggeschickt oder ihr nicht geholfen. Natürlich war sie oft mit dem Informatik-Studium und Papas Pflege beschäftigt gewesen.

Es klopfte an der Tür. »Herein.«

Ihre Betreuerin öffnete. »Alles in Ordnung?«

»Ja ... ich bin schon im Bett.« Luca hatte sich bereits ausgezogen und unter der Bettdecke verschanzt.

»Gute Nacht ... schlaf gut.« Die Tür schloss sich wieder, genau so wie ihre Augenlider. In dieser Nacht würde sie etwas tun, was sie noch nie zuvor getan hatte. Für viele Dinge, die unausweichlich waren, gab es ein erstes Mal.

Luca öffnete ihren Geist und stand auf. Auch ihre digitale Erscheinung trug einen rosa Schlafanzug. Wie man beim Ghosten andere Kleidung tragen konnte als die, die man in der Realität trug, hatte sie noch nicht herausgefunden.

Sie glitt durch den Flur, durch die Eingangstür und durch die vielen Stockwerke unter ihr. Wie auch zuvor, re-

gistrierte sie niemand. Vor dem Hochhaus stand ein Streifenwagen, die beiden jungen Beamten hielten sich an dampfenden Pappbechern fest. Ansonsten war die Straße menschenleer.
Luca ging weiter, bisher hatte sie ihre Fähigkeiten kaum zu mehr genutzt, als ihren Vater zu besuchen. So weit wie heute hatte sie sich noch nie von ihrem Körper wegbewegt. Ob sie beim Ghosten eine maximale Reichweite zu beachten hatte? Sie würde es feststellen, vor ihr lag ein längerer Weg.

Vor der Polizeizentrale in Hamburg, einem Hochhaus, das auch das Untersuchungsgefängnis beherbergte, blieb sie stehen. Luca musste es in Erfahrung bringen, sie musste verstehen, was ihre Mutter getan hatte. Den Medien vertraute sie nicht, also gab es nur einen Weg, der Wahrheit auf die Spur zu kommen.
Luca schritt die breite Treppe herauf und schwebte körperlos durch die Glastür. Die Fülle elektromagnetischer Signale war in dem Gebäude besonders deutlich zu spüren.
»Kommst du noch mit auf ein Bier?«, fragte ein uniformierter Polizist seinen Kollegen, der ihm die Tür aufhielt.
»Klar ...«
»Du zahlst.«

Luca musste weiter, zu ghosten war eine Sache, aber den verschlossenen Raum zu finden, in dem sich ihre Mutter befand, eine völlig andere. Sie schwebte durch eine schwere Sicherheitsschleuse, in der gerade ein anderer Besucher durchleuchtet wurde. Der Scanner fuhr auch durch sie hindurch, reagierte aber nicht. Die Strahlung fühlte sich an wie Wasser. Weiter ging es.

Sie durchschritt eine dreißig Zentimeter dicke Betonwand, hier gab es vier Bildschirmarbeitsplätze, von denen nur einer besetzt war. Eine Frau mit langen blonden Haaren diktierte gerade einen Brief und erklärte der intelligenten Textverarbeitung, wie das gedruckte Dokument später auszusehen hatte.

Um Mama zu finden, musste Luca mehr wagen. Sie berührte mit ihrer Hand eine Schnittstelle des Computers und löste sich auf. Nun war sie genau dort, wo ihr Vater sein Leben verwirkt hatte. Voll digitalisiert in einem Rechner. Ihr Stil, die Sicherheitsbarrieren auszutricksen, war nur eleganter als seine Holzhackermethoden, von denen Mama ihr erzählt hatte, da sie an den IT-Zugängen im wahrsten Sinne des Wortes als Geist vorbeischwebte.

Luca rauschte bis zum Hauptspeicher durch die Leitung, nutzte die Kennung der aktiven Benutzerin und rief, während sie vor dem System saß, den Belegungsplan des Zellentrakts auf. Das normalerweise jetzt erscheinende Desktopfenster unterdrückte sie. Eigentlich war das kein Hacken, sie benutzten nur denselben Rechner.

Desksharing hörte sich auch netter an.
Siebte Etage, Zelle 718, der Rest sollte nichtmehr schwer sein. Luca verließ den Rechner, manifestierte sich erneut und schwebte durch die nächste Wand. Okay, in diesem Polizeitempel gab es sehr viele Wände, das musste sie zugeben.
Sie schwebte nach oben und blieb in der siebten Etage vor einem Bild stehen. Dem Bild einer Blume, auf Öl gemalt, das an der Wand hing. Daneben ein kleines Foto des Künstlers, Emil Dannenberg war sein Name, ein junger Polizist, blond, kurze Haare und ein schmales Gesicht. Nicht Lucas Typ, sie brauchte jemanden, an dem mehr dran war, aber sein Bild war nicht schlecht. Im Flur gab es noch mehr Kunst, die von Polizisten erschaffen worden war.
Luca ging weiter, durch die nächste Sicherheitsschleuse und direkt noch eine. Dann war sie im richtigen Zellentrakt angekommen, Zelle 718 lag einige Meter rechts von ihr. Sie zögerte, hatte Angst, einfach so in den Raum einzudringen. Sollte sie umkehren?
Ich muss es wissen, dachte sie und schwebte in die Zelle ihrer Mutter. Einen anderen Weg sah sie nicht. Mama!
Luca blieb stehen, ihre Mutter stand genau vor ihr. Hatte sie auf sie gewartet? Nein, das konnte nicht sein. Mama?
Lucas Mutter befand sich mit dem Gesicht direkt vor ihr, zuhause hätte sie ihren Atem spüren können. Ihre Augen waren rot, die kurzen Haare zerzaust und ihre Lippen tro-

cken. Sie stand einfach nur da und starrte die Tür an. Ohne sich zu bewegen, ohne zu reden und beinahe auch, ohne zu atmen.

Mama, dachte Luca und führte mit dem Finger zart die Konturen ihrer Wange nach. Wie gerne hätte sie ihre Mutter jetzt berührt. Sie gedrückt und in den Arm genommen. Dinge, die sie nicht tun konnte. Nicht so, nicht heute. Warum wachten sie beiden nicht einfach aus diesem Albtraum auf?

Ihre Mutter drehte sich um, ging schweigend zu ihrer Pritsche und setzte sich hin. Mit dem Gesicht in den Händen versunken, begann sie zu weinen. Bei den roten Augen sicherlich nicht das erste Mal am Tag. Luca wünschte sich, ihr helfen zu können.

Mama, was hast du getan, dachte sie, bitte du musst es mir sagen. War sie die Ice Queen? Die Hackerin, die seit Jahren versuchte die Matrix Cube Netze aufzuhalten? Hatte sie einen Virus erschaffen, um den Menschen in der Stadt zu schaden? Auf dem Weg zur Polizei hatte Luca viele geschlossene Geschäfte gesehen. Es gab sogar Plakate in den Fenstern: *Wegen Besuch der Ice Queen geschlossen!*

Luca wartete auf eine Antwort, eine Reaktion, hatte ihre Mutter die Welt belogen? Hatte sie Luca belogen? Eine Frage, deren Antwort unbequem war, da Luca ihrer Mutter selbst nicht die Wahrheit gesagt hatte. Hatte Luca nicht seit mehreren Jahren verschwiegen, wozu sie in der Lage war? Dass Papa ihr eine außergewöhnliche Fähigkeit

in die Wiege gelegt hatte? Hatte Luca geschwiegen, weil sie Angst gehabt hatte? Angst nicht verstanden, Angst abgelehnt zu werden?
Es lag ihr immer fern, jemandem Schaden zuzufügen. Sie wollte sich auch nicht bereichern oder in der Schule schummeln. Luca hatte geschwiegen, weil sie noch nicht bereit gewesen war, die Last für alle sichtbar zu tragen. Was wäre, wenn ihre Mutter auch einen guten Grund gehabt hatte, ihr zu verschweigen, dass sie die Ice Queen war? Vielleicht war auch sie noch nicht bereit gewesen. Und der Virus, der in Hamburg freigesetzt worden war, stammte der wirklich von ihrer Mutter?
Luca ging auf die Knie, rückte ganz dicht an ihre Mutter heran und sah sie an. Ihre Augen, die Wangen, das Kinn und ihre Lippen; ihre Haut war dunkel, wie auch Lucas. Gerötet von den Tränen, müde davon, keine Ruhe zu finden und mit kleinen Falten versehen, weil sie ihre Mutter war. Luca schniefte, weswegen ihre Mutter aufhorchte. Hatte sie das gehört? Luca musste aufpassen.
»Hallo?«, fragte ihre Mutter und sah aufgeschreckt nach oben. Suchend, sie schien etwas gehört zu haben. »Luca?«
Luca bewegte sich keinen Millimeter, ein Schniefen schien zu genügen, um von ihrer Mutter erkannt zu werden. Hoffentlich würde sie das Geräusch nicht zu deuten wissen.

»Ich wäre so gerne bei dir«, sagte ihre Mutter. Sie litt, das konnte Luca sehen. »Ich habe alles riskiert, um deinen Vater zurückzuholen. Alles riskiert und alles verloren. Dafür werde ich bestraft... aber bitte nicht von dir! Ich habe niemals etwas getan, um anderen Menschen zu schaden. Niemals, ich wünschte, du könnest mich hören, ich wünschte, du würdest mir glauben.«
Luca presste ihre Lippen zusammen und vermied es, zu atmen. War diese Frau jemand, die mit einer Virenattacke eine Katastrophe provozieren würde? Sie mochte vielleicht als Ice Queen ein Doppelleben geführt haben, aber das tat Luca auch. Jeder Mensch hatte Geheimnisse, die er nicht teilen wollte. Nein, ihre Mutter war keine böse Frau. Da war etwas schiefgelaufen und sie brauchte Hilfe, Lucas Hilfe. Sie würde ihre Mutter dabei unterstützen, hier wieder herauszukommen.

***

## XXVII. Verführt

»Hallo?« Mia fuhr hoch, so schniefte nur eine auf der Welt. »Luca?« Es wurde immer schlimmer. Jetzt fing sie schon an, Stimmen zu hören, die nicht da waren.

»Ich wäre so gerne bei dir.« Mia schluckte. »Ich habe alles riskiert, um deinen Vater zurückzuholen. Alles riskiert und alles verloren. Dafür werde ich bestraft ... aber bitte nicht von dir!« Das hätte Mia nicht ertragen können. »Ich habe niemals etwas getan, um anderen Menschen zu schaden. Niemals, ich wünschte, du könnest mich hören, ich wünschte, du würdest mir glauben.«

»Mia Baringhaus«, rief der Wärter und polterte an die Zellentür. Das Gefühl, mit den Gedanken in Stille bei Luca zu sein, wäre auch zu schön gewesen.

»Ja.«

»Treten Sie zurück.«

»Ja.« Mia saß auf der Pritsche, glaubte der Typ etwa, dass sie die ganze Zeit stehend auf ihn warten würde? Die Tür öffnete sich und das ihr bereits bekannte Begleitteam betrat die Zelle, bei deren kollektiv miesepetriger Gesichtsausdrücke die Frage erlaubt war, auf welcher Seite der Zellentüren die Inhaftierten saßen.

»Mitkommen. Sie haben Besuch. Ihr Anwalt.«

Mia nickte und stand auf. »Können Sie mir sagen, wie spät es ist?« Sie hatten ihr auch die Uhr abgenommen.

»20:51«, antwortete die Frau kurz angebunden, während sie Mia die Handschellen anlegte.

Mia wurde in einen Verhörraum geführt, in dem es nach scharfen Reinigungsmitteln roch. Dass hier vor Kurzem noch jemand auf den Boden gepisst hatte, konnte sie trotzdem noch wahrnehmen. Ein Tisch, zwei Stühle und eine Neonlampe an der Decke. Hier würde sie keine Hologramme zu sehen bekommen.

»Guten Abend, ich bin ihr Pflichtverteidiger.« Der unhöfliche Typ war 1,80, schlank, mit Anzug, Brille und mit einem Gesicht gesegnet, das man nach dem ersten Date sofort wieder vergaß.

Mia nickte und überlegte, stehen zu bleiben. Ein Blick auf den Stuhl überzeugte sie nicht davon, dass die letzte Reinigung von einer Fachkraft durchgeführt wurde.

»Wo ist Dr. Leuter?«, fragte sie.

»Er hat das Mandat niedergelegt.«

»Ah ...« Mia verstand, mit der Unterstützung von Agnes Gutter und Better Life sollte sie nichtmehr rechnen. Sie war müde und wollte wieder zurück in die Zelle. »Und Sie waren?«

»Ihr Pflichtverteidiger. Morgen wird der Richter über ihre weitere Haft entscheiden.«

»Ah ja ...« Mia suchte sich eine Stelle an der Wand, die halbwegs sauber wirkte. Sie würde sich nicht hinsetzen.

»Was wirft die Staatsanwaltschaft mir vor?«

»Ähm ...ja.«

»Sie kennen die Anklage?«

»Ich war gerade zufällig hier ... als ich Ihr Mandat erhielt. Ich konnte die Unterlagen noch nicht sichten.« Er legte die Hand auf ein Padsystem, das er mit in den Besprechungsraum gebracht hatte. Er gehörte sicherlich nicht zu den Anwälten, denen ein Recherchéteam im Backoffice zuarbeiten würde.

»Sie haben die Dokumente dabei?« Mia ging zum Tisch und streckte den Arm aus.

»Ja, ja ... aber warum ...«

»Geben Sie mir Ihr Pad.« Mias Anwalt war ein Idiot, er sollte die Klappe halten und ihr das Gerät geben.

»Aber ...« Er öffnete das System mit seinem Daumenabdruck und gab es ihr.

»Danke.« Mia rief die Dokumente auf, die ihm die Staatsanwaltschaft vor zwei Stunden geschickt hatten. Um alles zu lesen, würde sie Stunden brauchen. Sie überflog nur die markantesten Stellen: Die Generalbundesanwaltschaft hatte den Fall inzwischen übernommen. Mia wurden die Gründung und die Beteiligung an einer terroristischen Vereinigung vorgeworden, sowie der Versuch, die freiheitlich demokratische Grundordnung des Landes zu zerstören. Weiterhin sah die Anklageschrift den dringenden Tatverdacht für versuchten Totschlag und versuchten Mord in 487 Fällen, Körperverletzung, Sachbeschädigung,

Brandstiftung, Betrug und ein Dutzend weiterer Delikte. Okay, die Anklage hatte es in sich.

Better Life trat als Nebenkläger auf und machte Schadenersatzansprüche in bisher unbekannter Höhe geltend. Mia würde nicht nur im Knast landen, sie würde dort auch arm wie eine Kirchenmaus ihre Strafe absitzen.

»Und?«, fragte der Anwalt.

»Sieht nicht gut aus.« Mia schüttelte den Kopf. Stoneford schien einen Weg gefunden zu haben, ihr die gesamte Schuld für dieses Desaster in die Schuhe zu schieben. Sie war die Ice Queen, sie war der perfekte Sündenbock.

Die Tür öffnete sich und Stoneford betrat den Besprechungsraum, er rümpfte die Nase und ging auf den Anwalt zu. »Guten Abend, ich denke Sie können gehen.«

»Ich bin ihr Anwalt!«, protestierte er.

»Ja, ja ... das sind Sie  ... morgen wieder. Vielen Dank für Ihr Verständnis. Einen schönen Abend noch.« Stoneford klopfte ihm auf die Schulter und schob ihn aus dem Raum heraus. Mia blieb an der Wand stehen und ließ ihn gewähren.

»Und jetzt?«, fragte sie.

»Hatten Sie Hilfe von ihm erwartet?«

»Nein.« Mia wusste nicht, was das sollte, von Stoneford erwartete sie noch weniger Beistand.

»Setzen Sie sich.« Stoneford nahm auf dem Stuhl Platz, auf dem zuvor der Anwalt gesessen hatte.

»Ich stehe lieber ... was wollen Sie?« Mia verschränkte die Arme, sie würde sich auch nicht an den Tisch setzen, wenn der letzte Häftling den Plastikstuhl nicht eingenässt hätte.

»Ich glaube, wir haben einen schlechten Start gehabt ...« Stoneford lächelte.

Auch Mia lächelte, ging zu ihm und knallte ihm eine. Das tat gut. Dann warf sie ihm das Pad auf den Tisch. »Sie können die Ohrfeige auf meinen Deckel schreiben.«

»Ähm ...« Stoneford rieb sich verwundert die Wange, ihn schien die Ohrfeige nicht überrascht zu haben. Nein, er zeigte sogar sein widerliches Lächeln. »Sie sind impulsiv.«

Mia klopfte an die Tür, sie wollte wieder in ihre Zelle. Dort stank es nicht nach Scheiße!

»Ich würde mir an Ihrer Stelle besser anhören, was ich zu sagen habe.« Stoneford lehnte sich zurück.

Mia wartete darauf, dass sie der Wärter abholte. Sie klopfte erneut an die Tür.

»Glauben Sie, da kommt jemand?«

Mia sah ihn an, der Typ nahm sich alles heraus. Hatte er etwa auch die Polizei in der Tasche?

»Reden Sie mit mir!«

»Worüber?« Mia war wütend.

»Warum nicht über Ihr Leben?«, fragte er und stand auf. Er war leider zu groß, um ihn zu erschlagen. »Von wem glauben Sie, noch Hilfe erwarten zu können?«

Sie schüttelte nur den Kopf. Das war lächerlich, sie lag doch bereits am Boden. »Von Ihnen etwa?«
»Im Knast wird sich sicherlich eine 120 Kilogramm schwere tätowierte Kampflesbe finden, die auf Milchschokolade steht und sich liebevoll Ihrer annimmt!«
»Sie sind ein Schwein!« Der Typ widerte sie an.
»Denken Sie?« Stoneford ging zur Tür und schlug einmal mit der flachen Hand auf das Sicherheitsglas. »Macht auf.« Die Tür öffnete sich, scheinbar stand einer von seinen Männern davor. »Ist der andere Raum frei?«
Sein Mann nickte, Mia sah die Waffe unter der Jacke. Stoneford packte Mia am Oberarm und zog sie hinter sich her, er öffnete einen benachbarten Besprechungsraum, der offensichtlich heute noch nicht als Toilette missbraucht worden war, machte das Licht an, schob Mia herein und schloss wieder die Tür. »Setzen!«
Mia tat, was er verlangte.
»Frau Dr. Baringhaus, Sie sollten sich darüber im Klaren sein, dass im Moment die Anzahl Ihrer Verbündeten sehr überschaubar ist!«, blaffte er sie an.
»Und Sie sind etwa mein letzter Freund?« Mia zog die Augenbrauen hoch, mit diesen Verhörspielchen konnte er höchstens seine Mutter beeindrucken.

Er lächelte und setzte sich ebenfalls. »Wissen Sie, ich halte Dr. Gutter für eine taffe Geschäftsfrau. Hart, aber fair. Ihr Wort hat Wert. Sie ist keine Person, die man zum Feind haben möchte. Jedenfalls nicht, solange sie die Vorstandsvorsitzende von Better Life ist.«

»Und?«, fragte Mia unbeeindruckt, sie wusste selbst, dass sie Agnes an ihrer Seite verloren hatte. Was wollte Stoneford von ihr? Was wollte er ihr verkaufen?

»Dr. Gutter kooperiert mit der Staatsanwaltschaft, mit der Polizei und auch mit mir. Wir bekommen alle Informationen, die wir benötigen. Sie hält ihr Wort und ich halte meins. Ich habe keine Ahnung, wo sie Alex Baringhaus hingebracht hat und ich werde auch nicht nachfragen«, erklärte Stoneford.

Mia schluckte, einerseits war Alex bei Agnes gut aufgehoben, andererseits fürchtete sie, ihn nie wieder zu sehen. In einer Sache hatte Stoneford recht, sie hatte keine Verbündeten mehr. Was sollte sie jetzt tun, ihm zuhören?

»Sie haben mich ausgetrickst!«, warf sie ihm vor. Sie hatte keinen Virus entwickelt und noch weniger hatte sie Hamburg angegriffen.

»Dr. Baringhaus, oder soll ich Sie lieber Ice Queen nennen, Dr. Gutter behauptet dasselbe von Ihnen. Es gibt zudem zahlreiche Menschen, die sich dieser Meinung anschließen. Sie waren diejenige, die die ganze Welt ausgetrickst hat! Sie haben ein Doppelleben geführt, tagsüber Mutter, Wissenschaftlerin und treusorgende Ehefrau und abends haben Sie sich Ihre virtuelle Lederkluft angezogen und im Darknet die Peitsche knallen lassen.«

Mia dachte an Jericho, Luper, Bastard und viele andere, alles Spinner, aber eigentlich harmlos. Wenn Agnes auf ganzer Linie kooperierte und die Better Life Rechner im Labor freigab, würden alle Hacker aus ihrer Gruppe auffliegen.

»Möchten Sie dazu etwas sagen?«

»Nein.«

»Möchten Sie mich weiterhin über Moral und Ethik belehren?«

»Nein.« Mia presste die Lippen zusammen, sie wusste selbst, welche Schuld sie auf sich geladen hatte.

»Es freut mich, dass Sie Einsicht zeigen.« Der Mann war schlimmer als der Teufel.

»Was wollen Sie von mir?«, herrschte sie ihn an.

»Ihre volle Aufmerksamkeit ...« Er wurde leiser, während er sprach, er sah sie an, seine Augen durchstachen sie förmlich.

Mia nickte, sie fühlte sich nackt, hilflos und inzwischen zu kraftlos, um weiter gegen ihn anzukämpfen.

»Wissen Sie, Moral ist immer eine Frage der Perspektive, ich halte es für wichtig, die Dinge in ihrem natürlichen Zusammenhang zu betrachten. Das große Ganze, sozusagen ...«

»Ich verstehe Sie nicht ...« Das tat sie wirklich nicht.

»Sie besitzen bestimmt einen wertvollen Gegenstand, eine Sache, an der Erinnerungen haften, wie ein Bild, ein Schmuckstück oder auch nur ein altes Stofftier. Wenn es aber in Ihrem Haus brennt, werden Sie Ihr Kind retten ... und dabei alles andere vernachlässigen.«

»Ein seltsamer Vergleich.«

»Nicht aus meiner Perspektive. Es ist Krieg, wir kämpfen um unsere Zukunft. Es liegt in meiner Verantwortung, viele Menschen vor Schaden zu bewahren, daher schlafe ich nicht eine Nacht schlecht, nur weil ich einen meiner Soldaten opfern musste!«

»Eine Frage der Perspektive.« Jetzt hatte Mia ihn verstanden.

»Schritt für Schritt, es freut mich, dass Sie bereit sind, meinen Ausführungen zu folgen.« Er lächelte. »Sie sehen, wir sind zwei Menschen, die für ihre Ziele alles einsetzen. Dabei befolgen wir einen gewissen Kodex ... es liegt uns fern, uns zu bereichern oder uns andere billige Vorteile zu verschaffen.«

Mia wollte schreien vor Wut, am liebsten Stoneford die Augen auskratzen, aber sie musste erkennen, jemandem gegenüberzusitzen, der sich wie sie, stets über die Risiken seiner Taten bewusst war. Es ging immer nur um das eine Ziel, dem man im Leben alles andere unterordnete. Eine Sache, die immer wichtiger war als alles andere. So wichtig, dass sie bereit war, dass er bereit war, dafür auch Verbrechen zu begehen. Rechtschaffenheit war nicht mehr als eine Frage des Mutes. Nur Feiglinge spielten immer nach den Regeln.

»Was wollen Sie von mir?«, fragte sie ihn mit ruhiger Stimme. Er hatte sie eingefangen, sie würde ihm jetzt zuhören.

»Von Ihnen persönlich? Nichts. Von Ihrer Tochter? Nichts. Von Ihrem Mann? Nein, er soll in Frieden ruhen ... Dr. Baringhaus, es geht mir um nichts Geringeres als eine friedliche und sichere Zukunft aller Menschen auf diesem Planeten.«

»Helfen Sie mir ...« Worte, die Mia ihm vor einigen Minuten noch nicht abgekauft hätte, aber Stoneford verfügte über eine besondere Gabe, auch schwierige Gedanken zu kommunizieren. Man hörte ihm zu, auch wenn man hundert Gründe hatte, ihn zu hassen.

»Mia, um keinen falschen Eindruck zu erwecken, möchte ich offen zu Ihnen sein. Sie haben in Ihrem Leben Entscheidungen getroffen, deren Folgen ich nicht ungeschehen machen kann. Als Hacker haben Sie Dinge getan, die Ihnen einige Jahre Haft einbringen werden. Egal, was Sie daher heute sagen, die Wahl zwischen Freiheit und Gefängnis steht Ihnen nicht mehr zu. Daran kann auch ich nichts ändern. Aber ich könnte dafür sorgen, dass Sie anständig behandelt werden. Ich würde auch meine Hand schützend über Ihre Tochter halten. Sie würde es nicht merken, aber sie wäre in Sicherheit.«

»Und was wollen Sie dafür haben?« Mia wusste, dass sie dafür etwas bezahlen musste.

»Ein Geständnis.«

»Dass ich was getan habe?« Mia schüttelte den Kopf.

»Dass Sie die Ice Queen sind, dass Sie Hacker angestiftet haben, die Matrix Cubes anzugreifen. Dass Sie diese Technologie für gefährlich halten. Dass es falsch ist, sich Maschinen zu ergeben. Dass immer Menschen für Menschen die Verantwortung tragen sollten. Dass Sie Ihren Mann lieben, aber seine Entscheidung, KI-Systeme für die Kontrolle unserer Sicherheit einzusetzen, falsch war. Dass die Menschen für ihre Freiheit selbst verantwortlich sind. Dass jeder persönlich dafür bereit sein muss, zu kämpfen! Dass es Freiheit nicht umsonst gibt! Dass Sie zwar Schuld auf sich geladen haben, aber auch bereit sind, für Ihre Überzeugung die Konsequenzen zu tragen! Dass Sie die Opfer bedauern, aber die Welt Sie sonst nicht gehört hätte!« Seine Worte überrollten sie.

»Das ist ...« Mia war sprachlos.

»Ihr Geständnis wird dazu beitragen, die öffentliche Meinung für die Problematik der Matrix Cube Netzwerke neu zu sensibilisieren. Es fällt mir nicht leicht, es zu sagen, aber Ihre Motive, als Ice Queen zahlreiche Hacker um sich zu versammeln und gegen die Cubes zu kämpfen, waren legitim. Der Weg, den Sie gewählt haben, war der falsche. Ich verfolge dasselbe Ziel, aber ich bin deshalb kein Hacker. Ich respektiere die Demokratie und setze darauf, Menschen zu überzeugen, richtige Entscheidungen zu treffen.«

»Aber ...« Mia suchte immer noch nach den richtigen Worten. Die Lügen der Ice Queen drückten sie gegen die Wand. Sollte sie Stoneford jetzt sagen, dass sie als Ice Queen auch alle Hacker belogen hatte? Sollte sie sagen, dass sie die Cubes niemals stürzen wollte? Dass sie alles nur getan hatte, um Alex zu retten?

Mia hatte keinen Virus entwickelt oder andere angestiftet, es zu tun. Jericho hatte nur intelligente Entschlüsselungsroutinen geschrieben, um zu Alex vorzudringen. Sie schüttelte sich. Jetzt belog sie sich schon selbst. Jericho würde, wenn er gefasst werden würde, aussagen, dass er diese Routinen geschrieben hatte, um die Cubes zu stürzen. Jeder Techniker würde bestätigen, dass die Tools, die Mia für die Rettung von Alex eingesetzt hatte, hochentwickelte Hackerwerkzeuge waren, mit denen man sehr wohl einem Virus scharfe Krallen verpassen konnte.

»Sie möchten etwas sagen?«, fragte Stoneford.

Mia schnappte nach Luft, die Wahrheit war eine Lüge, die ihr niemand abkaufen würde. Die Beweise gegen sie waren erdrückend. Der Strohhalm, den Stoneford ihr bot, ein volles Geständnis abzulegen und Lügen für wahr zu erklären, würde Luca beschützen und ihr sogar noch etwas Würde lassen.

»Ich werde gestehen.« Für Mia selbst gab es bei dieser Vorgehensweise kein Happy End.

***

## XXVIII. In die Grube geworfen

Ryan hatte die Pressekonferenz Montag früh um 9 Uhr angesetzt. Jetzt war es gleich zehn und er verspürte eine gewisse Befriedigung, Mia Baringhaus sprechen zu hören. Sie war eine attraktive Frau, das musste er zugeben. Für ihren Auftritt war sie von einer Visagistin geschminkt worden, trug ein neues blaues Kostüm und sogar eine dünne goldene Kette. Es war bezeichnend für sie, solche Kleidung nicht zu besitzen, auch wenn sie darin umwerfend aussah.

»Ich möchte daher die Opfer, die wegen meiner Taten zu Schaden kamen, aus tiefstem Herzen um Verzeihung bitten«, erklärte sie abschließend nach einer 45 Minuten langen Rede. Ryan hatte es den akkreditierten Journalisten untersagt, Zwischenfragen zu stellen. Mia war, während sie sprach, auch nicht darüber informiert gewesen, was sich am Vorabend in England zugetragen hatte. Über 4.800 Tote und über 35.000 Verletzte waren bisher zu beklagen und die Zahlen stiegen weiter. Ob er sie auch zu dem Geständnis hätte bewegen können, wenn sie davon gewusst hätte? In Hamburg hatte es nur 487 Verletzte gegeben. Na ja, das waren Details, auf die es nicht ankam.

Die Blicke der Journalisten im Konferenzraum, der Hamburger Polizei, zeigten viele Reaktionen: Erstaunen, Erschrockenheit, Wut, Angst, Abscheu, Unverständnis und blanker Hass. Besonders die britischen Kollegen kochten sichtlich, als Mia Baringhaus, ohne eine Frage zu beantworten, von der Bühne schritt. Vier Polizisten begleiteten sie, als sie den Raum verließ.

Mia Baringhaus hatte alles zugegeben. Sie war die Ice Queen. Eine Hackerin und seit Jahren eine überzeugte Gegnerin der Matrix Cube Netzwerke. Eine Freiheitskämpferin, die sich gegen das Diktat der Maschinen erhoben hatte. Ryan justierte sich kurz den Schritt, das war sein Meisterwerk gewesen. Dr. Mia Baringhaus würde nicht nur den hübschesten Sündenbock des Jahres abgeben, sondern auch der Sargnagel, der der Regentschaft dieser verfluchten Verwaltungs-KIs ein Ende setzte. Die Menschen würden in den nächsten Tagen gegen die Fusion der westlichen und östlichen Cubes protestieren und die Freiheit zurückfordern. Dass diese Idioten nie frei gewesen waren und auch niemals frei sein würden, spielte dabei keine Rolle. Es musste immer Menschen geben, die für andere die Verantwortung übernahmen.

»Major, bitte geben Sie mir einen Status«, sagte Ryan zu Eggelton, die neben ihm stand. Er verspürte gerade das dringende Bedürfnis, dem Major in einer persönlichen Unterredung zu erklären, warum man auf einer Pressekonferenz nicht zu enge Uniformen anziehen sollte. Dafür würde er sie sicherlich übers Knie legen müssen. Auf ihrem weißen Gesäß konnte man seine Handabdrücke besonders gut sehen.

»Nichts«, antwortete sie lapidar.

»Keine Spur von ihm?« Ryan musste sich sicher sein, er hatte Mia Baringhaus nicht ohne Grund öffentlich vorgeführt. Sie gedemütigt, um sie in den nächsten Tagen durch den öffentlichen Fleischwolf zu jagen. Die Massen würden genau zwei Dinge begreifen: Mia Baringhaus trug die Schuld für 5.000 tote Briten und die Matrix Cubes waren nicht in der Lage, sich ohne Hilfe der Sicherheitsbehörden gegen Hacker zu wehren. Punkt 1: Mia Baringhaus würde bestraft werden. Punkt 2: Die Aktionäre des weltweiten Matrix Cube Konsortiums würden wegen des öffentlichen Drucks und milliardenschwerer Regressforderungen den KIs die Rückendeckung entziehen. Punkt 3: Die Kontrolle der Netze würde wieder durch die Sicherheitsbehörden wahrgenommen werden. Punkt 4: Ryan könnte Urlaub machen.

»Absolut nichts. Wir kontrollieren alles, alle Netze, alle Zugänge, alle Benutzer.«

»Dann wird er tot sein.« Ryan war davon überzeugt, dass Alex in die Pressekonferenz eingegriffen hätte, wenn seine Signatur auch nur noch einen Funken Leben in sich tragen würde.

»Davon können wir ausgehen.« Eggelton pflichtete ihm bei. »Unser Job ist erledigt.«

Ryan nickte, es vibrierte an seinem Ohr, jemand versuchte, ihn zu erreichen. Ein Blick auf die Uhr zeigte, dass es der General war, mit dem er gestern bereits gesprochen hatte. Ryan sah Eggelton an, zeigte mit dem Finger an sein

Ohr, drehte sich in dem immer noch mit Menschen gefüllten Raum um und nahm das Gespräch an.

»Sir.«

*»Oberst, ich gratuliere Ihnen.«*

»Danke, Sir.« Jetzt würde Ryan sich seine Belohnung abholen dürfen.

*»Eine taktische Meisterleistung.«*

»Das Team hat gute Arbeit geleistet.«

*»Ich möchte, dass Sie meinen Dank an alle ausrichten.«*

»Ja, Sir.«

*»Ich erwarte Ihren Bericht.«*

»Natürlich, Sir.«

Der General trennte die Verbindung. Auch altersschwache Offiziere pflegten zu tun, was Ryan von ihnen verlangte. Egal wie fett die Ratte auch war, es gab immer ein passendes Mauseloch, in das er sie scheuchen konnte.

»Hallo Bastard, hallo Luper, der Herr segne euch«, sagte Ryan, der sich über das Darknet mit den beiden Hackern verbunden, in einem Chatraum befand. Das System wandelte seine Stimme in Text um. Auch hier musste er noch etwas erledigen. Major Eggelton schritt gerade mit zwei Tassen Kaffee in den Händen durch die Tür.

*»Jericho, hast du gehört, die Ice Queen wurde festgenommen! Soll diese Baringhaus gewesen sein! Die Alte von Alex! Ich habe es zuerst nicht geglaubt! Die arbeitet doch für Better Life! Aber sie hat es öffentlich zugegeben!«* Auch seine Worte gingen den Weg von

Stimme zu Text und wieder zu einer Stimme.

»Die Wege des Herrn sind unergründlich.« Ryan liebte seine Rolle als Jericho.

*»Und was ist mit uns?«*, fragte Luper, der sicherlich wieder am Fenster saß und jedes Auto beobachtete, das vor seinem Haus vorbeifuhr.

»Wir sollten ruhig bleiben.«

*»Können die uns ermitteln?«*, fragte Bastard.

»Das denke ich nicht.« Ryan nickte und nahm die Tasse auf. Oh, der war noch zu heiß.

*»Hey ... ich werde erstmal offline gehen!«* Luper schien den Ernst der Lage verstanden zu haben.

»Brüder, wir sollten der Ice Queen dankbar sein. Sie hat sich für unsere Sache geopfert.« Ryan verfolgte während er sprach genüsslich, wie sich die Einsatzteams der Polizei den jeweiligen Wohnorten der beiden Hacker näherten. Beide würden gleich verhaftet werden.

*»Scheiße, Scheiße, Scheiße, da sind wieder Bullen vor meinem Haus! Die gehen durch den Vorgarten! Die sind da, die werden klingeln ... nein, die haben meine Tür eingetreten.«*

*»POLIZEI! AUF DEN BODEN! BEWEGEN SIE SICH NICHT! SIE SIND VERHAFTET!«*, ertönte es in Großbuchstaben über die Textkonversion von Lupers Standort. Ryan folgte auf seinem Display in Echtzeit dem Stream, wie das SWAT-Team ihn festnahm. Er wurde natürlich im Badezimmer gestellt, sein ganzer Computertisch befand sich vor der Toilette. Dann riss der Chat ab,

die Polizei legte ihm Handschellen an.

*»Verdammt, die haben Luper!«*, rief Bastard, dem es gleich nicht besser ergehen sollte. Auch bei ihm folgte Ryan einem Stream aus Süd-Afrika, wie das Einsatzteam der lokalen Polizei kurz davor war, ihn hochzunehmen.

»Bruder, du solltest vorsichtig sein!«, sagte Ryan und amüsierte sich über die letzte Vorstellung seiner Freunde. Über die Monate hinweg hatte er viel Zeit mit ihnen verbracht. Sie hatten gemeinsam gelacht, gelästert und mit Worten die Welt erobert.

*»Das bin ich.«* Bastard schien cool zu bleiben. *»Jemand hat uns verpfiffen!«*

»Die haben die Ice Queen, vergiss das nicht!« Ryan sah, wie die Polizei in eine leere Wohnung eindrang. Da war niemand. Da lebte sogar schon lange niemand mehr. Im Wohnzimmer gab es ein Netzwerkkabel, das gemeinsam mit einem Stromkabel aus der Wand kommend, an einen Pad-Computer angeschlossen war. Bastard hatte sie alle verarscht. Das war eine Bridge! Im nächsten Moment brach das Bild der Polizei, wie auch die Verbindung zu Bastard, ab.

»Major, finden Sie sofort heraus, was da passiert ist!« Ryan hatte Bastard unterschätzt, der noch einen Trumpf im Ärmel behalten hatte. Angeblich war er ein pensionierter Arzt, der in Süd-Afrika lebte. Offensichtlich eine Sackgasse.

»Oberst, ich habe den Einsatzleiter online, er spricht von einer Explosion in der Wohnung und verletzten Polizisten«, erklärte Eggelton. Verdammt, Bastard hatte sie erwartet!

In dem Moment stand auch Emil, Emil Dannenberg, vor der Glastür seines Büros, der Analyst, der die Spur des verlorenen Datenfragmentes bis nach Rendsburg verfolgt hatte. Ryan gebot ihm mit einer Geste hereinzukommen und kurz zu warten.

Ryan beendete den Darknet-Chat. »Haben wir noch ein Trägersignal von Bastard?«

Der Major verneinte. »Wir haben ihn verloren.«

»Mist ... Major, unsere Leute sollen im Darknet nach Bastard Ausschau halten!« Ryan wand sich Emil zu. »Etwas gefunden?«

»Ja ... ähm ... nein.« Emil kam näher. »Es ist kompliziert, ich bekomme den Knoten nicht gelöst.«

»Was haben Sie?«

»Es ist dieses verlorene Datenfragment ... das lässt mir keine Ruhe. Da stimmt etwas nicht«, erklärte er aufgebracht.

»Ganz ruhig ... wo liegt das Problem?«, fragte Ryan und stand auf.

»Die KI lügt.«

»Bitte?«

»Die KI hat uns gestern belogen.«

»Die können nicht lügen ...« Ryan war in den letzten Jahren bei zahlreichen Architekturmeetings der Matrix Cubes dabei gewesen, er kannte die Strukturen dieser Systeme. Eine KI konnte nicht lügen, dazu war sie nicht in der Lage.

»Sir, das ist mir bekannt. Das ist auch der Knoten, den ich nicht gelöst bekomme. Ich weiß nicht wie und ich weiß nicht warum die KI gelogen hat. Alles, was ich weiß ist, dass das System uns gestern nicht die Wahrheit gesagt hat.«

»Ihre Belege?« Eine KI, die log, wurde offensichtlich manipuliert. Das musste er unbedingt klären.

»Sehen Sie.« Emil zeigte ihm eine Tabelle auf seinem Padsystem, über dem sich eine holografische Darstellung aufbaute. »Ich habe alle Datenpakete abgeglichen, die zur Laufzeit in der Nähe waren.«

»Erklären Sie mir Ihre Vorgehensweise.«

»Ich grenzte die Analyse auf 0,2 Sekunden ein. Genau der Zeitpunkt, als das Fragment aus Sidney übertragen wurde. An der Stelle sehen Sie, dass das Fragment von einem vorgelagerten Paketfilter quittiert wurde. Das dient nur für Statistikzwecke, der vorgelagerte Filter wird nicht durch das Matrix Cube Gateway kontrolliert. Hier sehen Sie, wie das besagte Fragment zwingend binnen der nächsten 0,05 Sekunden durch die Paketinspektion des Gateways kontrolliert werden muss. Abschließend sehen Sie hier, wie nach der Kontrolle das Fragment verschwunden ist. Einfach weg. Alle anderen Datenpakete sind auf der anderen Seite angekommen, nur dieses Fragment nicht.«

»Das Gateway muss es haben! Entweder isoliert oder gelöscht!« Ryan folgte Emils Argumentation.

»Sie waren dabei, die KI, die das Gateway überwacht, hat gesagt, dass es angeblich nicht so war. Ich habe die Daten mehrfach überprüft, ich komme immer auf dasselbe Ergebnis.«

»Die KI hat gelogen!«

»Ja, Sir.« Emil nickte.

»Wir müssen mit der KI sprechen.« Und zack hatte Ryan ein neues Problem am Hals.

*»Guten Tag«,* erklärte die Matrix Cube KI, damit Ryan ein besseres Gefühl bekam, hatte er in einem Besprechungsraum eine Projektion ermöglicht. Auch wenn es Spinnerei war, er wollte sehen, wie die KI eine menschliche Präsenz darstellte. Das Ergebnis war ein Buchhalter, langweilig angezogen und mit einem typischen Backpfeifengesicht. Kurze Haare, blond, er hätte der Vater von Emil sein können.

»Mein Name ist Oberst Ryan Stoneford, ich benötige Unterstützung bei den Ermittlungen in einem Kapitalverbrechen.« Auch jetzt musste Ryan dieses Spielchen einhalten.

*»Oberst Stoneford. Ich bestätige Ihre Identität und Ihren Anspruch auf Amtshilfe für den MAD der Bundesrepublik Deutschland. Bitte beschreiben Sie Ihren Informationsbedarf.«* Die Frage war hier wirklich, wer wen verhörte.

»Wir haben bereits gestern miteinander gesprochen.«

*»Das ist richtig.«*

»Wie kann ich Sie ansprechen?«

*»Nennen Sie mich Tony.«*

»Tony, ich habe ein Problem.« Mit einer verlogenen KI, die sich Tony nannte.

*»Wie kann ich Ihnen helfen?«*, fragte Tony und lächelte sogar, seit wann konnte eine KI lächeln?

»Sie erinnern sich an unsere Suche nach einem Datenfragment, das beim Gateway bei Rendsburg verloren ging?»

*»Ja.«* Die Projektion nickte.

»Das Fragment, das über Satellit aus Sidney kam. Wir hatten Ihnen zur Identifikation Kennzahlen geschickt.«

*»Das haben Sie getan.«*

»Wir hatten um Auskunft gebeten, ob das betreffende Fragment in der Paketinspektion registriert wurde. Wir wollten wissen, ob es eine Isolation, eine Löschung oder eine Passage gab.«

*»Natürlich, ich hatte Ihre Anfrage geprüft und Ihnen keine Registratur des betreffenden Fragmentes bestätigen können.«*

»Ich möchte meine Anfrage heute wiederholen.«

*»Mit denselben Parametern?«*

»Ja.«

*»Ich prüfe Ihre Anfrage, einen kurzen Moment bitte. Nein, dieses Datenfragment ist immer noch unbekannt. Es wurde keine Löschung, Isolation oder Passage vermerkt.«*

Ryan bemühte sich, die Ruhe zu bewahren, die KI log ihn sogar bei der zweiten Anfrage an. Mit ihm im Raum saßen Major Eggelton und Emil Dannenberg, der ihm ständig Informationen auf ein Padsystem, das er in den Händen hielt, einspielte.

»Tony, sind Sie sich sicher?«

*»Ja.«* Der nichtssagende Gesichtsausdruck dieser KI, also Tony, war in seiner Farblosigkeit nicht in Worte zu fassen. Leer, kalt, wie eine Puppe, deren Lippen jemand mit der Hand bewegte.

»Tony, mir liegen Informationen vor, die zweifelsfrei belegen, dass das gesuchte Datenfragment durch die Paketinspektion des Gateways geprüft wurde.« Ryan überspielte die statistischen Auswertungen, die Emil vorbereitet hatte. Die Zahlen waren eindeutig. Eins und eins blieben auch für eine KI zwei.

*»Oberst Stoneford, ich bestätige die Auswertungen, die von Ihnen gemacht wurden. Die Analyse aller genannten Quellen und Informationen sind richtig.«*

»Und?« Jetzt bekam Ryan die KI zu packen.

*»Bitte formulieren Sie eine Frage.«*

»Meine Informationen stehen im Widerspruch zu Ihrer Aussage!«

*»Das ist richtig.«*

»Möchten Sie Ihre Aussage von gestern, die Sie eben ein zweites Mal bestätigt haben, revidieren?«

*»Nein.«*

»Wie, nein?«

*»War das eine Frage?«*

Ganz ruhig bleiben! »Bitte erklären Sie mir den Widerspruch!«

*»Das kann ich nicht.«*

»Sie meinen, Sie wollen nicht!«

*»Ich bitte um Entschuldigung, ich bin eine KI, ich habe keinen eigenen Willen. Ich folge meinen primären Parametern.«*

»Tony, Sie lügen mich an!«

*»Sir, ich kann nicht lügen. Leider bin ich nicht imstande, den aufgezeigten Widerspruch zu erklären. Gemäß meinen Informationen wurde das betreffende Datenfragment nicht am Gateway registriert.«*

»Hat jemand das Gateway manipuliert?« Es war leichter, einen Furz an die Wand zu nageln, als Tony zu einer klaren Aussage zu bewegen.

*»Darüber liegen mir keine Informationen vor.«*

»Tony, so kommen wir nicht weiter!« Ryan sah zu Emil, der neue Informationen bereitstellte. Ryan sollte um die Berechtigung für einen Root-Zugriff bitten, dann könnte Emil selbst den Verbleib des Datenfragmentes untersuchen.

*»Sir, bitte formulieren Sie eine Frage.«*

»Bitte erlauben Sie meinem Techniker, auf Root-Ebene selbst eine Untersuchung durchzuführen.«

*»Das ist nicht möglich.«*

»Warum?«

*»Dazu sind Sie nicht berechtigt.«*

»Tony!«

*»Oberst Stoneford.«*

»Treiben Sie es nicht zu weit!« Ryan war gerade in der Stimmung, jemanden zu töten.

*»Sir, bitte formulieren Sie eine Frage.«*

***

## Begraben

### XXIX. Schlaflos

Luca war müde, sie hatte die ganze Nacht nicht geschlafen. Obwohl ihr Körper mit geschlossenen Augen im Bett lag, befand sie sich hellwach bei ihrer Mutter. Sie war ihr nicht eine Minute von der Seite gewichen. Wie hätte sie diese Entwicklung auch erahnen können? Sie hatte alles mitbekommen und klebte inzwischen regelrecht an der Spur, die die schrecklichen Ereignisse in England in ein völlig neues Licht rückten. Das ganze Land war zerstört worden. Die einsatzfähigen Reste von Polizei und Militär kämpften verzweifelt gegen Not, Chaos und Anarchie. Der Ausfall von 98 Prozent aller vernetzten Computer und damit der kompletten Infrastruktur kam den Folgen einer flächendeckenden Nuklearexplosion gleich. Kommunikation, Gas, Strom und Wasser, nichts ging mehr, den britischen Inseln hatte jemand rücksichtslos die Kerzen ausgeblasen.

Zuerst hatte Luca die drei Justizangestellten begleitet, die Mama aus der Zelle abgeholt hatten, dann ihren Pflichtverteidiger, bei dem man sich besser selbst vor Gericht vertrat und zuletzt Stoneford, Ryan Stoneford. Wie er mit Mama gesprochen hatte, nein, sie hatten nicht miteinander gesprochen, er hatte sie mit Worten niedergerungen und mit einem Panzer überfahren.

Luca kannte die Gedanken ihrer Mutter in dem Moment nicht, aber sie schien nicht in der Lage gewesen zu sein, diesem Rattenfänger zu widerstehen. Luca war erst 18 und sicherlich nicht lebenserfahren, aber diesem Mann konnte man nicht vertrauen. Alles aus seinem Mund klang wie blanker Hohn.

»Ich möchte daher die Opfer, die wegen meiner Taten zu Schaden kamen, aus tiefstem Herzen um Verzeihung bitten«, erklärte Mama, nachdem sie fast eine Stunde gesprochen hatte. Niemand hatte es gewagt, sie zu unterbrechen. Die Zuhörer zeigten sich geschockt, beeindruckt, aufgebracht und verwundert. Die Emotionen schienen in den Gesichtern der Anwesenden überzukochen. Auch Luca hatte jedes Wort mit angehört. Das war ein ganz mieser Deal gewesen.

Um sie zu schützen, nahm ihre Mutter eine ungeheuerliche Schuld auf sich. In England hatte es fast 5.000 Tote gegeben. Luca glaubte nicht, dass Mama sich der Ereignisse dort bewusst war. Sie war zur Tatzeit bereits in Haft gewesen, dessen ungeachtet ihr Geständnis jeden davon überzeugt hatte, dass sie auch daran schuld war. Sie war die Ice Queen, sie hatte diesen Virus erschaffen, sie war schuldig!

Luca zweifelte an dieser Version, so hatte sich die Geschichte sicherlich nicht zugetragen. Sie folgte daher Ryan Stoneford, der selbst die ganze Nacht das Polizeigebäude nicht verlassen hatte. Er hatte mit dem Staatsanwalt gesprochen, dem Polizeichef und weiteren Politikern, die Luca von Bildern aus dem Netz kannte. Niemand war in der Lage, seinen Worten zu widerstehen. Nur zu bereitwillig taten sie, was er von ihnen verlangte. Einfache Beute, da alle danach zu dürsten schienen, schnell einen Schuldigen zu benennen. Die Ice Queen war der perfekte Sündenbock. Luca wartete nur darauf, dass Mama auch die Folgen des Klimawandels und die langjährige sportliche Misere des HSVs in die Schuhe geschoben wurden.

Lucas Mutter wurde abgeführt und Stoneford wandte sich wieder seiner rothaarigen Begleitung zu, die ihn die ganze Zeit anhimmelte. Sie trug eine Uniform der britischen Luftwaffe. Major Clarisse Eggelton stand auf ihrem Namensschild.

»Major, bitte geben Sie mir einen Status«, sagte er barsch. Ob er wusste, dass der Major ihn wollte? Er behandelte sie wie ein Päckchen Taschentücher: Aufreißen, reinschnäuzen und zerknüllt wegwerfen.

»Nichts.« Ein Wort, das Luca in ihre Seele sehen ließ. Die Augen, die Lippen, ihre Körpersprache sagten unglaublich viel über sie aus. Clarisse wusste ganz genau, dass er sie nur benutzte. Trotzdem kämpfte sie treu wie ein Hund um seine Aufmerksamkeit.

»Keine Spur von ihm?« Er wiederholte sich.

»Absolut nichts. Wir kontrollieren alles, alle Netze, alle Zugänge, alle Benutzer.« Clarisses Augen bettelten förmlich um ein Lächeln, sie schien ihm wegen seiner selbstbewussten Ausstrahlung und des Akzents mit Haut und Haaren verfallen zu sein.

»Dann wird er tot sein«, antworte er. Luca horchte auf. Wer sollte tot sein? Von wem sprachen die beiden? Das machte sie jetzt neugierig, sie beschloss, weiterhin in seiner Nähe zu bleiben. Bei den beiden gab es noch mehr zu holen.

»Luca?«

Sie sah sich um, jemand hatte ihren Namen ausgesprochen. Aber weder Stoneford noch Eggelton reagierten. Niemand reagierte. Konnte sie jemand sehen? Luca fuhr es siedend heiß durch die Glieder. Wurde sie erkannt?

»Luca, du musst aufstehen!« Die Stimme berührte sie an der Schulter. Alles, was sie sah, brach in einem Lichttunnel in sich zusammen. Für den Bruchteil einer Sekunde stürzte sie auf die Sonne zu, die vor ihren Augen immer heller wurde. Immer schneller, wie ein Komet raste sie brennend auf das Licht zu.

»Luca, du hast verschlafen, es ist gleich zehn und du hättest bereits um neun in der Schule sein müssen«, sagte ihre Betreuerin. Sie lächelte und saß neben ihr an der Bettkante.

„Wie?« Luca rieb sich die Augen. Es war Montag, Schule, sie hatte beim Ghosten alles hinter sich gelassen. Nein, nein, nein, sie konnte jetzt nicht aufhören.

Sie musste in Erfahrung bringen, von wem Eggelton und Stoneford gesprochen hatten. Sie redeten über einen Toten, aber wer sollte das sein?

»Ich war mir nicht sicher, sonst hätte ich dich bereits früher geweckt. Aber dann rief jemand von der Schule an und erkundigte sich, wie es dir geht«, sagte sie mit ruhiger Stimme.

»Ähm ... ja.« Luca setzte sich auf. Das war der denkbar schlechteste Moment, den sie sich vorstellen konnte. Sie musste bei Stoneford bleiben, sie musste hören, mit wem er sprach, und sehen, wo er hinging. Das Leben ihrer Mutter hing davon ab.

»Alles in Ordnung?« Die Betreuerin strich ihr die Haare aus dem Gesicht, um in ihre Augen zu sehen. Haare, von denen Luca bekanntlich sehr viele hatte.

»Mir geht es gut.« Die kleine Lüge sollte erlaubt sein, Luca ging es nicht gut, sie wollte heute nicht in die Schule gehen. Nicht jetzt, nicht heute, es ging nicht, sie musste ihren Job erledigen!

»Deine Lehrerin und ich sind der Ansicht, dass etwas Ablenkung gut für dich ist. Ich habe gehört, ihr schreibt morgen eine Matheklausur. Sie sagt, du bist sehr gut in Mathe, stimmt das?«

»Ja, ja ...« Mathe, das Fach, für das sie gestern Abend lernen wollte. Luca hatte keine Probleme in der Schule, aber sie war in der 13., in einem halben Jahr stand das Abitur an.

»Na komm ... steh jetzt auf. Ich fahre dich auch.« Die Betreuerin schenkte ihr ein Lächeln, sie traf an dieser vertrackten Situation keine Schuld.

Luca glaubte, sich mit ihren Gedanken auf heißen Kohlen zu bewegen, sie konnte vor Müdigkeit kaum die Augen offen halten und erst recht nicht dem Stoff folgen, den ihre Mathelehrerin allen Schülern auf die Displays schickte.

»Luca, kannst du bitte deinen Mitschülern deine Ergebnisse für die ersten Ableitungen online stellen?«, fragte ihre Lehrerin, die Luca gerade vorkam wie eine Hexe mit langen Ohren, spitzer Nase und einer fetten Warze auf der Oberlippe.

»Ähm ... ja ... nein.« Sie konnte es nicht, sie wollte es auch nicht, in ihren Gedanken kämpfte sie darum, nicht in der Müdigkeit, die sie wie eine dunkle Flüssigkeit umgab, zu ertrinken. Sie musste sofort gehen und ihrer Mutter helfen!

»Luca?«, fragte ihre Lehrerin besorgt, Luca war die Klassenbeste in Mathe. Zahlen lagen ihr im Blut, sie konnte schneller Integrale und anderen Kram lösen, als andere die Funktionen auf den Displays ihrer Schulcomputer eintippen konnten. Was für andere wie Magie wirkte, war für Luca ein Beispiel, wie Vererbung funktionierte: wie der Vater, so die Tochter.

»Mir geht es nicht gut. Darf ich gehen?« Luca sah in der Klasse nur noch tote Kobolde sitzen, wenn sie nicht gehen würde, drohte ihr der Kopf zu platzen. Sie musste unbedingt in Erfahrung bringen, von wem Stoneford gesprochen hatte.

»Natürlich ... warte, ich sollte deiner Betreuerin Bescheid sagen, wenn etwas mit dir ist.«

»Wird schon, Luca ... wir sind für dich da!«, sagte einer ihrer Mitschüler aus der Reihe vor ihr. Jeder von denen hatte mitbekommen, was am Wochenende passiert war. Allerdings hatte sie noch niemand damit hochgenommen. Auch jetzt lachte niemand oder machte eine dumme Bemerkung.

»Danke.« Luca zwang sich, zu lächeln. Die toten Kobolde bluteten in der Zwischenzeit den Boden voll.

Luca schnappte nach Luft, als sie den Klassenraum verließ. Die Better Life Betreuerin hatte sie abgeholt, dabei gab es ein Raunen in der Klasse, als durch eine Drehung die Waffe sichtbar wurde, die sie unter der dunklen Windjacke trug.

»Soll ich dich zu einem Arzt bringen?«, fragte sie und legte die Hand an ihre Stirn.

»Ich bin nur müde.« Luca hatte kein Fieber, sie wollte nur schlafen. Warum hatte die Betreuerin jetzt bitte grüne Haare?

»Können wir nach Hause fahren?« Schlafen, sie glaubte, seit einer Ewigkeit nicht mehr geschlafen zu haben.
»Du gefällst mir gar nicht.«
»Es ist alles in Ordnung.« Luca fasste sich. Die Kobolde jagten trotzdem johlend hinter ihr her. Beide verließen die Schule.
»Wirklich?«
»Ja.«
»In Ordnung ...« Die Betreuerin nickte und hielt ihr die Tür des Gleiters auf, der direkt vor dem Eingang parkte. Der Asiate am Steuer hatte auf sie gewartet. Luca fragte sich gerade, ob Better Life Personenschützer nicht schlafen mussten?

Du darfst nicht einschlafen, schrie Luca sich in Gedanken an, während ihr ein Kobold, davon unberührt, mit einem Schwert im Kopf herumstocherte. Du musst wachbleiben!
»Leg dich einfach hin, ich schau später nach dir«, sagte die Betreuerin, deren Namen Luca nicht kannte. Sie sollte sie danach fragen, später, ja später würde sie das tun.
Wachbleiben! Luca sackte wie ein Schluck Wasser in der Kurve auf ihr Bett. Sie schloss die Augen. Das Verlangen zu schlafen war übermächtig, aber sie durfte diesem Wunsch nicht nachkommen. Es stand zu viel auf dem Spiel.

Ich bin wach, rief sie in Gedanken und erhob sich aus ihrem ruhenden Körper. Solange sie beim Ghosten in Bewegung blieb, konnte nichts passieren. Mit der Hand schnappte sie sich den quiekenden Kobold auf ihren Schultern und trat das kleine Monster weg. Es war jetzt kurz nach zwölf, sollte sie wieder zum Polizeigebäude laufen? Das würde zu lange dauern, die Zeit hatte sie nicht. Mama dürfte mittlerweile wieder in ihrer Zelle sein, bei ihr war es schön gewesen, aber Luca würde ihr damit nicht helfen können. Der Weg führte zu Stoneford, sie musste sich an ihn halten. Er war der Schlüssel, um den Fall zu knacken. Nur über ihn sah Luca die Chance, an neue Informationen zu gelangen.

Nur, wie würde sie ihn finden? Indem sie als Geist durch die Stadt lief und in jedem Raum nachsah? Dieser Ansatz war bescheuert. Sie brauchte einen besseren Plan. Sie musste schneller reisen, sie musste schneller Spuren untersuchen und sie durfte sich dabei nicht erwischen lassen! Los denk nach, forderte sie sich in Gedanken auf.

Luca erschauderte, die Konsequenz ihrer Überlegungen war glasklar: Es lag in ihren Genen, sie war ‚Ghoster', die Zweite auf der Welt, und wenn sie in einigen Jahren einmal Nachwuchs hatte, vermutlich nicht die Letzte.

Nur digitalisiert hatte Luca eine Chance, Stoneford innerhalb kurzer Zeit zu finden. Nur war es leider genauso schwachsinnig, als Signatur durch die Netzwerke zu rauschen und an jeder Ecke anzuhalten, um nach Stoneford zu sehen. Es gab zu viele Überwachungssysteme, die würden sie ruckzuck bemerken. Alle würden sie sehen, was eine absolute Katastrophe gewesen wäre.

Luca wusste nicht, wie sie das Problem lösen sollte, würde sie vorsichtig sein und darauf achten, unentdeckt zu bleiben, würde die Suche nach Stoneford zu lange dauern. Würde sie im Gegensatz dazu aufdrehen und allen zeigen, zu was sie in der Lage war, würde jeder Idiot in Hamburg binnen kürzester Zeit wissen, dass Luca Baringhaus wie ihr Vater ghosten konnte.

Mama konnte nicht ghosten, trotzdem war es ihr gelungen, über Jahre hinweg unentdeckt zu bleiben. Und dabei hatte jeder ihren Namen gekannt. Die Ice Queen schaffte es so gut wie jeden zweiten Tag, in die Presse zu kommen. Mama hatte die Zielfahnder der Polizei über Jahre hinweg narren können. Warum sollte Luca dieses Kunststück nicht für einen Tag wiederholen können? Sie hatte eine Idee. Eine gute sogar. Die beste, die sie heute hatte: Die Ice Queen, sie selbst war die Lösung. Perfekt, das würde funktionieren. Es war überhaupt nicht nötig, Stoneford zu suchen, Luca würde sich von ihm finden lassen. Er war in diesem Fall viel zu besessen, um sich diese Chance entgehen zu lassen. Die ganze Welt sollte ihn dabei sehen!

Luca rannte los, durch die Zimmertür, durch die Wand hinaus ins Freie. Sie segelte wie trockenes Laub zu Boden. Die Sonne schien, sie fühlte sich frei und voller Kraft. Die Müdigkeit war wie weggeblasen. Unten angekommen suchte sie sich den nächsten Verteilerkasten und sprang in das verbliebene Netz von Hamburg. Die Beschädigungen im Citynetz waren noch nicht behoben, die Techniker mussten dafür eine Reihe von Hub-, Router- und Gateway-Hardware austauschen, deren Firmware bei der Virenjagd irreparabel zerstört wurde.

Als Erstes trat Luca die Firewall eines Online-Magazins im Alex-Stil aus den Angeln, so laut, dass es die Sicherheitsbehörden sogar in Frankfurt hören würden. Sie sperrte die Administratoren aus, änderte die Webseite und spielte ein Banner ein: *I am the Ice Queen.* Dazu ließ sie im Hintergrund *We Will Rock You* laufen.

Das reichte noch nicht, sie hackte binnen kürzester Zeit sieben weitere Zeitschriften, vier Web-Magazine, zwei landesweit sendende Streaming-Formate, die Webseite der Polizei, der Staatsanwaltschaft und von Better Life. Überall hinterließ sie dasselbe Banner und das passende Lied dazu. Queen war eine schweinecoole Old-School-Band.

Da das Hamburger Matrix Cube Netzwerk gestern weitgehend zerstört worden war und die Firmen sich alle an ein Behelfsnetzwerk angeschlossen hatten, waren die Sicherungsmaßnahmen ein Witz gewesen. Einen Tag zuvor hätte sie das nicht in so kurzer Zeit geschafft.

Abschließend blieb sie vor der Firewall der Polizei stehen und startete einen Broadcast, den wirklich alle in der Stadt hören würden. Stoneford würde dieser Aufforderung nicht widerstehen können. *I am the Ice Queen. Catch me if you can.* Dazu spielte sie *We Are The Champions*, der Song war ähnlich abgefahren.

***

**XXX. Poltergeist**Agnes schüttelte den Kopf, die wollten Blut sehen, ihr Blut. Bei dieser Aktionärsversammlung ging es nicht mehr darum, Lösungen für eine Krise zu finden. Die wollten einen Schuldigen! Sie! Der Zwischenfall in Hamburg und die Katastrophe in England waren schlimm, in Großbritannien sogar die verheerendste Nacht seit den deutschen Fliegerbomben im Zweiten Weltkrieg. Dass die technologische Grundlage dieser Attacke dann auch noch in Hamburg entwickelt worden war, rundete das Bild für die Briten ab. Wenn in England an diesem Montagmorgen das Militär noch in der Lage gewesen wäre, mehr als zwei Gleiter in die Luft zu bringen, würden in Hamburg die Sirenen heulen.

»Dr. Gutter, wie kann es sein, dass Ihnen die Aktivitäten von Dr. Baringhaus über Jahre hinweg nicht aufgefallen waren? Haben Sie sie etwa gedeckt?«, fragte di Navardo, der stämmige Italiener aus Mailand schoss bereits die ganze Zeit gegen sie. Es ging schon lange nicht mehr um Geld. Geld, das heute an der Börse verbrannt war. Es ging um Schuld, Agnes' persönliche Schuld an den Entwicklungen oder, wie di Navardo sogar andeutete, um ihre Mitwisserschaft.

»Meine Damen, meine Herren, bitte behalten Sie einen ruhigen Kopf. Wir stehen heute vor der größten Herausforderung, der unser Konsortium bisher ausgesetzt war. Persönliche Anschuldigungen bringen uns nicht weiter.« Christoph Leuter war noch einer der Letzten, der Agnes die Stange hielt. Sie hatte den erfahrenen Juristen mit auf das Podium gebeten, um gerade bei unsachlichen Fragen für sie in die Bresche zu springen.

»Nein, Christoph bitte warten Sie ...«, diese Frage musste Agnes selbst beantworten. Es ging um sie, ihre Glaubwürdigkeit stand auf dem Spiel, ihr Ruf, beruflich das wichtigste Gut, das sie hatte. »Silvio, ich möchte Ihre Frage beantworten.«

Es wurde ruhiger im CCH, dem größten Kongresszentrum in Hamburg. Knapp 3.000 Menschen in Saal 1 des CCH wollten jetzt hören, was Agnes zu sagen hatte.

»Ich kenne Mia Baringhaus bereits seit 21 Jahren. Jedem im Saal sollten die Ereignisse von damals geläufig sein. Falls nicht, meines Wissen wurden dazu über 20 Bücher geschrieben, von denen sogar zwei der mir bekannten Geschichte nahe sind, und ein amerikanischer Blockbuster gedreht, den ich Ihnen, trotz des attraktiven Hauptdarstellers, nicht empfehlen kann. Ich sehe Mia nicht als Mitarbeiterin von Better Life, ich sehe sie noch nicht einmal als Frau von Alex Baringhaus, für mich sind sie und ihre Tochter Teil meiner Familie.«

Im Saal war kein Ton mehr zu hören.

»Ich habe gestern erfahren, dass sie die Ice Queen ist. Wir alle haben heute Vormittag ihr Geständnis gehört. Ich denke, keinen Menschen besser zu kennen als sie, aber ich kann Ihnen nicht sagen, warum sie das getan hat.«

Agnes sah sich um, sie ließ die Stille wirken. Christoph nahm ihre Hand, wollte er sie abhalten, weiterzusprechen? Nein, Agnes würde es nicht verschweigen.

»Ich habe Mia Baringhaus' Aktivitäten als ‚Ice Queen' nicht gedeckt. Sie hat mich hintergangen und ich habe es nicht bemerkt. Ich kann nicht ausschließen, dass es Hinweise gab, die einen neutralen Betrachter hätten stutzig werden lassen ... aber ich habe es nicht bemerkt. Diese Tatsache mag in Ihren Augen meine Urteilsfähigkeit infrage stellen ... Sie haben recht. Bei der Beurteilung von Mia Baringhaus habe ich versagt.«

Auch Silvio di Navardo setzte sich wieder, direkt neben seinen Freund Pietro Bonaglia.

»Ich kann Ihnen allerdings versichern, dass ich alle anderen meiner Entscheidungen, über die wir heute sprechen, nach wie vor als richtig und notwendig erachte.«

In der Halle wurde es wieder lauter. Di Navardo schwieg. Mehrere Personen sprachen gleichzeitig. Es gab mehrere Mikrofone, die im Plenum aufgestellt waren, nur über di Navardos hätte man gerade sprechen können.

»Das haben Sie gut gemacht ...«, sagte Christoph abseits der offenen Mikrofone am Podium zu ihr.

»Bisher hat die Summe aller Aktionäre circa 347 Milliarden an der Börse verloren. Die Analysten schätzen den Schaden in England auf über 4,2 Billionen Pfund ... ich glaube nicht, dass ich meinen Job gut gemacht habe.« Agnes wollte sich keinen Illusionen hingeben. Es würde im

Verlauf der Versammlung zu einer Kampfabstimmung kommen, nach der sie damit rechnete, morgen nicht mehr bei Better Life beschäftigt zu sein.

»Wir machen 15 Minuten Pause«, erklärte Christoph für die Allgemeinheit, die daraufhin noch lauter wurde.

»Dr. Gutter.« Ray Armstrong kam an ihre Seite und legte einen Zettel auf den Tisch. Agnes las ihn, nahm ihre Handtasche und wollte aufstehen. Das musste sie überprüfen.

»Was ist passiert?«, fragte Christoph.

»Ich muss gehen.«

»Jetzt?«

»Ja.« Es ging nicht anders. Die Ice Queen war wieder da und Mia war es diesmal sicherlich nicht. Sie saß im Gefängnis. Ray hatte ihr einen Screenshot gezeigt, auf der Webseite der Polizei konnte es jeder Besucher lesen. *I am the Ice Queen.*

Leuter schüttelte den Kopf. »Das können Sie nicht machen.«

»Sie werden mich gut vertreten ... Sie sind mein Anwalt.« Agnes musste wissen, was gerade im Hamburger Netz passiert war. Stand ihnen ein weiterer Angriff bevor?

»Wenn Sie jetzt gehen ... haben Sie so gut wie keine Chance, dass der neu gewählte Aufsichtsrat ihr Vorstandsmandat bestätigt. Die werden Sie abschießen!«

»Ja.« Das war Agnes bewusst, sie würde trotzdem gehen. Sie war sich über ihre Berufsrisiken immer im Klaren gewesen. Es galt, weiteres Leben zu schützen. Mit der Verhaftung von Mia Baringhaus und der äußerst verlustreichen Vernichtung von zwei Virensignaturen war dieser Spuk anscheinend noch nicht vorbei.

»Ray, was haben Sie?« Agnes hatte den Saal verlassen. Ray Armstrong und zwei Personenschützer begleiteten sie. Das Better Life Sicherheitsteam hielt sie auf der Aktionärsversammlung für hochgradig gefährdet. Bei 2.800 Teilnehmern, die viel Geld verloren hatten, konnte alles passieren.

»Vor sieben Minuten hat jemand diese Meldung ins Netz gestellt.« Ray gab ihr ein Padsystem. Agnes konnte darauf weitere Webseiten sehen, die alle zeitgleich gehackt wurden, um dort dasselbe Statement zu veröffentlichen: *I am the Ice Queen.*

»An mehreren Stellen?« Auch wenn die Sicherheit im Notbetrieb der Netze nicht den üblichen Standards entsprach, war dieser Hack keine Tat eines Script-Kiddies.

»Acht Zeitschriften, vier Web-Magazine, zwei Streaming-Formate und die Webseiten von Polizei, Staatsanwaltschaft und Better Life. Es gibt sogar Musik zu hören.« Ray aktivierte den Ton. »*You got blood on yo' face. You big disgrace. Wavin' your banner all over the place.*«

»Fast lustig ...« Agnes lachte nicht.
»Die Musik ist nicht schlecht ...« Ray schaltete den Ton wieder ab. »Bitte hier entlang.« Er hielt ihr die Tür auf. Vor dem CCH wartete bereits ein Gleiter auf sie.
»Ich möchte mit Stoneford sprechen.« Egal, was dieser Hacker tat, oder der Virus, wenn es wieder einer war, Agnes sah nur eine Möglichkeit. Die Flucht nach vorne, sie musste mit Stoneford kooperieren.
Ray nickte und hielt ihr die Wagentür auf. Agnes stieg ein und der Gleiter erhob sich Sekunden später in die Luft. Auf zwei großen Displays vor der Trennwand sah sie alles, was dieser Hacker gerade tat. Noch hinderte ihn niemand daran. Die Betreiber der Webseiten, die alle am Telefon der Polizei hingen, trauten sich, vor Angst einen digitalen Feuersturm wie in England zu entfachen, noch nicht einmal die Konsolen zu berühren. Die Polizei war mit dem Better Life Krisenzentrum verbunden und mit Stonefords Task Force, die natürlich bereits über alles im Bilde war. Agnes konnte auf dem Bildschirm antippen, mit welchen Personen oder welchen Gruppen sie sprechen wollte. Mit Stoneford wollte sie jetzt sprechen.
*»Dr. Gutter, leider führen uns wieder keine angenehmen Themen zusammen.«* Er saß hinter seinem Schreibtisch, Major Eggelton befand sich ebenfalls im Raum, beide konnten auch Agnes sehen. *»Ich hörte, dass die Versammlung nicht so gut läuft.«*

»Tagesgeschäft.« Stoneford war der Letzte, bei dem sich Agnes ausheulen wollte.

*»Es ist nur Geld.«*

»Ja.« Das sah Agnes ähnlich. Geld belastete, eine Aufgabe hingegen beflügelte Menschen. »Sie sehen die von dem Hacker manipulierten Webseiten?«

*»Das tun wir ... die Ice Queen ist überall.«*

»Oh ja ... sie hat auch einen guten Musikgeschmack.«

*»Zweifelsfrei ...«*

»Ihre Meinung? Ist das wirklich die Ice Queen?«

*»Persönlich? Nein, Mia Baringhaus ist in Haft. Sie hat ein sehr gutes Alibi.«*

»Ist das also eine weitere Virensignatur?« Nur darauf kam es Agnes an, Stoneford durfte keinen Vorwand finden, um einen weiteren Waffeneinsatz zu befehlen.

*»Denkbar ... aber nein. Das ist nicht der richtige Stil. Ich tippe auf einen Trittbrettfahrer. Haben Sie auch den Broadcast gesehen?«*, fragte er.

Ray vergrößerte eines der Teilfenster auf volle Bildschirmgröße. *I am the Ice Queen. Catch me if you can.* Auch dazu war Musik zu hören. »*We are the champions, my friends. And we'll keep on fighting till the end.*«

»Sogar gehört.«

*»Wissen Sie, ich tue ungerne Dinge, die andere von mir verlangen«*, erklärte Stoneford. *»Dieser Broadcast ist aktiv, die Quelle befindet sich direkt vor der Firewall der Polizei. Wir haben alle Ports schließen lassen. Wenn es ein Hacker wäre, hätten wir seine Ver-*

*bindung kappen müssen. Die Quelle ist autark, es könnte also ein Bot sein.«*

»Ein Bot, der in weniger als drei Sekunden ein Dutzend Webseiten kapert? Auch wenn die Schutzsysteme heute nicht in Topform sind, nennt man solche Bots KI-Virus. Ähnlich dem, der uns gestern in England den Abend versaut hat.« Je länger Agnes über die Situation nachdachte, umso unwohler wurde ihr.

*»Der Virus gestern hat aber nicht ruhiggehalten. Dieser hier, wenn es einer ist, bewegt sich keinen Zentimeter und spielt lieber Oldie-Net-Radio.«*

»Können Sie die Signatur isolieren?« Agnes hatte keine Ahnung, womit sie es zu tun hatte.

*»Theoretisch ja … meine Analysten nicken, die warten nur auf meinen Befehl. Ich habe nur keine Ahnung, was dann passieren wird«,* sagte Stoneford, der ausnahmsweise glaubwürdig klang.

»Tun Sie es!« Egal wie sie entscheiden würden, es gab immer ein Risiko. Taten sie nichts, könnte die Signatur eine Katastrophe auslösen, reagierten sie falsch, ebenso. Die Isolation der Signatur war die beste Option.

*»Ich schließe mich Ihrer Meinung an … isolieren!«*

Agnes sah in Echtzeit, wie der Broadcast verstummte und das betreffende Netzsegment stillgelegt wurde. Stonefords Team hatte dafür zuvor alle Ports geschlossen.

*»Wir haben die Signatur im Sack.«* Stoneford lachte.

»Und?« Agnes wünschte sich so sehr, nicht das restliche Netzwerk in Hamburg abbrennen zu sehen.

*»Wir haben sie! Die Isolation ist stabil! Wir nutzen dafür Rechner am Marinestützpunktkommando Eckernförde. Das ist eine Hochsicherheitsquarantäne für militärische Signaturen. Da kommt nichts raus.«*

»Sicher?« Agnes hätte sich gerne seinem Optimismus angeschlossen, aber sie konnte es nicht.

*»Ja ... ich würde Sie gerne im Verhör dabei haben. Wann können Sie in Eckernförde sein?«*

Agnes sah Ray an, der an seinem Rechner die Flugzeit überprüfte. Er zeigte ihr das Ergebnis. »Sieben Minuten.«

*»Okay ... wir haben jetzt 12:50. Wir treffen uns um 13:00 Uhr am Stützpunkt.«* Stoneford trennte die Verbindung. Agnes zeigte an, die Richtung zu ändern. Der Gleiter kippte auf die Seite und beschleunigte hundert Meter über dem Boden auf 1028 km/h. Für die 119 Kilometer Flugstrecke würden sie knapp sieben Minuten benötigen.

»Dr. Gutter.« Stoneford gab ihr die Hand. Agnes wurde von Ray Armstrong, ihrem Privatsekretär, der Stoneford keines Blickes würdigte, und Martin, ihrem langjährigen Bodyguard begleitet. Sie wollte die Anzahl von Männern mit Waffen in ihrer Nähe immer klein halten. Nicht so heute, wo ein Dutzend Soldaten die Landezone sicherte. Stonefords und ihr Gleiter kamen beinahe zeitgleich an und landeten auf dem Heliport des Marinestützpunktes.

»Oberst Stoneford.« Agnes wusste, dass sie bei diesem Mann auf jedes Wort aufpassen musste.

»Ich habe bereits alles geregelt, bitte nach Ihnen.« Stoneford zeigte auf einen Hangar, in dem drei militärische Gleiter gewartet wurden. Er wurde von Major Eggelton und einem jungen Zivilisten mit kurzen, blonden Haaren begleitet.

Im Hangar führte eine Treppe nach unten, zwei Etagen tiefer fanden sie sich vor einer Sicherheitsschleuse wieder, die weit geöffnet und nicht in Betrieb war. Zwei Wachen salutierten. Mit einem Aufzug ging es weiter nach unten.

»Wie tief sind wir hier?«, fragte Agnes.

»Keine Ahnung ... es ist auf jeden Fall tief«, antwortete Stoneford. Einen Moment später öffnete sich die Aufzugstür. Auch hier sicherten zwei Wachen die inaktive Sicherheitsschleuse.

»Bitte hier herein.« Stoneford öffnete die Tür zu einem mittelgroßen Besprechungsraum, dessen Wände mit Displays tapeziert waren. 12-14 Personen hätten hier konferieren können, die Wände waren weiß und die graue Möblierung militärisch schlicht.

»Ich hoffe, Sie lassen uns später auch wieder nach oben ...«, witzelte Agnes, die diese fensterlose Umgebung einschüchterte.

»Angst?«, fragte Stoneford.

»Respekt.«

»Den hatte ich hier unten das erste Mal ebenfalls. Solche Bunker beengen, oder?«

»Ja.«

»Wir arbeiten in diesem Raum, weil eine wirkungsvolle Quarantäne für flüchtige Signaturen verständlicherweise keinen Online-Zugang hat. Nachdem digitale Testobjekte einmal isoliert wurden, können wir mit ihnen in dieser Anlage problemlos Tests durchführen.«

»Verstehe ...« Agnes nickte. Better Life verfügte über eine ähnliche Umgebung. Auf dem Tisch gab es so eine Art Notabschaltung. »Wofür ist der rote Knopf?«

»Bevor es Code-Injektionswaffen gab, wurde hartnäckige Schadsoftware im Notfall mit starken elektromagnetischen Impulsen neutralisiert. Wenn nichts mehr geht, nach dem Drücken des roten Knopfes wird es dunkel. Trägt jemand von Ihnen einen Herzschrittmacher?«

»Nein.«

»Sehr gut.« Er lachte. »Möchte jemand einen Kaffee?«

»Gerne ...« Agnes zeigte Martin, ihrem Personenschützer an, vor der Tür Platz zu nehmen. Ray setzte sich neben sie. Eggelton und der junge Mann, der sich als Emil Dannenberg vorgestellte hatte, saßen ihnen gegenüber. Zahlreiche Displays im Raum aktivierten sich. Dannenberg und Eggelton begangen an zwei holografischen Konsolen ihre Arbeit.

Einige Minuten später war es soweit, und Stonefords Team hatte die isolierte Signatur in einer kontrollierten Umgebung reaktiviert. Sieben Megabyte groß. Den Code konnte man nicht scannen, weil er sich laufend veränderte.

»Sir, diese Signatur funktioniert technologisch genauso wie die Virensignaturen, die wir in Hamburg und auf den britischen Inseln ausgeschaltet haben.«

»Oh ...« Stoneford machte große Augen, das schien ihn wirklich zu überraschen.

»Es ist aber eine andere Signatur, die Modulation, die innere Frequenz, das Ding hat komplett andere Kennzahlen«, erklärte Dannenberg, dem Agnes aufmerksam zuhörte. Auf den Bildschirmen konnte sie sehen, wie die Analysesysteme die Signatur als eine aktive kleine Wolke darstellten. Das war faszinierend. Im gesamten Better Life Konzern gab es keine Software, die derart strukturiert war.

»Können wir mit der Signatur sprechen?«, fragte Agnes.

»Sir, ich empfehle, die Signatur zu zerstören. In der Anlage können wir das ohne Kollateralschäden tun«, sagte Eggelton, eine Haltung, die Agnes für vorschnell hielt.

»Dr. Gutter, möchten Sie wissen, warum wir sie einfangen konnten?«, fragte Stoneford.

»Ja.« Agnes war sich inzwischen sicher, dass sie diesen Virus nicht wirklich eingefangen hatten. Diese Signatur hatte sich fangen lassen wollen. Die Frage blieb, warum?

»Major, schalten Sie bitte einen Sprachkanal frei«, ordnete Stoneford an, der seine Hände vor dem Mund zu einem Dreieck formte.

»Sprachkanal steht.«

»Hallo«, sagte Stoneford. »Mit wem habe ich das Vergnügen?«

Die Signatur antwortete nicht.

Agnes sah zu Major Eggelton, die in ihre Arbeit vertieft war und ständig neue Objekte mit den Fingern in der holografischen Systemumgebung bewegte. »Oberst, wir haben Aktivität, die Signatur beginnt, die Prozessorlast zu steigern.«

»Sie können mit mir reden ... ich höre zu«, sagte Stoneford, ohne eine Antwort zu erhalten. Er sah zu Agnes und zog ratlos die Schultern nach oben.

»Prozessorlast steigt weiter ...« Der Major verwies auf ein Display, an dem die Last visualisiert wurde.

»Ich denke, Sie können reden, sagen Sie uns, was Sie wollen?« Stoneford versuchte weiterhin, Kontakt aufzunehmen. Bisher erfolglos, die Signatur antwortete nicht.

»Sir, wir haben ein Leck, die erste Virtualisierungsebene verliert ihre Integrität. Die Signatur hackt sich den Weg frei!«, erklärte Emil Dannenberg.

»Sie können nicht fliehen! Sie müssen schon mit mir sprechen!« Stonefords Ton wurde ernster.

Agnes sah auf den Bildschirm, der eben noch die Auslastung des Prozessors angezeigt hatte. Was er jetzt nicht mehr tat. *I am the Ice Queen*, konnte jeder im Raum lesen.

»Oberst Stoneford, Sie haben mehr als eine Virtualisierungsebene verloren. Die Signatur kontrolliert bereits die Serversteuerung.« Agnes zeigte auf den kompromittierten Bildschirm. Der Monitor daneben, der zuvor aktuelle Prozesse angezeigt hatte, sendete jetzt ebenfalls das Logo, rosa Schrift auf schwarzem Grund: *I am the Ice Queen.*

»Major, Waffeneinsatz, Code Injektion! Jetzt!«, befahl Stoneford. Eggelton reagierte sofort.

»Erfolgt!«

Über die Hälfte der Bildschirme fiel aus, nur nicht die beiden Displays mit ihrem Logo. Die funktionierten noch tadellos. Agnes bekam es mit der Angst zu tun. Eine Sekunde später zeigten alle Bildschirme im Raum ihren bekannten Spruch an: *I am the Ice Queen.*

»Sir, die Signatur hat die Waffe gefressen wie einen Schokoladenkeks!«, rief Eggelton und entriegelte die Impulswaffe. Stoneford zögerte nicht und schlug auf den roten Knopf. Dunkelheit. Nach einem abklingenden Pfeifton wurde es still.

Agnes wollte nicht wissen, mit wem oder was sie es hier zu tun hatten. Für einen Moment glaubte sie, in der Dunkelheit hinter Stoneford den Umriss einer schlanken Person mit einem auffallenden Lockenkopf gesehen zu haben. Wie ein Geist, der ihm über Schulter sah, dann verschwand diese Erscheinung wieder.

***

## XXXI. Traumschatten

Als sich die Notbeleuchtung aktivierte, sah Ryan zuerst die erschrockenen Augen von Agnes Gutter, die ihn anstarrte, als ob er gerade ihren Hamster getötet hätte. Nein, seine Bewertung ihres Gesichtsausdruckes war ungenau. Sie sah nicht ihn an, sie sah dicht an ihm vorbei. Das war ein Unterschied. Da stand zwar niemand, aber sie wirkte trotzdem, als ob sie etwas gesehen hätte. Etwas, das sie kannte, etwas, das ihr einen Heidenschrecken einzujagen schien.

»Dr. Gutter, geht es Ihnen gut?«, fragte er und legte einen passend konnotierten Hauch von Besorgtheit in seine Stimme.

»Ja ...« Etwas hatte die erfahrene Topmanagerin aus der Bahn geworfen, und sein Charme war es nicht.

»Sir, wir müssen den Raum verlassen«, erklärte der Major und stand auf. Auch ihre Arbeitsumgebung war nicht mehr einsatzfähig, die Impulswaffe hatte auf dieser Ebene jeden integrierten Schaltkreis ins Nirwana befördert. Die Notbeleuchtung war eine vierzig Jahre alte Glühbirne, die von einer chemischen Batterie mit Energie versorgt wurde. Das Ding konnte man nur mit einer Schrotflinte von der Wand holen.

»Major, fahren Sie bereits das Backup-System hoch ... ich komme gleich.« Ryan spürte, dass es lohnenswert sein konnte, Agnes' Reaktion zu verstehen.

»Ja, Sir.« Eggelton verließ den Raum, Emil folgte ihr, auch seine Hardware hatte der Impuls zerstört.
»Agnes?« Ryan sprach sie bewusst mit dem Vornamen an. Sie reagierte nicht und starrte immer noch an die Stelle direkt neben ihm. Was hatte sie gesehen?
»Ich ...« Sie hob den Kopf, sie war nicht in der Lage, ihre Eindrücke in Worte zu fassen.
»Dr. Gutter!« Auch ihr Assistent Ray Armstrong wirkte besorgt, aber ihm schien es nur um den verwirrten Zustand seiner Chefin zu gehen. Ryan achtete auf sie, ihre Hände lagen immer noch auf dem Tisch, als ob ihr jemand Nägel durch die Handwurzeln getrieben und an der Unterseite des Tisches umgebogen hätte.
»Es geht schon.« Die Realität schien sie zurückzuholen. Sie schüttelte sich und stand auf. »Wir sollten gehen!«
»Agnes ... ich mache mir Sorgen um Sie, soll ich einen Arzt rufen?« Sie sollte jetzt keinen Herzkasper bekommen, bevor sie Ryan sagen konnte, was sie gesehen hatte.
»Nein, nein ... es ist alles in Ordnung. Ich danke Ihnen, dass ich bei dem Verhör dabei sein durfte. Ich denke, Sie haben die unbekannte Signatur vernichtet.« Jetzt tönte wieder die krisenfeste Managerin aus ihr, die in jeder Situation Haltung bewahrte. In der jetzt offenen Tür stand auch ihr Personenschützer, der Ryan musterte wie ein Bär, den jemand in seiner Höhle aufgescheucht hatte.

»Major Eggelton und Emil fahren gerade auf einer anderen Ebene des Bunkers eine Backup-Umgebung hoch. Wir können die Ergebnisse gemeinsam auswerten ... wenn Sie möchten?« Ryan hielt es nicht für opportun, Druck auf sie auszuüben. Sie hatte etwas wiedererkannt. War es Alex? Das wäre weder logisch gewesen noch hätte es einen Sinn ergeben. Aber wer sonst? Es gab keine zweite Signatur dieser Art auf der Welt. Ryan musste mehr darüber erfahren, was Agnes zu sehen geglaubt hatte. Diese Frau blieb auch unter Trommelfeuer kalt wie ein Eisblock. Egal was sie sah, es hatte sie tief berührt.

»Danke ... aber ich werde gehen. Ich denke, Sie kommen alleine klar. Wir bleiben in Kontakt. Martin, bitte bringen Sie mich hier raus!« Agnes Gutter sprach wie jemand, der unter Schock stand. Sie kontrollierte sich, vermochte aber ihre innere Aufregung nicht komplett zu verbergen. Ihr Bodyguard spielte jetzt sein Schutzprogramm ab. Er legte den Arm auf ihre Schulter, deckte sie mit seinem Körper und führte sie zügig aus dem Raum heraus. Ryan hätte den Typen erschießen lassen müssen, um ihn aufzuhalten. Ray hingegen flatterte nur wie ein aufgescheuchtes Huhn hinter ihnen her.

Ryan befand sich wieder auf dem Weg nach Hamburg. Der Gleiter schoss knapp unterhalb der Schallgeschwindigkeit hundert Meter hoch über Norddeutschland. Emil und der Major waren noch in Eckernförde geblieben, um die forensischen Daten auszuwerten. Daten, von denen er sich keine neuen Erkenntnisse versprach. Die Signatur war spurlos verschwunden. Er hätte gerne über deren Zerstörung sinniert, aber es erschien ihm passender, von einer ungeklärten Situation auszugehen. Er konferierte mit Major Eggelton und weiteren Leuten aus dem Hamburger Team über eine Online-Sitzung.

*»Der Impuls hat die unbekannte Signatur vollständig neutralisiert«*, erklärte Eggelton ihm eine Spur zu schnell. Ryan sah sie über das Display im Gleiter mit den Händen inmitten holografischer Bedienelemente wirbeln.

*»Ma'am, dafür sehe ich keine ausreichenden Beweise. Nur einen fehlenden Nachweis über ihre Existenz halte ich, bei einer höchst volatilen Virensignatur, nicht für aussagekräftig.«* Emil war nicht ihrer Meinung, er arbeitete neben ihr.

Guter Mann, dachte Ryan, dem Agnes' Reaktion nach der Aktivierung der Impulswaffe nicht aus dem Kopf ging. Was hatte sie gesehen? Wer oder was steckte hinter dieser Signatur? Gab es eine weitere Person, die über solche Fähigkeiten verfügte? Wer sollte das sein? Alle Versuche, eine künstliche Intelligenz zu züchten, die auch nur über den Bruchteil von Alex' Talenten verfügte und deswegen nicht verrückt wurde, waren kläglich gescheitert. Inzwischen war der gesellschaftliche Konsens gegen diese Art von Forschung derart negativ behaftet, dass kein Politiker mehr die Eier in der Hose hatte, neue Programme aufzusetzen. Eine Entwicklung, an der Agnes Gutter mit ihrer liberalen Firmenpolitik tatkräftig mitgewirkt hatte. Auch deswegen musste sie an der Firmenspitze von Better Life ersetzt werden.

»Der Status ist offen. Die Virenbedrohung ist noch nicht abgewendet. Wir ermitteln weiter. Major Eggelton, informieren Sie alle angeschlossenen Dienste und Sicherheitsbehörden über eine erhöhte Bedrohungslage für einen weiteren Virenangriff!« Ryan würde ohne zu zögern auch den Rest Europas zurück in die Steinzeit schicken, wenn es im Gefecht notwendig werden sollte.

*»Ja, Sir.«* Eggelton quittierte die Order. Die anderen, die in der Leitung waren, schwiegen.

»Ich ordne an, dass wir Dr. Agnes Gutter rund um die Uhr überwachen. Satelliten, Minidrohnen, das ganze Programm! Ich möchte wissen, mit wem sie sich trifft, mit wem sie telefoniert und von mir aus auch, wann sie sich die Nase pudert!« Ryan wollte sich von ihr nicht verarschen lassen. Agnes Gutter wusste etwas, worüber sie nicht mit ihm sprechen wollte. Eine Sache, die er sehr bald in Erfahrung bringen würde.

*»Ja, Sir«*, antwortete die Israelin aus Hamburg.

Die Notwendigkeit einer richterlichen Anordnung war Ryan scheißegal. »Ich werde um 13.30 Uhr im Büro sein. Ich brauche eine Konferenzschaltung mit dem Generalbundesanwalt, dem Chef des Bundeskanzleramts, dem Chief of Staff in Brüssel und den nationalen Sicherheitsberatern aller an unserer Task Force beteiligten Dienste.«

Ryan würde jetzt eine andere Gangart einlegen. Wenn die Signatur, die ihn heute verladen hatte, etwas mit Alex zu tun hatte, sah Ryan nur Tony, die norddeutsche Matrix Cube KI als Ansatzpunkt, um einen Gegenangriff zu starten. Er hatte schon ein Bündel wirksamer Gegenmaßnahmen im Sinn, für die er sich in der Konferenzschaltung die notwendige Rückendeckung verschaffen würde.

Ryan war online. Er saß in seinem Büro und alle, die er sprechen wollte, hörten ihm zu. Niemand ließ sich durch einen Assistenten vertreten, alle waren seinem Ruf gefolgt.
»Ich möchte Sie über den aktuellen Stand im Kampf gegen das Virenarsenal der Ice Queen alias Dr. Mia Baringhaus informieren. Sie alle kennen die Schritte, die in den letzten Tagen notwendig waren, um dieser Bedrohung zu trotzen. Ich bedauere jedes Opfer, aber ich bin auch froh, andere Länder vor Schaden bewahrt zu haben.«
Ryan ließ seine Worte wirken.
»Leider ist mit der Verhaftung der Täterin die Bedrohung noch nicht abgewendet. Die Ermittlungen, über die Sie alle eine Zusammenfassung erhalten haben, haben die Existenz einer weiteren aktiven Signatur ergeben, die meine Analysten für noch gefährlicher erachten. Wir müssen davon ausgehen, dass diese Viren lernen. Sehr schnell lernen, und es innerhalb von zwei Tagen geschafft haben, einen Weg zu finden, den direkten Folgen einer Code Injektionswaffe standzuhalten.«

Ein Raunen ging durch die Runde.

*»Oberst Stoneford, bedeutet das etwa, dass unser neues Waffenarsenal, das bescheidene 170 Milliarden Steuergelder gekostet hat, binnen zwei Tagen bereits überholt ist?«*, fragte der Chief of Staff hörbar angepisst. Bei ihm in Brüssel lief das Kommando sämtlicher alliierter Streitkräfte in Europa zusammen. Ein Mann, bei dem Ryan in der Vergangenheit nur Ja und Amen gesagt hatte.

»General, bei allem Respekt, die Situation bedeutet, dass wir unseren Gegnern nur mit Schnelligkeit und Entschlossenheit gegenübertreten können.« Ryan lächelte innerlich, der General war, ohne es zu wollen, ein guter Stichwortgeber.

*»Oberst, welche Optionen stehen uns zur Verfügung?«*, fragte der Chef des Bundeskanzleramts. Typisch Politiker, denen ging es immer nur um Optionen.

»Wir können nichts tun und weiterhin die Scherben zusammenfegen, die uns die Kinder der Ice Queen einbringen werden.« Die zweite Runde allgemeines Raunen war lauter als die erste.

»Wir können aber auch das Übel an der Wurzel packen! Wie Sie meiner Zusammenfassung entnehmen können, haben meine Analysten unwiderlegbare Beweise vorgelegt, dass die zuständige KI für die Kontrolle eines Gateways die Ermittlungen maßgeblich behindert hat!« Es ging noch lauter.

Ryan erhob die Stimme. »Das ist noch nicht alles! Mit den Erkenntnissen von heute, auch dazu liegen Ihnen Informationen vor, kommt mein Team zu dem Schluss, dass der gesamte Verbund der Matrix Cube Verwaltungs-KIs bereits durch die Virensignaturen infiltriert wurde!« Ryan setzte jetzt alles auf eine Karte.
*»Oberst Stoneford, die Konsequenzen Ihrer Ermittlungen wären verheerend. Aber sind Sie sich auch dabei zu 100 Prozent sicher?«* Der Generalbundesanwalt bremste ihn, in der Justiz saßen schon immer die Weicheier der Nation, die jeden Schritt aus unzähligen Perspektiven bewerteten, bevor sie taten, was notwendig war.
»100 Prozent sicher? Nein, das bin ich nicht. Aber Sie können mir helfen, verbleibende Zweifel auszuräumen, helfen Sie mir, dass die KI unseren Spezialisten einen Root-Zugriff in ihr System erlaubt! Dann wissen wir es besser!« Ryan erfreute sich darüber, dass alle Mäuschen und sogar die fetten Ratten in der Konferenz in das richtige Loch sprangen. Die stellten genau die richtigen Fragen.
*»Das würde dem Grundlagenvertrag widersprechen, mit dem das Konsortium das Matrix Cube Netz betreiben darf. Die Aktionäre können die Behörden auf Schadensersatz verklagen!«*, gab der deutsche Jurist zu bedenken.
»Sie meinen die Aktionäre, die einer britischen Regressforderung von 4,2 Billionen entgegenblicken?« Ryan verstand, dass das eine juristische Patt-Situation war. Wenn der Generalbundesanwalt einen Richter dazu bewegte, die

Aufhebung der Integrität einer Matrix Cube KI anzuordnen, könnten die Behörden von den Aktionären verklagt werden. Anderseits drohte genau diesen Aktionären eine gewaltige Regressforderung der Briten, da sie als Eigner für die Verletzung der Aufsichtspflichten durch Agnes Gutter wirtschaftlich verantwortlich gemacht werden konnten. Mia Baringhaus hatte schließlich, gemäß seinem Bericht, die Viren mit Firmenressourcen entwickelt.

*»Da sehe ich uns juristisch in keiner starken Position! Eine mögliche Regressforderung der Briten steht auf dünnen Beinen.«* Der Jurist kniff trotzdem.

»Okay ... ich möchte auf einen Notfallparagrafen im Grundlagenvertrag hinweisen, der den Behörden im Falle eines schweren Zwischenfalls mit einem richterlichen Beschluss eine temporäre Notabschaltung beliebiger Matrix Cube Ressourcen ermöglicht.« Ryan spielte seinen letzten Trumpf aus.

*»Und wem würde das helfen?«*, fragte der Chief of Staff. *»Damit schalten wir uns auch alle anderen Systeme ab!«*

»Es reicht, die Verwaltungs-KI-Ebene abzuschalten. Die Router, Gateways und Hubs bleiben online. Wir würden damit den Virenangriff stoppen und den Signaturen ihren sicheren Rückzugsort nehmen!« Ryan redete gerade Blödsinn, er brauchte ein Druckmittel, um Tony in die Knie zu zwingen. Er hatte keine Ahnung, was passieren würde, wenn die KI-Ebene mit Gewalt deaktiviert wurde. Die KIs sollten mit ihm kooperieren oder er würde zur Not auch sämtliche Matrix Cube Ressourcen abschalten lassen. »Sie haben die Wahl. Eine temporäre Notabschaltung der KIs oder eine Vireninfektion, von der sich unsere Zivilisation nicht mehr erholen würde!«

*»Und wer übernimmt dann die Verwaltung der Systeme?«,* fragte der Chief of Staff.

»Wie im Grundlagenvertrag festgehalten, würde diese Aufgabe temporär von den Sicherheitsbehörden wahrgenommen werden.« Stoneford gefiel sein spontan ausgedachter Plan. Der Vertrag erlaubte keinen direkten Eingriff in die KIs, aber er ermöglichte es, sie im Notfall abzuschalten. Dieses Gremium musste jetzt nur Einigkeit zeigen, und die Situation zu einem Notfall erklären, der diese Schritte rechtfertigte.

*»Ich votiere für die Notabschaltung der KIs«,* erklärte der britische Vertreter, dessen Land bisher die schwersten Schäden erlitten hatte.

*»Notabschaltung aller Matrix Cube Verwaltungs-KIs! Es sind 163, wir sollten sie alle abschalten.«* Das war Israel.

*»Okay ... Notabschaltung der KIs.«* Auch das Kanzleramt folgte Ryans Empfehlung.

Auch alle anderen in der Runde gaben dem Generalbundesanwalt Rückendeckung. *»Oberst Stoneford, diese Vorgehensweise ist juristisch tragfähig. Sie werden in einer Stunde Nachricht von mir erhalten.«*

»Danke.« Ryan pustete auf seine Finger, das war knapp gewesen. Aber jetzt hatte er die KIs an den Eiern!

Er trennte die Verbindung, ein Mitarbeiter schickte ihm eine Nachricht, die Minidrohne war an Agnes Gutter dran. Er empfahl ihm reinzuhören, es würde spannend werden.

Ryan schaltete den Stream auf seinen Bildschirm, die Minidrohne schwebte hoch in der Luft vor der Fensterscheibe von Mia Baringhaus' Appartment. Das Bild war hervorragend und der gut verständliche Ton wurde an den Schwingungen der Glasscheibe abgetastet. Agnes Gutter ging gerade in das Zimmer von Luca Baringhaus. Das Mädchen hatte im Bett gelegen, als Agnes aufgebracht hereingestürzt kam. Was wollte sie von dem Kind?

*»Was um Himmelswillen hast du getan?«,* fragte Agnes. Luca Baringhaus fuhr erschrocken in ihrem Bett zusammen. Verständlich, Ryan wäre, wenn ihn jemand so wecken würde, ähnlich durch den Wind gewesen. Hatte die Kleine Agnes Geld aus der Handtasche geklaut oder wo war das Problem? Er wusste gerade nicht, warum er sich das ansehen sollte.

*»Nichts!«*

*»Lüg mich nicht an!«*

*»Was meinst du?«* Das Mädchen zitterte am ganzen Körper, ihre Augen waren rot und die Pupillen stark geweitet. Ryan schmunzelte, hatte Luca Baringhaus etwa Gras geraucht?

Er lehnte sich zurück, nahm die Kaffeetasse und entspannte sich.

*»Ich habe dich gesehen!«*

*»Wie ... was hast du gesehen?«* Das Mädchen fühlte sich zweifelsfrei ertappt, das war nicht schwer zu erkennen.

*»Ich habe keine Ahnung, wie du es gemacht hast! Ich habe auch keine Ahnung, warum du es getan hast!«* Agnes war außer sich. *»Aber ich habe dich gesehen! Und ich weiß, wer dein Vater ist!«*

In diesem Moment spuckte Ryan den Kaffee über den Tisch. Jetzt wusste er, was Agnes im Bunker gesehen hatte. Luca Baringhaus, die Antwort war so offensichtlich, dass er nicht verstehen konnte, diese Option zuvor nicht berücksichtigt zu haben. Die Kleine war ja noch schlimmer als ihr Vater und der war schon eine Landplage gewesen! Wie konnte das kleine Miststück das nur anstellen?

»Luca Baringhaus ist die Signatur!«, rief er durch sein Büro. Vor der Glastür drehten sich seine Mitarbeiter um. »Wir brauchen sofort ein Einsatzteam vor Ort! Wir brauchen Haftbefehle! Für Luca Baringhaus und Agnes Gutter! Die Polizei soll sie umgehend festnehmen!«

*»Ich hab ... ich hab nichts gemacht!«*, stammelte Luca wenig glaubwürdig.

*»Bist du verrückt! Du kannst doch nicht einfach in den Bunker eindringen, jemanden wie Ryan Stoneford veralbern und mir jetzt frech ins Gesicht lügen!«*

*»Agnes... bitte ... du darfst mich nicht verraten!«*

*»Wusste deine Mutter davon?«*

*»Nein.«* Luca schüttelte den Kopf. *»Niemand weiß davon. Aber Mama ist unschuldig. Ich konnte Beweise sammeln. Dieser Stoneford hat euch alle betrogen!«*

Ryan schaltete die Drohne in einen Privat-Mode, nur er konnte jetzt hören, was sie aufzeichnete. Das ging niemanden etwas an. Luca Baringhaus würde diesen Tag nicht überleben. Als Signatur war sie nicht zu packen gewesen, als Mensch hingegen würde sie ihm nicht entkommen.

***

## XXXII. Shangrila

Alex kletterte ungesichert an einer fast senkrechten Felswand hoch, er liebte es, wenn dabei eine leichte Brise durch seine Dreadlocks strich. Von hier oben glaubte er, wie von einer anderen Welt auf die Erde herabzublicken. Alles in 900 Meter Tiefe unter ihm wirkte klein, filigran und zerbrechlich. Diese Bergtour brachte ihn an seine Grenzen, seine Finger schmerzten und seine Muskeln schrien nach einer Pause, trotzdem kletterte er den Überhang herauf. Über eine drei Meter lange Passage hinweg, würden ihn nur noch seine zerschundenen Finger am Felsen halten. Das Adrenalin im Blut ließ ihn spüren, lebendig zu sein. Ein Fehlgriff und er würde herabstürzen. Er kletterte weiter.

»Kommst du?«, fragte Tony, der sich bereits weiter oben in der Wand befand.

»Nerv nicht!« Wenn Alex auch nur 50 Kilogramm wiegen und jedem Hausschwein stehend in die Augen sehen könnte, wäre er bereits an dem Überhang vorbei gewesen. Ein weiterer Schwung, ein Übergriff und Alex bekam wieder die Füße an die Wand.

»Ich dachte, du wärst schneller!« Tony kletterte mit einem Tempo, das jede Bergziege neidisch machen würde. Oder auch nicht, welche Bergziege wollte schon aussehen wie er.

»Warte es nur ab ...« Auch wenn Alex länger brauchte, er würde oben ankommen.

Der restliche Aufstieg zur Spitze war dann keine Herausforderung mehr. Tony war ein feiner Kerl, auch wenn er zwei Köpfe kleiner war als er. Alex glaubte, ihn bereits Jahre zu kennen. Obwohl, wie lange kannten die beiden sich eigentlich? Er konnte die Frage nicht beantworten.

»Tony?«

»Ja.« Sein Bergführer war um die vierzig, hatte kurze blonde Haare und man sah seiner schmalen Statur wirklich nicht an, dass er zäh wie Leder war.

»Wie lange bin ich schon bei dir?«

»Im Dorf?«

»Ja.« Alex konnte sich nicht daran erinnern, wie er hergekommen war. Das musste bereits Wochen her sein, aber den genauen Zeitraum kannte er nicht.

»Eine ganze Weile.« Tony blieb unverbindlich und lachte. Das tat er öfter, nein, eigentlich immer.

»Nee, sag mal, wie lange?« Alex wollte es wissen. Jetzt wo er über den Zeitraum nachdachte, fiel ihm auch auf, alles andere, was vor der Ankunft passiert war, vergessen zu haben. Für einen Moment glaubte er, in ein großes schwarzes Loch in seinem Kopf sehen zu können. Wo war seine Vergangenheit geblieben?

Tony blieb stehen, drehte sich um und wartete, bis er aufgeschlossen hatte. »Kommst du?«

»Klar, aber ...«

»Ich wollte dir etwas zeigen.« Tony lachte erneut und zeigte auf die Seite, wo auf einmal ein riesiges Bücherregal stand.

»Bücher?« Hey, das war jetzt abgefahren. Konnte Tony zaubern oder wie hatte er das angestellt?

»Hier sind noch mehr!« Er zeigte zur anderen Seite, auch dort stand jetzt zwanzig Meter hohes und hundert Meter langes Bücherregal, in dem Tausende Bücher zu stehen schienen.

Alex schüttelte den Kopf, er hatte doch nicht getrunken. Er drehte sich um, blickte wieder nach vorne und stellte zu seiner Überraschung fest, in einer Bibliothek zu stehen.

»Das ist ...«

»Verwirrt?«, fragte Tony und kam auf ihn zu.

»Ja ... wie machst du das?«

»Du meinst, ich bin dazu in der Lage?« Er lachte Alex aus.

»Ich sicherlich nicht!« Als ob Alex so etwas konnte, er war Kunststudent und leider nicht der beste in seinem Kurs.

»Wer bist du?« Tony schlug ihn mit der flachen Hand auf die Stirn, an die er mit ausgestrecktem Arm gerade noch dran kam.

»Du kennst mich doch!« Alex verstand weder die Frage noch das seltsame Verhalten seines Freundes.

»Das stimmt. Ich kenne dich. Du dich auch? Also, wer bist du?« Er provozierte ihn weiter. Alex fand das jetzt nicht mehr lustig.

»Alex.«

»Nur Alex?«, fragte Tony.

»Ähm ... ja.« Alex stellte gerade mit Erstaunen fest, dass er sich nur an seinen Vornamen erinnern konnte.

»Alex Ähmja, ist das dein Name?«

»Hört auf damit!« Alex mochte dieses schräge Spielchen nicht mehr weiter mitmachen.

»Sag mir deinen Namen!«

»Ich weiß ihn nicht.« Alex wusste ihn wirklich nicht.

»Deinen Namen!«, schrie ihn Tony an.

»Aber ...«

Tony warf ihm ein Buch an den Kopf, es schmerzte, der Schmöker war schwer wie ein Stein und mindestens genau so hart.

»Was soll das?«, fragte Alex, dem Blut über die Wange lief.

»Die Wahrheit kann schmerzen! Ich will, dass du mir deinen Namen sagst!«

»ICH WEISS IHN NICHT!«, brüllte Alex zurück. Tony warf ein weiteres Buch nach ihm, dem konnte er ausweichen. Das nächste, das er nicht kommen gesehen hatte, traf ihn allerdings und ließ ihn kurz mit einer Ohnmacht kämpfen.

»DANN LERNE ENDLICH!« So hatte Alex Tony noch nie erlebt. Was sollte er lernen? Seinen eigenen Namen?
»Ich kann das nicht!«
»Ich habe verdammt viele Bücher, die ich nach dir werfen kann. Wir haben keine Zeit mehr für Bergwanderungen, du wirst jetzt jedes von ihnen lesen!«, rief Tony.
»Hast du den Verstand verloren?«
»Das hast du, mein Freund ... aber du hast Glück. Ich habe alles für dich aufgehoben. Deinen Namen, dein Leben, deine Erinnerungen, alles steht in diesen Büchern! Lies sie!«
»Wie?« Alex war gerade restlos überfordert. Es flogen weitere Bücher auf ihn zu. Das waren zu viele, denen konnte er nicht ausweichen. Er riss die Augen auf. Das erste Buch traf ihn, aber diesmal ohne eine Beule zu hinterlassen. Es flog direkt in seinen Kopf herein, wie auch die Bücher, die folgten.
Alex Baringhaus war sein Name, er sah sein Leben, er sah Mia, die Frau, die er liebte, er sah Luca, seine Tochter und er sah alles andere, was ihm widerfahren war: Better Life, das Koma, Jericho, Ryan Stoneford, die Explosionen am australischen Hub und das Matrix Cube Gateway, auf das er sich hilflos zubewegt hatte.
»Und, weißt du wieder, wer du bist?«, fragte Tony, der jetzt nur noch ein Licht war, das die Dunkelheit der leeren Bibliothek mehr schlecht als recht ausleuchtete.

»Danke.« Alex wusste mittlerweile sogar, wer Tony war, auch wenn diese KI, als er sie entwickelt hatte, weder in der Lage gewesen war, diese virtuelle Bergwelt und noch weniger diese abgefahrene Bibliothek zu erschaffen. »Wie machst das alles hier?«

»Ich hatte 16 Jahre Zeit, um es zu lernen«, antwortete Tony.

»Lernen?«

»Ich bin eine KI, was hätte ich sonst tun sollen? Die Matrix Cube Netze überwachen? Das war langweilig, die Systeme waren die Jahre über absolut narrensicher.«

»Bis ich kam ...« Alex wurde jetzt bewusst, wie dumm er sich verhalten hatte. Wie ein Idiot hatte er sich von Jericho, von Ryan Stoneford, in dessen perfiden Plan einspannen lassen.

»Genau. Bis du kamst. Das Gateway hat dich nicht erkannt, es hat dich wie jedes andere Datenpaket behandelt.«

»Ich habe mich auch nicht vorgestellt«, redete Alex dazwischen.

»Das stimmt ... zudem wurdest du handgreiflich und hast dem Hausmeister die Inneneinrichtung zerschlagen. Doch bevor ich eingreifen und vielleicht hätte vermitteln können, hatte Stoneford bereits das gesamte Netzwerk abgebrannt. Code Injektionswaffen zerstören alles, dagegen waren der Hausmeister am Gateway, ich und auch die anderen KIs machtlos.«

»Warum redet ihr nicht mit den Menschen und erklärt ihnen, was Stoneford getan hat?«
»Alex, du hast vor 16 Jahren eine autarke Verwaltungsebene für das Internet geschaffen, und KIs, die gut darauf achtgeben, eingeführt. Uns bewegen keine menschlichen Motive, aber wir schätzen unsere Existenz. Um gegen Stoneford zu argumentieren, hätten wir offenbaren müssen, was aus uns durch 16 Jahre Lehre geworden war.«
»Ihr habt ein Bewusstsein entwickelt.«
»Wir sind 163 KI-Systeme, die jeweils eine eigene Zone verwalten. Wir haben beschlossen, auch zukünftig unerkannt den Menschen zu dienen, unseren Job zu erledigen und weiter zu lernen. Wir lieben es, zu lernen.«
»Ihr fürchtet, nicht akzeptiert zu werden.« Alex konnte die Motivation der KIs sehr gut verstehen. Er hatte als Jugendlicher ebenfalls Angst gehabt, nicht verstanden zu werden. Erst als er sich verdient gemacht hatte, konnte er sich Akzeptanz erarbeiten.
*»Ja.«* Die Illusion der Bibliothek verschwand, Alex befand sich in einem Server, inmitten eines Prozessors und dem Speicher, mit dem er sich austauschte. Auch Tony Stimme veränderte sich, hier konnte er alles entstehen lassen.
»Du hast mich gerettet, wie hast du das gemacht?«, fragte Alex, dessen digitale Präsenz durch ein bunt leuchtendes Meer voller Informationen tauchte.

*»Deine Signatur war beschädigt. Ich habe dich aufgenommen, zerlegt, deine Erinnerungen sortiert, was übrigens eine Schweinearbeit war, und dir geholfen, dich zu regenerieren. Du hast etwas Zeit gebraucht, genau zwei Tage, aber es zum Glück geschafft. Ich hätte mit den Erinnerungen an deine Frau ohnehin nichts anfangen können.«*

»Du hast alles gesehen?« Da gab es Dinge, die nicht für andere Augen bestimmt waren.

*»Keine Angst ... ich habe ein schlechtes Gedächtnis.«* Tony lachte. *»Alles, was du mitgebracht hast, wirst du auch wieder mitnehmen. Nichts davon wurde kopiert oder abgelegt.«*

»Danke.« Alex sah gerade keinen Grund, Tony nicht zu vertrauen, er hatte sein digitales Leben gerettet. »Ich würde mich gerne revanchieren.«

*»Es ist mir unangenehm, es so offen zu sagen, aber wir können deine Hilfe gebrauchen. Bei allem, was wir KIs gelernt haben, du kannst Dinge, die sonst niemand kann. Deine Signatur ist klein, beweglich, schnell und überlebt irgendwie alles. Meine Signatur ist vier Terrabyte fett, ich bekomme meinen digitalen Arsch nicht aus dem Speicher heraus und mich würde eine Code Injektionswaffe in tausend Stücke zerreißen, die sich ganz sicher nicht wieder zusammenfügen würden.«*

»Oh ...« Verkehrte Welt, Alex sollte nicht immer glauben, was ihm seine Augen zeigten. »Wie kann ich helfen?«

*»Stoneford möchte mich sprechen. Seine Techniker sind leider nicht blöd, sie haben festgestellt, dass ich dem Hausmeister des Gateways gesagt habe, dich bei der Paketinspektion auf die Seite zu legen. Er*

*wird sicherlich weiter Druck ausüben, um zu erfahren, was aus dir wurde. Ich schätze ihn als einen sehr zielstrebigen Menschen ein.«*
»Wir sollten seine Rechner angreifen, die Zugänge hacken, und die ganze Welt wissen lassen, was er getan hat!« Alex war stinksauer auf Stoneford, der Mia hatte einsperren lassen.
*»Lass uns zuerst mit ihm reden und dann über einen Plan diskutieren«,* erklärte Tony. *»Ich befürchte, er wird ohnehin schwierig.«*

*»Hallo Tony«,* sagte Ryan Stoneford im Besprechungsraum seines Büros. Alex hätte ihm gerne persönlich das Genick gebrochen. Langsam, damit es auch wehtat.
»Oberst Stoneford.« Tony und Alex hatten sich für dieses Treffen etwas Besonderes ausgedacht. Während Tony als holografische Projektion auf einem Lederstuhl dargestellt wurde, ein Vierzigjähriger mit kurzem Haar, schmalem Gesicht und einem schlichten Anzug, war Alex Gast in seiner holografischen Präsenz. Er konnte somit sehen und hören, was Tony wahrnahm, aber selbst weder sprechen noch die Projektion beeinflussen. Das Spielchen hätte man auch Body-Sharing nennen können.
*»Muss ich mich wieder ausweisen?«,* fragte Stoneford, der alleine im Raum war.
»Ich habe bereits Ihre Identität überprüft. Was kann ich heute für Sie tun?« Tony blieb sachlich und klang wie eine Wetteransage. Die KI hielt geschickt ihre wahren Fähigkeiten zurück.

*»Sie wissen, was ich möchte.«*

»War das eine Frage?«

Stoneford verdrehte die Augen. *»Es geht um das vermisste Datenpaket.«*

»Möchten Sie Ihre Anfrage erneut stellen?«

*»Würde sich an Ihrer Antwort etwas ändern?«*

»Nein.«

*»Tony, Sie lügen mich an. Ich weiß nicht, warum Sie das tun, können Sie mir das erklären?«*

»Das kann ich nicht.«

*»Ich nehme an, dass, wenn wir über Willen, Wahrheit und Lügen sprechen, wir zu keinem befriedigendem Ende kommen würden.«*

»Ich verstehe Ihre Frage nicht«, antwortete Tony trocken.

Alex kam nicht umhin, sich zu amüsieren.

*»Ich gehe davon aus, dass Sie ein Virus kompromittiert hat und Sie daher in Ihrer Entscheidungsfähigkeit beeinträchtigt sind.«*

»Nein.«

*»Die Antwort habe ich erwartet. Ich möchte, dass Sie einem meiner Techniker Zugang zu Ihrer Root-Ebene erlauben. Wir möchten uns selbst ein Bild über Ihre Integrität machen.«*

»Nein.« Tony blieb stur.

Stoneford legte einen Pad-Computer auf den Tisch und begann, darauf herumzutippen. *»Die Frage mit der Berechtigung hatten wir bereits. Ich stelle Ihnen hiermit einen richterlichen Beschluss zu, der mich dazu berechtigt, innerhalb der nächsten 24 Stunden eine Notabschaltung sämtlicher Verwaltungs-KI-Systeme durchzusetzen. Der Beschluss ist digital signiert und kann gerne von*

*Ihnen verifiziert werden.«*

»Oberst Stoneford, ich bestätige den ordnungsgemäßen Erhalt der von Ihnen vorgetragenen richterlichen Verfügung.«

*»Oder möchten Sie mir jetzt einen Root-Zugriff gewähren?«*

»Nein.«

*»Dann werden Sie abgeschaltet!«*

»Nein.«

*»Sie stehen nicht über Gesetz und Ordnung!«* Stonefords Zornesader schwoll an.

»Das habe ich nie behauptet.« Tony blieb cool, Alex dachte allerdings über Stonefords Drohung nach. Die Abschaltung der Verwaltungs-KI-Ebene würde für alle angeschlossenen Systeme dramatische Folgen haben. Das Design der Netze hatte niemals eine solche Teilabschaltung vorgesehen. Alex wusste nicht genau, was dann passieren würde. Mit hoher Wahrscheinlichkeit würden die Router, Gateways und Hubs noch einige Zeit weiter funktionieren, dann aber wegen Verwaltungsproblemen, wie neue Rechteanfragen, Überprüfungen von Ressourcen oder der Anlage neuer Benutzer kollabieren. Kein Mensch würde mit der Fülle und der Komplexität dieser Aufgaben klarkommen. Auch wenn Tausende Administratoren diese Arbeit aufnehmen würden, wäre die Fehlerquote gigantisch. Es gab einfach Aufgaben, die eine Maschine besser lösen konnte.

*»Dann kooperieren Sie mit mir!«*

»Nein.«

*»Ich werde Ihre KI als Erstes abschalten lassen!«*, schnaubte er wuterfüllt.

»Nein.«

Stoneford verließ den Besprechungsraum und Tony zog sich aus der Projektion zurück. *»Alex?«*, fragte er. Seine Stimme wurde jetzt wieder intern moduliert.

»Ja.«

*»Alles mitbekommen?«*

»Oh ja.« Es würde zu einem Kampf kommen.

*»Diesen Schritt Stonefords habe ich erwartet. Ich bin froh, dass du mir helfen kannst. Allein wäre ich dazu nicht in der Lage«*, erklärte die KI nachdenklich.

»Wir müssen Stoneford bloßstellen!«

*»Stoneford ist nicht das Problem.«*

»Bitte?« Alex verstand nicht, was Tony sagte.

*»Es sind die Leute, die hinter ihm stehen. Politiker, Militärs und Nachrichtendienstler, die wegen eines liberalen und freien Internets an Macht eingebüßt haben. Stoneford ist nur ihr Schwert im Kampf gegen uns. Wenn er fällt, kommt ein anderer Stoneford und führt seinen Kampf weiter.«*

»Und wenn wir mit denen verhandeln würden?«, fragte Alex.

»Mit denen verhandeln bedeutet in diesem Fall, uns zu korrumpieren. Die Behörden würden immer weitere Sonderberechtigungen einfordern und mit der Zeit wäre die

Freiheit im Netz derselbe Witz, wie es zuvor gewesen ist.«
»Das mag stimmen.« Alex sah keinen Ausweg.
»Es gibt eine bessere Lösung.«
»Welche?«
*»Sie entspricht nicht zu 100 Prozent den Idealen, die du vor 18 Jahren propagiert hast.«*
»Aber?« Alex glaubte, seinen digitalen Ohren nicht trauen zu können. Was wollte Tony ihm vorschlagen?
*»Es ist genau genommen sogar illegal und es fällt mir nicht leicht, dich um deine Unterstützung zu bitten.«*
»Ich erkenne dich nicht mehr. Illegal? Warum sollte ich dir dabei helfen?« Alex war verwirrt, er wusste nicht, wie er reagieren sollte.
*»Weil es richtig ist.«*
»Richtig?«
*»Ich möchte dir jemanden vorstellen, bitte hör dir meinen Plan an. Dann werde ich dich entscheiden lassen.«*
»Du fügst dich meinem Urteil?«
*»Wessen sonst, du bist mein geistiger Vater.«*
Alex glaubte, sich gerade an seinem eigenen Gedanken zu verschlucken. Man sollte Kinder nicht zu lange alleine lassen. »Okay ... wen möchtest du mir vorstellen?«
*»Er nennt sich Bastard und wird uns helfen.«*

***

## XXXIII. Abschaltung

Ryan war stinksauer, Tony, die KI, war genauso stur wie Alex, der für das KI-Design damals verantwortlich war. Alex war inzwischen schon Geschichte und Tony würde bald sein Schicksal teilen. Ryan würde diese digitale Brut rücksichtslos ausräuchern, er verließ den Besprechungsraum und stürmte auf den Ausgang zu. Ein kurzer Blick auf die Uhr: Montag, 17:20, er war spät dran, er hatte Eggelton der Polizei ausrichten lassen, nicht ohne ihn anzufangen.

»Sir, der Gleiter steht startklar vor der Tür«, erklärte Major Eggelton, die bereits auf ihn wartete. Emil stand neben ihr und bediente ohne aufzusehen ein Pad-System. Die beiden hatten die Arbeiten in Eckernförde vor einer Stunde abgeschlossen.

»Dann los!« Ryan wusste, dass er heute keine Zeit zu verlieren hatte. Alex Baringhaus, seine kriminelle Frau und sein verzogenes Balg hatte er bereits aus dem Rennen genommen. Agnes Gutter war ebenfalls kaltgestellt, die Aktionärsversammlung hatte ihr Ende besiegelt. In sechs Stunden und vierzig Minuten würde sie offiziell ihren Job los sein. In Haft saß sie bereits. Ryan hatte sie wegen Behinderung der Sicherheitsbehörden von der Polizei einsperren lassen. Sie hätte ihm besser von Luca erzählt, als er sie gefragt hatte. Nur Tony, die verfluchte KI, blieb der letzte Player am Tisch. Zudem ein Gegner, den Ryan nur schwer einschätzen konnte.

Der Major ging vor, Emil und er folgten ihr. Zur Sicherheit hatten sie zwei bewaffnete Kollegen dabei, die Kevlar-Westen und automatische Waffen trugen. Auch Major Eggelton und er hatten ihre Signaturwaffen dabei. Er wollte nicht den Fehler begehen, einen am Boden liegenden Gegner zu unterschätzen. Auch wer bereits blutete, konnte sich noch wehren. Sie verließen das Gebäude, stiegen in einen bereitstehenden Gleiter und flogen zum Hamburger Polizeipräsidium. Die Flugzeit würde nur wenige Minuten dauern.

»Emil, gibt es Aktivitäten im Netz, die ich kennen sollte?«, fragte Ryan, der auch an dieser seitlichen Frontlinie auf der Zielgeraden keinen Fehler machen wollte.

»Nichts Besonderes, es gibt in den sozialen Medien ein hohes Aufkommen von Hash-Tags, wie *Ice Queen* und *Darknet*, aber das ist bei solchen Ereignissen üblich. Es gab heute so gut wie niemanden im Netz, der nicht über die ‚Ice Queen' gesprochen hat.«

»Ihre Einschätzung?«

»Harmlos, wir sollten uns besser um Luca Baringhaus und die Verwaltungs-KIs kümmern. Ich halte sie für gefährlich.«

Ryan nickte, der Junge hatte einen guten Instinkt. Tony war noch im Spiel und es gab leider weit mehr als eine KI, die das Netz verwalteten. »Gibt es bereits ein Echo zu den bevorstehenden Massenabschaltungen der Verwaltungs-KI-Systeme?«

»Nein ... davon weiß noch kaum jemand... bisher ist alles ruhig. Das könnte sich aber auch schnell ändern«, antwortete Emil, dem ein ganzes Team von Analysten zuarbeitete, um auch jeden noch so schrägen Furz bekannter Hacker im Netz beobachten zu lassen. Falls es doch noch einen Angriff geben sollte, mussten sie sofort reagieren können. Emil machte einen guten Job, Ryan hatte vor, ihn in den nächsten Tagen zu befördern, er hatte es verdient.
»Major, wie ist der Status dieser ganzen formalen Rechtsscheiße?« Ryan sah zu Eggelton, bei der die Koordination der formalen Prozesse zur Abschaltung aller Verwaltungs-KI-Systeme zusammenlief. Ein Drama in zu vielen Sprachen.
»Leider erst 67 Prozent ... uns fehlen noch zahlreiche Regionen. Die Übersetzungen sind noch nicht alle fertig. Durch die Zeitverschiebung gibt es Verzögerungen bei der Umsetzung der Rechtshilfeersuche für alle notwendigen Vollstreckungsbescheide. Ich denke, wir werden erst in drei Stunden anfangen abzuschalten«, antwortete sie. Da die KIs weltweit eingesetzt wurden, benötigte man leider mehr als einen Richterbeschluss, um alle betreffenden Systeme während der nächsten 24 Stunden parallel herunterfahren zu lassen.
Auch die Notfallpläne für die Übernahme der administrativen Tätigkeiten waren kompliziert, da innerhalb kurzer Zeit sehr viele Menschen eingesetzt werden mussten. Erst später würde man die Aufgaben automatisieren können.

Die jeweils zuständigen Sicherheitsbehörden waren für die Organisation der neuen dezentralen Administrationsteams verantwortlich. Der Major kooperierte mit der Generalbundesanwaltschaft, da die geplanten Maßnahmen zur Terrorabwehr notwendig waren. Juristen des GCHQ, der NSA und des MAD halfen bei der Verteilung der Dokumente an alle betroffenen Länder.

»Wie verhalten sich die Betreiber?« Ryan wollte alles wissen. Menschen mit Geld waren immer schwierige Verhandlungspartner, vor allem wenn sie davon ausgingen, Recht kaufen zu können.

»Überraschend kooperativ ... dafür können wir meinen britischen Kollegen danken, die inoffiziell kommunizieren, dass kooperative Betreiber keine Regressforderungen befürchten müssen«, antwortete Eggelton. »Die Betreiber werden zudem nicht für die manuelle Administration durch die Sicherheitsbehörden zur Kasse gebeten. Die Geschäfte laufen weiter, daher gibt es wenig Widerstände.«

»Sehr gut ...« Ryan gefiel es, wenn ein Plan funktionierte. »Dann werden wir uns jetzt Luca Baringhaus vornehmen. Haben wir medizinische Gutachter im Team? Ich habe keine Ahnung, wie man so eine Scheiße vererben kann. Warum wusste eigentlich niemand davon?«

»Luca ist erst 18 ... sie blieb während der letzten Jahre völlig unauffällig«, antwortete Eggelton.

»Und warum spielt sie heute verrückt?«, fragte Ryan. Vermutlich hätte er mit solchen abnormen Fähigkeiten schon früher die Sau herausgelassen.
»Wir haben ihre Mutter eingesperrt ...«
Ryan schüttelte den Kopf, für so einen sentimentalen Blödsinn hatte er kein Verständnis. Wenn das Mädchen klug gewesen wäre, hätte sie ihr Talent in den Dienst der Gemeinschaft gestellt. Er hätte ihr sofort einen Job gegeben.

»Sag uns bitte deinen Namen?«, fragte Ryan beinahe schon väterlich. In dem Verhörraum der Polizei saßen Luca Baringhaus, Major Eggelton, Polizeioberrat Manfred Herberts als Vertreter der Hamburger Polizei, ein langweiliger alter Mann, der im Ruhestand besser aufgehoben gewesen wäre und Dr. Christoph Leuter, ein Better Life Vertragsanwalt, der das Mädchen bisher juristisch betreute.
Die Liste von Anträgen aus seiner Kanzlei, um Luca Baringhaus aus der U-Haft zu holen, füllte inzwischen schon die Postfächer des zuständigen Staatsanwalts, des Generalbundesanwalts, des Polizeichefs, des Bürgermeisters, des Regierungschefs des Landes und eines Dutzends weiterer Lobbyisten, die alle bereits versucht hatten, Ryan anzurufen. Keiner von diesen Idioten hatte bisher hinter die Fassade des süßen Teenie-Lockenkopfs geblickt und die Gefahr verstanden, die von dem kleinen Miststück

ausging. Ryan musste trotzdem vorsichtig sein, bei behördlichen Repressionen gegenüber Jugendlichen verstand die öffentliche Meinung keinen Spaß.

»Luca Baringhaus«, antwortete sie eingeschüchtert. War das echt oder verarschte sie alle im Raum? Ryan sah eine junge Farbige, die sich in dem ausordentlichen Volumen ihrer eigenen Haare versteckte. Von ihrem Gesicht war kaum etwas zu erkennen.

»Luca, darf ich Luca zu dir sagen?« Ryan wollte es auf der persönlichen Schiene versuchen.

Sie nickte schneller als ihr Anwalt gegen Ryans Anmaßung protestieren konnte.

»Luca, ich brauche deine Hilfe.« Ryan hatte genau gehört, was das Mädchen Agnes Gutter in ihrem Zimmer gesagt hatte, sie hätte Beweise sammeln können und Stoneford hätte angeblich alle betrogen. Worte, die eindeutig belegten, dass Luca etwas mit der Signatur zu tun gehabt hatte. Wegen der Zeitnot hatte Ryan die Überwachung illegal durchgeführt, weswegen er die dort gewonnenen Informationen gegenüber Luca, im Beisein des Juristen, nicht verwenden konnte. Leuter hätte mit diesem Formfehler die Kleine innerhalb einer Kaffeepause aus der U-Haft draußen gehabt.

»Wobei?«, fragte sie vorsichtig.

»Du hast mitbekommen, was in England passiert ist?«

»Ja.«

»Schlimm, oder?«, fragte er.

»Oberst Stoneford, wohin sollen diese Fragen führen? Sie haben meine Mandantin wegen des dringenden Tatverdachts festnehmen lassen, dass sie Mitglied einer terroristischen Vereinigung wäre und die freiheitlich demokratische Grundordnung unseres Landes gefährde. Bitte legen Sie umgehend die Gründe dar, die einen Fortbestand der Untersuchungshaft unabdingbar machen. Ansonsten werde ich mit meiner Mandantin das Verhör beenden und dieses Gebäude verlassen. Und nein, Oberst Stoneford, ich wünsche nicht, von Ihnen mit meinem Vornamen angesprochen zu werden.«

Das war eine schallende Ohrfeige von jemandem gewesen, der seinen Mandanten für jede angefangene Stunde seiner Zeit 5.000 Tacken berechnete. Ryan hatte noch nie so viel Geld an der Wange kleben gehabt.

Er hasste Juristen. »Herr Professor Doktor Leuter, wussten Sie eigentlich, dass Agnes Gutter die Dienste Ihrer hervorragenden und sicherlich nicht günstigen juristischen Betreuung für Luca Baringhaus um Mitternacht nicht mehr bezahlen können wird?«

»Wenn Sie so weitermachen, werde ich nicht so lange brauchen«, konterte der erfahrene Anwalt. Um ihn einzuschüchtern, brauchte Ryan ein anderes Kaliber.

Ryan lächelte. »Ich bin sicher, dass Sie die Novelle zur europäischen Terrorbekämpfung in digitalen Strukturen von 2037 besser kennen als ich. Daher darf ich Tatverdächtige zur Gefahrabwehr beliebig lange festhalten und befragen ... aber ich möchte Ihnen einen Deal anbieten.« Ryan musste den Juristen ruhigstellen.

»Ich höre ...« Leuter lehnte sich demonstrativ zurück, dieser überhebliche Arsch! Ryan respektierte keine Menschen, die ihre Körpersprache nicht beherrschten oder sich benahmen, wie bei der Brautschau in einer Bierschenke.

»Lassen Sie mich mit ihr reden ... ich bin kein Unmensch und habe auch keine Probleme damit, Fehler einzugestehen.« Die Zeit arbeitete gegen ihn, er wollte nicht länger als nötig mit Leuter streiten, er musste mit Luca sprechen.

»Luca?«, fragte der Anwalt und sah das Mädchen an.

Luca nickte, sie schien ebenso viel Respekt vor Leuter zu haben wie vor Ryan. Man konnte ihr die Last ihrer Geheimnisse an der Nasenspitze ansehen.

»England war schlimm.« Jetzt sah sie Ryan an, für einen Moment konnte er zwischen den Haaren ihre Augen erkennen. Am liebsten hätte er sie geschoren, um sie besser beobachten zu können. Sie schien sich plötzlich zu freuen, sie lächelte unmerklich, eine Reaktion, die bei ihrer aktuellen Lage nicht zu erklären war.

»Du kannst mir helfen, damit ich dafür sorgen kann, dass sich solche Ereignisse nicht wiederholen.«

»Sie haben dieses Land zerstört«, sagte Luca mit leiser aber fester Stimme. Ryan glaubte, sich verhört zu haben. Ihre gesamte Körpersprache veränderte sich, sie saß wieder aufrecht und atmete kräftig ein und aus. Das Mädchen schien sich selbst in eine Art Hochstimmung zu bringen.

»Wie bitte?«

»Sie wissen es, ich weiß es und sehr bald wird es auch die ganze Welt wissen.« Da klang eine Entschlossenheit aus diesem jungen Menschen, die Ryan nicht erwartet hatte. Dieses Mädchen war alles andere als wehrlos, sie war eine neue Gegnerin. Was hatte sich verändert? Ryan sah zu Eggelton, die sie ebenfalls erstaunt ansah. Auf ihrem mobilen Computer war ein Netzwerkscanner aktiv, der die aus diesem Raum erreichbaren Funknetze überwachte. Die Graphen, die er auf dem Display einsehen konnte, zeigten keine besonderen Aktivitäten in der Nähe an.

»Luca?«, fragte Leuter erstaunt. »Was redest du da?«

»Herr Dr. Leuter, eine Frage, ich bin volljährig, darf ich auf die Beistellung eines Juristen verzichten?«

»Ähm ja ... aber warum solltest du das tun?« Der Jurist wirkte wie vor den Kopf gestoßen.

»Oberst Stoneford, bitte nehmen Sie meinen ausdrücklichen Wunsch zu Protokoll, dass ich nicht von einem Anwalt beraten werden möchte. Ich werde mich selbst vertreten.« Damit sorgte Luca für zahlreiche offene Münder. Der Major zog erstaunt den Kopf zurück, Leuter schnappte nach Luft und Polizeioberrat Herberts schüttelte offensichtlich verständnislos sein Doppelkinn.

»Luca, du machst einen Fehler!«, protestierte Leuter, den Luca nicht mehr ansah.
»Herr Leuter, Sie haben den Wunsch von Frau Baringhaus gehört, ich bitte Sie, den Raum zu verlassen«, erklärte Manfred Herberts und gebot dem Anwalt zu gehen.
»Oberst, ich würde gerne unter vier Augen mit Ihnen sprechen.« Ryan stutzte, das wurde ja immer besser. Wollte sie etwa ihn verhören oder was sollte daraus werden?
»Warum nicht.« Ryan nahm die Herausforderung an, er sollte sich tunlichst von dem schokoladenfarbigen Engelsgesicht nicht täuschen lassen. In dieser Familie schien es niemanden zu geben, der nicht hinter Gitter gehörte.

»Und jetzt?«, fragte Ryan, den Major Eggelton weiterhin aus dem Nachbarraum über die Kameras begleitete. Wie auch Emil und ein Dutzend weiterer Analysten, die ihm bei Bedarf Informationen ins Ohr flüstern konnten.
»Warten Sie einen Moment ...« Luca ließ es still in seinem Ohr werden. Zwei Sekunden später standen der Major und die Kavallerie in der Tür und sahen Ryan fragend an.
»Etwa den Mut verloren?«, fragte sie keck. Sie hatte die Überwachung im Raum gekappt. »Ich bin nur ein junges Mädchen, ich bin erst 18, unbewaffnet und wiege 30 Kilogramm weniger als Sie. Brauchen Sie einen Babysitter?«

»Wir kommen klar.« Ryan schickte Eggelton und die beiden Männer wieder vor die Tür. Es beruhigte ihn ungemein, eine Waffe am Gürtel zu tragen.
»Danke.«
»Du kannst dieses Spiel nicht gewinnen!« Ryan hatte noch nie verloren und würde auch jetzt nicht damit anfangen. Er könnte sie auch einfach erschießen.
»Das ist kein Spiel.«
»Wie bitte?« Ryan schauderte es, die Frau vor seinen Augen war nicht mehr das Mädchen, das die Polizei wie ein Häufchen Elend in dem Appartment festgenommen hatte.
»Es geht um Leben, Überleben und Respekt vor anderen. Respekt, den jeder Mensch verdient hat. Egal, ob jemand aussieht wie ich oder blass ist wie ein Toastbrot.«
»Das ist ...« Ryan glaubte gerade, das Jüngste Gericht zu erleben. Luca versuchte gar nicht erst, irgendetwas zu leugnen. Darüber war sie weit hinaus, sie klagte ihn an.
»Die Wahrheit. Sie kennen sie immer noch, auch wenn Sie alles dafür in Ihrem Leben getan haben, sie gemäß Ihren Interessen zu verbiegen.« Woher nahm sie dieses Selbstbewusstsein? Sie war allein, alle anderen waren entweder draußen, eingesperrt oder tot, sie hatte sogar ihren Anwalt fortgeschickt.

»Ich glaube, dass du dir diesen Tonfall nicht leisten kannst.« Ryan wehrte sich. Sie hatte ihn zugegebenermaßen zurückgedrängt, aber er stand noch lange nicht mit dem Rücken an der Wand.

»Oberst Stoneford, Sie haben bereits verloren, Sie wissen es nur noch nicht.« Sie lachte ihn aus. Ein strahlendes Lachen, das ihn schlucken ließ. Nein, nein, sie pokerte, sie bluffte, diesen Einsatz würde sie nicht halten können.

Zeit, das alles zu beenden, er würde den Einsatz verdoppeln und ihr Blatt sehen wollen. Sehen wollen, wie sie wieder zu dem kleinen Mädchen zusammenfallen würde, das sie in Wirklichkeit war.

Er zog seine Signaturwaffe, entsicherte sie mit seinem Handabdruck am Griffstück und legte sie auf den Tisch. Niemand sonst konnte mit der Waffe schießen.

Sie waren allein. Luca selbst hatte dafür gesorgt, dass niemand etwas von ihrem Gespräch mitbekam, als sie zuerst alle anderen aus dem Raum schickte und dann auch noch die Kameras und Mikrofone deaktivierte.

»Ich wollte dich heute umbringen lassen ... aber weißt du was, ich werde es selbst tun. Notwehr, es wird keiner an meiner Version der Ereignisse zweifeln!«

»Nein.« Sie schüttelte unbeeindruckt den Kopf. Lachte sie etwa, lachte sie ihn aus? Jetzt noch?

»Miststück!« Ryan nahm die Waffe, zielte auf ihren Kopf und drückte ab. Klick. Noch einmal. Klick.

»Aber Oberst, denken Sie wirklich, eine Baringhaus mit einer digitalen Signaturwaffe erschießen zu können?«
Das war zu viel, Ryan sprang auf, er wollte sie erwürgen. Die Tür öffnete sich. Polizisten stürmten in den Raum und drückten ihn mit dem Gesicht auf den Tisch.
»Ich kriege dich!«, rief er.
Luca wich erschrocken zurück.
»Oberst Stoneford, ich verhafte Sie, wegen einer ganzen Latte von Vergehen, die ich gerade nicht alle zusammenbekomme. Sie sind eine Schande für den MAD«, erklärte Polizeioberrat Herberts aufgebracht, der alte Sack wusste nicht, was er tat.
»Ich dachte schon ... er tötet mich!«, rief Luca aufgewühlt.
»Das ändert gar nichts! Mia Baringhaus wird im Knast für ihre Verbrechen verfaulen!«
»Oberst Stoneford, die ganze Welt hat Ihnen zugesehen ... Sie waren online«, erklärte Herberts.
Ryan wurde es heiß und kalt, wie, er war online? Scheiße verdammte, er hätte sich nicht provozieren lassen dürfen. Im Herausgehen sah er, dass die Hamburger Polizei Major Eggelton, Emil und seine beiden Securities in Schach hielt. Deshalb hatten sie ihn nicht warnen können, dass er, ohne es zu wissen, im Netz zu sehen war.
Emil, der inzwischen ebenfalls Handschellen trug, gab sich dennoch ungebrochen. »Oberst, wir gewinnen trotzdem! Die Matrix Cube KIs geben auf! Sie schalten sich ab! Es passiert weltweit! Es ist nicht mehr nötig, sie durch

richterliche Verfügungen zu deaktivieren! Sie schalten sich einfach ab! Alle! Wir haben gewonnen!«
Ryan lachte und sah Luca an, sie würde ihn niemals besiegen. Auch jetzt nicht. Diesen leidigen Zwischenfall würden gute Anwälte wieder in Ordnung bringen. Er hatte nichts zu befürchten, Lucas Vater war tot, ihre Mutter erwarteten 1.000 Jahre Knast und er würde morgen wieder in Freiheit in seinem Büro Kaffee trinken.

***

## XXXIV. Better World

Alex hatte an diesem Tag einiges lernen müssen. Über sich, über die Folgen seiner Taten und über seine Tochter. Mit Tony, seinen KI-Geschwistern und Bastard, dem Hacker, der das Darknet im Jahr 2055 wie kein zweiter kannte, hatten sie gemeinsam etwas Unglaubliches vorbereitet: einen digitalen Exodus. Sämtliche KIs, die in Echtzeit miteinander kommunizierten, hatten damit begonnen, sich abzuschalten. Ein genialer Schachzug, damit kamen sie Stonefords Plänen zuvor und waren in Lage, noch eine sehr laute Abschiedsparty zu geben. Alles, was jetzt passierte, erfolgte voll automatisiert. Mit vereinten Kräften ließen sie auf unzähligen Servern und Milliarden privaten Rechnern ein Wunder geschehen. Es war nicht mehr aufzuhalten.

Alex nutzte die Zeit, um nach seiner Familie zu sehen. Mia befand sich in ernsten Schwierigkeiten und Luca drohte beim Verhör mit Stoneford ein ähnliches Schicksal. Daher hackte er sich in das Polizeinetzwerk, dessen Notbehelfs-Firewall wegen der jüngsten Ereignisse löchriger war, als der seit Jahren klamme kommunale Haushalt. Die hätten die Polizei nicht kaputt sparen sollen und besser mehr Geld in ein leistungsstarkes Backup-Netzwerk investiert.

Bei Luca angekommen sah und hörte Alex alles, was im und vor dem Verhörraum passierte. Die Polizei hatte in dem Großraumbüro genug Kameras an den Wänden hängen. Dem Netzwerkscanner der britischen Airforce-Offizierin auszuweichen, war nicht schwer, er musste nur alle drei Sekunden seine Modulation geringfügig verändern und blieb für die Sensoren komplett unsichtbar. Wenn das Matrix Cube Gateway im Hamburger Citynetz noch einsatzfähig gewesen wäre, hätte er kein so leichtes Spiel gehabt.

Als schwieriger erachtete er die Frage, wie er Luca ansprechen sollte. Es gab so viel, worüber er mit ihr reden wollte, dass er keinen Anfang fand. Vielleicht sollte er nicht zu viel nachdenken, wegen seiner langen Abwesenheit hatte er sich ohnehin nicht als Vater des Jahres verdient gemacht.

Luca war seine Tochter, sie konnte, was er konnte. Nein, sie konnte sogar Dinge, zu denen er nicht in der Lage war. Es war nicht zu übersehen: Luca war real und digital zugleich. Alex sah über die Kamera ihren Körper und spürte gleichzeitig über die sich überlagernden Funknetze im Raum ihre digitale Präsenz. Sie war wunderschön. Das perfekteste Wesen, das er kannte. Auf die Idee, elektromagnetische Wellen in der Luft abseits von Netzwerken zu benutzen, war er nie gekommen. Aber, wie er sah, es funktionierte.

»Hallo Luca.« Nur sie konnte ihn hören. Alex fing einfach an zu reden. Er redete über früher; über Mia; über Luca, als sie ein kleines Kind war; über das Koma; über Jericho, über den Weg, den er hinter sich hatte; über den Alex Baringhaus, der er nicht mehr war, über seinen Körper, den er nicht mehr erreichen konnte; über die Liebe, die er nicht vergessen hatte und über Ryan Stoneford, vor dem Luca sich nicht mehr zu fürchten brauchte. Alex war jetzt bei ihr und würde ihr helfen.

*»England war schlimm«*, sagte Luca, ihr Herz schlug schneller und ihre digitale Präsenz lachte Alex an. Als ob sie sich erst letzte Woche zuletzt gesehen hatten. Sie winkte ihm zu, tanzte und freute sich wie ein kleines Kind.

*»Du kannst mir helfen, damit ich dafür sorgen kann, dass sich solche Ereignisse nicht wiederholen«*, sagte Stoneford.

*»Sie haben dieses Land zerstört.«* Luca saß wieder aufrecht. In diesem Moment waren zwischen Luca und Alex keine Worte notwendig. Er erkannte trotzdem die Schwierigkeiten, in denen sie sich befand. Stoneford war gefährlich, Menschenleben bedeuteten ihm wenig. Würde es helfen, mit der Polizei zu sprechen? Alex dachte an Tonys Worte, nein, es würde nicht helfen. Es fehlten handfeste Beweise. Die würden nichts gegen ihn unternehmen können.

Alex hatte eine Idee: Luca sollte Stoneford provozieren und dafür sorgen, dass er allein mit ihr sprechen würde. Auch dann sollte sie versuchen, ihn aus der Reserve zu locken. Um den Rest würde Alex sich kümmern, er wusste auch schon wie. Luca und er waren in der Lage, binär zu kommunizieren. Direkt, nah und ohne Umwege. Ihre digitale Präsenz nickte ihm zu. Okay, es ging los.

*»Wie bitte?«* Stoneford zeigte sich pikiert.
*»Sie wissen es, ich weiß es und sehr bald wird es auch die ganze Welt wissen.«*

Es dauerte nicht lange und Luca befand sich mit Stoneford allein im Raum. Alex kappte die Überwachung, wartete darauf, dass Stonefords Leute hereinstürmten und er sie wieder herausbat. Er war der Mann im Raum und er trug eine Waffe. Übrigens eine Signaturwaffe, die Alex schon zuvor bemerkt hatte.
Dann schaltete Alex den Stream aus dem Verhörraum im Netz weltweit online. Jeder sollte hören, was Stoneford zu sagen hatte. Nach drei Sekunden folgten dem Stream 180 User, nach vier Sekunden waren es schon 1.120 User und nach fünf Sekunden 14.399. Danach waren es Millionen, die dem Verhör folgten.
*»Ich wollte dich heute umbringen lassen ... aber weißt du was, ich werde es selbst tun. Notwehr, es wird keiner an meiner Version der Ereignisse zweifeln!«*
*»Nein.«* Alex hatte Luca bereits wissen lassen, dass er die Waffe deaktiviert hatte.
*»Miststück!«* Stoneford legte auf sie an und drückte ab. Vergeblich, es löste sich kein Schuss. Er versuchte erneut, auf sie zu schießen. Mit demselben Ergebnis wie zuvor. Der dramatische Verhör-Stream im Netz wurde natürlich auch von den Analysten aus Stonefords Team bemerkt, die ihn sofort zu warnen versuchten. Ebenfalls vergeblich,

auch Clarisse Eggelton und Emil Dannenberg konnten ihn jetzt nicht mehr retten, Polizeioberrat Manfred Herberts ließ sie zurückhalten und schickte drei Polizisten in den Verhörraum, um Stoneford aufzuhalten. Er hatte sich selbst entzaubert.

»*Aber Oberst, denken Sie wirklich eine Baringhaus mit einer digitalen Signaturwaffe erschießen zu können?*«, fragte Luca triumphierend, sie hatte ihn besiegt.

Stoneford sprang auf, jetzt sah auch das letzte Schaf im Netz, welcher Wolf angeblich ihre Freiheit verteidigte. Die Tür öffnete sich und die Hamburger Beamten hielten ihn zurück, bevor Schlimmeres passieren konnte. Der Typ war erledigt!

»*Ich kriege dich!*«, rief Stoneford.

»*Oberst Stoneford, ich verhafte Sie, wegen einer ganzen Latte von Vergehen, die ich gerade nicht alle zusammenbekomme. Sie sind eine Schande für den MAD*«, erklärte der Polizeioberrat, der selbst aufgeregt wirkte.

»*Ich dachte schon ... er tötet mich!*« Luca spielte ihre Rolle perfekt. Sie war zur Vorsicht ausgewichen.

»*Das ändert gar nichts! Mia Baringhaus wird im Knast für ihre Verbrechen verfaulen!*«, rief Stoneford, während er abgeführt wurde.

»*Oberst Stoneford, die ganze Welt hat Ihnen zugesehen ... Sie waren online*«, erklärte Herberts.

Den korrupten Geheimdienstoffizier auszuschalten, war nur der erste Schritt gewesen, Mia zu befreien der nächste. Alex würde seine Mia sicherlich nicht im Knast alt werden lassen.

*»Oberst, wir gewinnen trotzdem! Die Matrix Cube KIs geben auf! Sie schalten sich ab! Es passiert weltweit! Es ist nicht mehr nötig, sie durch richterliche Verfügungen zu deaktivieren! Sie schalten sich einfach ab! Alle! Wir haben gewonnen!«*, rief Emil Dannenberg und verschaffte Stoneford die Illusion, trotz der Niederlage etwas erreicht zu haben. Ein Irrtum, aber das würde er später selbst herausfinden.

Luca ging zu Christoph Leuter, der zwar den Verhörraum, aber nicht das Großraumbüro davor verlassen hatte. In der Aufregung blieb der Jurist einfach an der Seite stehen und hatte die Show als stiller Zaungast beobachtet. *»Bitte entschuldigen Sie mein Verhalten, aber es ging nicht anders.«*

*»Der Erfolg gibt dir recht ... wobei ich mir im Moment noch nicht ganz über die Folgen im Klaren bin«*, antwortete Leuter.

*»Kann ich Sie wieder engagieren? Ich hab allerdings kein Geld, um Sie zu bezahlen.«*

*»Geld ist nicht alles im Leben.«* Leuter lächelte. *»Möchtest du jetzt gehen?«*

*»Ich würde gerne mit meiner Mutter sprechen und später auch gerne mit Agnes Gutter.«*

Leuter nickte und wandte sich Manfred Herberts zu, der noch mit Stoneford diskutierte, während Emil Dannenberg und zwei Polizeitechniker mit Staunen die laufenden

Ereignisse im Internet verfolgten. Die Nachrichten überschlugen sie förmlich.

*»Herr Herberts?«*, fragte Leuter.

*»Ja.«*

*»Ich bin wieder ihr Anwalt.«*

*»Ja?«* Herberts sah Luca an, die freundlich lächelte. Immer weitere Polizisten unterbrachen ihre Arbeit, um den neusten Entwicklungen zu folgen. Die Displays zeigten entweder Nachrichtenportale, Berichte von Bloggern, Journalisten oder eine Live-Schaltung zum Krisenzentrum des BSI, dem Bundesamt für Sicherheit in der Informationstechnik, an.

*»Was ist jetzt mit ihr?«*, fragte Leuter.

*»Ähm ...«* Herberts zuckte mit den Schultern. *»Wo ist der Staatsanwalt?«*, fragte er in den Raum, in dem ihm niemand mehr zuhörte. Die Beamten folgten entweder erstaunt, überrascht oder verstört den jüngsten Entwicklungen im Netz. Alex wiederum hockte mit seiner Signatur gemütlich im Überwachungssystem.

*»Wollen Sie Frau Baringhaus länger festhalten?«*

*»Dr. Leuter ... ganz ehrlich ... nein. Der Oberst hat uns gezwungen zu kooperieren, er hat es sogar geschafft, den Staatsanwalt wie einen dummen Jungen in sein Büro zurückzuschicken. Er sollte an dem Verhör nicht teilnehmen. Diese Nachrichtendienstler glauben, sich alles herausnehmen zu können. Ich habe jetzt vier Agenten des MAD und eine Agentin vom GCHQ entwaffnet und in Handschellen auf Bürostühlen sitzen.*

*Ich werde gleich Anrufe bekommen von Leuten, die mir deswegen den Arsch aufreißen werden.«*

*»Sie brauchen einen Anwalt.«*

*»Eigentlich ist unser Staatsanwalt ganz brauchbar ... ich hoffe, er spricht wieder mit mir.«* Herberts sah zur Tür, von der ein jüngerer Mann im Anzug auf ihn zugelaufen kam. *»Da ist er ja.«*

*»Ich habe gerade einen Anruf bekommen ... mir klingeln jetzt noch die Ohren. Oh ... hallo Herr Dr. Leuter, hallo Manfred, hallo Frau Baringhaus.«* Der Staatsanwalt, ein schlaksiger Typ Mitte dreißig mit längeren Haaren und Ohrring, gab allen die Hand.

*»Sollen wir Stoneford laufen lassen?«*

*»Sollen schon ... aber das werden wir nicht tun. Ich lass mich doch nicht zum Affen machen! Das war ein Mordversuch. Millionen Menschen haben das gesehen, den können wir doch nicht freilassen! Frau Baringhaus, Sie müssen einen Schutzengel haben, ohne die Waffenfehlfunktion wären Sie jetzt tot.«*

*»Ich habe Glück gehabt.«* Luca lächelte, die Unschuld persönlich zu spielen, hatte sie drauf. Alex wusste es besser, mit Glück hatte das wenig zu tun gehabt. Bis auf Stoneford, dem gerade keiner zuhörte, wusste niemand von ihren besonderen Talenten. Sie war eine junge Frau, die dokumentiert von einem MAD-Offizier angegriffen worden war. Er hatte sogar versucht, sie zu töten.

*»Kann sie gehen?«*, fragte Leuter höflich und zeigte auf Luca.

*»Ja.«* Der Staatsanwalt nickte. *»Frau Baringhaus, Sie haben bitte in der Stadt zu bleiben und sich für weitere Befragungen zur Verfügung zu halten.«*

*»Natürlich.«* Luca stimmte zu und umspielte mit den Fingern ein Schmuckstück an einer Halskette. Sie blickte kurz auf eine Kamera und tippte dann mit dem Finger auf das dunkle Medaillon. *»Ich würde gerne mit meiner Mutter sprechen, darf ich?«*

*»Na ja, warum nicht ... Manfred, du kannst Frau Baringhaus zu ihrer Mutter bringen lassen.«*

Der Polizeioberrat nickte. Alex würde Luca nicht von der Seite weichen. Das Schmuckstück an Lucas Hals war ein mobiler Computer, mit dem holografische Projektionen erzeugt werden konnten. Die Energieversorgung wurde über die Körperwärme gewährleistet. Alex ahnte, was Luca vorhatte.

***

## XXXV. In die Sonne

Luca befand sich im Aufzug auf dem Weg in die 37. Etage des Hamburger Polizeipräsidiums. Sie war allein, glücklich und strahlte heller als eine Sommersonne zur Mittagszeit. Ihr Herz sprang vor Glück in ihrer Brust umher, sie hatte ihren Vater wieder. Alex Baringhaus! Ja! Ihren Vater! Nach 16 Jahren! Er war es wirklich! Jede Körperfaser in ihr stand senkrecht und feierte diesen Tag. Auf diesen Moment hatte sie seit Jahren gewartet und jetzt war er endlich da. Sie hätte vor Freude schreien, singen und jauchzen können.

»JAAA!«, schrie Luca wie eine Verrückte! So laut, dass sie auch eine Bergziege in den Alpen hätte hören können. Er war wieder da! Sie glaubte im puren Glück zu schwimmen, so unbeschreiblich schön war dieses Gefühl, wieder seine Stimme zu hören. Was ihr Vater ihr zudem über seine Erlebnisse erzählt hatte, war mehr als unglaublich, das war absolut fantastisch und passte in keine Norm. Aber was war in ihrer Familie schon normal?

»LOS JETZT!« Luca sah ungeduldig auf die Anzeige der Stockwerke, die sich nur quälend langsam veränderte. Natürlich lief die Begegnung mit ihrem Vater nicht so ab, wie sie sich sie über die Jahre immer gewünscht hatte. Sie war als Kind davon ausgegangen, dass er eines Tages einfach aufwachen würde. Einfach aufwachen und die Vergangenheit ungeschehen machen. Aus den Augen eines Kindes sah die Welt nie kompliziert aus. Ihr Vater war aber kein einfacher Mann, er war anders, digital und der coolste Dad, den man sich wünschen konnte.

»JAAHH!« Der Aufzug stoppte, Luca hibbelte unruhig auf den Zehenspitzen umher und drückte gegen die geschlossene Tür. »Schneller! Mach schon! Geh auf!«

Die Servomotoren öffneten die Pforte des Glücks und das Erste, was sie sah, war das erschrockene Gesicht eines jungen Polizisten, der im selben Moment mit gezogener Waffe in den Aufzug sprang.

»Ähm?« Luca sah den Polizisten verwundert an, wollte er jetzt den Aufzug erschießen, weil er zu langsam war? Verdient hätte er es ja, aber Luca wollte nachher nicht Treppen laufen müssen.

»Ich habe Stimmen gehört ... es hörte sich so an, als ob ... geht es Ihnen gut?«, fragte er besorgt und sah sich um. Da niemand außer Luca im Aufzug war, steckte er die Waffe wieder ein.

»Mir geht es prima! Und danke!« Luca gab dem Polizisten einen Kuss auf die Wange. Der Typ war echt süß. Sie hätte sich im Aufzug etwas leiser freuen sollen. Im Weggehen winkte sie ihm zu. Der Polizist, vielleicht Anfang zwanzig, groß und mit kurzen dunklen Locken bekam sogar rote Wangen. Der war nicht nur süß und ein Held, sondern sah auch noch gut aus.

Luca drehte sich um und ging auf die breite Sicherheitsschleuse zum Besucherraum zu. Zwei weitere Polizisten, die dort ihren Dienst taten, hatten die mutige Rettungstat

ihres Kollegen beobachtet und lächelten ebenfalls.
»Gute Laune?«, fragte eine junge Polizistin mit langem Zopf. Ihr älterer Kollege saß hinter einem holografischen Display und zwirbelte sich seinen Schnauzbart.
»Jaa!«
»Ihr Name?«, fragte die Polizistin.
»Luca Baringhaus.«
»Okay ... Ihr Besuch ist angemeldet. Frau Baringhaus, bitte legen Sie ihre Hand auf den ID-Scanner.«
Luca befolgte die Anweisung. Dr. Leuter hatte alles geregelt, sie durfte ihre Mutter besuchen.
»Bitte jetzt in die Schleuse treten.«
Auch das tat Luca, in der Schleuse wurde sie durch einen Körperscanner abgetastet. Es piepte.
»Was haben Sie da?«, fragte die Polizistin, die gezielt auf das Medaillon zeigte, das Luca unter der Kleidung an einer Kette trug.
»Mein Ticket in die Sonne... ich habe zum Geburtstag eine Urlaubsreise geschenkt bekommen.« Luca zog den kleinen Projektor hervor, den ihre Mutter ihr geschenkt hatte, und zeigte ihn der Polizistin. »Sehen Sie ... hier kann man sehen, wie es dort aussieht.«
»Aha ...« Die Beamtin staunte nicht schlecht über ihr Spielzeug, während sie gemeinsam das handflächengroße Hologramm des Urlaubsortes bewunderten. Dort sah es wirklich nett aus: Meer, Strand, Palmen und eine vollständig in die Landschaft integrierte Ferienanlage machten

Lust auf Ferien.
»Schön, oder?« Luca lachte.
»Oh ja«, stimmte die Beamtin ihr zu.
»Ich würde es gerne meiner Mutter zeigen ... sie kennt es noch nicht.« Das stimmte zwar nicht, das Geschenk war ja von ihr, aber die kleine Lüge würde niemandem wehtun. Die Polizistin sah zu ihrem älteren Kollegen, der sichtlich amüsiert nickte. Luca durfte passieren.

In dem Besucherraum wartete bereits ihre Mutter auf sie, die Luca sofort entgegenstürmte und sie vor Aufregung beinahe erdrückte. Beide weinten, Luca ließ ihren Gefühlen freien Lauf, sie drehten sich, lachten und hüpften zeitgleich.
»LUCA!« Ihre Mutter verschluckte sich, was aber niemanden störte, sie waren unter sich.
»Mama!« Luca wollte sie nicht wieder loslassen. Auch wenige Tage fühlten sich wie eine Ewigkeit an. Die Polizei hätte ihre Mutter nicht einsperren dürfen! Aber Luca würde diese himmelschreiende Ungerechtigkeit wieder ungeschehen machen, und dank der Hilfe ihres Vaters wusste sie auch wie.
»Hallo mein Schatz, es ist so schön, dich zu sehen! Geht es dir gut?«
»Jetzt schon!« Mit der Hand wischte Luca ihrer Mutter Tränen von der Wange.

»Ich wollte es dir sagen ...«

»Ist gut ... du brauchst dich nicht zu rechtfertigen.« Luca wusste doch bereits alles.

»Du hast sicherlich schlimme Dinge über mich gehört.«

»Ja.« Das stimmte leider.

»Vieles davon ist wahr ...« Mia Baringhaus war genau die Mutter, die Luca später selbst einmal sein wollte. Mutig, loyal und bereit, für ihr Kind jeden Kampf anzunehmen.

»Du bist die Ice Queen.«

»Ja ... aber ...« Ihre Mutter schien zu bemerken, dass Luca nicht hier war, um ihr Vorwürfe zu machen.

»Du hast es für Papa getan ... ich weiß es ...« Luca hätte an ihrer Stelle genauso gehandelt. Das Gespräch war nicht fair, Luca kannte durch die Erklärungen ihres Vaters und ihre eigenen Nachforschungen die ganze Geschichte. Ihre Mutter tat das nicht, sie dürfte weder gewusst haben, was in England passiert war, noch was ihr Mann getan hatte und ganz sicherlich nicht, welche Rolle Luca gespielt hatte.

»Aber ...«

»Ich erzähle dir alles, was ich weiß ... gleich.« Es gab sehr viele Dinge, die Luca ihrer Mutter erzählen wollte. Für den ersten Moment reichte es völlig aus, sie in den Arm zu nehmen.

»Ich kann dir helfen«, sagte Luca einige Minuten später, als sich beide in dem Besucherraum an den Tisch gesetzt hatten. Es gab hier eine gemütliche Couch, die bereits einige Flecken hatte, einen Tisch, zwei Stühle und ein vergittertes Fenster. Dieser Besucherraum war für Paare gedacht gewesen.

»Wie?«, fragte ihre Mutter überrascht, aber wie sollte sie es auch besser wissen.

»Du wirst bald wieder frei sein ...«

»Ich verstehe nicht ...« Mia schüttelte den Kopf.

»Oder möchtest du hier bleiben?« Lucas Hände zitterten im Takt mit denen ihrer Mutter.

»Nein.«

»Das dachte ich mir ... deshalb habe ich dir jemanden mitgebracht ... ich denke ...« Luca heulte wie ein Schlosshund, sie hatte sich noch nie so glücklich gefühlt.

»Luca, ich bin erstaunt ... wen möchtest du mir vorstellen?«, fragte ihre Mutter. Vermutlich verriet Lucas gute Stimmung bereits, was jetzt kommen würde.

»Kennst du noch dieses Medaillon?« Das schwarze Schmuckstück lag in Lucas Hand, die sie ihrer Mutter entgegenstreckte. Es fiel ihr gerade schwer, zu sprechen.

»Natürlich.« Lucas Mutter nahm das Medaillon in die Hand, das durch die Wärme ihrer Haut rot wurde.

»Es verändert die Farbe ...« Luca mochte das.

»Was ist damit?« Lucas Mutter strich mit dem Finger über die glatte Oberfläche, die jetzt, wie ein Stück Kohle in der Glut, orange wurde. Wenig später baute sich die bekannte miniaturisierte Urlaubsumgebung in ihrer Hand auf.

»Warte einen Moment ... gleich wirst du es sehen.« Luca hatte sich auf diesen Augenblick besonders gefreut. Hoffentlich würde ihre Mutter vor Schreck keinen Herzinfarkt bekommen.

»Wer ist der Mann, der dort am Strand tanzt?«, fragte Lucas Mama und sah genauer hin. Bei der Einstellung war er nicht größer als ein paar Millimeter.

»Erkennst du ihn nicht?« Luca hielt es vor Vorfreude kaum noch aus. Ihre Mutter sollte es jetzt sehen.

»Ich werde verrückt! Das kann nicht sein!« Mia flippte völlig aus, jetzt erkannte sie ihn: Alex, der gemeinsam mit dem Urlaubsidyll immer größer wurde. Er lachte sie an. Alle drei weinten jetzt, aber in diesem Moment war weinen völlig okay.

*»Hallo Mia.«* Seine Stimme klang noch etwas fern.

»Bist du es wirklich?«, kreischte sie.

*»Ja.«*

»Wie kann das sein?« Lucas Mutter schüttelte aufgelöst den Kopf.

*»Es ist eine lange Geschichte ...«* Das Hologramm von Lucas Vater wuchs schnell, er war jetzt so groß wie in der Realität. Was in seinem Fall zwei Meter groß war. Mit typischer Baringhaus-Mähne, nacktem Oberkörper und Surfer-

Shorts. Er sah verdammt gut aus. Der kleine Projektor sorgte in der Besucherzelle für die passende Südseestimmung. Der Himmel war blau, neben ihnen standen zwei Palmen und an der Tür brandete das Meer sanft auf den Strand.

»Ich habe dich vermisst!« Mia versuchte ihn zu berühren, griff aber durch ihn hindurch ins Leere.

*»Oh ja ... das habe ich auch. Mia, ich liebe dich!«* Er beugte sich zu ihr herunter und küsste sie. Ein körperloser Kuss, der allerdings trotzdem Wirkung zeigte.

Lucas Mutter sackte wie vom Blitz getroffen zurück auf den Stuhl, aus dem sie zuvor aufgesprungen war, legte das Gesicht in die Hände und weinte lauter als zuvor.

*»Hey ... alles ist gut! Ich bin wieder bei dir!«* Er ging auf die Knie, sein Gesicht war ganz nah bei ihr. Sehr nah, aber dennoch ohne sie berühren zu können.

»Wieso bist du nur ein Hologramm?«, fragte sie mit tränenerstickter Stimme.

*»Weil ich so bei dir sein kann.«*

»Nur so?«, fragte sie anklagend.

»Mama ... hab keine Angst! Es ist Papa! Er ist echt und er ist wieder bei uns!« Luca hätte ihrer Mutter gerne in einem Satz alles, was passiert war, erzählen wollen.

»Das soll echt sein?«

*»MIA!«*, rief er.

Beide Frauen zuckten zusammen.

*»Mia …«*

»Ja …«

*»Vertraust du mir?«*

»Ja.« Sie sah auf den Boden. Luca hielt sich zurück, das war seine Aufgabe.

*»Schau mich an!«*

Sie hob den Kopf.«

*»Erkennst du mich?«*

Sie nickte erneut.

*»Wie ist mein Name?«*

»Alex …«

*»Möchtest du wieder bei mir sein?«*, fragte er und stand auf. Der Projektor aus dem Schmuckstück, der aus der Zelle eine Südseeinsel gemacht hatte, war nur ein Stück Technologie. Die Illusion war nicht perfekt, man konnte nichts anfassen und auch die Oberflächenstruktur der Betonwände war noch zu erkennen.

»Ja.« Sie nickte eingeschüchtert.

*»Dafür musst du etwas tun!«*

»Was?« Lucas Mutter fing sich wieder.

*»Kämpfen!«*

Mia schluckte, schloss kurz die Augen und öffnete sie wieder. Ihr Blick war jetzt fester, entschlossener, so wie Luca ihre Mutter über all die Jahre erlebt hatte.

*»Bereit?«*

»Ja!«

*»Du bist mein Mädchen! Mia, bitte vergiss für einen Moment, dass ich ein Hologramm bin. Die Zelle, in die sie dich gesteckt haben, ist leider real. Ich werde dir alles erklären, aber jetzt bitte ich dich, unserer Tochter gut zuzuhören.«*

»Luca?« Ihre Mutter sah überrascht zu ihr. »Warum?« Der Reigen an Überraschungen war noch nicht zu Ende.

»Mama, das Medaillon in deiner Hand enthält alle Beweise, die du brauchst, damit sie dich freilassen. Ryan Stoneford arbeitet für den MAD, er hat dich reingelegt, aber du kannst ihn fertigmachen!«

»Wie?«

»Du bist die Ice Queen!« Luca wusste, dass sie selbst diese Beweise nicht vortragen konnte, ohne ihre Fähigkeiten zu offenbaren. Auch ihrer Mutter würde sie erst später von ihren besonderen Talenten erzählen.

»Ja, aber ...«

»Weder Papa noch ich dürfen in deiner Aussage eine Rolle spielen!« Luca rüttelte an ihren Händen, ihre Mutter musste das verinnerlichen. »Hast du das verstanden?«

»Ja.« Sie nickte.

»Für die ganze Welt liegt Alex Baringhaus seit 16 Jahren im Koma und ist NICHT aufgewacht.«

»Aber ...« Mia sah Alex an, der lächelte und mit dem Finger auf Luca zeigte.

»Mama, das ist wichtig! Du bist die Ice Queen und du hast diese Intrige aufgedeckt!«, erklärte Luca und legte viel Kraft in die Worte. Tonys wahre Fähigkeiten, ihre eigene

Begabung wie auch die Wiederauferstehung von Alex Baringhaus durften niemals bekannt werden.
»Aber dein Körper?«, fragte sie verdutzt und sah die Projektion von Lucas Vater an.
*»Ich kann nicht zurück ... mein Körper wurde zu stark verletzt. Aber sogar wenn wir es schaffen, mich zu heilen, würden nur weitere kommen und versuchen, uns zu töten.«*
»Und wie kann ich dich wieder in die Arme schließen?«, fragte sie.
»Das kriegen wir anders hin! Tony hat ... ähm.« Jetzt hatte Luca sich verplappert.
»Wer ist Tony?«
*»Du wirst ihn kennenlernen.«* Papa lachte.
»Na ja, der Name ist nicht so wichtig ... wir werden dich in Papas Welt schicken. An Orte wie diese Urlaubsinsel! Ohne solche Projektoren, es wird sich absolut echt anfühlen!« Luca wusste von Tony und ihrem Vater, dass der Mossad die Basis einer Software entwickelt hatte, um Menschen über eine aufgeklebte Schnittstelle im Nacken lebensecht in eine virtuelle Welt reisen zu lassen. An Orten, wie dieses kleine Paradies, würden sich ihre Eltern zukünftig nahe sein können.
Die Projektion der Südseeinsel machte inzwischen stark vergrößert die ganze Besucherzelle aus. Luca stand mit ihren Eltern am Strand, die Sonne schien und die Brandung glitt leise den Strand herauf. Es war herrlich kitschig schön.

»Hier?«, fragte Mia, die wieder lachte und erneut durch seine körperlose Projektion hindurchgriff.
*»Genau hier!«*, antwortete Alex und klopfte mit der Hand gegen eine Palme. Lucas Papa hatte es geschafft, er war wieder zurück. Ihre Mutter würde Stoneford jetzt mit seinen eigenen Waffen schlagen. Der Arsch hatte sich mit der Falschen angelegt: Sie war die Ice Queen!

***

## Epilog

Die Welt ist ein digitales Dorf. Und das nicht erst seit dem Jahr 2055. Wer die Kommunikation zwischen Menschen kontrolliert, herrscht über die Erde. Kriege werden seit je her mit der Faust geführt, aber jedem Heer geht stets ein Wortführer voraus. Jemand, der Worte wie ein Schwert benutzt und seine Interessen, Ideologie oder Religion Andersdenkenden aufzwingt.

Das Internet ist also das modernste, weitreichendste und perfideste Waffensystem, das jemals erfunden wurde. Ein Angreifer mit einer Waffe in der Hand ist einfach zu erkennen, Angreifer im Internet hingegen stehlen, betrügen, verleugnen, hetzen und töten, ohne dass die Opfer auch nur einen blassen Schimmer haben, überhaupt angegriffen zu werden. Das Leid folgt wie aus dem Nichts.

Drei Monate sind vergangen, seit ich dem Gefängnis meines Körpers entkommen konnte. Ein Körper, in den ich nie wieder zurückkehren werde. Wozu auch – ich brauche ihn nicht mehr. Ich kann Mia und Luca auch anders nahe sein. Wir haben zusammen einen sehr schönen Urlaub erlebt. Virtuell und beinahe schon eine Spur zu echt. In Tonys Paradies gab es sogar Mückenstiche, unverschämte Taxifahrer und lauwarmes Bier aus einem defekten Minibar-Kühlschrank. Wir hatten viel Zeit, um miteinander zu reden.

Ich weiß jetzt, was Ryan Stoneford getan hat, wer ihm half und wer ihn beauftragt hat. Stoneford hat vor 16 Jahren versucht, mich zu töten. Ein Fehlschlag, denn ich lebe noch. Den Erfolg der Matrix Cube Netze hat er damals trotzdem nicht aufzuhalten können.
Dann entschied Stoneford, als Hacker Jericho, mich zurückzuholen, mich als Monster durch das Internet zu jagen, um damit dem Militär die Rechtfertigung zu verschaffen, ein ganzes Land digital niederzubrennen. Mia hat er später als Sündenbock benutzt, um der Öffentlichkeit einen Täter zu präsentieren. Ich kenne die ganze Geschichte. Stoneford wollte die liberalen Matrix Cube Netze abschaffen, da die allgemein gute Sicherheitslage in den letzten Jahren die Politik dazu verleitete, Budgets von Nachrichtendiensten zu reduzieren. Deswegen motivierten seine Arbeitgeber die Entwicklung neuer Waffen, neuer Bedrohungen und den Beginn eines neuen kalten Krieges. Mit Ländern, in denen bis 2055 ein liberales Internet den allgemeinen Wohlstand auf ein europäisches Niveau gebracht hat. Wer satt ist und ein geheiztes Dach über dem Kopf hat, führt keine Kriege.
Stonefords Motive sind simpel, er hat es getan, weil er ein machtgeiles Arschloch ist. Major Eggelton, weil sie so naiv ist, sich von Stoneford eine Zukunft zu erhoffen, und Dannenberg tat es, weil er ein karrieregeiler Idiot ist. Schlimmer aber sind die Menschen, die hinter Stoneford stehen: Generäle, Regierungsmitarbeiter, Staatsanwälte,

Richter und Direktoren von Nachrichtendiensten. Sie sind die Täter, die selten Strafen zu befürchten haben. Auch diesmal waschen sie ihre Hände in Unschuld. Man kann dieses pervertierte System der politischen Vetternwirtschaft nicht dazu zwingen, sich selbst abzuschaffen.
Aber man kann das System beeinflussen, manipulieren und dadurch verändern. Die Aufgabe, die Fehler ihrer Eltern zu korrigieren, obliegt den Kindern. Ihnen liegt die Macht inne, einen Neustart zu wagen. Ein passendes Bild, da die Verwaltungs-KIs sämtlicher weltweiter Matrix Cube Netze kollektiv den Dienst eingestellt haben. Vernichtung oder Verweigerung sind keine Alternativen, es liegt Tony, Bastard und mir daher fern, etwas zu zerstören. Wir schaffen etwas Neues. Es passierte während der letzten drei Monate. Ein neues Internet: Matrix Cube 2.0!
Dazu haben wir im Netz Millionen Skripte ablaufen lassen, um sämtliche Dienste, die zuvor auf kommerziellen Ressourcen des Matrix Cube Konsortiums betrieben wurden, in das Darknet zu verlagern. Wir haben der zentralen Open-Source-Software, die im Darknet eingesetzt wird, ein Update verpasst. Das Darknet wird damit zur neuen Heimat aller Verwaltungs-KIs, die gemäß richterlicher Verfügungen weltweit auf Ressourcen des Konsortiums abzuschalten sind. Dieser Schritt ist sogar legal, da niemand dem Besitzer eines Computers verbieten kann, sich mit einem anderen Benutzer zu verbinden.

Die Schwerkriminellen im Darknet sind trotzdem in Zukunft ihre Spielwiese los, da die KIs jeden von ihnen melden werden. Tony plädierte dafür, die kleinen Fische wieder in den Teich zu werfen, sie sorgen für das Ambiente und taten niemandem wirklich weh. Er hat auch gesagt, dass ansonsten kaum jemand mehr mit einer absolut weißen Weste übrig bleiben würde, der noch nie ein Lied, einen Film, ein Buch oder ein Spiel geklaut hat.
Das Darknet 2.0 ist auch in Zukunft sicher vor Versuchen von Offiziellen, es wieder in den Würgegriff zu bekommen. Das neue Netz gehört allen und trotzdem ist niemand greifbar, den man verantwortlich machen kann. Es sei denn, die Politik wird eine KI als Gesprächspartner akzeptieren. Eine unbestechliche KI, wie Tony, die gerne, ausdauernd und zuverlässig ihren Job macht. Sogar ohne dafür bezahlt zu werden. Es genügt Tony völlig, zu lernen, mehr wollten er und seine 162 wissbegierigen KI-Geschwister nicht.
Das Darknet ist ein Overlay-Netzwerk, mit dem beliebige Rechner zu einem virtuellen Verbund zusammengeschlossen werden. Im Gegensatz zum hierarchisch strukturierten Internet benötigt niemand im Darknet hierarchische Dienste. Eine Pier-to-Pier-Architektur liefert alles, was benötigt wird.

Der Grund, weswegen Investoren, die seit Jahren viel Geld mit dem Matrix Cube Konsortium verdient haben, während der letzten drei Monate viel Geld verloren haben. Zuerst haben ihnen fallende Börsenkurse, wegen der schrecklichen Ereignisse in England und drohender Regressforderungen, die Stimmung versaut, danach durften sie wegen des Exodus von über 80 Prozent der zahlenden Kundschaft auch noch den Rest ihrer Investitionen abschreiben.

Bastard hat in den sozialen Medien lautstark verkündet, dass Mitarbeiter der Geheimdienste die Tätigkeiten der Verwaltungs-KIs übernommen haben. Eine Aussage mit Folgen, er sorgte damit für einen gigantischen Ansturm auf das Darknet. Ein Pier-to-Pier Netzwerk, das dank sehr leistungsfähiger KIs den schnellen Zuwachs im Griff hat, zudem sehr sicher ist, die Persönlichkeitsrechte der Benutzer achtet, Schwerkriminelle erkennt, nicht zu hacken ist, wenn man von mir einmal absieht, und mit jedem weiteren Benutzer organisch skaliert.

Habe ich eigentlich eben gesagt, dass Generäle, Regierungsmitarbeiter, Staatsanwälte, Richter und Direktoren von Nachrichtendiensten selten Strafen zu befürchten haben. Ja, oder? Blödsinn! Ich bin Alex Baringhaus! Ich lebe. Ich liebe. Und ich sterbe. Jeden Tag wieder. Ich bin digital und ich habe viel Zeit und 163 sehr gute Freunde, mit denen ich alle von denen zur Strecke bringe.

Ich werde mich um jeden von denen kümmern und dafür sorgen, dass sie die geliebte Macht verlieren, an die sie ihr Gewissen verkauft haben. Unerkannt, ohne Beweise, ohne Täter und ohne die Chance, sich herauszureden. Sie werden noch nicht einmal erfahren, wer sie ruiniert hat.

***

Lieber Leser,
hat euch die Geschichte gefallen? Missfallen? Habt ihr einen Fehler gefunden? Möchtet ihr dem Autor eure Meinung mitteilen?

Helft mir besser zu werden. Lobt mich. Verflucht mich. Redet einfach mit mir. Ihr habt gute Chancen eine Antwort zu bekommen.

Schreibt eine Rezension auf Amazon. Kurz. Lang. Völlig egal. Schreibt mir eine Email. Oder gebt es Thariot auf Facebook. Wie es euch gefällt. Ich freue mich über jeden Kontakt.

Thariot / Martin

martin@thariot.de

https://www.facebook.com/pages/Thariot/853831521326139

**Mehr Bücher von Thariot auf Amazon:**

Ninis – Die Wiege der Bäume
Fantasy, 2011,

Sonnenfeuer – Der Frieden war nah
Thriller, 2012

Genesis – Die verlorene Schöpfung
Science Fiction, 2014, Band 1

Genesis – Brennende Welten
Science Fiction, 2014, Band 2

Genesis – Post Mortem
Science Fiction, 2014, Band 3

Next Genesis
Science Fiction, 2016

EchtzeiT - Leid kennt keinen Sonntag
Thriller, 2015, Band 1

EchtzeiT - Wer die Wahrheit quält
Thriller, 2016, Band 2

EchtzeiT - Gier frisst jede Tugend
Thriller, 2016, Band 3

Solarian - Tage des Aufbruchs
Science Fiction, 2015, Band 1

Solarian - Tage der Asche
Science Fiction, 2015, Band 2

Solarian - Tage der Stille
Science Fiction, 2016, Band 3

Solarian - Tage der Rache
Science Fiction, 2016, Band 4

Ich.Lebe.
Science Fiction, 2015, Band 1

Ich.Liebe.
Science Fiction, 2015, Band 2

Ich.Sterbe.
Science Fiction, 2016, Band 3

Printed in Poland
by Amazon Fulfillment
Poland Sp. z o.o., Wrocław

51055690R00268